종점에서

박종식 장편소설

작가의 말

인간이 이 세상에 올 때 자기 의지와는 전혀 상관없이 내던져진다.

그렇게 던져진 하찮은 존재가 살아가는 데는 전적으로 자신이 책임을 져야 한다. 귀하게 왔느냐 천하게 왔느냐는 상관없이 값있는 삶을 살아야 한다. 하지만 삶의 형태가 자신의 의지보다는 주변의 여건이나 환경에 좌우된다.

첫째, 부모를 잘 만나는 것

둘째, 지리나 자연환경

끝으로, 자기가 속해있는 국가의 형태에 따라 개인의 삶이 큰 영향을 받는다.

19~20세기만큼 오랫동안 우리 민족이 지속적으로 전쟁의 소용돌이에 휩싸여 고통을 받는 때가 없었다. 이 두 세기 동안 민초들은 인권이란 말조차 먼 별나라에서나 듣는 말이었다.

그 시대를 살아온 사람이 이 소설의 주인공이다.

일제의 혹독한 식민지 수탈과 한국전쟁의 피비린내 나는 동족상잔, 휴전이라는 이름하에 잠정적 총성은 멎었지만, 여전히 폭탄을 머리에 이고 살아오고 있는 현실, 거기에 더하여 독재정권이 이어지면서 질곡의 함정에서 헤매게 되었다.

유년 시절부터 전쟁의 소용돌이 속에서 저승의 문턱을 넘나들며 질경이처럼 살아온 주인공이 우리이다. 그러나 특유한 끈기와 도전정신으로 그 난관을 극복하여 오늘에 이르렀다. 치열하게 살아오면서 경제적 안정을 찾았으나 심신은 이미 종점에 와버린 것이다. 이 풍요롭고 자유로운 세상을 이루어냈지만, 그가 다리 뻗고 앉을 자리는 어디에도 없다.

뒷방으로 나앉아야 하는 운명 누구를 탓하랴?

탄생이 자기 의지와 상관없듯 종점에 이르는 삶 또한 자신의 의지대로 할 수 없는 것이 현실이다.

생사까지 다 놔버리고 심신의 자유를 찾아 수구초심首丘初心의 심정으로 태胎 자리를 찾아간다.

삶이 덧없음을 종점에 이르러서야 깨닫게 되는 것 같아 씁쓸한 미련만 남는다.

필자가 현장에서 보고 듣고 느낀 전쟁의 잔인성과 평화의 소중함을 일깨우기 위함이며 전쟁이 없고 영원히 평화가 유지되기를 바라는 마음에서 이야기기를 엮어본 바이다.

　끝으로 장편소설 『종점에서』를 출판할 수 있도록 물심양면으로 아낌없이 도움을 주신 청어출판사 임직원 제위께 진심으로 감사의 말씀을 드립니다.

2025년 11월 입동절
전주 장승배기로 길에 쌓인 송화색 은행잎을 밟고 걸으며…

운송 박종식

차례

1

하늘 문을 열고

　종점이 안개 속 멀리 아슴푸레한데 몸은 지칠 대로 지쳐 한 걸음 내딛는 것도 천근이다. 무던히도 달려왔다. 출발점에서는 수많은 사람이 함께했으나 종점 가까이 오면서 거의 탈락하고 열 손가락 미만의 사람들만 남아서 지금도 뛰고 있다. 마라톤 전 구간의 거리는 42,195km인데 누가 먼저 달리느냐를 겨루는 운동이다. 그 종점에 도착했을 때의 희열을 뛰어보지 않은 사람은 감히 말할 수 없을 것이다. 종점에 도착했을 때 참다운 쾌감을 말로 하는 것은 꾸밈의 허상일 뿐이다. 허나 일반적으로 종점이라고 하면 속된 말로 시원섭섭하다고 한다.

　사람으로 태어나면 본인의 의사와는 상관없이 무작정 달려야 한다. 누가 여기로 자신을 보내 이 경주에 참여하도록 했을까. 실체가 없다. 그냥 보내져 참여해서 뛰는 것이다. 이 경주에 참여하는 것도 누가 시키는 것도 아니다. 자신의 의지와 상관없이 여기에 왔기에 맹목적으로 뛰어야 한다. 순위가 중요하지 않다. 선두 주자가 꼭 좋다고 할 수도 없다. 등위를 결정하는 것이 아니고 무조건 달리는 것이다. 각각의 종점이 다르기 때문이다. 10km 달리다가 멈춰버리는 사람, 100km 가는 사람, 그보다 더 많이 뛰는 사람도 있다. 종점은 개개인에게 주어진 운명이다.

종점까지 뛰는 과정은 각인의 얼굴이 다른 것만큼이나 각각 다르다. 자동차로 달린 것처럼 수월하게 더 멀리 달리는 사람이 있는가 하면 무거운 짐을 지고 허덕이다가 단거리에서 주저앉은 사람도 있다. 이것이 인간 삶의 여정이다. 그 여정이 누구와 비교할 수 없을 만큼 파란만장한 삶을 살아온 사람이 정성운 바로 그다.

세운歲雲은 어릴 적 이름이다. 늦둥이로 태어났다. 아들이 귀한 집안으로 독자였다. 아들 낳기에 온갖 정성을 다하여 노력했으나 좀처럼 아들을 낳지 못했다. 그의 부모님은 조상들이 간절히 바라는, 대를 이을 아들을 낳아야 하는 강박관념의 울타리에 갇혀있는데, 낳으면 딸이고 낳았다하면 딸이어서 어머니 성미례는 임신하는 것조차 두려웠다. 그래도 시부모의 간절한 소원을 생각해서는 생긴 대로 낳아야 했다. 딸을 다섯이나 낳았으니 영 자신이 없었는데, 마지막이라고 여겨지는 임신이 된 것이다. 또 딸이면 어쩌나 하고 걱정이 태산이면서도, 한편으로는 마지막으로 늦었지만 아들을 보고 싶은 간절함에 꼭 아들을 점지해달라고 조석으로 빌었다.

달이 차면서 배가 불러올수록 두려움과 기대가 함께 일어나 마음의 갈피를 잡을 수가 없었다. 그러나 임신 초기 입덧이 지금까지 경험하지 못한 증상이 나타났다. 구토도 그전처럼 심하지 않고 먹는 것도 아무것이나 먹어도 거부감이 덜하여 마음이 편했다. 다만 제철에 나지 않는 뜬금없는 과일이 구미를 찌르듯 자극했다. 봄철인데 가을에 나는 과일이 생각난 것이다. 별나게 평시에는 떫어 먹기도 어려웠던 땡감이 먹고 싶었다. 도저히 구할 수 없는 과일이다. 그러다가 금방 변하여 석류가 먹고 싶었다. 아버지 정한용은 온갖 정성을 다해 할 수 있는 것은 다 구해왔지만, 제철이 아니어서 구할 수 없는 것은 어쩔 수 없는 노릇이었다. 불쑥불쑥 엉뚱한 음식이 먹고 싶은 것이 병이었다. 하지만 입덧은 심하지 않은 편이라서 참을만했다.

딸을 낳을 때도 가끔 엉뚱한 것이 먹고 싶기는 했다. 별난 입덧이었다. 처음에는 거의 음식을 먹지 못하여 몸이 무척 야위기도 했다. 그런데 그동안 적응이 되었는지 먹는 것은 잘 먹었다. 그래서 몸이 야위거나 힘이 없어지지는 않았다. 남들 이야기는 여아는 남아보다 입덧이 더 까탈스럽다고 했다. 그런데 이번엔 달랐다. 거부하는 음식이 거의 없이 아무거나 잘 먹고 소화도 잘되었다. 특별한 과일 등이 불현듯 먹고 싶었지만 식사를 잘해서 임신기간 동안 아주 힘들었다고 할 수는 없었다. 다만 다섯 달이 지나면서 태동이 시작되었는데 전에 경험하지 못한 강한 태동이었다. 깜짝깜짝 놀랄 지경이었다. 발뒤꿈치로 세차게 발길질을 하는 것 같았다.

낮엔 농사일로 힘들어서 그런지 태아도 숨을 멈춘 듯 조용했다. 하지만 밤만 되면 낮에 활동하지 못한 것을 모아서 하는 듯 잠자기 전까지는 괴로울 정도로 태동을 심하게 했다. 정한용은 그동안 딸만 연속해서 낳는 바람에 또 딸이겠지 하며 아들이란 기대를 하지 않았다. 부모님이 살아계시며 아들 손자를 그렇게 기다리는데 그에 보답하지 못한 것을 큰 죄나 지은 것처럼 부모님 앞에 오금이 저려 허리를 온전히 펴지를 못했다. 하지만 달이 차면서 어머니가 몸은 무거웠지만, 먹성이나 행동이 그전과 달리 편한 것 같아 행여나 하는 기대도 있었다.

"요새 당신 임신인데도 몬자 맹기 큰 어려움이 없는 것 같은디 어뗘? 맘으로 느낌이 다르지 않어?"

"조금 다른 것 같기도 허고… 그려요 모르겠어요."

"머심애는 좀 묵직하니 발짓을 무겁게 헌다던디. 인자는 마지막인디 아들을 낳아야 부모님 볼 낯이 있을 텐디… 걱정이구만."

"인력으로 어쩌지 못허는 일, 내 맴을 누가 알겄어요. 말로는 다 헐 수 없어요. 설령 또 딸이라 허드라도 너무 탓허지 말아요. 안 생기는 것을 어쩌겠어요. 지는 꼭 죄인 맹기로 하루하루가 감옥에 있는 심정이어요."

"너무 걱정 말아요. 아들이 없으면 우리 복이 그뿐이지 하고 생각헙시다."

"이번에도 딸이면 다른 방법을 찾아야 헐 것 같아요."

"무슨 다른 방법이 있어?"

"당신이 어떻게 혀야지요."

"내가 어떻게 혼자 헌단 말이요?"

"아, 있잖아요. 다른 데서…"

"어이! 어디서 시앗을 보라는 말이요? 차마 그렇게까지 혀야 허는가?"

"어머님은 은근히 그렇게라도 바래고 있어요. 지한테 비슷한 말을 허곤 그려요."

정한용은 긴 한숨을 쉬면서 침묵에 들어갔다. 그러면서 살며시 아내의 배 위로 손을 집어넣었다. 그때 마침 심한 태동을 하고 있었다. 발길질이 손바닥에 충격으로 느껴졌다.

"어따 이놈 봐라! 지 아부지 손인 줄 아는개벼! 통상 이렇게 발길질을 허는가?"

"그려요. 깜짝깜짝 놀래요!"

"느낌이 머심애 같어. 그전에는 태동을 혀도 약하게 혔는디…"

"그러면 오직이나 좋것소만…"

정한용은 오래도록 어머니 성미례 배를 쓰다듬으면서 깊은 상념에 빠져들었다. 이제 더는 성미례가 출산을 못 할 것 같기도 한데 마지막까지 아들을 낳지 못한다면 자신의 허망함은 그렇다 쳐도 부모님의 기대를 저버리는 것이 큰 죄를 짓는 것이다. 하지만 이미 주사위는 던져졌다. 돌이킬 수 없는 일이다. 괜한 서운함을 푼다며 어머니에게 그 책임을 전가한다고 해결될 문제가 아니다. 남녀 성의 결정은 남자에게 있다는 것이 정설이다. 딸만 낳는다고 괜히 여자에게 덮어씌운 것은 남자의 우월적 지위로 자기합리화를 꾀하는 소치다. 아버지 정한용은 그런 사실을 알기 때문에 어머니에게 불만을 표하지 않았다. 그렇게 생각하면서도 마지막까지 딸을 낳는다면 그 서운함을 어떻게 풀어야 할 것인가 하는 생각으로 쉬 잠에 들지 못했다.

아버지가 어머니의 배를 쓰다듬으며 별별 생각이 머릿속을 헤집고 다니는데 어머니는 낮에 하는 일이 힘들어서 그런지 깊은 잠에 빠져들었다. 어머니의 숨소리가 깊어지자 태아도 잠에 취하는지 조용해졌다. 태동을 멈추니 어머니의 배를 쓰다듬은 것도 아무 의미가 없었다. 손을 내려놓고 돌아누워 잠을 청했으나 좀처럼 잠이 들지 못했다. 어머니의 말처럼 이번에 아들이 아니면 시앗을 봐서라도 대를 이을 자식을 낳아야 하는가? 그래도 그렇지. 아무리 아들이 절대적으로 필요하다고 하지만 조강지처를 뒤로 밀치고 다른 여자 몸을 빌린다는 것은 한 여자의 남편으로서 용납되지 않는 일이었다. 아무리 부모님에게 불효자 소리를 듣는 한이 있더라도 그렇게 해서는 안 된다고, 그런 일은 없을 것이라고 다짐했다.

조심조심 몸가짐에 온 정신을 쏟아야 했다. 그렇게 해서 드디어 출산하게 되었다. 초저녁부터 배가 살살 아프기 시작하더니 시간이 지날수록 통증이 심해져 자정을 넘기면서 숨이 끊어질 것 같은 진통이 숨 돌릴 새 없이 이어졌다.

인시寅時, 첫닭 우는 소리와 함께 고고의 성을 울렸다. 고추를 달고 태어난 아이가 바로 세운이다. 이른 새벽인데도 집안 일가들에게 알려져 축복과 격려가 끊이지 않았다. 미역을 가져오고 미역이 없는 일가는 미역 대용으로 국을 끓이는 토란대 또는 첫국밥을 지으라고 쌀을 가져오기도 했다. 할아버지는 막내아들이 귀한 손자를 낳았다고 콧노래를 부르며 정갈하게 챙겨둔 금줄로 쓸 왼쪽으로 꼰 새끼에 빨간 고추를 듬성듬성 꽂고 청솔가지도 꽂아 대문 문지방에 걸었다. 잡귀를 쫓고 부정한 사람의 출입을 제한하는 금줄이었다.

어머니는 해산하느라고 기진맥진했지만 갓 나온 아가의 고추를 보고 힘이 절로 솟았다. 이만하면 된 것을! 그렇게 기다리며 죄인처럼 살아야 했던 통한의 시간이 한순간에 환희로 바뀌어 하늘을 훨훨 나는 기분이었다.

잠시 누워있다 목욕물을 데워 목욕시키고 배냇저고리를 입혀놓으니, 아버지 정한용을 꼭 닮은 갸름한 얼굴이 옥문을 나오느라 힘이 들었는지 얼굴이 상기되어 벌겋게 달아올라 있었다. 막 옥문을 나올 때 고고의 성을 힘차게 울리더니 목욕을 시키니 사르르 잠에 빠져들었다.

아침이 되어 먼저 아버지가 아들을 상견하러 들어왔다. 아버지는 희죽이 웃으시며 볼을 살짝 꼬집으며 "요놈! 어디서 인자사 온 거여? 이 애비가 얼매나 기다린 종 아냐? 늦게 왔어도 젖 잘 묵고 무럭무럭 자라야 헌다?" 하며 너무 기뻐 가슴이 벌렁벌렁했다.

세운은 그렇게 축복받으며 출생해서 앞선 누나들의 사랑까지 더하여 할아버지, 할머니 사랑까지 독차지하며 자랐다. 어머니 나이로서는 약간 만산이었지만 어머니가 억지로라도 미역국 등을 자청해서 잘 먹은 덕에 젖이 많아 울음 한번 울 겨를도 없이 편안하게 자랄 수 있었다. 물론 일제의 수탈이 극에 달해 먹을 양식이 부족하여 점심은 고구마 한두 개로 때우고, 저녁은 늙은 호박을 수저로 껍질을 긁어 잘게 썬 다음 푹푹 삶은 뒤 쌀은 겨우 곡기만 하여 훌렁하게 쑨 죽으로 연명했다.

여자로 태어나면 남자에 종속된 삶을 살아야 했다. 시대적으로 여자가 기를 펴고 살아간 때가 거의 없다고 해도 과언이 아니었다. 특히 생활이 어려울 때일수록 여인들의 삶은 더 고달프고 살을 깎는 고난을 이겨내야 했다. 더구나 왜정 시대를 비롯하여 해방 공간과 6·25 한국전쟁 시기엔 다 같이 어려운 삶이었지만 특히 여인들은 인간으로 대접받지 못했다.

아버지 정성운 어머니 성미례라고 예외가 아니었다.

아버지는 중류 가정의 막내아들로 태어나 부모님은 물론 집안 대소간 사람들에게도 각별한 사랑을 받고 자랐다. 종손 집에서 장손 아들 하나로 아들을 더 바라다가 할아버지의 오십 가까운 나이에 아들을 얻었으니 어찌 귀하고 사랑스럽지 않으랴. 그런 귀한 아들을 농사나 지어먹고 살리기에는 너무 아까웠다.

1905년에 출생했는데, 그 시절엔 학교가 없어 선생을 모셔 독서당으로 공부를 했다. 물론 현대교육이 아니라 한문을 배우는 것이었다. 대부분 또래는 목동초군이 되어 들에 나가 농사일을 하고, 산에 가서 땔나무를 해오고, 풀을 베어오는 것이 생활이었다. 그러나 아버지는 농사일이라고는 모르고 오직 공부만 했다. 그렇게 귀하게 자랐기에 신체적으로나 언행이 다른 또래들과는 달리 귀공자 대접을 받았다. 여유롭게 청소년기를 지내는데 국가적으로는 일제에 나라를 빼앗겨 식민백성으로 살아야 했다.

아버지하고 동갑인 어머니는 남원 대강 농촌에서 학교는 고사하고 글자 한 자 배우지 못하고 자랐다. 여자가 공부한다는 것은 어불성설이었다. 부자 양반집에서 태어나야 겨우 한글 정도 배우고 보통의 집 여인들은 공부하는 것을 아무 쓸데 없는 일로 치부하는 세태여서 공부는 꿈도 꾸지 못했다. 자라면서 여인으로서 해야 하는 바느질이나 길쌈 등 가사를 배우고 익히는 것이 여인들의 책무였다. 어머니는 그런 일을 충실하게 배웠다.

아버지와 어머니는 16세에 결혼을 했다. 결혼 이듬해인 1921년 순창에서 두 번째로 구림면에 소학교가 개교되어 아버지는 정식 소학교에 입학하여 현대식 교육을 받았다. 산안에서 소학교에 다니는 사람은 아버지가 유일했다. 소학교가 있는 연산 소재지까지는 $6km$가 넘어 비 오는 날이나 겨울에는 너무 힘들었다. 그 뒷바라지는 열여섯 어린 아내가 책임을 다했다. 그들은 아직 어리다고 해서 분가하지 못했다. 어린 그녀는 시조부모, 시부모, 시형제 간과 조카들까지 식구가 12명인 대가족의 식사나 빨래 등 집안에서 해야 할 일을 혼자 책임져야 했다.

어머니는 어린 나이였지만 결혼 전 여자들이 가장 어려워하는 베 짜는 기술까지 익혀 시어른들에게 칭찬받았지만, 산천이 설고 아는 사람하나 없는 홀몸으로 고된 시집살이를 이겨내야 했다. 더구나 아버지는 학교에 다니고 있어 도움은커녕 학교에서 돌아오면 의복 손질을 다 해주어야 했다.

그때는 신발이 짚신이라서 비가 오거나 겨울엔 땅이 질척거려 버선이다 젖어 밤새 빨아 이부자리 밑에 깔아 말려 아침에 신도록 대비해야 했다. 그런 어려움에서도 아버지는 학교에 다녀 시간적 여유가 없으니 어머니를 도와주지 못했다. 물론 남자가 여자 일을 도와주는 것은 남자의 자존심을 구긴다며 할 수 있는 일도 도와주지 못했다.

금실은 아주 좋았다. 어머니는 일이 고되어도 학교에서 돌아오는 아버지를 기다리며 잉걸불같이 뜨겁고 포근한 아버지의 사랑으로 극복할 수 있었다.

아버지는 소학교 4학년을 졸업했다. 나이도 20세가 넘었다. 이제 성인이 되어 독립해서 살 수 있어 분가했다. 논 다섯 마지기 밭 일곱 마지기 등 적지 않은 전답을 받아 분가하여 신접살림을 차렸다. 그때부터 어머니의 고생은 본격적으로 시작되었다. 아버지가 농사일을 못 하니 모든 농사일은 거의 어머니 몫이었다. 소가 있어 쟁기로 농사일을 하면 수월하지만, 쟁기 다루는 일은 남자가 해야 하는데, 아버지가 쟁기질을 못 하니 어머니 고생은 피할 길이 없었다. 어머니는 할 수 없이 괭이나 호미로 땅을 파고 씨앗을 심어야 했다. 여간 힘든 일이 아니었다.

일하는 남자가 있으면 여자는 보조적으로 거들 뿐 힘든 일은 남자가 알아서 처리하는데 아버지가 그럴 능력이 없으니 어머니가 하는 수밖에 없었다.

할아버지는 아버지가 일 못 하는 것을 알고 밭 일곱 마지기는 마을 바로 옆에 있는 아주 가까운 밭을 주었다. 그런데 큰집 백부께서 심사를 부려 억지로 빼앗고 대신 같은 면적이지만 산 넘어 1km가 넘는 먼 곳에 있는 밭과 바꿔치기한 것이었다. 거의 3년을 지어왔던 밭에 예년처럼 놉 다섯 사람을 얻어 콩을 심는데, 백부께서 밭으로 쫓아와 나가라고 윽박지르는 바람에 놉을 데리고 나올 수밖에 없었다. 그러는 과정에서 아버지는 오히려 형님인 큰아버지 말에 따르자고 어머니를 설득하여 어쩔 수 없이 가까운 밭을 큰아버지에게 내주고 말았다.

할아버지 할머니도 연로하신 터여서 백부님의 위세에 아무 말도 못하고 구경만 하고 있었다. 어머니는 그때 기어코 버티고 이겨내야 했는데 어린 나이에 어쩔 수 없이 물러난 것이 두고두고 후회스럽다고 했다. 아직 재력이 안 되어 소를 키울 수도 없었다. 따라서 밭갈이나 짐 운반에 소를 이용하면 한결 수월하지만 그럴 수 없어 지게로 아니면 어머니가 머리에 이고 짐을 날라야 했다. 아버지는 지게질을 제대로 하지 못하니 어머니가 할 수밖에 없었다.

아버지는 유학자 선비였다. 농사철에도 하얀 옷에 두루마기를 상시 입고 사는 바람에 어머니는 아버지 의복 챙기는 것도 여간 힘든 일이 아니었다. 농사는 어머니에게 맡기고 아무 보수도 없는 서당을 운영했다. 소학교가 있지만, 학교에 다니는 아이는 극소수이고 대부분의 아이는 부모를 따라다니며 농사일을 하는데, 그 애들을 대상으로 서당과 야학을 개설하여 그르쳤다. 어머니는 밤낮을 가리지 않고 서댔지만 농사일을 제때 해내지 못하여 발만 동동 구르기 일쑤였다. 벼를 추수하는데 눈이 내릴 때까지 볏단을 집으로 들이지 못하여 애를 태우고 있으면 마을 사람들이 일제히 나서 아침에 볏단을 한 짐씩 지게로 져다 주기도 했다. 그러면 어머니는 아침밥을 지어 볏단을 지고 온 사람들에게 밥을 차려주어 보답했다.

어머니는 일에 파묻혀 얼굴에 화장은 고사하고 손발이 터서 쩍쩍 벌어져 아파도 크림 하나 바를 새도 없었다. 말 그대로 땔나무꾼이었다. 어머니는 오지 산중에서 일에 시달려 여자다운 행색이 아닌데도 아버지가 마음속으로는 미안해하며 사랑하는 마음은 변치 않는 것이 오히려 고마워 고된 농사일을 혼자 추려 나가면서도 불만이 없었다.

낚시를 좋아하는 아버지는 시간이 나면 마을 앞으로 흐르는 강에 나가 낚시를 하고 깊은 소에 그물을 쳐 고기를 잡아와 고기반찬은 떨어지지 않았다. 그것은 할아버지께서 그물이나 투망질 또는 낚시질을 좋아하셨다. 아버지는 어려서부터 할아버지께서 물고기 잡는 법을 보고자라 아버지도 좋아하고 잘 잡아 왔다. 그래서 틈만 나면 강가로 나가 고기 잡는 데 푹 빠져있었다. 농사일이 아무리 바빠도 남 일처럼 생각하여 어머니에게 맡겨 두고 낚시질을 나갔다.

아버지의 그런 성격에 대하여 어머니는 못마땅하기도 했지만, 아버지를 하늘같이 섬기며 부부간 금실에는 문제가 없었다. 성격과 생각이 달라도 다투지 않고 서로 이해하며 사랑이 식지 않았기에 가정은 평탄하게 살아올 수 있었다. 특히 어머니의 포용력이 아버지 마음을 붙잡고 있었다.

1960년대 이전에는 태아가 출생하여 홍역이나 마마(천연두)를 치르고 나야 살았다고 여겼다. 그래서 출생신고를 1~2년 늦추는 것이 상례였다. 세운은 2년 늦게 출생신고를 했다. 대게 출생하여 1~2년 새에 홍역이나 마마를 앓았다. 마마는 전염성이 높고 치사율도 높았으나 예방주사 우두가 있어 많은 예방이 되었다. 그러나 홍역은 예방약이 없어 필수적으로 앓게 되었다. 홍역을 하지 않으면 저승에 가서도 치러야 한다는 무서운 돌림병이었다. 그때 우리나라 평균 수명이 40대 중반인 것은 홍역 같은 전염병으로 영아 사망률이 높은 원인이었다.

세운은 돌 지나고 이듬해 봄에 홍역을 앓게 되었다. 홍역을 심하게 앓아 죽을 것 같아 크게 걱정했다. 열꽃이 온몸을 콩멍석처럼 피어나고, 고열이 이어져 경풍이 나기도 했다. 약도 없었다. 그냥 지켜보는 수밖에 없었다. 효험이 있는지 모르지만, 민간요법으로 산토끼 똥을 주어다 끓여 그 물을 마시게 했다. 어린 영아로서 스스로 먹지를 못하니 젖을 빨리면서 수저로 떠 넣어 먹였다. 씁쓰름하여 먹지 않고 뱉어 내버렸다. 약이 없어 답답하니까 민간요법으로 써보는 것이지 나을 것이라는 큰 기대는 하지 않았다. 그렇게 홍역에 고생하고 살아난 세운은 전과 달랐다. 물론 몸이 괴로워서 그렇겠지만 순둥이로 이름이 나있었는데, 홍역을 앓고 나서부터는 울보떼보가 되었다. 한번 울음을 시작하면 끝이 없었다.

돌이 지나면서부터는 걷기도 하고 말귀를 알아듣기도 했다. 하지만 그동안 병치레를 한다고 오냐오냐하며 뜻을 받아주어 응석이 심해졌다. 한 번 울음보가 터졌다 하면 한나절은 예사였다. 밥을 한 술씩 받아먹기도 하지만 젖이 적어지면서 양이 덜 차니 더욱 심정을 부렸다. 그동안 웬만하면 그 뜻을 다 받아주었는데 생각지도 않았는데 어머니가 수태하게 되어 정신적으로 육체적으로 피로하면서 차츰 세운에 대한 관심과 사랑의 깊이가 얕아지면서 소외감을 느끼게 되었다. 누나들이 업어주며 달랬지만 그것으로 성이 차지 않아 그런지 하루 생활이 울음으로 시작해서 울음으로 끝났다.

네 살을 먹으면서 스스로 생각하기 시작했다.

울음이 터져 한참을 울다가 지쳐 울고 싶지 않아 달래면 그치려고 하는데 누구도 달래주지 않았다. 그때는 세운 자신이 난감했다. 철이 들기 시작하면서부터는 차츰 울음을 참기 시작했다. 울고 그침을 판단하기 시작하면서 오히려 식구들의 관심을 받기 시작했다. 그렇게 다시 식구들이 세운에 대한 관심을 가지면서 귀여운 짓을 많이 함으로써 웃음소리가 담을 넘기 시작했다.

어머니가 세운의 동생을 출산했다. 또 아들이었다. 집안은 물론 큰집 할아버지 할머니가 더할 나위 없이 좋아하며 겹경사가 났다. 아들을 두 명이나 두었으니 더 바랄 것이 없었다. 다만 일제 말기 단말마적인 수탈로 정상적인 생활이 어려워 자식들을 제대로 먹이지 못할까 걱정이었다. 논 다섯 마지기에 밭 일곱 마지기에서 나는 농산물 중 쌀과 보리는 거의 다 공출로 빼앗기고 나면 일곱 식구가 겨울 한철 먹기도 어려웠다.

산나물을 말려두었다가 죽이나 밥에 섞어 모자란 약식을 보충했다. 제일 요긴한 것은 호박이었다. 밭 언덕이나 산기슭에 심어 거름만 주면 호박이 많이 열렸다. 그런 것은 공출하지 않아도 되어 오롯이 자기 몫이었다. 입에서 호박 냄새가 나도록 물리게 먹었다.

너무도 살기가 각박하여 어머니는 농한기에 집에서 밥만 축내고 있을 수 없어 만주로 장사를 나갔다. 집에서 길쌈해서 짠 삼베를 가지고 만주에 들어가면 국내보다 비싸게 팔 수 있었다. 높은 가격을 받을 수 있다는 말에 어린 핏덩이 둘째 동운을 업고 만주행 열차를 탔던 것이다. 지금까지 기차를 본 적도 없는데 기차를 혼자 탄다는 것이 걱정도 되었다.

만주 하얼빈에서 음식점을 크게 성공한 집안 조카 정일동이 정보를 주어 그곳으로 찾아간 것이다. 임실역까지 거의 구십 리나 되는 길을 걸어갔다. 어린 떡 애기를 업고 청웅 어느 마을에서 하룻밤 자고 임실역에 도착했다. 일반 자동차도 타보지 않은 어머니가 기차를 처음 탄 것이다. 나서면 갈 수 있다는 신념으로 과감하게 나선 것이다. 기차 안에서 3일 동안 지내고 하얼빈에 도착했다. 처음 타는 기차라서 달리는 차 안에 있으면 땅이 뒤로 물러나며 천지가 빙빙 도는 것 같았다. 그러다 보니 멀미가 나서 죽을 것 같았다.

압록강 국경을 넘어 중국으로 들어가려면 세관원의 검사를 받는데 간단한 소지품이나 일용품이 아니면 가지고 갈 수 없었다. 세관원에 적발되면 전부 압수당했다.

어머니는 집에서부터 삼베를 속치마나 포대기 또는 몸에 베필을 칭칭 동여매고 나섰다. 요행히 세관을 무사히 통과하여 하얼빈에 도착했다. 조카가 반가이 맞아주었다. 베 파는 것도 정일동 조카가 다 해주었다. 국내서 파는 것보다 월등히 높은 가격을 받을 수 있었다.

그러나 베를 좀 비싸게 파는 것이 대수가 아니었다. 업고 간 둘째가 이질에 걸려 설사를 죽죽 해댔다. 약이 없는 시절 더구나 객지에서 병을 얻었으니 어떻게 할 도리가 없었다. 먹는 것은 부실하지 거기다 물만 마셔도 금방 설사로 쏟아버리니 탈진이 될 수밖에 없었다.

삼박 사일 동안 기차 안에서 탈진하여 기진맥진한 아이를 업고 집에 도착했을 때는 이미 짐이 기울어져 있었다.

집에 도착해서 삼일을 못 넘기고 그 귀한 둘째 아들을 잃어야 했다. 베 서너 필 비싸게 판 것이 아들 잃은 것에 비하랴? 온 집안이 침통한 분위기에서 헤어날 줄 몰랐다.

그렇게 봄이 지나고 본격적으로 일철이 내달아 침통한 분위기에 빠져 있을 수는 없었다. 죽느니 사느니 하지만 산사람은 살아야 한다. 어머니 아버지는 심기일전하여 농사일을 시작하면서 아들 잃은 통한에서 차츰 벗어날 수 있었다.

세운은 동생을 잃으면서 다시 그에게 모든 시선이 집중되었다. 그 하나만이라도 잘 키워야 한다는 일념이 세운에게 쏠리면서 사랑을 독차지했다.

아버지는 세운이 다섯 살이 되면서 공부를 시켰다. 아버지가 직접 붓으로 추구推句(기초한문 교재) 책을 손수 제작하여 교재로 삼았다. 제일 먼저 문장이 천고일월명天高日月明 지후초목생地厚草木生으로 시작해서 사계절과 자연현상을 설명하는 것인데 옛 명인들의 시나 좋은 문장에서 따온 글귀였다. 천자문과 버금가는 좋은 책이었다.

세운은 아버지가 읽어주는 것을 뜻도 모르고 입으로만 달달 외는 것으로 시작했다. 그렇게 아버지에게 사자소학四字小學까지 배웠다. 글자나 뜻을 잘 모르면서도 입으로는 잘 외우니 아주 공부를 잘한다고 칭찬이 자자했다. 아버지는 세운을 자랑하고 싶어 어른들이 모이는 동네 사랑방으로 데리고 나가 외도록 했다. 세운은 칭찬이 듣기 좋아 신이 났다. 또한 아버지 역시 세운이 칭찬을 들으면 더욱 좋아했다

손님이 오면 어김없이 세운을 데려가 배운 것을 외우게 하여 그 칭찬에 아버지는 더욱 만족해하셨다. 세운이 학교 다니면서는 방학 때만 공부했는데 입으로만 외운 탓에 금방 잊어버리고 새로 배우기를 반복했다.

그 어렸을 때 익힌 한문은 '하늘 천天~ 따 지地~' 외 기억에 남아있는 글자는 거의 없었다.

2

검은 파도 앞에서

일제 말기 태평양 전쟁으로 일제의 수탈이 상상을 초월한 가렴주구苛
斂誅求로 하루하루 살기가 정말로 어려웠다. 농사지으면 공출로 뺏어가
먹을 식량이 부족하여 초근목피로 연명해야 했다.

그렇게 생활이 어려워 어머니는 도붓장사에 나섰다. 산야에 나가 고
사리나 취나물, 쑥 등을 캐다 말려두었다가 머리에 이고 다니면서 곡식
을 바꿔오는 장사였다. 3~4일씩 이 동네 저 마을로 돌아다니며 장사를
하는데 창궐했던 이질(설사병)을 어머니가 묻혀 들어왔다. 만주 다녀오다
설사병으로 둘째 동운을 잃고는 그 고통이 생생히 기억되는데 또 이질에
걸리다니 공포에 떨 수밖에 없었다.

그런데 할아버지를 비롯하여 누나들과 세운까지 이질이 전염되어 사
경을 헤매고 있었다. 정말로 가문에 큰 재앙이 닥친 것이다. 예상이나 한

듯 그렇게 병마에 시달리다 셋째 딸과 할아버지까지 돌아가시게 되었으니 집안이 쑥대밭이 되었다. 불행 중 다행이라고 할 수 있는 것은 세운은 애초에 몸이 튼실해서 그런지 이질을 이겨냈다. 그나마 집안의 횃불이 살아 있어 희망이 완전히 꺼지지는 않아 비통 속에서도 세운의 재롱으로 웃음을 찾을 수 있었다.

세운은 심한 감기나 이질 등으로 몸이 쇠약해지면서 다시 성격이 날카로워졌다. 날카로운 성격으로 사람들의 눈총을 받으면서 남 앞에 나가는 것을 극도로 꺼려하며 부끄러움을 심하게 타기 시작해 스스로 못난이가 되어가고 있었다. 어른들은 무척 안타까워했다.

밥을 먹어도 달게 먹지 않고 깨질거리니 몸이 좋아지지 않았다. 몸에 좋다는 음식을 먹이려 해도 심정만 부리고 먹으려 들지 않았다. 보약을 달여 먹이려는데 약이라 하면 먼저 고개를 돌려버렸다. 속수무책이었다. 자연적으로 몸이 허약하니 또래와 어울리지도 못했다.

1945년 8월 15일 일본의 압제에서 풀려나는 해방이 되었다. 라디오는 물론 신문조차 들어오지 않아 외부세계의 소식은 깜깜한 밤중보다 더 어두웠다. 바깥에 다녀온 사람이나 타지 사람이 들어와 전하는 소식이 있어야 세상 돌아가는 물정을 알았다. 무지렁이로 깊은 산골에 사는 터라 세상 돌아가는 것을 안다는 것은 극히 이례적인 일이었다. 도시에서는 이미 8월 15일에 일본이 항복했다는 사실을 알고 거리로 나와 만세를 부르는 등 해방의 기쁨에 취해있을 때, 산안마을은 은둔의 나라처럼 어떤 미동도 없었다. 그럴 수밖에 없는 지리적 여건에 놓여있다.

정확한 위치는 전북 순창군 구림면 안정리 산안마을이다. 마을 이름이 말해주듯 말 그대로 첩첩산중 속에 자리 잡고 있다. 강을 건너고 큰재를 넘어서 자리하고 있는 하늘만 빤히 보이는 곳이다. 십오 리는 나가야 자동차가 다닐 수 있는 신작로를 만나는 데 꼭 필요한 일이 있어야 사람의 왕래가 있기 마련이다. 그러니 해방된 소식도 8월 18일 장날 시장을 다녀온 사람이 해방 소식을 전했던 것이다.

　　해방 소식을 늦게 알았지만 해방의 기쁨은 어느 마을 어느 도시보다 뒤지지 않았다. 온 마을 사람들이 바쁜 일손을 내려놓고 만세를 부르기도 하고 일부 세상 물정을 아는 사람들이 앞으로 어떻게 일이 돌아갈 것인가를 예측하는 이야기와 토론이 활발히 이루어졌다.

　　보통학교(초등학교) 선생이었던 정한열 씨가 이야기와 토론을 주도하며 해방의 잔치를 하자고 제안했다. 마을 사람들이 모두 찬성하여 작은소를 한 마리 자체적으로 잡아 마을 잔치를 했다. 아직 벼가 익지 않아 나락고개라는 절량기인데도 집집마다 형편에 맞는 식료품을 갹출하여 음식을 준비했다.

　　마을에서 제일 부자인 김옥출 씨가 그 어려운 시기에도 8월까지 쌀이 있어 한 가마를 내놓았다. 간장을 가져온 사람, 붉은 고추를 따온 사람 등, 십시일반 각가지 식재료를 상상외로 많이 가지고 왔다. 제일 부자인 김옥출 씨 집 마당이 넓어 차일 두 개를 쳐놓고 마을 사람이 빠짐없이 모여서 술과 고기와 밥을 배부르게 먹으며 즐겼다. 그동안 대부분 양식이 없어 초근목피로 연명하다시피 하다가 쌀밥에 소고기와 갖가지 새 식재료로 만든 음식은 해방의 기쁨을 만끽하기에 충분했다.

어린아이들도 함께했다. 세운의 나이 7세, 해방이 무엇인지 잘 알 수는 없지만, 어른들이 흥겨워하며 노는 마당에 아이들도 덩달아 좋아라 하며 3일을 즐겁게 지냈다.

해방은 개벽이었다. 우선 순사라고 하면 애기들조차 경기를 일으키며 울던 울음을 뚝 멈췄던 시절이 하룻밤 새 딴 세상으로 바뀐 것이었다. 순사는 어디로 가버렸는지 나타나지 않아 주눅 들었던 가슴을 펴고 당당하게 살아갈 수 있었다.

동네 구장만 해도 그 앞에서는 마을 사람들이 기가 죽어 할 말을 제대로 하지 못했다. 일본 놈 악행을 비판이라도 하는 날에는 지서에 신고하는 바람에 사찰기관으로 끌려가 고초를 겪어야 했었다. 그런데 구장의 눈치 볼 것 없는 것이 제일 실감 나는 해방의 기쁨이고, 어깨를 펴고 살 수 있는 당당함이었다.

마을 구장인 천찬영은 그의 아버지가 살기 어려우니 산전벌이라도 해먹고 살겠다고 산안마을로 들어왔던 것이다. 애초에 그의 아버지 천을동은 대장장이로 마을 사람들의 연장을 고쳐주는 일을 해서 먹고 살아왔다. 생면부지 타향에 들어와 살아가는데 일가친척 하나 없어 고생을 많이 했다. 천을동은 키 160cm로 왜소한 편이었으나 부지런하여 누가 부탁하지 않아도 일에 쫓기는 사람이 있으면 스스로 찾아가 도와주고 특히 약자인 부인 혼자 사는 집은 유독 관심을 가졌다, 그에 대한 평판이 아주 좋아 마을 사람들과 쉽게 친숙해져 동화되고 정착하여 뿌리를 내릴 수 있었다.

찬영은 아버지 가업인 대장간을 이어받아 운영하면서 마을 사람들에게 많은 편의를 제공해 줌으로써 신망이 쌓여갔다. 찬영은 어려서부터 한번 들으면 잃어버리지 않은 머리가 좋은 아이였다. 가세가 넉넉지 못하여 마을 서당에도 다닐 수 없어 서당 다니는 또래들에게 천자문과 사자소학 등 기초적인 한문책을 빌려 독학으로 공부를 했다. 그가 17세가 되던 해에 면 소재지에 소학교가 설립되어 또래들은 소학교에 다녔는데 그는 소학교도 다니지 못했다. 그래도 독학으로 한문을 배웠듯이 학교 공부도 친구들을 통해 독학으로 일본말도 배워 어느 정도 앞가림을 할 수 있었다.

다른 친구들은 정상적인 학교에 다녔어도 찬영처럼 제 앞가림도 못한 사람이 많았다. 그러나 그는 성장하여 청년이 되면서 실력이 갖추어져 마을 사람들로부터 인정을 받아 구장(里長)이 되었다. 구장이 되어서 그는 마을 사람들의 길잡이로 처음에는 마을을 위하여 열심히 일했다. 그로부터 대장장이 일을 그만두고 구장 역할에 더욱 매진했다. 따라서 면이나 지서 등 관계기관과도 소통이 잘 되어 마을 사람들의 어려움을 해결해주는 든든한 청년이고 책임질 줄 아는 구장이었다.

그렇게 마을의 신임을 받고 잘 나가던 찬영도 장기간 구장을 맡으면서 마을의 대소사를 독선으로 자행함으로써 사람들의 신망이 떨어지기 시작했다. 사람의 일반적인 심리가 장기간 권력에 취하게 되면 독선에 빠지고 자기 우월적 망상에 사로잡혀 자기합리화에 몰두하게 된다. 찬영도 다르지 않았다. 거기에 더하여 일제는 해가 갈수록 압제가 심해지고 특히 태평양 전쟁에 빠져들면서 수탈에 혈안이 되어 가혹한 악행이 날로 심화되어 가고 있었다.

구장 천찬영은 초심을 잊어버리고 일본의 앞잡이 노릇을 자처하면서 주민들을 자기가 관리하는 대상으로 군림했다. 이른 초봄부터 숨 막히게 농사일을 시작하여 삼복더위를 무릅쓰고 죽을 둥 살 둥 농사를 지어놓으면 공출로 거의 다 빼앗기고 홀태기(벼를 훑은 도구) 밑 처지기 벼나 검불이삭만 남았으니 식량이 태부족하여 초근목피로 살아야 했다. 산에 가서 칡뿌리를 캐고 둥굴레나 마 또는 더덕을 캐다 연명했다. 마을 사람들은 그렇게 어렵게 살아가는데 구장인 찬영은 농사를 지어도 스스로 공출을 면제하여 양식 걱정 없이 살았다.

더하여 주재소 순사들과 통하여 밀정 노릇을 했다. 마을에 불미스런 사건이나 심지어 어쩌다 땔감으로 생솔가지를 해오는 날엔 어김없이 밀고하여 주재소에 불려 나가 조사를 받고 벌금을 물며 심하면 경찰서 유치장에서 구류를 살기도 했다.

구장은 선처해준다는 명목으로 그 비용을 요구하고 풀려나면 그 공을 갚아야 했다. 처음에는 마을 사람을 위하여 애쓰는 듯이 보여 마을 사람들의 신임을 받았으나 결국은 병 주고 약 주는 이중성으로 주민의 원성이 날로 높아졌다. 하지만 시대가 어느 때인가. 일제가 강압 정치를 하던 시절인데 불만이 있어도 어디 대고 하소연을 할 수 없었다. 주재소 순사들은 이미 구장과 긴밀한 관계를 맺고 활동하는 사람이라서 어느 누구도 구장을 탓하거나 비위를 폭로하지 못했다. 그는 구장 직을 큰 권력으로 이용하여 마을 사람들을 꼼짝 못 하도록 손아귀에 넣고 지배했다. 그를 탓하거나 험담하는 날에는 그 보복이 상상을 초월했다. 마을 사람 누구도 그를 반대하거나 거스르지 못하고 절대복종해야 했다.

일제의 잔인한 통치가 심해지면서 구장으로서 악행도 덩달아 더해갔다. 멀리 있는 주재소 순사보다 날마다 대면해야 하는 구장이 마을 사람들에게는 공포의 대상이었다. 말 그대로 피할 수 없는 지옥 같은 삶의 연속이었다.

전쟁의 가장 큰 희생자는 군인도 아니고 보통의 일반 국민이다. 태평양 전쟁이 치열해지면서 식량 공출은 두말할 것 없이, 부족한 전쟁 물자를 보충하기 위하여 국민에게 큰 부담을 지웠다. 실탄을 만든다고 놋쇠 그릇이며 수저는 물론 심지어 어른들이 쓰는 담배 대통과 그 빨부리까지 아무 대가도 치르지 않고 자진 납부 형식으로 빼앗아 갔다. 부엌의 살강이나 도장 속에 있는 것까지 샅샅이 뒤져 놋쇠붙이를 다 수탈해 갔다. 만일 그런 놋쇠붙이 그릇을 내놓지 않고 숨겨두었다가 나중에 발견되면 헌병대나 주재소에 끌려가 구타당하고 영창에 들어가 고생해야 했다.

그렇게 놋그릇을 숨겼다가 구장 찬영의 신고로 고초를 겪어온 사람이 있었다. 정남구 어른이다. 대대로 물려온 놋화로가 너무 귀중하고 선조의 얼이 담겨 있어 차마 그런 것까지 내놓을 수 없어 숨겨두었다. 천찬영은 그 집에 놋화로가 있는 것을 알고 있었는데 내놓지 않아 지서에 밀고한 것이다.

"집에 있는가?"

찬영은 이른 아침에 정남구 어른 집을 찾아갔다.

"구장이 어쩐 일이여? 요롷게 일찍 우리 집을 다 오고."

정남구 어른은 천찬영 구장이 찾아온 것을 반기기보다는 무슨 좋지 않은 일이 있어 찾아온 것으로 알고 의심스런 눈으로 그를 쳐다보며 물었다.

"별것 아니고. 지난번 위대한 대일본 천황폐하를 위하여 부락 사람 전부가 나서 군수물자에 쓸 놋쇠 그릇들을 많이 내놓아 성적이 좋았는데 혹시 자네는 다 내놓았는가 싶어 왔어. 숨겨 논 것은 없는가? 나중에 숨겨둔 것이 발각되면 문제가 커져. 그래서 말인디, 이 집에 놋화로가 있는 줄 아는디, 내놓지 않은 것 같아서 알아보려고 왔어."

"우리 그 놋쇠화로 없어진 지 오래 되았어."

정남구는 가슴이 뜨끔했다. 귀신같이 알고 찾아온 구장의 속내를 잘 알기 때문이다. 오래전에 없어졌다고 둘러댔지만 가슴에서 맞방망이질을 했다. 그렇게 찬영이 다녀가고 3일 후 지서 순사들이 나와 가택 수색을 하여 도장 큰 독 속에 숨겨두었던 놋화로를 발견하고 압수해가며 정남구 씨를 데려가 많은 고초를 겪었다.

그뿐만이 아니다. 정제하여 비행기 연료로 쓴다며 송진을 의무적으로 공출하라고 배정했다. 집집이 생솔가지를 베어다 불로 찧어 송진 기름을 내어 20L씩을 납품해야 했다. 장년층은 광산 노동자로 끌려가고 젊은 청년들은 전쟁터로 끌려가 남자가 없는 여인네만 사는 집이라고 사정 봐주지 않았다. 하는 수 없이 높은 품삯을 주고 송진을 구하여 공출해야 했다. 1945년 2차 대전이 막바지에 이르렀을 때는 수탈과 주민통제가 극에 달했다. 50대 미만의 여인들까지 군사훈련을 시켰다. 여자들에게 몸뻬바지를 입혀 제식훈련 등 군사훈련을 시키고 비행기 공습에 대비해서 집집마다 방공호 땅굴을 준비하도록 했다.

사회적으로 명망이 있는 인사를 동원하여 학생들까지 일본군에 입대하도록 독려하고 군수물자 구입 자금 모금에 자진 참여하도록 선동했다. 하지만 세상의 이치는 항상 그런 것은 아니다.

철옹성 같던 일제의 폭정도 끝이 있게 마련이었다. 구장을 비롯한 일제에 빌붙어 떵떵거리며 살던 친일분자들이 하루아침에 그들의 권력이 무너질 줄을 어찌 알았겠는가. 영원하리라 생각했던 아성이 무너지면서 그들의 앞날에 먹구름이 드리워지기 시작했다.

하루아침에 죄인 신세가 된 것이다. 기세등등했던 천찬영 구장의 처지가 말이 아니게 되었다. 세상 참으로 무상한 것이다. 날아가는 새도 떨어뜨릴 수 있다던 천찬영이 하루아침에 끈 떨어진 갓 신세가 되었으나 누구 하나 그를 동정하는 사람이 없으니 대문 밖을 나다닐 수도 없었다.

누가 무어라 하지 않아도 스스로 아무것도 할 수 없는 처지에 죽지 못해 살고 있는 것이다. 그는 그대로는 살 수 없다고 판단하고 그의 신분을 모르는 곳으로 도피성 이사 가기로 했다. 순창읍에 거처를 마련하고 야반도주한 것이다. 마을 사람 누구도 눈치채지 못했다. 거의 몸만 빠져나간 것이다.

마을 사람들은 천찬영이 도망간 것을 알고 허탈감에 빠졌다. 세상이 바뀌었으니 그에게 앙갚음도 하며 그의 기가 꺾인 가련한 처지를 보고 싶었는데 아쉽게도 놓쳐버린 것이다.

만나는 사람마다 허탈해하며 "허허, 찬영이 도망갔담선? 그놈을 영금 보여야 허는디 미꾸라지 손 새 빠져나가듯 도망쳐버려 아쉽구만."

마을에서 제일 부자로 알려진 김옥출 씨가 친한 정성문을 찾아가 울분과 허탈함을 토로했다. 농사가 많아 그동안 공출 등으로 시달림을 많이 받아 왔던 것이다.

"그려! 쥐새끼 같은 자식. 그자가 마을 사람들한테 오직이나 못살게 혔는가. 그런디 뜻허지도 않은 해방이 되었으니 무슨 면목으로 이 마을에서 살 수 있겠어? 야반도주를 잘한 거지. 만일 그대로 있다가 무슨 일을 당헐라고."

정성문은 김옥출처럼 심하게 당하지는 않았지만, 일제하에서 일제 협력자 아니고는 당하지 않는 사람이 없었다.

일본이 항복하여 우리나라가 해방되었을 때는 말 그대로 속박에서 풀려 모든 것이 자유로울 줄 알았는데, 해방정국이 기대와는 다르게 돌아가고 있었다.

미 군정이 실시되면서 일제와 별반 달라지는 것이 없었다. 치안이고 행정이고 제반 국가 운영에 일인들만 사라지고 공출 같은 수탈이 없을 뿐, 일제에 부역했던 면서기들이나 경찰이 대부분 그대로 있으면서 모든 업무를 처리함에 따라 하나도 달라진 것이 없었다. 공직에 있던 사람은 오히려 호시절을 만났다. 대부분 우리나라 사람은 하급직이었는데 상위직인 일인들이 물러남에 따라 하루아침에 승진이 되어 떵떵거리게 되었다. 다만 천찬영 같은 친일분자들의 눈치를 보지 않아도 되며 자기 의사를 자유로이 표할 수 있는 것이 해방의 진가였다.

천찬영 구장이 왜정 때 해온 폭정을 생각하면 재산을 전부 몰수해야 하는데 그렇게 무법적으로 처리할 수 없으니 그는 그런 것을 알고 재산을 정상적으로 매도하여 가져간 것이다. 산중이라서 전답이 부족하여 평야지보다 비싼데 그는 그 시세를 다 받아 가게 되었다. 따라서 읍 주변 시세보다 비싸게 팔아 읍내에서 전답을 사는데, 팔았던 면적보다 더 많은 땅을 구입하게 되어 전화위복이 된 셈이다. 세상 돌아가는 것이 역설적이기만 했다. 그는 오히려 더 부자가 된 것이다.

일제에 협력한 사람들은 그때 벌어들인 재산을 다 몰수하는 것이 국민들의 감정과 정서에 맞는 일이지만, 아무리 친일 인사라도 세상 돌아가는 사정을 잘 알고 기회를 엿보아 행동함으로써 왜정 때 누렸던 영화를 그대로 지속할 수 있는 불합리가 공공연히 자행되고 있었다. 통탄할 일이었다. 또한 해방되어 자유를 찾았다고 했지만, 사회는 더 혼란스러웠다. 더구나 일제 치하에서는 극도로 제약받았던 사회주의 특히 공산주의가 수면 위로 드러나 활동함으로써 사회는 한 치 앞을 내다볼 수 없는 불확실한 정국이 되고 말았다.

산안마을에서 가장 떨고 있는 사람은 천찬용이었다. 마을 구장을 하면서 일경이나 헌병대에 정보를 제공하여 쌀 한 톨도 숨기지 못하게 단속하여 수탈을 가혹하게 했던 자다. 그런 그가 일본이 망하는 것을 바랄 리가 없었다. 그러나 이 세상에 영원한 것은 없다. 하늘이 무너져도 까딱없을 것이라고 믿었던 일본이 손을 들어버렸으니 친일 반민족 분자들은 죽음보다 더한 나락으로 빠져들었다.

마을 청년들은 구장인 찬영을 마을에서 몰아내기로 결의하고 실행에 들어갔다. 찬영으로서는 잘된 일이라고 생각했다. 마을에서 그대로 살아간다면 두고두고 죽어 살아야 하는데, 일제에 부역한 사실을 모르는 곳에 가서 살면 스스로 말하지 않는 한 숨기고 살아갈 수 있기 때문이었다.

어찌 보면 세상사가 참으로 아이러니한 것이다. 그가 산안마을을 감쪽같이 떠남으로써 친일 세력으로 낙인을 지우게 되었다. 오히려 자식들을 제대로 교육하고 재산도 온전하게 보존할 수 있어 먹고 사는 것뿐만 아니라 자식들이 교사이거나 금융조합 직원으로 근무하게 됐다. 보통사람들은 피죽으로 겨우 입에 풀칠도 어려운데, 그것도 아니면 하루 세끼 중 한 끼는 굶는 것이 일상이었는데, 그들은 양식 걱정 없이 배 불리 먹으며 떵떵거리고 살아갈 수 있었다. 또한 6·25 한국전쟁 시 공산주의자들은 지주계급과 친일 부역자를 가장 혹독하게 취급하여 많은 사람이 처형되었는데, 찬영 일가는 왜정 때의 행적이 드러나지 않아 참혹한 전쟁 하에서도 털끝 하나 다치지 않고 참화를 피할 수 있었다. 친일매국 행위자는 대대로 잘 사는데 독립운동이나 일제에 항거한 사람은 삼대를 빌어먹는다는 말이 찬영을 두고 한 말이었다.

세운의 나이 일곱 살, 아직 세상 물정을 모르면서도 마을 사람들이 부잣집 마당에 모여 술과 음식을 먹으며 만세를 부르고 농악을 치면서 즐겁게 노는 데 함께했다. 사흘 동안 잔치를 했다. 세운도 덩달아 마을 아이들과 함께 좋은 음식을 먹으며 노는 지금까지 경험해보지 못한 즐거움이었다.

해방을 맞는 즐거운 잔치가 끝난 뒤로도 밤이면 마을 사람들이 모여 앉아 앞으로 세상이 어떻게 돌아갈 것인가 하는 토론과 의론이 활발하게 전개되었다.

　정돈되지 않은 3년간의 미 군정이 끝나고 1948년 우리 역사상 처음으로 5·10 선거로 제헌국회가 결성되어 헌법을 제정하고 8월 15일 드디어 대한민국 정부가 수립됨으로써 명실상부한 국가체제를 갖추고 국제사회에 대한민국 정부수립을 공식적으로 선포했다.

　정식으로 정부가 들어섰지만, 하루아침에 사회 혼란이 완전하게 수습되고 질서가 확립되지는 못했다. 더구나 남북이 분단되어 북쪽은 공산주의 정부가 들어서고 남쪽은 자유 민주 정부가 들어섬으로써 적대적인 관계로 이어지면서 남한 내에서도 활발하게 논의되었던 공산주의는 설 자리를 잃게 되었다. 새 정부에서는 공산주의자들을 억제하고 검거함으로써 그들은 산속으로 숨어들었다. 산속으로 숨어든 그들은 반란군으로 활동하면서 게릴라전으로 대척해왔다.

　반란군은 밤이면 민가로 내려와 식량과 온갖 생활용품을 빼앗아 갔다. 불응한 사람은 가차 없이 처단하여 공포의 대상이 되었다. 그래서 사람들은 그들에게 반항하지 못하고 살기 위해서는 그들의 요구를 들어주어야 했다.

　초저녁 어둠이 내려앉으면 개들이 짖기 시작했다. 개가 짖어대면 마을 사람들은 무서워서 밖에 나가지 못하고 집안에 갇혀 떨고 있어야 했다. 반란군이 꼭 자기 집으로 들어오는 것 같아 긴장하며 떨고 있었다.

　마을은 죽음의 도시처럼 불빛이 다 꺼지고 숨소리도 들리지 않은 깊은 정적에 빠져들었다. 불길한 조짐을 예고하듯 개 짖는 소리가 저주스럽게 들렸다.

세운네 가족이 벌벌 떨고 있었다. 이때 마당에서 인기척이 나더니 뜰로 올라오는 발소리와 함께 "동무. 동무. 주인 없소?"하며 낮은 소리로 불렀다. 그래도 대답을 못 하여 떨고 있는데 신발 신은 채 마루로 올라오는 발소리가 둔탁하게 들렸다.

어머니가 잠에서 깨인 듯 목이 잠긴 소리로 "누구요? 이 밤중에…" 하며 마지못해 문을 열었다.

"불 좀 켜. 큰 소리 내지 말고."

이미 마루로 한 사람이 올라오고 둘은 토방에 엉거주춤 서서 사주경계를 하고 있었다. 어머니가 벌벌 떨면서 성냥불을 켜는데 떨리는 손이라서 잘 켜지지 않았다. 두 누나는 이불속에 파묻어둔 채 작은방에서 주무시던 아버지께서 큰방으로 오셔서 그들을 만났다.

아버지는 40대 중반이지만 수염을 길게 길러 누가 봐도 노인으로 어른스러웠다. 그들도 아무리 비적匪賊 떼지만 어른을 보고 함부로 하지는 않았다. 아버지는 아랫목에 앉고 그들은 윗목에 앉아 이야기했다. 세운도 잘 수가 없어 아버지 옆에 앉아 그들을 바라보고 있었다. 그들도 사람이었다. 보지 않았을 때는 반란군은 이마에 뿔난 도깨비라고 생각했었는데, 옷이 허름한 군복일 뿐 분명히 우리말을 하고 얼굴 생김새도 우리와 다르지 않았다. 그래서 막상 한자리에 앉아 있으니 오히려 무서운 마음은 가라앉으며 긴장이 풀렸다.

그들은 윽박지르고 겁을 주는 것으로 알고 있었는데, 아버지를 어른으로 생각하면서 톤이 낮은 어투로 쌀과 소금을 달라고 했다. 아무리 나이 많으신 아버지라도 그들의 악행을 익히 들어온 터여서 순순히 응할 수밖에 없었다. 아버지도 그들이 순순히 나오는 것을 보고 거역은 할 수 없어 사정했다.

"지금이 보릿고개로 가장 어려운 때인데 우리가 가지고 있는 쌀이 서말쯤밖에 없어요. 우리도 먹고 살아야 하는데 어찌하면 좋겠냐고" 사정을 했다.

"미안하오. 우리가 통일되고 우리 세상이 되면 기록해두었다가 갚아줄 테니 한 말이라도 주십시오."

그들도 아버지의 통사정에 마음이 움직여 강압적이 아닌, 사정하는 어감이었다. 어떻든 그들이 요구한 것을 거역할 수는 없었다. 오히려 순순히 내놓는 것이 좋을 것 같아 아버지는 그들이 가져온 배낭에다 쌀 한 말쯤을 담아주었다.

"감사합니다. 해방되면 틀림없이 보상할 테니 염려하지 마셔요. 소금도 좀 주어야 하는데…"하고 19세쯤으로 보이는 가장 젊은 사람이 말했다.

그가 내미는 작은 자루를 어머니가 받아들고 장독으로 가서 소금을 두 되쯤 퍼 가지고 와서 그에게 전해주었다.

그들은 쫓기는 행동으로 곧바로 일어나 바람같이 사라져버렸다.

아버지 어머니는 고무공에서 바람이 빠지듯 크게 한숨을 내쉬면서 서로 얼굴을 쳐다보며 아무 말도 하지 않았다. 이불속에 파묻힌 채 숨을 죽이고 있던 누나들은 땀으로 흠씬 젖어 나왔다. 그래도 떨고 있던 밤을 그들이 왔다 가고는 오히려 마음이 놓여 늦게나마 깊은 잠에 빠져들었다.

아침이 되어 밤에 반란군들이 들어왔다 간 것이 마을에 쫙 퍼졌다. 그리고 지서에 이미 신고가 되었었다.

10시쯤 되어 지서에서 경찰 두 사람이 마을에 와서 반란군이 왔다 간 경위와 그들에게 준 식량을 문제 삼았다.

아버지가 경찰에 불려가 조사를 받았다.

"이름이 뭐요?"

경찰의 말투에서 위압감을 느끼게 했다.

"예. 정한용입니다."

"당신이 산 도둑놈들한테 쌀을 주었다면서? 사실이요?"

"예. 빼앗겼어요."

"당신이 순순히 주었잖아?"

"아니어요. 그들이 총으로 위협하면서 내놓으라고 해서 어쩔 수 없이 빼앗겼어요."

"얼마나 준거요?"

"한 말쯤 될 거요."

"그렇게 많이? 당신이 갖다 바쳤구만그려?"

"아닙니다. 처음에는 양식이 떨어져 우리도 굶는다며 없다고 하자 거짓말이라며 총판을 방바닥에 쾅쾅 울리면서 만약 우리가 찾아내면 당신 좋지 못할 것이니 어서 내놓으라고 하면서 쌀독을 보자고 했어요. 거역할 수 없어 쌀독을 보여주었는데 서 말쯤 있었어요. 그것을 다 가져가려는 것을 다 가져가면 당장 내일 아침부터 굶어야 한다며 사정사정해서 두 말쯤 남겨놓고 가져갔어요. 우리 굶어 죽게 생겼어요."

아버지는 그날 밤 있었던 일을 가감 없이 소상하게 말해주었다.

"거짓말하지 마! 정황을 보니, 당신이 그냥 그놈들한테 바친 거구만 그래?"

경찰은 어떻게 해서든지 꼬투리를 잡으려는 듯 말도 되지 않는 소리로 억지를 부리면서 자백하라고 윽박질렀다.

"아니요. 우리 먹을 것도 없는데 그냥 어떻게 준다요."

"말이 많은 것 보니 틀림없어. 당신 빨갱이구만? 맛 좀 봐야겠네!" 하면서 참나무 작대기를 찾아와 구타를 시작했다. 특별한 이유도 없었다. 단지 마을 사람들 앞에서 본보기로 구타를 하는 것이었다.

아버지가 사정없이 후려치는 참나무 작대기로 맞을 때 숨넘어가는 고통으로 "사람 죽네!" 하면서 괴성을 지르면 엄살 부린다고 더 세게 후려쳤다.

무차별적으로 30여 분간을 맞으면서 실신하고 말았다. 추욱 늘어져 인사불성이 되었다. 아버지를 구타한 경찰은 마을 사람들에게 반란군이 들어오면 양식 같은 것을 주지 말라며 이후에도 이런 일이 벌어지면 아버지와 같이 된다며 겁박했다.

그들은 이장을 따라가 영계백숙으로 점심을 잘 먹고 돌아갔다고 했다.

아버지는 실신 상태로 집으로 업혀와 단방약單方藥으로 엿기름물을 내서 마시고 정신 차렸다. 정신을 차리고는 오히려 통증을 참을 수 없어 비명을 지르며 앓았다. 병원은 물론 약방도 없어 단방약을 찾아 나섰다.

단방약에 대한 식견이 있고 경험적으로 써봤다는 노인 어르신인 금평 양반이 인분 액이 좋다고 했다. 인분 액은 직접 먹을 수 없어 정제해서 먹는다고 했다. 큰 대나무를 양쪽으로 마디를 두어 대롱을 만들어 똥통에 잠가두면 대롱 속으로 인분액이 여과되어 맑게 고인다고 방법을 가르쳐주었다. 그것을 마시면 심하게 다쳐 어혈이 맺힌 부위가 풀린다고 했다. 그래서 대나무 대롱을 만들어 서말 양반네 바깥통시에 대롱을 묶어 잠가두었다.

한 달쯤 지나 꺼내 보니 대롱 속에 노르스름한 맑은 청주빛 인분 액이 스며들어 있었다. 인분에서 추출되었다는 선입관에 거역스러워 마실 수 없을 것 같았지만 인분 냄새가 거의 나지 않아 아픈 것을 생각해서 눈 찔끔 감고 마셨다. 시간이 지나서 그런지 인분 액의 약효인지는 확실하게 단정할 수 없지만 차도가 있어 거동이 한결 수월해졌다.

1950년 5월 하순 순창군 구림면 금창리에서 공비들이 마을 이장을 살해하는 사건이 발생했다. 전해진 바로는 밤에 공비들이 들어와 이장 집으로 가서 쌀을 내놓으라고 하니까 쌀이 떨어졌다고 주지 않았다. 공비들은 집안뿐만 아니라 집 주변까지 뒤져 쌀을 발견했다. 쌀이 있는데도 없다고 한 것이 자기들에게 협조하지 않고 반동질을 했다며 마을 밖으로 끌고 가 후미진 계곡에서 돌로 쳐 죽인 끔찍한 사건이 일어났던 것이다.

구림지서에서는 야간에 공비들의 공격을 막기 위하여 마을 사람들을 동원하여 지서 주변 울타리를 걷어내고 2m 정도의 높이로 두 달째 돌담을 쌓고 있었다.

경찰은 금창리에서 이장을 살해한 공비를 토벌한다고 마을에서 부역 나온 사람 중 30대 미만의 청년들을 뽑아 토벌대로 편성하여 작전에 나섰다. 경찰 5명과 마을 청년 35명을 합해 40여 명 가까운 인원으로 임시 토벌를 편성하여 20리가 넘는 금창리까지 걸어서 출정을 나섰다. 5월 하순 청명한 날씨라서 초여름 더위가 토벌대 가는 길을 터덕거리게 했다.

뚜렷한 목적지도 없었다. 공비들의 은거지가 일정하지 않아 공격 목표점이 있을 수 없었다. 가서 산을 수색하여 토벌한다는 어설픈 작전이었다. 소위 경찰이라고 하는 사람들이 전투 경험이 있는 것도 아니고 무기조차 왜정 때 쓰던 구구식(1.1m 정도의 장총)으로 M1 실탄과 비슷한데 한발씩 실탄을 쏘는 구식 총이었다. 그것도 경찰 5명이 소지하고 나머지 동원된 젊은이들은 맨주먹이거나 작대기 낫 같은 농기구가 고작이었다. 그렇게 맨손으로 게릴라전에 익숙한 공비를 토벌한다는 것은 옷을 벗은 나신으로 호랑이 굴 속으로 들어가 호랑이를 잡는다는 무모한 작전이었다. 그런 토벌대로 게릴라군을 잡는다는 것은 거의 가능성이 없다고 해도 과언이 아니었다.

완전히 훈련받지 않은 오합지졸의 토벌대가 출정하여 나가는데 날씨가 더워 그나마 형편없는 구식 총일망정 경찰이 소지하지 않고 총 한번 만져보지 못한 마을 젊은이에게 맡기고 농기구 취급하듯 질질 끌면서 갔다. 경찰은 상의조차 벗어 젊은이에게 맡긴 채 행진하고 있었다.

그렇게 더워서 대열도 갖추지 아니하고 자유분방하게 나가고 있었다.

4*km*쯤 걸어와 금평리 앞에 도달했다. 절반 정도 온 거리다. 작은 다리목을 선발대가 건너기 시작하고 있었다. 금창리에서 흘러나오는 조그마한 도랑물이 구림천과 합류하는 두물머리다. 그 냇가 바로 옆에는 겨우 달구지 한 대가 다니는 좁은 길이 있고, 그 한편에 높이 50m쯤 되는 암벽이 병풍처럼 둘러쳐 있는 300m가 넘는 구간이다. 강물과 좁은 길, 그리고 암벽으로, 그 길 말고는 다른 곳으로 가는 길이 없었다. 오른쪽은 강물이 흐르고 왼쪽은 높은 절벽이 있어 아주 옹색한 협로였다.

토벌대 40여 명이 오합지졸로 흐느적거리며 십리 길을 걸어왔으니 지칠 법도 했다. 토벌대가 그 절벽 구간에 들어왔을 때 절벽 밑 바로 길옆 덤불에서 불을 뿜으며 귀를 찢는 총소리와 함께 실탄이 쏟아졌다. 혼비백산한 토벌대는 강물로 뛰어들고 총 맞아 쓰러져 피를 흘리는 등 아비규환이 따로 없었다. 경찰은 총을 청년들에게 맡겨두었고 설령 총을 쏘려고 해도 한발씩 쏘는 구구식 총을 급박한 사항에서 쏘지를 못했다.

그때 사망자가 10명이 넘었고 크고 작은 부상자가 15명이었다. 공비들은 불시의 습격으로 큰 성과를 올리고 인민 공화국 만세를 부르며 유유히 산속으로 사라져버렸다. 공비들이 목이 좋은 곳에 매복한 것은, 경찰의 공격이 있으리라는 정보를 알고, 그 천혜의 요지에 매복했던 것이다.

그날 아침 세운을 비롯한 산안마을 학생들이 그곳을 지나면서 금창리에서 공비들에게 이장이 살해되었다는 사실을 이야기하면서 욕을 하며 지나갔는데 아마 그들이 매복해있으면서 학생들 하는 말을 다 들었을 것이다.

세운은 그동안 살아오면서 시체를 보지 못했는데 그날 처음으로 시체를 그것도 많이 훼손된 체구를 현장에서 그대로 보게 되었다. 정말이지 눈 뜨고는 볼 수 없는 처참한 광경이었다.

머리가 박살 난 사람, 배가 터져 내장이 다 나와 있는 사람, 팔이 날아간 사람 등, 어느 무간나락이 이렇게 처참하랴? 뒷수습하느라고 사람들이 많이 있었으나 무서워 벌벌 떨면서 눈을 감고 지나갔다.

학교 갈 때나 올 때 그 길로 오가는데 죽어가면서 흘린 피가 씻기지 않아 그 자리에서 사람이 죽었다고 생각되면서 치가 떨리고 무서워 오금이 저려왔다. 핏자국을 밟지 않으려고 피해서 밟지만, 발을 피할 수 없이 길바닥이 벌겋게 물 드려져 있었다. 아무리 잊으려 해도 그 참혹한 길을 지나려면 피투성이 시체가 눈앞에 그대로 있는 듯 헛것이 보여 더욱 놀랍고 무서웠다. 그 뒤로 비가 몇 번 내리고 핏자국이 씻겨 흔적이 없으니 점차 잊혀져갔다.

그 사건이 있고 나서 한 달여가 지나면서 직접 피해를 입지 않은 사람의 뇌리에서는 물안개처럼 지워져 갔다. 그런데 진짜로 전쟁이 일어난 것이다.

3

동족상잔

6월 25일 일요일 새벽에 북한군이 불시에 38선을 넘어 남한을 침공해 왔다. 3일 만에 서울이 함락되고 파죽지세로 남한을 초토화시키면서 계속 밀고 내려왔다. 순창지방은 7월 중순 경에 인민군이 점령해와 인공치하가 되었다. 그렇게 인민군이 들어올 때까지 총소리 한번 들어보지 아니하여 이것이 전쟁인가 싶을 정도로 소리 없이 밀고 들어온 것이다.

관공서는 물론 학교도 모두 휴교 되어 학교를 나가지 않았는데 학교로 나오라는 통지를 받고 학교엘 갔다. 학교가 새로 개강하려는 것이 아니고 인공치하가 되면서 구림면당 임민위원회로 개청되면서 기념행사에 참석하는 것이었다. 그런데 실상은 어린 학생들은 그 기념식에 참석하지 아니하고 어른들의 행사였다.

그래서 세운은 학생들과 함께 면사무소 한 울안에 있는 경찰지서 사무실로 들어가 봤다. 아무도 없는 텅 빈 사무실에 책상과 의자만이 주인을 잃은 채 초라한 모습으로 집기들이 아무렇게 널브러져 있었다. 일부 학생들은 지서주임 의자인 회전의자에 앉아 '내가 주임이다.' 하는 시늉을 하며 장난을 치고 있을 때 누군가의 "어서 나와!" 하는 목소리가 다급하게 들려왔다.

소리 난 쪽을 보니 학생들이 무엇에 쫓긴 듯 정신없이 뛰어가고 있었다. 길거리로 나와 보니 난장판처럼 사람들이 우왕좌왕하면서 혼란에 빠져있었다. 세운은 영문도 모른 채 도망가는 사람들 뒤를 따라 나왔다.

사람들은 사방팔방으로 도망을 치는데 산안 학생 일행은 산안마을 쪽으로 내달리고 있었다. 아무 영문도 모르고 죽을 둥 살 둥 숨이 턱에 닿도록 달려 소재지 마을을 벗어나 산모퉁이를 돌아 마을이 보이지 않을 만큼 멀어졌을 때 총소리가 나기 시작했다. 연속으로 콩 볶듯 투당탕! 투당탕! 총소리가 계속되었다. 숨이 차고 다리가 아파 주저앉고 싶었으나 멈출 수 없었다. 어른 아 구분 없이 처음 듣는 총소리에 목숨이 경각에 다린 듯 누구 하나 양보 없이 서로 앞다투어 소재지를 뒤로 하고 달리고 있었다. 2km 정도 되는 치내마을 앞에 와서야 소재지가 뒤로 멀어져 한숨을 돌릴 수 있었다.

그날 사건으로 인민위원회 개청 회에 참석했던 사람들과 애먼 연사마을 사람들 10여 명이 희생되었다. 공격한 부대는 전라남도 경찰들 중 후퇴를 하려다 길이 막혀 산속으로 숨어든 부대였다고 뒤에 알려졌다. 후퇴 못 한 경찰부대는 산속으로 숨어들려고 들어오다 인민위원회가 개청한다는 정보를 입수하고 공격했던 것이다. 그 경찰부대는 잠깐 공격하고 감쪽같이 사라져 그 뒤로 어떻게 되었는지 알려지지 않았다.

6·25 전쟁이 일어나고 처음 전투 현장에 있어 총소리를 듣게 된 것이다.

7월 중순이 지나면서 본격적으로 인공이 시작되었다. 전쟁이 발발했다고는 하지만 전장의 현장이 아니어서 여름 동안은 별일 없이 생업에 종사할 수 있었다. 농촌이라서 농사일에는 별다른 지장이 없었다. 간간이 들리는 소리로는 논에서 여러 사람이 논을 매는데 비행기 기총사격을 받아 사람이 죽었다는 소문이 있을 뿐이었다. 하루에 몇 차례씩 하늘을 찢는 날카로운 소리를 내며 지나가는 전투기가 전쟁 중임을 알려주었다.

분위기가 달라진 것은 선전대와 오락반이 있어 밤이면 마을에 와서 김일성 찬양과 공산주의 선전에 열을 올리면서부터였다. 오락반이라고 남녀 5명 정도의 젊은이들로 편성하여 주민들에게 특히 청소년들에게 북한의 노래 가르는 것이었다.

먼저 북한의 국가를 가르쳤다. 노래의 처음은 '아침은 빛나라 이 강산 …'으로 시작되었는데, 청소년뿐만 아니라 마을 사람들에게 강제로 모아 놓고 그런 노래를 가르쳤다. 다른 노래들도 가르쳤는데 대부분 독립군가를 그대로 부르거나 가사만 개사하여 가르쳤다. 가장 역점을 두고 가르치는 노래는 북한 국가와 김일성 노래였다.

하루하루가 지나면서 그들의 사상교육과 소년단 부녀단 등 마을 사람들을 어느 소속 단체에 가입하도록 했다. 그런데 전쟁이 실감 나기 시작한 것은 비행기 공습이었다.

밤낮을 가리지 않고 비행기가 날아와 폭격을 퍼붓는 것이다. 특히 목표물은 인민군 기동을 차단하기 위하여 교량 파괴가 대부분이었다. 교량 위에 폭탄을 떨어뜨려 폭파되면서 다리가 파괴되어 통행할 수가 없었다. 교량 파괴 폭격으로 오폭이 되어 인근 시설이 파괴되기도 했다. 뿐만 아니라 사람들이 많이 모이는 장소는 공습의 대상이었다. 따라서 낮에는 집회할 수 없었다. 야간공습도 끊이지 않고 무차별적으로 자행되었다. 야간에는 불빛을 보고 공습하기 때문에 밤에 마음 놓고 불을 켤 수 없었다. 심지어 밖에 나가서는 담배도 마음대로 피울 수 없었다. 야간 집회하려면 절대적으로 불빛을 차단해야 하므로 아무리 어두운 밤이라도 성냥불 하나 맘대로 켜지 못했다. 물론 방송은 라디오가 없으니 뉴스라고는 깡통이었다. 외부 소식은 구전이 전부였다.

추석이 지나면서 대명절이지만 전시라서 명절답게 지내지를 못하고 가족끼리 조용히 쐈다. 명절 기간이 끝나면서 퇴각하는 인민군들이 회문산으로 모여들기 시작했다. 밤낮으로 인민군들이 소대 단위로 마을 앞을 지나가는데 옷은 남루하고 신발은 운동화가 떨어져 너덜너덜한 것을 신고 정처 없이 어디론가 가고 있었다.

말 그대로 패잔병의 발걸음이었다. 병들어 죽어가는 병아리처럼 졸리는 듯 비틀거리며 걸어가고 있었다. 그렇게 기가 빠지고 의욕이 상실된, 도살장에 끌려가는 늙은 암소 같은데 적군을 만난들 전투를 할 수 있을까 싶었다.

거의 일주일 동안 이동해 가는 인민군 부대를 보고 전황을 알지 못하는 마을 사람들은 그냥 전시라서 인민군들이 어디론가 이동하고 있다고 예사롭게 생각했다. 그 인민군들이 어디론가 밀려가고 나서는 폭풍이 지나고 난 뒤처럼 아무 일도 없었다는 듯 조용했다. 마을 사람들이야 정보를 얻을 수 없어 전투 상황을 알지 못한 채 가을 추수에 여념이 없었다.

　그해 11월 중순 우중충하게 구름에 뒤덮인 하늘은 성난 표정을 지어 사람들 마음도 음습한 기운으로 으스스하고 을씨년스러웠다. 오전 11시쯤에 멀리서 들려오는 박격포 소리는 전쟁의 서막을 여는 신호탄이었다. 전쟁이 끝나간다는 소문이 들려왔는데 그 포탄 소리가 실제로 전투의 서막을 알리는 경고일 줄이야 누가 알았겠는가.

　쫓겨 가는 인민군이나 각 지역에서 인공치하 동안 부역을 하거나 적극 가담하던 자들이 국군의 추격에 쫓겨 산간으로 몰려들었던 것이다. 그들은 쫓겨 가면서도 순순히 물러나지 않고 완강히 저항하여 전투가 벌어진 것이다. 그 첫 전투가 구림면과 팔덕면 경계에 있는 550고지쯤 되는 무름산에서 일어났다. 그 전투에서 패한 인민군은 뒤로 물러나고 국군이 무름산 아랫마을인 중리로 들어와 먼저 집에 불을 지르기 시작했다. 그리고 마을 사람들을 집합시켜 조사하였다. 우선 젊은 사람들을 가려내어 별도로 조사를 하는데 인민군이나 인공치하에서 협력한 사실이 있는가를 조사하여 그에 협조한 것으로 보인 세 사람을 총살시켰다.

　처음에는 국군이 들어와 마을 사람들을 수복된 지역으로 소개시키는 것이 목적이었다. 그래서 주민이 환영하여 맞아드렸다. 그렇게 전투가 계속되면서 국군의 사상자가 나면 마을 사람들에 분풀이하듯 대하여 그 소문이 안 좋게 퍼져나갔다. 따라서 국군이 들어오면 사람을 많이 살해한다는 소문이 퍼지면서 전투가 벌어지면 미리 숨거나 인민군이 주둔하는 곳으로 피난 갔던 것이다.

국군은 수복작전을 3~4일 간격으로 시행해 왔다. 우선 국군이 주둔하고 있는 순창읍에서부터 수복작전을 펼치는데 인민군이나 인공 부역자들은 더 깊은 산속으로 밀려들었다. 결국은 회문산을 중심으로 집결되어갔다. 그들이 집결한 지역으로는 순창이 5개면 일실이 4개면 정읍이 2개 면으로 인민군이나 부역자들이 점령하고 있는 관할구역이 가이 군 단위에 버금갔다.

국군의 토벌작전으로 인민군 관할이 좁혀지면서 그들의 저항이 더욱 완강하고 강력해서 수복작전이 쉽게 성공하지 못하고 제자리걸음이었다.

산안마을은 회문산 아래 첫째 마을로 완전히 인민군이나 인공부역자로 점령되어 인공치하 때보다 더 삼엄한 그들의 관리하에 있었다. 회문산 아랫마을로 안시내와 대숲몰이 있는데, 그 세 마을 중에 산안마을은 회문산으로 가는 길이 가파르고 험준해서 주요 부대는 없고 인민군도 주둔하지 않았다. 의무대와 시군 또는 면 단위 조직이 피란해와 있었다. 대숲몰에는 전북 도당사령부가 주둔하고 전투를 총지휘했다. 대골이라는 회문산 아래 가장 깊숙한 골짜기라서 전파도 차단되는 요새중의 요새였다. 안시내 마을은 회문산과 교통이 제일 좋고 내안골이라는 회문산 아래 깊은 계곡이 있어 그 깊숙한 계곡에 노령학원을 개설하여 인민군 간부 군사훈련을 시켰다.

인민군은 한 부대가 40~50여 명으로 구성된 소규모 부대였으나 정규군으로서 정예부대였다. 기포 병단, 탱크 병단, 카추사 병단, 독수리 병단 등 4개의 전투병으로 그들의 병기는 아카보 소총과 따발총이 주무기였다. 아카보 소총은 총소리가 딱쿵! 딱쿵! 하는 소리로 들려 딱쿵총아라고 했다. 기타 군당, 면당 위원회가 있었는데 그들도 일본인들이 놓고 간 무기인 구구식 소총을 소지하여 전선에 투입되기도 했다.

그중에서 기포 병단과 탱크 병단(탱크는 가지고 있지 않았다)이 제일 강하다고 알려졌다.

1950년 12월 초순 구름이 짙게 하늘을 덮어 음산한 기분이 든 날씨였다. 3일 동안 총소리가 멎어 평화가 된 듯 고요히 가라앉은 산골 마을, 그동안 밀린 빨래며 흐트러진 살림 등을 정리하고 있었다. 물론 완전히 전쟁이 끝난 것이 아니라서, 3일 동안 조용했기에 오히려 금방 총소리가 날 것이라는 기대 아닌 긴장에 허리끈을 졸라매고 있었다.

아니나 다를까? 점심때가 다 되어가 점심을 준비하고 있는데 성메산에서 콩 볶는 소리가 사납게 들려왔다. 전투의 시작은 거의 성메산에서 시작되었다. 순창에서 전주로 올라가는 국도가 성메산 허리를 감고 돌아 교통이 비교적 원활한 산이다.

순창에 주둔하고 있는 회문산 토벌부대(육군 11사단)가 회문산을 목표로 공격해오는 길이어서 처음 시작이 성메산인 것은 지리적으로 필연이었다.

성메산은 586고지로 산안에서 동쪽으로 3km 정도 떨어져 있다. 성메산 정상에서 보면 마을들이 발아래 있어 손으로 잡힐 듯 가까운 거리에 웅크리고 앉아 있었다. 사람들은 총소리를 듣고 점심을 먹을 수 없어 산에 파놓은 땅굴로 숨으려는 준비에 여념이 없었다.

1시간쯤 지났을 때 귀청을 찢는 폭발음이 마을 여기저기서 들려왔다. 박격포탄이 무차별적으로 마을 곳곳에 떨어져 폭발했다. 산이 무너지는 저주의 폭발음이 사람들을 완전히 공포의 도가니로 몰아넣었다. 그동안 전투가 벌어져도 마을까지는 포탄이 날아오지 않았는데 그날은 십여 발의 박격포 탄이 마을 안에서 폭발한 것이다.

그 포격으로 죽은 사람은 없었으나 파편과 유탄에 맞아 크고 작은 부상자가 10여 명이나 되었다. 그렇게 마을이 무차별적으로 포격을 받은 후 마을 사람들은 국군을 적으로 생각했다. 인민군의 선전이 있었지만, 실질적으로 마을에 포격을 가하여 집이 파손되고 부상자가 나오면서 국군이 우리 편이 아니라고 생각하게 되었다.

전투는 통상 거기까지였다. 회문산은 해발 840여 미터인 데다 상봉까지 가는 길이 절벽과 급경사지가 많아 그냥 오르는데 너무 힘든 산이다. 그래서 전투는 성메산에서 시작 서쪽으로 마주 보고 있는 무직산까지 진격하고는 잘해야 하룻밤 지내고 후퇴해버렸다. 산세가 험준하고 골짜기가 깊고 좁아 부대가 이동하기엔 너무 험준했다. 그래서 병력 수가 우세하고 무기도 월등히 좋지만 더 이상 진격을 못 하고 성메산과 무직산까지만 한정된 전투여서 국군의 수복은 요원해 보였다.

산안마을에서 부자 소리를 듣는 김덕수 씨는 반동분자로 재산을 몰수당하고 집까지 압수하여 의무대를 개설, 전투에서 부상 당한 인민군을 치료하는 병원으로 사용했다.

성메산에서 마을에 쏘는 포탄에 다친 사람들도 그 의무대에서 치료를 받았다. 인민군이나 그에 부역한 그들이 반동분자로 취급하거나 대한민국에 공직이나 협력자를 제외하고 일반 보통사람들은 그들이 별로 간섭하지 않았다. 물론 가축은 한 마리도 남기지 않고 강제로 뺏어가 가축이라고는 병아리 한 마리도 없었다. 또한 젊은 사람을 위주로 소년단 청년단 부녀단으로 조직하여 필요한 때 동원하여 협력하도록 했던 것이 빨치산들이 마을 사람들에게 피해를 입힌 것이었다.

의무대로 쓴 김덕수 씨 집은 세운네 앞집이었다. 세운네 집이 지대가 높아 마당에서 그 집을 내려다보면 그 집에서 무슨 일이 일어나고 있는지 알 수 있었다.

늦은 오후 해가 서산에 걸터앉아 햇살이 식어가면서 간신히 서쪽 토방을 쪼여주고 있었다. 마당 끝에서 그 집을 내려다보니 나이는 환갑이 조금 넘어 보이는 노인 한 분이 햇살을 품어 안으며 쪼그리고 앉아 떨고 있었다. 그 마지막 햇살을 한 줄기라도 더 받으려고 햇볕을 쫓아 옮겨 앉은 동작이 무의식적으로 하는 것 같았다.

그 뜰에 명주 핫바지 한복으로 깨끗하게 차려입은 노인이 떨고 있는 것을 보면서 너무 불쌍하고 안쓰러워 보였다. 농사꾼은 아닌 듯 얼굴이 해맑으나 그동안 고생해서 그런지 피곤해 보여도 어딘지 귀태가 있어 보였다. 세운은 같이 놀던 애들과 그 집으로 가서 그 할아버지 앞으로 갔다. 그 할아버지는 아이들이 옆으로 가는데 아무 반응도 없이 떨고만 있었다. 이미 정신이 나간 사람으로 의식이 없어 보였다.

"하나씨! 추워요? 우리 사랑방으로 갈까요?"

세운은 노인네가 추위에 떨고 있는 것이 너무 안쓰러워 사랑방으로 모시려고 했다. 그 노인은 숙이고 있던 고개를 간신히 들어 힘이 빠진 눈빛으로 세운을 쳐다보고만 있었다. 이때 모자에 빨간 테를 두르고 소매 끝에 빨간 3선을 한 인민군이 아이들에게 나가라고 야단쳤다. 쫓겨나오는데 그 할아버지가 눈물을 글썽이며 실눈을 지긋이 뜨고 바라보는 눈빛이 너무도 애처로웠다.

빨치산들은 열두 살에서 열여섯 살 남자아이들을 소년단으로 조직해서 날마다 길거리에 인전보초人傳步哨를 세우고 심부름 등을 시켰다. 또한 공부시킨다고 모아놓고 주로 북한의 국가 등을 가르치며 인민군이나 빨치산들의 승전 이야기, 용감한 인민군이 국군이나 경찰과 전투에서 이기는 이야기를 주로 해주며 용감한 전사가 되어야 한다고 정신교육을 시켰다. 그들은 필요할 때는 밤낮을 가리지 않고 소년단을 집합시켜 여러 가지 일에 참여시켰다.

음력으로 동짓달 보름날 밤이었다. 그 할아버지가 뜰 방에서 애처롭게 떨고 있는 그날 저녁이었다. 겨울이지만 쾌청한 하늘에는 쟁반 같은 둥근 달이 떠올라 대낮같이 밝았다. 저녁을 먹고 가족끼리 이야기를 하고 있는데 소년단을 동각會館으로 모이라는 마을 소리꾼의 외침이 있었다. 소리꾼은 목청이 크고 울림이 있는 사람으로 마을에 알려 할 일이 있으면 높은 곳에 올라 마을을 향해 큰소리로 외쳐 알렸다.

"또 먼짓을 헐라고 이 밤중에 어린 것들을 모이라고 헌다냐? 안 나갈 수도 없을 것이니 나가드라도 밤중인게 조심혀야 헌다."

어머니가 불평 섞인 어조로 조심하라는 주의를 주었다.

"알았어. 조심허께."

세운은 어머니 걱정을 덜어드리기 위하여 조심하마고 당당하게 말했다.

"어서 가그라. 늦으면 늦었다고 기합을 준담선? 옷 따숩게 입고 가."

어머니는 두툼한 솜바지 저고리를 내주었다. 솜옷으로 든든하게 입고 나니 춥지 않았다.

동각에 도착해보니 네댓 명 소년단원이 나와 있었다.

"일찍들 왔네."

세운은 먼저 나온 단원들에게 인사를 했다.

"인자 나오냐? 그리고 오늘 저녁에 왜 모이는 종 알아?"

"아니, 몰라. 먼 일 있다냐?"

"그려. 위대한 일을 헌데. 반동분자를 깐디야."

"머? 사람을 깐다고? 우리 같이 어린것덜이 어쩧게 그런 짓을 헌디아? 나는 가지 않혀야겄다."

"어떻게 너만 빠질 수 있다냐? 그런 일에 빠지면 반동분자가 되는 디. 어찌 빠질라고 혀. 그런 생각 허지 마! 큰일 난다. 잉?"

동창인 김이수가 빠지지 않는 것이 좋다고 했다.

"알았어, 내가 알아서 허께."

그사이 소년단 거의가 다 모였다. 소년단이 총 21명인데 19명이 나왔다.

빨치산 지도 선생이 나왔다. 빨치산 한 사람은 명주 솜바지저고리를 입은 낮에 본 할아버지를 옆에 세워놓고 있었다.

소년단을 정렬시키고 빨치산 지도 선생이 앞에 나와 섰다.

옆에 서 있던 다른 빨치산이 구령을 불렀다.

"일동 차렷! 지도 선생님께 경례."

소년단 일동은 허리를 구부려 경례하며 "결투! 승리!" 하며 힘차게 구호를 외쳤다. 인사가 끝나니 지도 선생이 "쉬어!" 하며 편한 자세로 서라고 했다. 소년단원들은 긴장을 풀면서 줄이 삐뚤삐뚤하게 서 있는데 줄을 반듯하게 서라고 하지는 않았다.

지도 선생이 목청을 높여 말했다.

"여러분들을 밤에 모이라고 한 것은 여러분들에게 중대한 과업이 주어졌다. 어린 소년단이지만 여러분의 담을 길러 용감한 전사가 되기 위하고 조선민주주의공화국에 충성을 다하는 과업이니 한 사람도 빠짐없이 함께하도록 명령하는 바이다. 지금부터 여기 안내 선생님을 따라가 과업을 수행해주기 바란다."

지도 선생은 과업의 취지와 당부의 말을 지시했다.

"내가 오늘 여러분 소년단 대원들과 과업을 수행하는 데 함께한다. 지금부터 내가 지시하는 대로 따라주기 바란다. 내가 앞장설 테니 여러분은 한 사람도 낙오자 없이 내 뒤를 따라와 현장에서 피하지 말고 내가 지시한 대로 행동해야 한다. 알았지?"

안내 선생이 앞으로 나와서 모든 행동을 한 사람도 피하는 사람 없이 함께하도록 명령을 내렸다.

"예!" 하고 대답하고는 웅성거렸다.

세운은 지도 선생님 앞으로 나갔다.

"먼 일 있어? 왜 대열을 이탈하는 거여? 어서 들어가 함께 해!" 하고 명령했다.

"선생님께 드릴 말씀이 있어요."

"무슨 말?"

"예. 저의 누님이 한 5일 전에 호환골虎患谷 땅굴에서 애를 낳았어요. 그래서 어린덜이 궂은 데는 절대 가지마라고 혀서요. 지가 거기 가면 안 될 것 같혀요."

세운은 어린 마음이지만 가면 안 될 것 같아 간곡히 사정했다.

"그래? 그러면 너는 여기 있어."

지도 선생은 한참을 생각하다가 가지 않아도 된다고 했다.

세운은 "감사합니다." 하고 고개를 깊이 숙여 인사를 하고 대열에서 빠져나왔다.

"조용히 하고 내 뒤를 따라 출발." 하면서 안내가 할아버지를 끌고 앞장서 나갔다.

할아버지는 반죽음 상태로 제대로 일어서지도 못했다. 두어 발자국 끌리다 주저앉곤 했다. 길은 얼었던 땅이 녹아 질척이었는데 자꾸 주저앉으니 엉덩이는 흙 범벅으로 젖어 철떡였다. 안내자는 아랑곳하지 않고 도살장으로 끌고 가는 도살우처럼 인정사정없었다. 그렇게 해서 그 할아버지를 어린애들이 대창으로, 돌로 죽였던 것이다. 함께했던 아이들의

58

말을 들으면 안내 선생이 그 할아버지를 세워놓고 수건으로 눈을 가린 채 대창 같은 것으로 가슴을 찔렀는지 뒤로 펑 넘어지더라고 했다. 이때 아이들이 놀라 한쪽으로 몰려 도망치려고 하니 안내 선생이 호령하면서 돌을 던지라고 했다고 했다. 두어 아이가 작은 돌을 던지는데 그때까지 숨이 넘어가지 않아 "으으음… 으으음…" 하는 속으로 토하는 고통의 소리가 들렸다고 했다.

다들 그날 밤 눈만 감으면 그 현장이 생생하게 떠올라 잠을 이루지 못했다고 했다. 어떤 아이는 자다가 벌떡 일어나며 놀라 비명을 지르기도 하고, 어떤 아이는 몽유병자가 되어 울부짖으며 밖으로 뛰어나가기도 했다. 어린 소년들이라서 그 끔찍한 장면이 트라우마로 남아 많은 고생을 했었다. 그렇게 어른, 애를 가리지 않고 시키는 대로 따르지 않으면 반동분자라고 낙인을 찍어 크고 작은 처벌을 받았다.

그런가 하면 국군이 수복해 들어오면 편안하고 안정된 생활이 보장되는가? 그것도 아니었다. 오히려 점령군으로 들어와 그동안 빨치산 치하에서 고생한 것을 조금이나마 위안시키기보다는 그들에게 협력하고 부역했다고 공비로 취급한 경우가 한둘이 아니었다. 특히 젊은이들은 옷매무새나 신발 또는 머리 상태에 따라 현장에서 임의로 공비라고 판단하여 즉결처분하는 사례가 허다했다.

그 소문이 전해지면서 오히려 국군이 들어오면 젊은이들은 다 죽인다고, 공비들이 점령하고 있는 구역으로 피신했다. 국군이 들어와 사람들을 소개시키는데 국군을 따라간 사람과 반대의 지역으로 가는 사람이 반반일 정도였다.

단지 산중에 살면서 농사 지어먹고 사는 순박한 사람들이 아무 이유 없이 두 진영의 틈바구니에서 선택을 강요받으며 죽어야 했던 비극의 현장이 된 것은 너무도 억울할 뿐이었다. 그 억울함을 어디에 하소연은커녕 말 한마디 입도 뺑긋 못한 처지였다.

인전보초人傳步哨는 길거리에 일정한 간격으로 2인 일조로 밤낮으로 보초를 서면서 연락사항 즉 인민군 고위층 행선, 기타 인민군 부대의 연락사항을 전달하는 임무였다. 전달내용은 메모지에 간단히 적어 인전보초가 릴레이로 이 마을에서 저 마을로 부대 간의 업무 사항을 전달하는 체제였다. 전화나 무전기가 없는 형편에 사람을 통해서 연락을 취하는 방식이었다. 날이 갈수록 인전보초는 강화되어 밤에도 밤을 새워가며 보초를 서야만 했다.

세운은 폭격 전날 산안 동구 작은 시냇가 징검다리 옆에서 보초를 서고 있었다. 이른 점심때쯤이었다. 비행기 한 대가 앞산을 넘어오더니 마을 상공을 한 바퀴 돌고 서쪽 산을 넘어가 종적을 감추는가 싶어 그것으로 끝난 줄 알았다. 잠시 뒤에 그 비행기가 다시 나타나 폭격이나 하는 듯 저공비행을 하면서 좁은 산골짜기를 샅샅이 누비고 다녔다. 저공비행으로 산 고개를 넘나들고 계곡을 쟁기질하듯 갈아엎고 다녔다. 처음에는 별일 아닌 것으로 생각하고 곧 비행기가 물러나겠지 하고 생각했는데 한 시간여를 굉음을 내면서 직각으로 내리찍듯 급강하하다가 수직으로 솟아오를 때는 산이 무너지는 굉음으로 사람들을 공포의 도가니로 몰아넣었다.

이때 인민군 2명이 걸어오고 있었다. 비행기가 급전직하로 내리꽂으며 머리 위로 굉음을 내며 지나갔다. 인민군도 놀라 언덕 밑으로 비호같이 엎드려 숨었다. 세운은 비행기를 근접해서 본 일이 없는 터여서 비행기가 그들 앞으로 떨어지는 것 같았다. 그래서 놀라 논두렁 밑으로 숨었던 것이다. 비행기가 지나가자 인민군이 머리를 들어 하늘을 두루두루 살피며 일어났다. 세운은 그 인민군을 보고 길가로 나가 울부짖으며 말했다.

"동무덜! 비행기가 왜 저런다요? 무서워 죽겄어요."

"소년 동무들 수고가 많소. 놀라지 마라. 저 비행기는 우리 인민공화국 비행기야. 중국에서 많은 군인이 지원 나와 서울을 탈환했다. 곧 여기까지 내려와 해방시킬 거니 놀라지 말라고. 응?"

인민군은 놀라지 말라며 등을 톡톡 두드려 위안을 시키고 서둘러 대숲몰 쪽으로 사라졌다.

3~4일 동안 총소리 없이 조용했다. 사람들은 총소리가 없어도 불안에 떨었다. 언제 어느 때 전투가 벌어져 마을에까지 포탄이 떨어지고 인명이 살상될 것인지 모르기 때문에 긴장을 놓을 수 없었다. 그러니 조용한 것이 근본적으로 평온해지는 것이 아니기에 불안해하고 항상 공포심에서 벗어날 수 없었다.

세운은 그날 밤에는 마을 서쪽 대숲몰 가는 길 시무골에서 밤을 새워 인전보초를 섰다. 먼동이 틀 무렵 낮에 서는 보초와 임무 교대를 하고 집에 와서 잠깐 눈을 붙였다. 열두 살 어린것이 밤을 새웠으니 무척 피곤할 뿐만 아니라 잠이 쏟아져 정신이 혼미했다. 아침도 먹지 않고 잠에 취해있는데 어머니가 억지로 깨웠다. 잠이 너무 부족해 뭉그적대고 있었으나 어머니께서 억지로 일으켜 앉히고 물수건으로 얼굴을 닦아주어 잠을 깨웠다. 어머니가 간단히 밥을 차려왔으나 입맛이 없어 깨질거리고 있었다. 어머니는 참기름을 가져와 가늘게 채 썬 동치미를 넣고 비벼서 입에 떠 넣어주었다. 그렇게 아침을 먹고 어머니를 따라 나섰다.

여름부터 학교에 가지 않고 집에 있게 되어 아버지가 몸에 맞게 작은 지게를 만들어 주었다. 여름내 꼴을 베 오는 등 지게질을 배웠다. 그러나 숙달되지 않아 지게가 등에 붙지 않고 따로 놀아 지게에서 짐이 자꾸 허물어졌다. 지게질이 무척 서툴렀던 것이다. 그 지게를 지고 산으로 가기 위하여 샛문을 나서니 마을 옆에 있는 정씨 집안 선산이 운동장처럼 넓은데 전투도 없고 날씨도 좋아 많은 아이가 놀고 있었다. 동네 아이들 뿐만 아니라 군인들이 들어와 소위 수복되었다는 마을에서 역으로 쫓겨 회문산 아래 산안마을로 피난 온 아이들도 많았다.

아이들이 어울려 자치기, 제기차기, 술래잡기 등의 놀이에 신이나 있었다. 산으로 나무 지러 가는 세운은 속으로 터질 듯 불만이 피어올랐다. 하지만 어머니 말씀을 따르지 않을 수 없었다. 속울음을 울면서 산으로 따라 올라갔다. 가을에 아버지께서 베 놓은 장작을 한 지게 지고 나섰다. 어머니는 솔가지 한 다발을 머리에 이고 곧장 집으로 내려갔다. 세운은 지게질이 서툴러 비척거리며 산을 내려왔다. 또한 무거워 얼마 가지 못하고 쉬어야 했다.

작대기로 지게를 바쳐놓고 쉬면서 숨을 고르고 땀이 식으면 다시 지게를 지고 일어나는데 작장 짐이 허물어졌다. 다시 장작 한 조각씩 차곡 차곡 고르게 지게에 짊어지고 내려오다 무거우면 쉬고, 또 쉬었다. 다시 지게를 지다가 나무가 헐어지면 짐을 꾸리느라고 시간이 많이 걸렸다.

집까지 절반쯤 내려왔을 때였다. 지게를 받쳐놓고 쉬었다 일어나려는데 비행기 한 대가 전날처럼 앞산을 넘어오더니 회문산 주변과 마을들을 한 바퀴 돌고 처음 넘어왔던 앞산 너머로 사라져버렸다. 비행기가 아주 낮게 날아 그 소리에 산이 허물어지는 듯 귀청이 아프게 울렸다. 여름 인공치하 때 다리를 폭파하려고 비행기 폭격이 있었으나 회문산 주변 마을은 워낙 산이 높아 비행기 폭격이 어렵다고 했다. 그래서 여름 동안 여기저기에서 비행기 폭격으로 폭탄 터지는 소리가 귀청을 찢으며 지축을 흔들었으나 회문산 인근 마을은 안심했다. 그래서 비행기가 아무리 낮게 날아가도 설마 폭격을 하겠는가라고 생각했는데 그 예상은 빗나가고 말았다.

처음 날아왔던 비행기가 사라져 안심하고 나무 짐을 지고 일어났는데 비행기가 처음 넘어왔던 앞산에서 꼬리를 물고 다섯 대가 뒤따라왔다. 그 작은 골짜기에 폭격기 다섯 대가 휘젓고 돌아다니니 천둥소리는 저리 가라였다. 산천이 다 무너진 것 같은 굉음으로 귀청이 찢어지는 것 같았다. 지금까지 상상도 못 할 큰 비행기 소리에 세운은 산에서 혼자 있다가 폭격기들이 까마귀 떼처럼 새까맣게 누비고 다니며 내지르는 굉음에 놀라 나뭇짐을 내려놓고 마을 쪽으로 무작정 달려왔다.

작은 계곡을 지나 마을 집들이 보이는 산등성이에 이르렀을 때 철판이 찢어지는 날카로운 쇳소리를 내며 세운이 서 있는 등성이보다 더 낮게 뒷산에서 넘어와 마을 위를 지나면서 무엇인지 모를 누런 드럼통 같은 쇠뭉치를 새가 똥 싸듯 꽁무니에서 내깔렸다. 마을 중앙에 떨어지면서 잿빛 버섯구름이 피어올랐다. 그 광경을 보고 마을로 가는 것은 죽음의 구덩이로 들어가는 것으로 생각되어 나뭇짐 있는 계곡으로 되돌아갔다. 나뭇짐은 길가에 방치한 채 인근의 잔솔밭으로 숨어들었다. 폭격은 두 시간 넘게 계속하면서 회문산을 중심으로 산을 다 불태우고 주변 5개 마을을 초토화해 버렸다.

이 폭격으로 5개 마을에서 어른, 아이를 가리지 않고 100여 명이 살상되었다. 더욱 억울한 것은 인민군이나 각 지역에서 쫓겨 온 인공에 부역한 자들은 단 한 명도 죽지 않았다. 무고한 마을 사람들만 희생되었다. 폭격기 조종사들은 전쟁놀이나 한 듯 실컷 즐기다 감쪽같이 사라져 버렸다.

해방 전에 일본 놈들이 비행기 폭격에 대비한다면서 폭격이 일어나면 귀 막고 코 막고 입 다물고 숨어 엎드리라는 훈련을 마을을 돌아다니며 시켰던 것이 생각나 엎디어 숨을 죽이고 있으면서 폭격이 끝나기만을 기다렸다. 그 순간은 일분일초가 여삼추였다. 똥오줌을 지릴 정도로 다급하여 오금이 저려왔다. 기관포 소리가 콩 볶듯 지져대니 그 탄피가 번쩍이면서 세운이 숨어 있는 20여 미터 앞에 쏟아졌다. 기관포 탄피가 커서 높은 데서 떨어지는 것을 머리 같은데 맞는다면 치명상을 입을 것 같아 머리를 감싼 채 웅크리고 잔솔배기 가지를 방패 삼고 있었다. 꿈에서 무서운 짐승에게 쫓길 때 발이 떨어지지 않아 제자리에서 다급함을 느끼는 기분이었다.

비행기 폭격이 끝나고 나가버린 뒤 인민군 칠팔 명이 정신없이 마을에서 올라오고 있었다. 인기척을 하고 마을 안 사정을 알아보려고 했으나 그들은 세운을 보는 듯 마는 듯 정신없이 자기들끼리 산속으로 도망쳐 가버렸다.

비행기는 사라졌으나 세운은 무서워 일어설 수가 없었다. 비행기가 떠나 조용해지는 것 같았는데 그 무엇이 터지는 뻥뻥하는 소리가 저주스러웠다. 또한 집들이 타면서 피어오른 검은 연기가 버섯구름으로 하늘을 뒤덮었다. 매캐한 냄새가 숨어 있는 잔솔밭까지 스멀스멀 마귀의 손길을 뻗쳐오고 있었다. 그 연기가 독가스라면 그 자리에서 죽을 것 같은 생각이 들어 그 자리에 있을 수 없었다. 부스스 일어나 허리를 구부리고 솔밭을 기어서 높은 산으로 올라갔다. 200여 미터를 올라가 시무터 골짝 응달진 바위틈으로 숨어들었다. 숨을 죽이고 바위에 의지하고 있는데, 뒷집에 사는 금식 형이 허겁지겁 겁에 질린 상태로 올라오고 있었다.

"금식이 형! 금식이 형! 이리 와요." 하고 부르니 처음에는 부르는 소리를 듣지 못했는지 아무 반응이 없다가 계속 부르는 세운의 말소리를 듣고 세운 쪽으로 올라왔다. 세운보다 아홉 살이나 많이 먹은 청년이었다.

"너 어쩧게 빨리 이리로 왔냐?" 하면서 한숨을 크게 쉬어 긴장을 풀었다.

"아니요. 나는 산에서 나무를 지고 오다 비행기가 폭격을 허고 기관포를 쏘는 통에 집으로 가지 못허고 솔밭에 숨어 있다가 마을에 폭탄이 터지며 피어오른 연기가 쫓아오기에 여그까지 올라왔어요. 동네는 다 불탔지요? 사람들은 어떻고요?"

"응, 나도 잘 몰라. 나 올 때는 우리 집은 폭격을 받지 않았는데 동네 한가운데부터 아래쪽으로 불타는 것을 봤어. 사람들도 많이 죽었을 거여. 우리 식구들도 각자 집을 튀어나와 어디로 간 줄 몰라. 다들 우왕좌왕했어. 무사해야 할 턴디 걱정이야."

금식은 겨울인데도 땀에 흠뻑 젖어 웃옷을 걷어 올리고 땀을 닦아냈다. 그러고 있는 동안 마을 사람들이 산으로 올라오고 있었다.

모두 정신 나간 사람처럼 정처 없이 몰려 올라왔다. 그 사람들 속에 세운네 식구는 없었다. 애타게 기다리며 마을 사람들에게 식구 소식을 물어도 아는 사람이 없었다.

해가 서서히 서산을 기웃거리며 넘어가고 있었다. 세운은 정신 나간 사람처럼 알아듣지 못할 말로 구시렁거리며 산으로 올라오는 사람들 틈을 비집고 내려가고 있었다. 누구 하나 세운의 이상한 행동에 관심을 두는 사람이 없었다. 모두 동공이 풀려 무의식적으로 걷고 있었다.

사람들 줄이 끊겼다.

세운은 더 내려가지 못하고 산등성이에서 마을을 내려다보고 있었다. 마을은 대부분 불에 타 집들이 주저앉아버렸고 잔불에서 피어오른 연기가 작은 회오리바람처럼 배배 꼬이면서 하늘로 흐느적대며 오르고 있었다. 처절함이 눈을 아프게 찔러왔다. 세운은 그 자리에 털썩 주저앉아 마을을 응시하고 있었다. 마을로 내려갈 수도 없고 혼자 다시 산으로 오르는 것도 다리에 힘이 빠져 움직일 수가 없을 것 같았다. 해가 서산에 걸치면서 냉기가 그의 등골을 파고들면서 한속이 들기 시작했다. 점심조차 먹지 못해 배는 등골에 붙고 맥이 하나도 없어 이대로 죽는가 보다 하는 두려움이 그를 일으켜 세웠다.

　그때 가물가물 사람 기척이 보이면서 울부짖는 소리가 났다. 그는 있는 힘을 다해 사람 소리 나는 곳으로 뛰어 내려갔다. 어머니 울음소리였다. 아버지는 솜옷이 군데군데 불이 탄 채 얼굴이며 손에 화상이 심해 움직이는 것이 어려웠다. 그러면서 꿍꿍 신음만 토하고 있었다. 어머니는 큰 누님의 두 살배기 아들 우섭을 업고 그날로 일곱이레를 맞는 핏덩이를 얇은 포대기에 싸 보듬고 있었다.

　어머니는 세운을 보고 그제야 생각난 듯, 보듬고 있던 핏덩이를 내려놓고 세운을 보듬으며 "너는 무사했구나!" 하며 울음이 터졌다.

　세운도 어머니를 보듬으며 "어떻게 된 거여? 다른 사람들은 진작 산으로 올라가 땅굴로 숨어들었는디 우리 식구는 아무도 오지 안혀서 얼마나 기다리며 울었는지 알아? 그리고 누님들은 다 어디 가고 요롱게만 왔어? 응." 하며 따져 물었다.

　어머니는 말을 못 하고 다시 울기 시작했다. 아버지는 화상이 아프고 쓰려 "음… 으음…" 신음만 하고 있었다.

　멀리 성메산에서는 군인이 점령했는지 간헐적으로 소총 소리가 들려왔다.

　"어쩌야 헌다냐? 너그 아부지 저렇게 많이 디었넌디, 그래서 얼굴이고 손등이 때꽐(꽈리)맹기로 부르텄는디 약 하나도 없어 어쩌야 헐지 모르겠다. 큰일이다."

　어머니는 울음을 멈추고 긴 탄식을 했다

　"누님들이랑 애순이는 어디 있어? 왜 어매만 왔어? 응?"

세운은 어머니에게 다그쳐 물었다.

"나도 몰라야. 우리 집에 폭탄이 떨어져 집이 불타면서 어쩐 종도 모르고 우선 손에 잡힌 대로 이것덜만 업고 나왔어. 어디로 나왔으면 모르까 그대로 있었으면 다 죽었어. 이 일을 어쩌야 헌다냐? 아이고, 아이고, 원통혀서 어쩐다냐?"

어머니는 오장을 다 녹여내는 절통한 울음으로 숨이 컥컥 끊어지는 것 같았다.

며칠 동안 전투가 소강상태여서 핏덩이를 소나무 숲속에 묻어두고 아버지 어머니 그리고 세운과 우섭이까지 네 식구가 마을로 내려왔다. 폭격에 희생된 시신들은 아름아름 사람들이 나서서 임시로 가까운 밭이나 야산에 매장했다. 그 처참한 광경은 임시로나마 묻어 정리했으나 집들이 불타버려 거처가 없었다. 불행 중 다행이라고 해야 하나? 산 가까운 쪽에 있는 집들은 폭격에서 비켜나 살아 남아있었다. 세운네는 불탄 집터에서 타지 않고 남아있는 밥솥을 빼 와 마을 제일 위에 있는 모산 아저씨네 작은방을 얻어 우선 기거했다.

식량은 밭이나 야산에 숨겨두어 당장 먹을 수는 있었다.

아버지 화상은 한 달여가 지나면서 많이 낳았다. 손등이며 가슴에 꽈리처럼 부풀어 오른 물집이 있었는데 이 전투의 한복판에서 화상약이 어디에 있겠는가. 그래도 민간에서 써오던 단방약을 발라 많은 효과가 있었다. 단방약으로 온돌방 구들목 흙을 곱게 빻아 참기름에 개어 바랐다. 구들목 흙이야 불 땔 때 뜨거운 불이 방구들로 들어가면서 불에 구워져 완전히 무균상태의 흙이었다. 화기가 빠지고 물집이 잦아들어 딱지가 생기며 사독을 하지 않아 생각보다 쉽게 나아져 거의 완치가 되어가고 있었다. 그래도 손을 완전히 사용하지는 못했다.

폭격으로 마을이 거의 불타고 사람이 살 수 없는데, 국군은 마을로 들어와 수복하지 않고 여전히 삼사일 간격으로 처음처럼 성메산이나 무직산을 공격하다 퇴각할 뿐 변화가 없었다. 그렇게 한 달여 동안 전투가 이어지다가 이듬해 음력 정월 그믐께가 되면서 국군의 대대적인 공격이 개시되었다.

오전부터 전투가 벌어져 뒤골 집채 같은 바위들이 넓게 펼쳐진 너덜겅이 있는데, 그 중앙에 있는 큰 바위 밑으로 숨어들었다. 바위가 원체 크고 굴이 깊어 그 속으로 들어가면 안전할 것 같아 마음이 든든했다.

마침 세운 네가 들어간 굴에 다른 누가 숨었던 흔적이 남아있었다. 큰 솜이불 한 채가 있어 그것을 깔고 앉으니 포근하여 추위도 견디어낼 수 있었다.

아버지는 수염이 많은데 수염을 쓰다듬으면서 걱정이 눈가에 깊이 서려 있었다. 무심한 듯 말은 없어도 가족의 많은 희생을 당했는데 그 심정이 오죽하겠는가? 세운은 그런 아버지의 눈을 유심히 바라보았다. 아버지는 좌골신경통으로 거동이 불편했다. 오십도 안 된 연세지만 걸음걸이가 불편하여 지팡이를 짚고 다니셨다. 수염은 텁수룩하여 환갑이 지난 노인 같았다. 아버지 눈을 그렇게 유심히 본 일이 없어 느끼지 못했는데 볼수록 검은 눈동자가 노랗게 보였다. 어디 몸이 안 좋으신가 하는 의구심이 들었다. 몸이 안 좋으냐고 물어보려다가 말없이 아버지 얼굴을 유심히 바라보고 있었다. 찬찬히 볼수록 나이보다 많이 늙어 보였다. 설을 쇠고 났으니 세운의 나이 열세 살이 되었다. 어린 나이지만 아버지가 안쓰러워 보여, 어서 커서 아버지를 도와야 하겠다는 생각이 들었다. 그렇게 아버지 얼굴을 유심히 본 것이 마지막일 줄은 몰랐다.

그 이튿날은 오후에 전투가 벌어졌는데 해가 뉘엿뉘엿할 무렵 무직산까지 진격한 국군이 마을에 대고 박격포를 쏴댔다. 오전엔 총소리가 없어 집에서 그동안 못다 한 빨래며 잔일들을 하고 있는데 박격포 탄이 집 근처에 무차별적으로 떨어져 우선 몸만 피해 뒷산으로 올라가다 큰 바위 밑으로 숨어들었다. 그 큰 바위굴 주변을 돌로 담을 쌓아 은신처를 만들어놓은 굴이 있었다. 상당히 큰 굴이지만 집주인인 모산 아저씨네 식구 5명과 세운네 식구 네 명이 함께 들어가기는 너무 좁아 아버지는 그 굴로 들어오지 못하고 2~3m 위에 있는 굴이 아닌 큰 바위 뒤로 숨어들었다. 수 없이 쏘아대는 박격포 탄이 숨어 있는 바위굴 근처에 떨어져 터지는 파편이 굴속까지 튀어 들어왔다.

어머니가 "아이구매!" 하면서 비명을 지르며 놀랐는데 동시에 우섭이 자지러지게 울었다. 어머니가 등에 업고 있는 우섭을 가슴으로 돌려보니 새끼손가락 밑이 움푹 파여 곧 떨어질 듯 덜렁덜렁하며 빨간 피가 철철 흘러나왔다. 응급 처치할 아무 도구가 없어 임시방편으로 어머니는 저고리 옷고름을 단숨에 우두둑 뜯어 우섭이 손을 동여매 지혈시켰다.

어머니도 위험했다. 우섭이 좁은 굴속에 들어가니 갑갑하여 울어서 안으로 들어가지 못하고 바위굴 입구에 앉아 있었다. 피난지 굴 등에 숨어

있는 동안 아이들 울음소리는 외부에 발견되는 결정적 증거가 되므로 어떻게든지 울지 못하게 해야 했다. 심하면 입을 틀어막아서라도 소리가 밖으로 새어나가지 않게 했다. 그래서 울음을 그치도록 바닥에 깔린 짚을 쥐여주면서 새끼를 꼬라 했다. 우섭이 손을 내놓고 새끼 꼰다는 시늉으로 비비고 있을 때 근처에 떨어진 포탄 파편이 튀어 들어와 우섭이 손가락을 찢고 지나갔던 것이다. 그때 어머니가 비명을 지른 것은 어머니 옆구리가 불로 지진 듯 뜨거워 놀라 비명을 지른 것이었다. 확인한바 박격포탄 파편이 우섭을 업어 두른 솜 포대기와 어머니 솜저고리를 찢고 지나갔는데 저고리 안감 한 겹만 뚫지 못하고 지나갔다. 만약 1mm만 깊이 들어왔더라도 어머니 가슴을 뚫어 그 자리에서 돌아가셨을 것이 틀림없었다.

어둑발이 들면서 포사격이 끝난 듯 산천이 무너지는 벽력같은 소리가 멈추면서 어둠과 함께 언제 그랬냐 싶게 산골이 고요 속으로 파묻혀 들어. 굴속에서 밤을 새우려고 했는데 조용해져 굴속에 있던 사람들이 집으로 내려왔다.

놀란 가슴에 그리고 불빛을 내지 않으려고 밥을 굶어야 했다. 세운이랑은 집으로 내려왔는데 한참이 지나서도 아버지가 오시지 않았다. 어머니랑 함께 걱정하다 세운이 다시 바위굴 쪽으로 올라가 봤다. 캄캄해서 그 무엇도 찾을 수 없었다. 더 높은 곳에 숨었다 내려온 사람들에게 아버지 본 사람을 찾았으나, 아무도 본 사람이 없었다. 더 높은 산 속으로 갔을 것이라는 말만 하면서 남 일인 만큼 아무 걱정도 관심도 없었다. 어두운 산속에서 큰 소리로 부를 수도 없어 세운도 그냥 내려와 버렸다.

밤이 이슥한 시간에 빨치산 한 사람이 찾아왔다. 점심도 먹지 못하여 몹시 배가 고프다며 밥을 좀 달라고 했다. 밥을 새로 지을 수 없었다. 불빛이 새어나가면 앞 무직산에서 사격을 할 것 같아 불을 켤 수 없었다.

모산 아저씨네 와 세운 네가 먹다 남은 밥이 조금 있어 불빛이 새지 않도록 방문을 이불 홑청으로 가리고 호롱불을 켜 밥을 차려주었다. 밥을 달게 먹고 나서는 회문산에 있는 인민군이나 빨치산들이 지리산 쪽으로 모두 떠났는데 자기는 소속부대와 선이 떨어져 혼자가 되었다고 했다. 총이나 대검 하나도 없는 맨몸인 빨치산이 낙오병이 되었으니 너무 처량하게 보였다.

들리는 이야기로는 국군이 지난 폭격보다 더 무서운 폭격을 회문산 일대에 감행하리라는 첩보를 받고 더 깊고 험한 지리산으로 하룻밤 사이에 떠버렸다고 했다. 실제로 인민군이 점령하고 있던 산 고지나 마을에서 그들이 풍선에 바람 빠지듯 감쪽같이 사라져버렸다. 마을 사람들은 그런 비밀사항을 알 수 없어 이상하게 생각할 뿐이었다.

낙오된 인민군의 말을 듣고 허망한 생각이 들었다.

모두가 아버지, 어머니, 형제자매, 이웃사촌 아저씨들인데 네가 죽어야 내가 사는 이 처절한 전쟁을 왜 해야 하는가? 열세 살 어린 세운이 생각해도 있어서는 안 될 일이 눈앞에서 벌어지고 있었다. 그 빨치산은 어깨가 축 늘어진 채 발걸음을 휘청거리며 그믐께 칠흑같이 어두운 밤길을 터덕터덕 옮기며 뒤쪽 산으로 올라가고 있었다. 그 빨치산은 어찌 되었을까? 끝내는 아마 회문산 어느 음산한 골짜기에서 까마귀밥이 되었을지도 모른다.

4

기약 없는 유랑길

그 이튿날은 오전부터 총소리가 나지 않아 묵직한 겨울의 아침 공기가 짓누르고 있는 적막강산이었다. 하지만 어제 해가 질 무렵까지 마을에 박격포 탄이 떨어진 것으로 미루어 국군이 철수하지 않은 것으로 생각하고 먼동이 트면서 어머니와 우섭이 그리고 큰집 큰어머니를 모시고 세운이 앞장서 전전날 숨었던 한녀들 너덜경 바위틈으로 숨어 들어갔다. 바위굴에 네 사람이 같이 숨어들었으나 아버지는 어디로 갔는지 아무 소식을 몰라 마음속으로 크게 걱정하고 있었다. 하지만 걱정이 되면서도 어머니조차 설마하니 어디에 계실 것이라는 믿음을 갖고 있었다.

해가 높이 솟아오르며 햇살이 바위굴 속으로 은실처럼 들어와 시린 손등에 내려앉아 녹여주었다. 우섭이만 꿍얼거리며 굴속의 답답함을 벗어나고자 했지만, 세운이나 어른들은 숨을 죽이고 가만히 웅크리고 앉아 있었다.

해가 솟아오른 것으로 보면 점심때가 거의 되었을 때쯤이었다. 마을
에서 외치는 소리가 들려왔다.

"동네서 누가 뭐라고 큰 소리로 말하는 것 같다. 전투가 벌어지면 거
그다 대고 총을 쏠까 봐 쥐 소리도 못 내는디 저렇게 큰 소리로 위는 것
얼 보면 동네에 먼 일 있는 갑다. 먼 소린가 잘 들어봐라."

어머니는 귀를 기울이며 말했다.

"금성 양반 목소리 같혀."

"그려. 금성 양반 목소리인 것 같혀. 다 나오란 소린디. 저 양반이 가을
에 빨치산이 죽일라고 혀서 읍내로 도망갔다고 혔넌디 어쩧게 왔으까?"

"응. '산안 사람들 다 나오시오. 인자 군인이 들어왔은게 어서덜 나오
시요.' 고롷게 위고 다닌구만. 우리도 나가야 할 것 같혀. 나가 듣기에는
분명히 군인이 들어왔은게 다덜 나오라고 허는 소리여." 세운이 말했다.

"금매. 나오라고 허는 소리다. 그러면 우리도 나가자!"

어머니는 주섬주섬 우섭을 업으면서 바위굴에서 나올 준비를 하고
있었다.

"나가도 될랑가 모르겄다."

큰어머니는 확실한 소리를 듣지 못하여 그대로 나가도 괜찮을 것인지
걱정이 되는 눈치였다.

"금성 양반 목소리가 틀림 없은게 믿고 나가야 헐 것 같혀."

어머니가 믿음을 갖고 나가자고 앞장섰다. 세운네가 바위굴을 빠져나
와 마을로 내려오고 있는데 다른 사람들도 금성 양반이 외치는 소리를

들고 여기저기 굴속에서 느릿느릿 기어 나와 마을로 향하고 있었다.

어머니는 빠른 걸음으로 내려가더니 전날 해거름에 군인들 포격에 쫓겨 숨어들었던 바위굴 쪽으로 내려갔다. 아무래도 그때까지 아버지가 보이지 않아 혹시나 하고 내려간 것이었다.

아니나 다를까. 세운이 바위굴 속으로 들어가 숨을 때 바위굴이 좁아 아버지는 들어오지 못하고 큰 바위 뒤로 숨었는데 거기에 그대로 엎드리어 계셨다.

어머니는 단숨에 내려가 아버지를 보듬어 일으켜 앉히려고 했다. 나뭇등걸처럼 굳어있었다. 어머니는 억장이 무너져 말을 못 하고 사색이 되어 올라왔다. 세운도 놀라서 가 봤다. 아버지는 그 바위틈에서 돌아가셨다. 하늘이 무너지는 청천벽력이었다. 이 급박한 시간에 어찌하랴. 엄두가 나지 않았다. 마을 사람들이 산에서 내려오면서 그 광경을 보면서도 누구 하나 관심 갖거나 눈빛이라도 동정심을 갖는 사람이 없었다. 정신 나간 군상들이 무의식에 끌려 내려가고 있었다.

어머니는 그대로 놔둔 채 갈 수 없다고 생각하고 임시로나마 묻으려고 집으로 가서 괭이를 가지고 올라왔다. 그리고 그 옆 밭에 구덩이를 팠다. 어머니 힘으로는 구덩이를 팔 수도 없고 설혹 구덩이를 판다 하드래도 아버지 시신을 끌어올릴 수 있는 힘이 없다. 발 잡힌 방아깨비가 되어 어머니 혼자 발을 동동거려도 누구 하나 쳐다보는 사람이 없으니 어찌할 도리가 없었다.

세운은 아버지 죽음을 보고 자지러져 땅에 쓰러져 뒹굴며 숨이 끊어질 듯 울부짖었다. 어머니 땅 파는 것을 조금이나마 도와줄 생각도 하지 아니하고 목이 터져라 울기만 했다. 세운은 어머니에게 아무 도움도 주지 못하고 울고만 있으니 이도 저도 아니었다.

어머니도 아버지 시신 묻는 것을 그냥 포기할 수밖에 없었다. 집을 가져다 임시로 덮어놓고 손을 털면서 "가자! 산 사람이나 살자!" 하면서 억장이 무너져 울음도 나오지 않는지 우는 세운을 달래 마을로 내려왔다.

마을엔 불탄 빈 집터를 번들번들 윤이 나는 철모를 쓴 군인들이 돌아다니며 어서 나가라고 독려하며 M1소총으로 하늘에 대고 공포탄을 쏘아댔다.

막상 군인들을 가까이에서 보니 그들도 사람이었다. 빨치산이나 인민군은 군인을 노란 개, 경찰을 검정 개라고 비하하여 불렀다. 그렇게 군인들은 사람을 개만도 못하게 함부로 대하고 삐끗하면 까버리고(죽인다고) 공포심을 뇌리에 심어주었다. 그렇게 알고 군인이나 경찰을 피하라고 했었다. 그러나 막상 군인들도 군복을 입고 총칼을 들었을 뿐 보통사람과 조금도 다르지 않았다. 틀림없는 이웃집 아저씨고 형들이었다. 다만 공포탄을 마구 쏘아대 그 소리에 놀라 어디로 숨어버리고 싶었다.

마을 사람들을 마을 앞산 고갯마루에 집결시켜놓고 더 많은 공포탄을 쏘아대면서 마을 사람들에게 공포감을 불러일으켰다. 음력 정월 그믐께, 약력으로는 3월 초순의 날씨는 쌀쌀했다. 수건 하나도 없는데 귀가 아릴 정도로 시려 손으로 감싸는데도 소용없었다. 우선 우섭이 참지 못하고 춥다고 울어댔다. 어머니는 밭 언덕에 양식과 일반 생필품을 숨겨두었는데 창호지 한 권(20장)을 가지고 나왔었다. 목도리 대신 창호지로 얼굴을 감싸니 한결 따뜻하고 귀도 시리지 않았다.

군인들은 모여 있는 마을 사람들 주위로 사주경계를 하고 서 있었다. 이때 지휘관인 듯 모자와 어깨에 견장으로 대위 계급장을 단 군인이 앞으로 나왔다.

"여러분, 나는 ○○부대 3중대 중대장입니다. 그동안 적 치하에서 고생 많았습니다. 이제 우리가 인도하는 대로 잘 따라야 합니다. 조금이라도 우리 군의 지시를 어길 때는 큰 처벌을 받을 것이니 한 사람도 개인행동을 삼가시기 바랍니다. 지금부터 이곳을 떠나 순창읍이나 인근 수복된 마을로 나가시기 바랍니다. 여기가 완전히 공비가 소멸되어야 들어올 수 있으니 그리 알기 바랍니다. 우리 부대원이 앞마을 배틀아까지 인솔할 테니 한 사람도 낙오되는 일이 없도록 하시오. 그러면 출발!"

중대장은 간단한 안내 말을 전하고 마을을 떠나도록 명령했다.

마을 사람들은 간단한 옷가지와 냄비 등 식기류 그리고 식량 자루를 남부여대男負女戴하여 터덕터덕 기약 없이 갈 곳도 없는 채 떠나야 했다. 세상이 이렇게 황망할 수 있을까? 마을 사람들은 갑자기 떠나게 되어 친척이나 가까이 지냈던 사람들과 함께 순창읍을 향해 무거운 발걸음을 옮기고 있었다. 세운은 어머니와 우섭이, 큰집은 큰어머니와 형수 그리고 어린 조카 둘, 사촌 형수와 돌도 지나지 않은 애기를 업었고, 안산댁도 어린애를 업고 함께했다.

순창읍까지 오는 도중의 마을들은 이미 군인들이 집들을 소각시켜 마을마다 잿더미로 사람의 그림자 하나 보이지 않았다. 순창이 눈에 보이는 근방에 와서야 마을이 그대로 남아있고 사람들이 살고 있었다.

밤이 되어 어둠의 차일이 세상을 뒤덮었는데 마을은 죽음의 공동묘지처럼 불빛이 없었다. 삭막하고 공포스러웠다. 그 죽음의 공동묘지를 뒤로 하고 순창읍을 향해서 무작정 걸었다.

구암리 삼거리에서 많은 사람은 인계면 쪽으로 가고 세운네를 비롯한 몇몇 가족만 팔덕면 쪽으로 내려왔다. 중간중간 팔덕면의 마을들로 다시 갈려 가버려 남은 사람은 몇 사람 되지 않았다. 큰집, 작은집 그리고 안산댁이 아이 둘을 데리고 세운네와 함께했다.

팔덕면 광암리를 지나 순창 뒷산 금산 허리를 감도는 좁은 길을 따라 내려왔다. 멀리 순창읍에서 비쳐오는 불빛을 보고서 '이제 살았다' 하는 안도의 한숨을 쉬었다. 그러나 순창읍으로 들어가기는 너무 멀어 밤길에 갈 수 없었다. 더구나 순창읍으로 들어가려면 검문소를 통과해야 하는데, 밤에는 빨치산으로 오인하여 사격해도 도리가 없었다. 순창읍은 밤에 빨치산들의 공격을 막으려고 읍 전체를 전기 울타리로 둘러 막아놔서 검문소 아니고는 들어갈 수가 없었다. 그래서 순창읍으로는 들어가기가 무서웠다.

역시 이런 응급사항에서는 나이 많은 사람의 지혜가 적중했다. 나이 제일 많은 어머니 생각에 따라 함께 움직였다. 순창읍으로 들어가기 전에 새터(新基)마을이 있었다. 30여 호 되는 작은 마을인데 무조건 마을 안으로 들어섰다. 전날 비가 와서 고샅이 질척거리고 물이 고여 있어 짚신이 다 젖어 발이 시려왔다.

마을은 죽은 듯 조용했다. 아직 이른 초저녁인데 불 켜진 집이 보이지 않았다. 아마 전쟁 중이고 밤손님(빨치산)이 들어와 양식을 털어가기 때문에 불을 켜지 못하고 지냈던 것이다. 마을이 사람의 숨결이라고는 들리지 않는 죽음의 묘지 같았다. 일행은 고샅을 주저주저하고 있는데 어머니가 나서서 고샅을 더트더니 불 켜진 한 집을 찾았다.

일행은 고샅에 서 있고 어머니가 그 집으로 들어가 사정했다. 처음에는 밤중에 찾아오니 놀라 대답도 하지 않더니 어머니 간절한 호소에 나이 많은 할머니가 문을 열고 나왔다.

"누가 이 밤중에 와서 찾아요?" 하며 짜증스런 소리로 탓을 했다.

"예. 죄송허그만이라우. 오널 저 산중에서 군인들이 들어와 나가라고 해서 나오는디 요롷게 늦어부렀당게요. 어린 것덜이 지쳐서 울고 또 추워서 어디 의지 좀 혔으면 허는디요. 좋은 일 좀 혀주서요, 방이 없으면 저그 처마 밑에라도 앙겄으면 허는디요."

어머니는 애가 닳는 간절한 말로 호소를 했다.

처음에는 쌀쌀하고 냉정하던 할머니가 사정을 딱하게 여기고 안내를 해주었다.

"우리 집에는 방이 없는게 이 고샅으로 조금 올라가면 이장 집이 있지라우. 거그 가서 알아봐요." 하면서 문을 닫고 방으로 들어가 버렸다.

어머니는 실오라기만 한 희망을 갖고 부탁했는데 그냥 방으로 들어가는 할머니가 너무도 야속했으나 별도리가 없었다. 하는 수 없이 그 할머니가 가르쳐준 대로 마을 고샅을 더터 요행이 이장 집을 찾았다. 마침 이장이 집에 있어 통사정을 하니 못마땅한 어투로 통명스럽게 "이 밤중에 찾아오면 어쩔라고요?" 하며 머뭇거리다가 안 되었다 싶은지 따라오라며 나섰다.

이장은 일행을 데리고 동각洞閣(마을 회관)으로 갔다. 일정 때 지은 한옥으로 그동안 관리를 하지 않아 문이 다 찢어져 문구멍으로 바람이 숭숭 들어와 난장 같은 방이었다. 먼지가 쌓이고 방 자리도 벽도 찢어져 흙이 떨어졌지만 다리 뻗고 앉은 것만으로도 한숨 놓을 수 있어 좋았다. 일행의 행색이 너무 초라해 이장이 보기에 너무 불쌍하다고 생각했는지 자기 집으로 다시 가서 솔가지 나무 한 다발을 가져와 불을 때라고 했다. 어머니는 손을 비비며 고맙다고 여러 번 인사했다.

아궁이에 불을 때니 방이 따뜻해졌다. 포근했다. 총소리도 들리지 않았다. 목숨이 경각에 달린 전쟁의 한복판에서 탈출하여 자리는 불편하지만 아늑한 밤을 맞는 것이 얼마나 마음의 안정을 취할 수 있었던가? 깊은 산속 피난 땅굴을 전전하다가 총성도 없고 숨이 턱에 닿는 다급한 쫓김도 없는 안옥한 방에 누워있으니 긴장에 눌렸던 노곤함이 봄눈 녹듯 풀렸다. 천국이 따로 없었다. 우선 마음의 편안함으로 긴장이 풀렸다.

점심도 먹지 못하여 배가 무척이나 고파 먼저 아이들이 배고프다고 울어댔다. 반찬도 없어 우선 죽을 끓여 한 그릇씩 먹고 나니 허리가 좀 펴졌다. 살 것 같았다. 다른 사람들은 사십 리 길을 걸어오느라 지쳐서 깊은 잠에 빠져들었는데, 어머니는 우섭이 달래느라고 잠을 자지 못했다.

어린 것이 바로 옆에서 군인들이 쏴대는 공포탄 총소리에 놀라 어머니가 귀를 막아주었지만 소용없이 겁에 질려서 얼굴이 새파래지면서 울지도 못했다. 그 잔상이 재현되는 듯 깜짝깜짝 놀라 울면서 잠들지 못했다. 어머니는 우섭을 업고 밖으로 나가 달래면 조금 진정되는가 싶다가도 방에만 들어오면 울어 어머니 등에서 내려오지 않았다. 새벽이 되어서야 겨우 한숨 붙이게 되었다.

아침밥을 일찍 해 먹고 어른들은 산안으로 들어가 숨겨두었던 불타지 않은 곡식을 가지러 갔다. 애들 중에 세운이 제일 커서 그가 애들을 데리고 동각에서 어머니들이 돌아오기만을 기다렸다.

3일을 산안에 가서 양식이랑 생활용품을 가져왔다. 그리고 각기 아름아름을 찾아 헤어졌다. 큰집은 순창읍 가남리 큰형수 친정으로 갔고 다른 사람들도 자기들 친정이나 친지로 찾아갔다.

세운네는 남원 대강면 덕동으로 갔다. 그들이 나왔다는 소식을 전해 듣고 외숙이 이웃집 버들 양반과 함께 와서 짐을 지고 외가로 갔다.

전쟁의 함정에서 빠져나와 자유의 몸이 되어 이제 살았구나 하는 심정에 먼저 정신적으로 안정을 찾을 수 있었다.

왜 전쟁을 할까? 어린 소견에도 도저히 이해되지 않았다. 우리 민족은 단일민족이라고 하지 않았던가? 일가고 친척이고 사돈네 아닌가? 그렇게 오손도손 살아온 사람들이 왜 서로를 죽이고 재산을 불태우고 자기 집에서 살지 못하게 쫓아냈는가? 농사나 지어먹고 나라에서 시키면 시킨 대로 따라 하며 살아왔는데 이 선량한 사람들을 죽게 하고 재산을 불태우고 고향에서 쫓아내는 짓이 누구를 위한 짓인가?

돈 내놓으라면 내고 부역을 시키면 아무 응짜도 못 하고 복종하면서 살아온 것이 무슨 죄인가? 가족을 다 잃고 재산 한 푼도 건지지 못한 채 피난살이 유랑길을 헤매야 했다. 이 억울함을 어디에 하소연하고 누구를 원망해야 하는가? 하소연이나 원망은커녕 그런 사실을 터놓고 이야기하는 것조차 눈치를 봐야 하는 현실을 어떻게 생각해야 하는가? 참으로 억울했다.

세운이야 어린 나이여서 아무것도 모른다지만, 어머니는 세운과 우섭을 어떻게 살려야 하는가가 태산 같은 짐이고 책무였다. 그래서 순창 새터에 임시로 있으면서 고향 집에 가서 양식 등을 가져왔다. 어머니가 가져온 것으로는 쌀 서 말 콩 두 말 그리고 손수 누에 실을 뽑아 짠 명주베 3필이었는데 그것을 몽땅 외가로 가져갔다. 어머니는 어떻게 해야 할 바를 몰랐다. 그냥 외가에서 살자고 하여 그렇게 알고 한 식구가 되어 살기 시작했다.

외숙과 외할아버지는 어머니에게 물어보지도 않고 농지세들을 내야 한다며 순창 장날 가지고 나가 팔았다. 그러고서도 어머니에게는 한 푼도 주지 않았다. 가족 잃고 재산 다 날아간 처지에 아녀자로서 어머니가 무슨 정신이 있겠는가?

어머니는 외가의 식모가 되어 부엌일을 도맡게 되었다. 우섭은 남원덕과 만도리에 친가로 연락하여 보내주었다. 어머니가 큰 짐을 부려놓은 듯 가벼워졌다. 하지만 그 이별은 눈물바다를 이루었다. 우섭이 제 어머니 죽은 것은 모르고 외할머니인 어머니를 엄마 엄마 하면서 지내왔는데, 제 친할아버지가 데리고 가려는데 낯설어하면서 죽자 살자 떼를 쓰며 어머니를 떨어지지 않으려고 온몸으로 저항하며 울어댔다. 그 처절한 광경에 억장이 무너지는 자리였다. 너무 큰 비통에 말을 잃었다. 큰누님 죽었을 때는 피란에 쫓기느라고 언제 울고 슬퍼할 겨를도 없었는데 우섭이 "엄마! 엄마!" 하면서 어머니를 붙잡고 몸부림을 치니 보는 이들조차 뜨거운 쇳물 같은 눈물을 흘리고 있었다. 참으로 목불인견目不忍見이었다.

세운은 대강국민학교에 3학년으로 편입하였다. 원래 전쟁이 나기 전년 즉 1950년에 4학년이었다. 그런데 외가 집안인 양춘영 씨가 이장이었는데, 학교에 데려가 세운의 말을 잘못 알아듣고 3학년에 편입시켰던 것이다. 세운은 4학년 다녔다고 더는 말을 못 하고 그냥 3학년으로 편입되었다. 운명이었다. 그의 출생이 늦둥이인 데다 생일도 늦어 또래 중에서 제일 약체였다. 그런데 학교까지 1년이 더 늦어졌으니 그의 운명에 영향을 미치지 않을 수 없었다. 결론부터 말하면 전화위복이 된 것이다. 성장에서 늦고 그래서 또래에서 뒤처졌는데 학교를 한해 꿇으면서 학급에서 선두가 될 수 있었다.

학업성적은 상위가 되었고, 신체도 동급생보다 큰 편이어서 자신감이 있었다. 그런데 세상살이가 아무리 어린이 세계라고 하지만 순탄하지 않게 된 계기가 있었다.

대강국민학교 분교가 덕동에 가까운 이웃 마을 광동에 있었는데, 전쟁 통에 본교와 합쳐 있다가 어느 정도 혼란에서 질서가 잡히면서 분교인 광동학교가 정식으로 6년제 학교로 승격되어 분가하게 되었다. 학교가 가까워 좋았지만, 피난민이라고 얕보고 왕따를 당하면서 고립무원으로 학교에 다녀야 했다

외톨이가 된 세운으로서는 항상 쫓기는 사람처럼 불안했지만, 누구의 위로나 구원을 받을 수 없었다. 그런 외로움 속에서도 학교에서 돌아오면 외가 소를 먹일 꼴을 베어다 소죽을 끓여야 했다.

산은 민둥산으로 나무는커녕 풀 한 포기 없어 꼴 베는 일이 보통 힘드는 일이 아니었다. 따라서 꼴을 베려면 논둑이나 밭둑에 5cm 정도 되는 풀을 빡빡 깎아 베야 했다. 워낙 꼴이 없어 보리밭, 콩밭 등에 들어가 걸레 풀 광대사리 등 손에 잘 잡히지도 않는 기심을 뿌리째 캐다 물에 씻어 소죽을 끓였다. 원체 연하고 어려서 소죽을 끓이면 물에 녹아 소죽으로 얼마 되지 않아 큰 구럭망태로 가득 해와도 아침저녁 두 끼 소죽을 끓이는 데는 항상 적었다. 또한 꼴을 낫으로 베는데 너무 작고 짧아 꼴 베는 일이 가장 어려웠다.

열세 살 고사리 같은 손가락 다섯 개가 성한 날이 없었다. 손을 베어도 약이 없어 쑥을 으깨 바르면 지혈은 되었다. 아무리 조심을 한다 해도 하루에 한두 군데를 베는 것이 일상이었다. 아프다고 말도 못 하고 벤 상처가 낫기도 전에 또 베고 베었다. 그렇다고 손이 아파 꼴을 못 벤다든가 소죽을 끓이지 못한다고 말을 할 수 있는 처지도 아니었다. 새경 받고 사는 머슴보다 더한 일을 해야 하는 메인 몸이었다. 그렇게 넉달을 외가에서 어머니는 식모, 어린 세운은 꼴머슴으로 살다 보니 너무도 힘들었다.

또한 소죽을 끓이는데 나무가 없으니 왕겨를 풀무로 부치면서 왕겨 한 줌씩을 아궁이에 던져 불을 땠다. 두세 시간을 불 앞에 앉아 불을 때다 보면 몸은 땀으로 멱을 감고 얼굴은 벌겋게 익어 홍시가 되었다.

세운 나이 열세 살, 어린 풋살 얼굴에 개털도 다 벗지 못하는 어린 것이 어른이 하기도 쉽지 않은 황소 소죽을 책임진다는 것이 너무도 힘든 일이었다. 그러나 어쩌랴? 밥 얻어먹는다고 일을 해야 하기 때문에 불평할 수도 없었다. 아니 그 불평을 누가 들어주는가? 오히려 지천만 있을 뿐이었다.

그 어린 것이 땀을 쪽쪽 흘리며 왕겨 불을 풀무로 부쳐 때고 아니면 초가지붕 이을 때 걷어낸 썩은새로 불을 때서 소죽을 끓이고 있는데, 외할아버지, 외삼촌, 외사촌 형 등 어른들은 시원한 마루에 앉아 부채로 더위를 쓸어내고 있는 것을 보면 속에서 열불이 났다. 그러나 어린 것이 무어라고 불평 한마디 하겠는가? 참고 또 참아야 했다. 그가 생각해도 그런 일에 조금도 불평 없이 해냈다는 것이 대견하다고 스스로 생각했다.

어머니는 부엌에서 밥을 짓고 세운은 소죽을 끓이는 꼴머슴이고 식모였다. 피란 나와 얻어먹고 사는 처지에 이런 일이라도 한다는 것을 오히려 고맙게 생각해야 했다. 그러나 섭섭한 생각이 들지 않는 것도 아니었다. 아무리 자기 집이 아니고 외가라고 하지만 세운도 엄연히 손자인데 친손자가 아니라고 이렇게 차별하는 것은 오래오래 가슴에 새겨진 서운함이고 분함이었다.

이른 봄이라서 밤에는 쌀쌀하다 못해 춥기도 했다. 잠잘 때 어머니는 외할머니와 한방을 쓰고, 세운은 외할아버지와 외사촌이 같이 자는데, 세운은 윗목에서 이불도 없이 자야 했다. 이불이 작아 세 사람이 덮을 수 없어 세운은 옷을 입은 채 윗목에서 웅크리고 잤다. 그렇게 추워 옷을 입은 채 웅숭그리고 자고 나면 몸이 굳어있어 뻐근했다.

먼동이 트면서 일어나 소죽을 끓이는 데 불을 때면 그때야 녹아 몸이 풀렸다. 오전엔 학교에 가서 공부하는데 그 시간이 제일 행복했다. 달리 생각하면 그 어려운 처지에 학교를 다닐 수 있는 것만으로도 행복해하며 만족해야 했다.

하교하여 돌아오면 곧바로 낫을 갈아 구럭망태를 메고 논들 밭들을 헤매며 꼴을 베와야 했다. 그렇게 고달픈 하루하루가 어린 가슴에 못으로 박혔다.

덕동 마을은 외가의 일가들이 많이 사는데, 외할머니보다 일가 할머니들이 더 불쌍히 여기고 다독여주었다. 특히 작은 외가 덕성 할머니는 남달랐다. 추울 때 밖에서 놀다 오면 손 시리다고 할머니 가슴에 손을 묻어 따뜻하게 녹여주고 누룽지 한 줌이라도 챙겨주었다. 그 할머니는 어머니에게도 잘 대해주었다. 어머니를 보면 "아이고 이 불쌍헌 것. 난리만 아니면 아순 것 없이 잘 살 턴디 이 무신 고생이란가?" 하면서 배가 고플 것이라고 밥을 주고 고구마 같은 것도 아낌없이 주었다. 다른 일가들도 이렇게 살 사람이 아닌데 피란 나와 고생한다고 보는 족족 위로하며 먹을 것을 아낌없이 주었다.

그런 고달픈 생활에서 해방의 기쁨이 찾아온 것이다. 상상도 못한 일이다.

"어이, 이 사람아! 어찌서 고롷게 어렵게 고상허고 살아? 어린 아들 하나까지 고상 시킴선. 날마동 보면 저 어린 것이 너무 고상 허는 것 같혀."

먼 족간 되는 신촌 할머니가 어머니에게 하신 말씀이었다.

"숙모. 글안허먼 어쩧게 살 수가 없어요. 어메네 집에서 산 게로 자고 묵고 헌게 그냥 살아라우."

어머니가 그냥 얻어먹고 산다며 괜찮다고 했다.

"아니어. 이 사람아! 방하나 얻어 갖고 살면 된 게 알아바."

"손에 쥔 것도 없넌디 어쩧게 산다요? 일만 좀 혀주먼 따순 밥 묵고 잘자리 있은 게 걱정 없어라우."

"그려도 잘 생각혀 바. 어린것이 소럴 다 키운담선? 그 얼매나 고상인 가? 달리 생각 말고 나와서 살아 봐. 내 말이 맞는게.'"

신촌 할머니는 나와서 살으라고 볼 때마다 내 일처럼 타일렀다. 어머니는 여러 날 생각 끝에 외가에서 나와서 살아야겠다고 마음을 굳혀 먹었다. 그길로 방이 남아있는 집을 찾아 부탁했다.

마침 임동댁네 헛방이 있어 얻어 따로 살게 되었다.

나와서 살겠다고 간단한 짐을 쌓아 나오는데 외가가 참으로 야속했다. 어머니가 아무리 출가외인이라고 하더라도 전쟁의 피해를 혹독하게 당하고 쫓겨온 딸자식이고 누님인데 외할아버지, 외숙은 어머니가 가져온 양식이나 명주 베 등을 다 팔아먹고 쌀 한 됫박 주지 않고 맨몸으로 쫓겨나오다시피 했는데, 그들은 구경만 하고 도와준다는 말 한마디 없었다. 방 자리가 없어 떨어진 초석이 있어 외할머께 달라고 했더니 텃 논 새 볼 때 깔고 앉아야 한다며 주지 않았다. 해도 너무 야속하게 한 것 아닌가?

약 4개월 동안 외가에서 얻어먹고 살았다고 하지만, 어머니나 세운은 머슴과 다름없는 힘든 일을 다 하면서도 어머니가 가지고 온 쌀과 콩 및 명주 베 값으로 먹은 셈이었다. 그런 것 따지는 것보다 속박된 삶에서 풀려난 것이 얼마나 잘한 일인가. 날개를 펴고 창공을 훨훨 날아가는 기분이었다.

'아! 이것이 자유로구나!'

열세 살 어린 나이의 세운이 뼈저리게 느낀 것은 남에게 매인 몸으로 사는 것이 얼마나 힘든 일인가를 알게 되었다. 경험하지 않은 사람은 남의 눈치를 보면서 사는 것, 곧 자유 없이 산다는 것이 얼마나 고통스런 일인지 일지 못한다. 아침에 늦잠을 자도 자유이고 노는 것도 마음대로 할 수 있다는 것이 진짜 사람으로 산다는 의미일 것이다. 그런데 방이 사람이 거처하지 않아 너무 허술했다. 벽지를 바르지 않아 흙벽 그대로였다. 벽은 그렇다고 하더라도 방 자리가 문제였다. 방바닥이 흙바닥이었다. 벽은 바르지 않더라도 흙방에서 방자리 없이 생활할 수는 없는 일이다.

하지만 고맙게도 신촌 할머니가 헌 초석 한 장을 주어 아랫목에 깔고 초석이 모자란 데는 짚을 깔았다. 돼지우리나 외양간 같았다. 초석이 너무 좁아 잘 때는 어머니와 몸을 딱 대고 자야 했다. 어머니 품은 따뜻하고 포근했다. 이 얼마 만인가? 어머니 품에 안겨 포근함을 느낀 때를 잊어버렸다. 젖 먹을 때 안기고 처음인 것 같았다. 동생이 있는 뒤로는 어머니 품에 안길 수 없었는데, 다 큰 애가 어머니 품에 안기리라고는 생각 못 했는데, 어머니와 단둘이 살아남아 불행 중에도 이런 행복을 느낄 날이 있구나 하는 생각에 마음이 안정되고 좋았다.

외가에서 살 때는 어쩌나 아침잠이 고팠는지 모른다. 그런데 아침 일찍 일어나 소죽을 끓이지 않으니 아침잠을 충분히 잘 수 있어 마음이 느긋해서 좋았다. 학교에서 돌아와 소꼴을 베지 않아도 되었다. 마음 내키면 푸나무를 베와 말려 땔감으로 때는데 놀면서 해도 땔 나무는 충분했다. 오히려 헛간에 나무가 쌓여갔다.

어머니랑 둘이 사니 어머니는 어머니대로 세운은 세운대로 자유롭고 팥죽 같은 땀 흘리며 일을 하지 않으니 얼마나 행복한지 모른다.

어머니가 남의 일을 나가면 세운까지 따라가 점심 저녁을 먹을 수 있어 양식도 많이 절약되었다. 전쟁 뒤끝에 설상가상으로 흉년이 들어 농사짓는 사람도 식량이 모자라는데 어머니와 세운은 두 식구여서 입이 적어 밥을 굶지는 않았다.

학교생활도 즐겁고 보람이 있었다. 처음에는 마을 애들한테 따돌림을 받으면서 힘들었는데, 1년이 지나면서 왕따의 고통에서 풀려났다. 그를 왕따시킨 주동자 장오채와 싸움이 벌어졌는데, 세운이 힘으로 제압하여 혼내주면서 애들이 세운에게로 넘어왔다. 그래서 세운이 통학반장이 되어 애들을 관리하고 인솔하게 되어 큰소리치며 떳떳하게 학교생활을 할 수 있었다.

5

환향還向의 시간

피난살이 2년이 되면서 공비가 거의 소탕되어 고향에도 봄이 돌아왔다.

피난살이 어려움을 견디지 못하여 고향 돌아가는 사람이 많아졌다. 공비 잔당이 몇 명 남아있지 않아 위험이 적어졌다. 국군이나 전투경찰들의 치안이 확보되면서 그 어려운 피난살이를 끝내고 고향으로 돌아가 농사를 짓는 사람이 늘어났다. 세운네는 고향으로 완전히 돌아가지는 못하고 여름 동안만 들어가 텃밭을 가꾸어 식료품을 가져다 먹었다. 따라서 여름에는 고향으로 돌아가 묵은 밭을 일구고 씨를 뿌려 농사를 지었다. 그렇지만 어머니 혼자 하는 것은 너무 힘들고 어려웠다.

소가 있어야 쟁기로 전답을 일굴 수 있는데 그런 것이 없어 순전히 괭이나 호미로 전답을 일구어 농사해야 했다. 그래서 어머니를 돕기 위하여 세운은 학교에 가지 못하고 어머니를 따라 고향에 가서 농사일을 했다. 그러다 보니 학교는 거의 다니지 못하고 가을이 끝나야 학교에 다니게 되었다. 그렇게 장기 결석을 해도 퇴학되지 않고 겨울이 되면 학교로 돌아갔다. 담임선생님이나 학교 측에서 아무 말 없이 받아주어 학교에 다닐 수 있었다.

학교에 내는 수업료나 학급비가 크게 부담스러웠다. 세운처럼 피난살이로서 생계수단이 극히 어려워 어머니가 날품팔이로 겨우 연명하고 사는 형편에 무척 힘들었으나, 어머니는 다른 돈은 안 쓰는 한이 있어도 세운의 학비만은 어떻게 해서라도 준비해 주었다. 세운으로서는 모자란 학비보다 1년 중 절반도 학교에 다니지 못한 것이 더 아쉬웠다.

어머니는 고향을 다니면서 나물도 캐오고, 가을이면 감 등을 따 가지고 와 팔아서 생활에 유용하게 썼다. 어머니는 세운에게 가급적 고향 다니지 말고 학교에 충실하라고 했다. 그러나 빨치산들이 거의 소탕되어 정상적인 생활이 가능하여 세운도 열심히 고향에 들어가 농사일을 했다. 그에 따라 대부분 여름 농사철엔 어머니와 농사를 함께 했다.

한국전쟁이 휴전되던 1953년경에는 빨치산이 거의 없어 마을 사람들이 피난살이를 청산하고 고향으로 돌아와 말 그대로 초근목피草根木皮하면서도 자기 농사를 짓는다는 자부심으로 살면서 움막을 뜯어내고 정상적인 주택을 새로 짓기 시작했다. 마을이 새로 갖추어지고 있었다. 하지만 세운네는 어머니 혼자로서는 움막도 지을 수 없어 남 움막에 신세를 지며 살아야 하는 것이 가장 힘들었다. 그렇게 남의 집에 얹혀살면서도 어머니는 한시도 쉬지 않고 괭이와 호미로 묵은 전답을 새로 개간해

나갔다. 그러니 세운도 봄부터 고향으로 들어와 일하다가 가을까지 농사를 할 수밖에 없었다. 가을이 끝나면 다시 대강면 덕동으로 나와서 겨울을 났다. 세운은 다시 학교로 가서 공부했다. 봄에 새 학년으로 올라가서 곧바로 고향으로 오고 가을일이 끝나면 덕동으로 가서 학교에 다녔다.

그때는 당연한 것으로 생각했는데 나중에 생각해 보니 학교에서 퇴학 처리를 하지 않고 장기 결석을 했는데도 아무 말 없이 받아준 것이 세운의 딱한 사정을 들어준 것이라고 생각되었다.

6학년 때였다. 5학년에서 6학년으로 올라간 뒤 채 한 달도 학교에 다니지 못하고 고향으로 와서 농사일을 하다가 겨울방학 직전에야 다시 학교에 다니게 되었다. 그런데 학교에 큰 변화가 있는 것을 알지 못했다. 광덕국민학교가 여름 장마기에 초가 교실이 무너져 학교를 유지할 수가 없어 불가피하게 대강국민학교 본교로 통합했던 것이다.

조금은 난감했다. 거의 8개월을 결석하고도 어떻게 잘 알지도 못하는 학교를 갈 수 있을까 하는 생각에 망설이게 되었다. 며칠 동안 생각 끝에 가부간 학교로 가보자고 마음먹고 무작정 학교에 가서 6학년 교실에 앉아 있었다.

6학년 담임선생님이 누구인지 확인도 하지 않은 채 수업을 진행했다. 세운은 교재도 노트도 없이 청강생으로 우두거니 앉아 있기에 너무 어설펐다. 선생님 말씀이 머리에 들어오는 것은 아무것도 없었다. 그렇게 눈만 멀뚱멀뚱 뜨고 있자니 너무 어이가 없어 바늘방석에 앉아 있는 기분이었다. 한 시간 수업이 끝나고 담임선생이 교무실로 가면서 세운을 불러 따라오라고 했다.

예상은 했지만 선생님을 따라가는데 무슨 큰 잘못을 하는 것 같은 심정이어서 발걸음이 무거웠다. 교무실에 들어가니 교감 선생님 자리가 앞쪽 중앙에 자리 잡고 있었다. 교감선생님 책상을 중심으로 양쪽으로 일반 선생님의 책상이 두 줄로 늘어서 있었다. 교감선생님과 세분 선생님이 자리에 앉아 있으면서 세운을 뚫어져라 바라보고 있었다. 불량 학생이거나 큰 잘못을 저지른 학생으로 여기고 바라보는 것 같아 그 눈총이 따갑게 느껴졌다.

세운은 괜히 주눅이 들어 저절로 머리를 숙이고 따라가는데 틀림없이 잘못한 학생으로 보이기에 충분했다.

담임선생님은 자리에 앉으면서 세운을 책상 앞에 서라고 했다. 다른 선생님들의 시선이 집중되어 있었다.

"네가 누구지? 처음 보는데 어찌 아무 말도 없이 우리 반에 앉아 있는 거야?"

담임선생님의 말소리는 부드럽고 온화한 말투였다.

"저는 정세운입니다. 제 고향은 순창인디 피난 나와서 광덕국민학교에 다녔어요. 저는 엄니하고 둘이 사는데 여름엔 고향에 가서 농사일을 하고, 겨울에는 내려와 학교에 다녔어요. 그런데 여름에 학교가 없어져 여그로 왔습니다. 저 공부 좀 허게 해주셔요."

세운은 머리를 숙인 채 말을 더듬으면서 사정했다.

"고 선생! 어려운 학생 같은데 그냥 받아주세요."

교감선생님이 세운의 사정을 딱히 여기고 담임선생님께 부탁하는 말이 구세주 말씀으로 들렸다.

"예. 알겠습니다."

담임선생님도 아주 긍정적으로 대답을 하면서 세운의 신상에 대하여 소상히 물었다. 세운은 피난 나오는 과정 광덕국민학교에 다녔던 사실을 두서는 없지만 아는 대로 생각나는 대로 말해주었다. 담임선생님은 광덕국민학교에서 이적해온 서류에서 세운의 학적을 확인했다. 그렇게 해서 정식으로 6학년 학생이 되어 공부하게 되었다.

이미 교과서는 거의 끝나 세운이 공부할 것은 별로 없었다. 노트 살 돈이 없어 흑지(갱지의 질이 많이 떨어지는 포장지 같은 종이) 전지 몇 장 구입하여 16절지로 썰어 실로 꿰매어 노트를 매 썼다. 수업은 졸업을 앞둔 6학년이라서 앞으로의 진로 또는 상급학교, 즉 중학교 진학에 관한 이야기로 수업을 대신했다.

중학교도 시험을 봐 합격해야 진학을 할 수 있었다. 6학년 전체가 28명이었는데 중학교 진학할 사람은 5명에 불과했다. 따라서 중학교 시험을 준비한 학생은 입시 참고서로 공부했다. 중학교에 가지 않는 학생은 시간을 때우는 것으로 졸업 말년을 보냈다.

세운은 6학년을 겨울방학까지 합쳐 3개월여 동안 다니고도 당당히 졸업했다. 그래도 졸업식 날은 긴장되었다. 졸업한다는 것은 한 과정을 마치고 새로운 세계로 들어가는 과정인데 그에게는 고생길이 기다리고 있었다. 졸업하면 공부는 더할 수 없고 죽을 때까지 농사나 지어먹고 살아야 하는 운명이 기다리고 있었다. 물론 그뿐만 아니라 대부분 학생들이 진학하지 못하니 같은 처지였다.

졸업식 날이었다.

어린 마음에, 장래에 대한 아무 희망이 없어서 그렇다기보다는, 막연히 졸업한다는 사실에 아쉬움과 섭섭한 감정으로 졸업식장은 울음바다가 되었다.

졸업식장의 분위기가 최고조 되는 것은 재학생 대표의 송사送辭였다. 웅변을 한 학생이나 국어 읽기를 잘하는 학생을 뽑아 연습을 시켜 떠나는 졸업생의 심금을 울리는 낭랑한 송사야말로 졸업생으로 하여금 눈물을 쏟아내도록 했던 것이다. 송사가 끝나기도 전에 여학생이 흑흑거리며 속울음 소리가 들리기 시작하면 덩달아 울음이 터져 나왔다. 어떻게 보면 그 졸업식에서 우는 울음이 진정으로 가슴속 깊은 데서 우러나오는 간절한 절규였다. 그날 얼마나 울었는지 눈이 퉁퉁 붓고 목이 잠겼다. 그것으로 학교를 완전히 떠나게 되었다.

공비가 완전히 없어진 것은 아니었다. 극소수 공비가 산속에 숨어 살며 민가에 내려와 식량이나 부식 등을 빼앗아 갔다. 그래도 큰 위험요인이 아니어서 피난살이 어려움을 벗어나 고향으로 돌아와 기쁜 마음으로 농사를 짓기 시작했던 것이다.

대강면 덕동에서 산안까지는 5십 리가 넘었다. 세운네는 거처를 마련할 수 없어 완전히 고향으로 들어가지 못하고 어머니가 가끔씩 가서 텃밭에 푸성귀를 심어 가져다 먹었다. 다른 사람들은 움막이라도 쳐 사는데 세운은 그런 움막 하나도 지을 수 없어 남의 집 신세를 져야 했다. 그래서 봄이 되어 날씨가 풀리면 산안으로 들어가 전답을 일구었다.

3년여 묵은 전답은 풀은 물론 어디서 씨앗이 날아왔는지 온갖 나무들이 자라 곡식을 심을 수 없었다. 산이 된 밭이나 논을 새로 일궈야 했다. 쟁기 하나 없는 형편이라서 괭이나 삽 또는 호미로 파서 개간했다. 괭이나 호미로 파니 하루에 얼마나 일구겠는가. 그래도 자기 땅이라 파서 씨앗을 심으면 심사 없는 것이 농사라고 심은 대로 거두어 피난살이에서 겪었던 배고픔을 달랠 수 있으니 그 옹골짐은 말로 다 표현하기 어려울 만큼 보람찼다.

고향으로 들어가야 하는데 마침 사촌 형님이 군 입대를 하게 되어 형수씨 혼자 일을 할 수 없어 친정으로 가는 바람에 그 움막집에서 살기로 했다. 방 한 칸 부엌 한 칸인데 부엌은 문이 없어도 되지만 방은 거적 문이어서 낮에도 불을 켜지 않으면 캄캄해서 아무것도 할 수가 없었다. 그런데 마침 피난 살던 덕동에 헌 문이 있어 가져다 쓰려고 지고 오는데 어찌나 무거웠던지 잊혀지지 않았다.

오십 리 길을 문짝 두 개를 새끼로 멜빵을 만들어 짊어지고 나섰다. 짊어지면서부터 어깨가 쫄리기 시작하는데 얼마 가지 않아 어깨가 아프고 무거워 자주 쉬어야만 했다. 아침에 덕동을 출발해서 산안에 도착할 때는 해가 뉘엿뉘엿 지고 있었다. 어깨가 통통 부었다. 그렇게 힘들게 가져와 문을 다니 방이 훤하게 밝아 생활하는데 아주 좋았다. 밭을 파 개간을 하고 논을 괭이로 파 모를 심는데 무척 힘들었다. 산에서 생풀을 베어다 논밭에 거름으로 주었다. 지게도 아닌 멜빵으로 져오는데 무거운 것도 참기 힘들지만, 가슴이 찢어지는 것 같고 숨이 헐떡이며 맥이 뚝 끊어질 것 같았다. 15세 나이에 농사일이 힘들지 않은 것이 없지만 짐을 져

나르는 것같이 힘 드는 것은 없었다. 세운이 커서 살림을 하고 살면 어떻게 해서든지 이런 농사일은 하지 않으려고 다짐하고 다짐했다.

그렇게 힘들게 농사를 지어 가을에 다 거두어들이고 보면 참으로 옹골졌다. 피난살이 3년, 먹을 식량이 없어 어머니 품팔이로 겨우 연명하고 살았던 것을 생각하면 부자가 된 것이다.

6

전쟁과 여인

한국전쟁이 휴전 성립으로 전선에선 총성이 멎고 세상은 어느 정도 평란이 되었다. 하지만 후방에는 아직 빨치산이 몇 명씩 산속에 숨어 있었다. 그 빨치산들을 소탕하려고 전투경찰이 마을마다 주둔하고 있었다.

이름이 중대라고 하지만 20여 명 남짓의 인원이었다. 10여 명을 소대로 2개 소대가 민가에 방을 얻어 기거하고 있었다. 중대장은 계급이 경사로 따로 독방을 얻어 혼자 살았다. 집이라기보다는 움막으로 불탄 옛터에 부엌 한 칸 방 한 칸이 대부분이었다. 식구가 좀 많은 집은 방이 두 개 있는데 식구를 한 방으로 합쳐 지내게 하고 그 방을 얻어 전투경찰이 사용했다. 취식은 민가에 한두 명씩 배당하여 밥을 해주도록 했다. 주부식主副食은 부대에서 어느 정도 조달해 주었다.

중대장 손 경사는 엉골댁에 방을 얻어 혼자 생활했다.

아이들 두 명을 데리고 사는 엉골댁 나이 31세로 과부였다. 남편 임지환은 인민군 의용군으로 끌려가 낙동강 전투에서 전사했는데, 강제로 끌려갔지만 인민군으로 갔기 때문에 어디 대고 말도 못 하고 죄인처럼 살아야 했다.

　시부모 외 시동생 시누이 등 일곱 식구여서 방을 두 개를 들여 사용했는데, 그간에 시부모는 돌아가시고 시동생들은 결혼하여 각기 살림을 차리고 사는 터라 방이 하나 남아있었다. 그 방을 중대장이 얻어 살면서 식사도 그 집에서 책임지고 해주기로 했다.

　모른 사람이 보면 같은 식구로 오인할 만했다. 아들 둘인데 큰애가 여섯 살, 둘째가 두 살이니 세상 물정을 모르는 것은 당연한 것이다.

　엉골댁은 남편이 없는 청상과부인데, 젊은 경찰과 한집에 산다는 것이 남의 입줄에 오르기 십상이었다. 그래서 반대했지만 전쟁 시절 군인이나 경찰의 위력을 어느 누가 거역할 수 있는가. 중대장 손목인 경사가 기어코 우기는 바람에 어쩔 수 없이 받아들여야 했다.

　전투경찰은 낮에 특별히 하는 일이 없었다. 수색조 3인을 꾸려 마을 인근의 산을 순찰하는 것이 전부였다. 나머지 대원들은 농가의 일손을 도와주기도 했다. 그렇게 전투경찰이 주둔함으로써 마을은 평온을 찾았다. 물론 밤에도 반란군이 들어오지 않아 식량이나 부식 등도 빼앗아 가지 않았다.

　마을에 주둔하면서 주민들과 친숙해지고 농촌 일손을 도와준 덕분에 마을 사람들이 좋아라 하며 숙식을 제공하면서도 아무 불평이 없었다. 일반 대원들은 밤에는 마을을 순찰하고 마을 요소에 보초를 서 마을이 안정되었다.

손 경사는 주인집 아이들을 친 자식처럼 예뻐해 주었다. 부대원을 시켜 군입거리를 사 오게 하여 자기 방에 두고 먹으면서 주인집 큰아들 동섭과 둘째 준섭에게 나누어 주면서 환심을 샀다. 구슬 사탕, 일명 눈깔사탕이라고 하는 갱엿을 큰 유리구슬만 하게 만든 사탕을 아이들에게 주면서 부드럽게 대해주어 손 경사를 친 아버지처럼 따랐다.

엉골댁은 못마땅하여 애들을 단속했지만 아이들은 엉골댁 말을 듣지 않았다. 달고 맛있는 사탕을 주면서 친아버지처럼 잘 대해주는데 어머니 말을 들을 리 없었다.

"동섭아! 동생이랑 어서 와 자지 않고 그 방에서 시시덕거려? 중대장님 주무시게 어서 나와!"

엉골댁은 아이들을 불러냈다. 그때 문이 열리면서 "괜찮아요. 나도 심심하니까 같이 놀고 있어요. 아주머니도 좀 들어오실래요." 하면서 방으로 들어오라고 청했다.

"아니요, 괜찮아요. 아이들이나 어서 보내주어요. 어서 자야 헝게요."

"그러지 말고 좀 들어와 보세요. 오늘 대원들이 대대에 연락 갔다 오면서 구슬사탕을 사 왔어요. 애들이 아주 좋아해요. 아주머니도 하나 먹어봐요!" 하면서 적극 불러들였다. 엉골댁은 차마 뿌리치지 못하고 방으로 들어갔다. 엉골댁이 방으로 들어가니 먹음직한 구슬 사탕을 주면서 아이들한테도 하나씩 더 주었다. 굵은 설탕이 오돌토돌 붙어있는 구슬 사탕을 입에 넣으니 입안이 가득하여 입을 움직이기가 거북하였으나 녹아 나온 단물이 처음 먹어본 맛이었다.

"어때요? 달고 맛있지요?"

"예. 아주 달고 맛있네요. 비쌀 턴디 애들한테 다 주면 중대장님은 먹을 것이 없겠어요."

엉골댁은 아이들 주고 자기까지 주어 맛있게 먹기는 했지만 미안하기 짝이 없었다. 그리고 혼자 사는 과부가 젊은 남자 방에 들어온 것이 어색하고 불편하여 얼른 나가고 싶었다.

손목인 경사는 33세로 고향에 처와 아들 둘 딸 하나가 있는 유부남이었다. 신장이 176㎝로 훤칠하고 코가 오뚝한 계란형 얼굴이었다. 까만 눈썹이 짙어 개성이 뚜렷해 보였다. 엉골댁 또한 31세 완숙한 여자로 키가 크지 않는 163㎝였다. 얼굴이 동글납작하여 호인상이었다. 손 경사는 30대 초반의 혈기 왕성한 남자로서 객지에서 홀로 지낸다는 것이 남자로서 고통이었다. 그래서 주인집 아주머니 마음씨가 너그럽게 보여 호감이 갔으나, 차마 가까이하기엔 주저함이 마음을 움켜쥐고 있었다. 그동안은 아주 공식적인 이야기나 나누는 것이 전부였다. 그런데 아이들로 인하여 엉골댁과 대화의 장이 마련된 것은 천우신조였다.

"아주머니하고 이야기 좀 나누고 싶은데 가능할까요?"

"예에? 시방이요? 무슨 헐말이 있어요? 시간은 있지만 시방은 너무 늦었어요. 허실 말이 있으면 니일 낮에 혀요."

"지금이 좋은데요. 애들 자라고 보내고 단둘이 긴요하게 할 말이 있어요."

손 경사는 간절하게 호소했다.

"동섭아, 엄마랑 할 말이 있어서 그러니 준섭이 델고 가서 자그라."

손 경사은 엉골댁 승낙이 있기도 전에 애들을 보내려고 했다. 엉골댁은 난감했다. 젊은 남녀가 한방에서 이야기를 나누자는 말이 무엇을 의미하는가? 아무리 생각해도 할 말이 없는데 단둘이 만나자는 말에 불안한 생각이 들었다. 하지만 전시 하에 군인이나 경찰 또는 반란군들이 요구하는 것을 민간인이 거역할 수 없었다. 아무것도 모르는 어린것들만 있어 무슨 일이 일어날지 모른다. 그래서 단칼로 무 자르듯 못한다고 털어버릴 수 없어 가타부타 딱 부러지게 말을 못 하고 더덜뭇이 앉아 있었다. 손 경사가 너무도 강력하게 부탁하여 하는 수 없이 애들을 먼저 가서 자라고 했다.

"엄마, 그러면 우리 몬자 가께 곧 와. 응?"

"알았어. 모기 들어온께 문 잘 닫고."

애들이 가고 나니 고요가 밀물처럼 밀려와 방안이 정적으로 깊이 가라앉아 숨소리는 물론 개미 기어가는 소리가 들린 만큼 조용했다. 희미한 호롱불의 심지가 돋아있어 끄럼 섞인 검은 연기가 나면서 불꽃이 춤을 주었다.

한참 동안 정적에 묻혀가는 숨소리만 방 안 공기를 흔들고 있을 때 손 경가가 입을 열었다.

"혼자 사시느라 고생 많으시죠? 혼자 일하시는 것을 보면 안타까워 내가 무어라도 도와주어야 하는데, 그리 못해서 미안합니다."

손 경사는 정이 넘치는 목소리로 포근히 감싸안듯 소곤소곤 말했다.

"아니요. 사람 사는 것이 다 그렇지요, 뭐."

"외롭지 않아요?"

"…어쩌겠어요. 애들 커나는 것 봄선 고롭게 살아야지."

엉골댁은 얼굴을 들지 못하고 방바닥만 쳐다보며 손톱으로 방자리 틈새를 그으면서 말했다.

"아주머니!"

손 경사는 무슨 말을 하려다 말고 머뭇머뭇하고 있었다.

엉골댁은 무어라 대답하기도 그렇고 가만히 앉아 있기도 어색해서 좌불안석이었다.

"우리 가까이 지내면 안 될까요?" 하면서 손 경사는 엉골댁 손을 덥석 잡아 왔다.

엉골댁은 깜짝 놀라며 무의식적으로 손을 뿌리쳤다. 그러나 손 경사는 강한 힘으로 손을 움켜쥐며 애원의 눈빛을 엉골댁 눈에 꽂아 넣었다.

"이러지 마서요! 애들이 보면 어쩔라고요."

엉골댁은 애절한 눈빛으로 애원하며 말했다

"괜찮아요. 애들이 오겠어요? 그동안 아주머니를 보고 너무 안쓰럽고 애잔해서 무엇인 가를 해주여야겠다는 의무감 같은 생각이 있었어요. 기왕에 이런 자리가 마련되었으니 너무 사양하지 말고 내 말 좀 들어주세요. 나 젊은 놈이 석 달째 혼자였어요. 제 사정 좀 들어주면 안 되겠어요? 아주머니도 얼마나 외롭고 허전할지 알고 있어요. 너무 거절하지 말고 우리 잘 지내봅시다."

손 경사는 처음엔 예를 갖추어 점잖고 정감 넘치는 말로 애원하듯 했는데 눈빛이 강력하게 불타 이글거리며 점점 완강해지고 있었다. 곧 강제로 제압할 기세였다.

엉골댁은 스스로 제압당하고 있다고 생각했다. 이 급박한 국면을 어떻게 피할 수 있을까 생각해봐도 빠져나가기 어려울 것 같다는 생각이 들었다. 엉골댁은 기가 죽어가고 있는데, 손 경사는 더욱 강력하고 적극적이면서 반강제적인 분위기로 몰아가고 있었다. 하지만 연약한 여인으로 건장한 남자를 거부할 어떤 묘책이 없었다. 속절없이 당할 수밖에, 독안에 든 쥐가 독을 빠져나올 수 없었다. 스스로 체념해버렸다.

손 경사는 넓은 가슴에 근육이 불거진 팔로 껴안았다. 몸부림도 칠 수 없이 제압당하고 말았다. 몸에서 힘이 쭉 빠져나가 수동적으로 있어야 했다. 너무 비참한 생각이 들었다. 남편 없는 것도 서러운데 이런 능욕을 당해야 하는 자신이 한없이 원망스러웠다. 전쟁이란 것이 이런 것이다. 신체적으로 약한 것이 여자 아닌가. 어디 대고 항의는 고사하고 까닥 잘못하다가는 더 큰 코를 다칠 수 있는 절박한 사항이었다.

엉골댁은 어차피 이리된 것 자포자기하고 그가 하는 대로 맡겨 두었다. 웃옷부터 벗기기 시작했다. 옷고름을 움켜잡았으나 무언의 거부일 뿐 손 경사에게는 오히려 너무 순순히 응하는 것보다 약간의 거부가 그의 욕정을 더욱 자극하고 있었다.

엉골댁을 완전히 나신으로 벗겨놓고 손 경사가 자기 옷을 벗기 시작했다. 30대 초반의 건장한 남성의 몸매가 누가 봐도 힘이 넘쳐나 보였다. 근육질이어서 다리 어깨 근육이 울룩불룩 불거져 나왔다. 남성미가 넘쳐났다. 거웃이 배꼽까지 나 있고, 가슴에도 검은 털이 수북이 돋아 남성다움이 더욱 강렬해 보였다. 엉골댁은 솔개에 잡힌 병아리 신세가 되었다. 힘에 압도되어 꼼짝달싹도 못 했다.

손 경사의 몸은 불덩이였다. 그러기를 30분도 넘게 진행되었다. 배고 픈 이리가 사냥감을 처치하듯 땀을 뻘뻘 흘리면서도 지칠 줄을 모르고 탐하고 있었다. 엉골댁은 초죽음이 되어 몸을 일으키기도 힘들었다. 온 몸이 땀으로 멱을 감았다.

"고마웠어요. 내 잘하리다."

손 경사는 지쳐있으면서도 일으켜 앉히고 다시 깊게 포옹을 하면서 고맙다는 인사를 하면서 다독여주었다. 엉골댁도 꼭 싫지만은 않았다. 얼마 만이던가. 남자의 콧김을 맞아본 것이 기억에서 지워져 버렸다. 그 래서 당했다고 생각하고 억울했는데, 실상은 풀리지 않은 응어리가 가슴 에 맺혀있었는데, 그 무엇이 시원하게 풀린 것 같았다. 하지만 아무리 연 약한 여자라고 사람 목숨의 여탈권을 갖고 있는 전투경찰이 전장의 한 가운데 있는 여자를 반강제적으로 남자의 욕망을 채우는 대상으로 삼았 다는 것이 너무 분하고 원통했다.

그러나 어쩌랴. 건장한 남자들도 그 힘에 대항하지 못하는데 여자의 몸으로 어떻게 거역하겠는가? 참으로 절통할 뿐이었다. 그런데 문제는 한 번으로 끝나는 것이 아니었다. 한번 터지기 시작한 둑을 누가 막으 랴. 이틀을 넘지 않고 요구해왔다. 죽어버리고 싶은 생각이 들었으나 어 린 자식들이 토끼 눈으로 자기만 바라보고 있는데 그것들을 어찌할 것 인가? 어떠한 어려움이 있어도 자식은 지켜내야 하는 것이 어미의 도리 고 책임이다.

2개월마다 전투경찰의 임무 교대가 있었다. 이웃 마을에 주둔하는 부대와 교대를 한 것이었다. 손 경사는 떠나는 마지막 밤을 보내면서 그동안 저지른 잘못에 대하여 사과하면서 용서를 빌었다.

"그동안 고마웠어요. 내 젊은 놈이 객지에서 더구나 오늘 죽을지 내일 죽을지 모르는 전쟁터에서 아주머니를 만나 얼마나 행복했는지 몰라요. 내 그 고마움 잊지 않으리다. 세상이 좋아지면 잊지 않고 찾겠소. 몸조심하고 그날을 기다립시다."

입에 붙은 말 같지만, 위로의 말에 일말의 연민이 들기도 했다. 그런데 그것은 남자의 입에 발린 술수임이 금방 드러났다. 그 중대와 교대해서 들어온 중대가 있었다.

그 중대 역시 떠난 중대와 다르지 않았다.

중대원들은 1개 소대씩 전임 중대가 기거했던 집을 다시 사용했다. 중대장 역시 중대원과 한방을 쓸 수 없어 따로 방을 얻는데, 엉골댁 방밖에 없었다. 다른 집들은 방이 한 칸인데, 두 칸 있는 집은 엉골댁 집으로 물어 보나마나였다.

엉골댁은 절대 방을 내놓지 않으려고 굳게 마음먹었지만 여린 여인으로서 어떻게 감당하겠는가? 더구나 떠나는 전투경찰이, 다시 말하면 엉골댁을 가지고 놀았던 손 경사가 그 자세한 내막을 인계한 것이었다.

중대가 들어오기 전날 선발대가 마을에 와서 묵을 곳을 찾았다. 두말할 것도 없이 중 대장 숙식을 엉골댁에 이미 정하고 왔다.

연락병인 듯한 20대 중반의 순경이 엉골댁을 찾아왔다.

"죄송합니다. 이번에 새로 이 마을에 주둔하게 될 2중대 정 순경입니다. 다름이 아니라 아주머니께 사정을 하려고 왔는데요. 우리 중대장님 숙소를 이 댁에 정하려고 합니다. 허락해 주신 거죠?"

정 순경은 이미 다 정해놓고 이 집에 있겠다고 통보하는 것이었다. 너무 당당하고 기정사실화로 해서 말하니 못 하겠다는 말이 입안에서 뱅뱅 돌기만 하지 입 밖으로 튀어나오지 않았다.

놀란 표정을 짓고 있는데 당당하게 다시 말했다.

"나 그렇게 알고 중대장님께 보고하렵니다. 방이나 깨끗이 치워주시기 바랍니다." 하고는 정 순경은 휑하니 나가려고 했다.

"저기… 요. 방 우리가 써야 허는디요."

말소리가 목구멍으로 기어들어 가며 무슨 죄나 저지른 것 같은 기분으로 말이 입안에서 뱅글뱅글 돌고만 있었다.

"뭐요? 방을 못 준다고요? 안 돼요. 이미 전임 손 경사님한테 소개받고 왔어요. 어쩔 수 없어요. 우리 중대장님도 좋아하시며 확실한 답을 가져오라고 했어요. 딴소리하지 말아요."

순경은 그들이 꼭 써야 한다고 통보하고는 안 된다는 말을 입 밖에 뻥긋 못 하게 했다. 그리고 나간 뒤 두 명의 경찰이 신임 중대장 짐을 가지고 왔다.

"안 돼요. 우리 동생이 일을 도와주러 온다고 혔어요. 그렇게 다른 데 알아보세요." 하면서 강한 어조로 반대했다.

"아주머니. 이미 우리 중대장님이 오늘 저녁부터 숙소가 필요해요. 그래서 여기로 정한 것인데 이제 안 된다고 하면 중대장님은 어쩌게요." 하면서 짐을 부리고 전임 중대장이 쓰던 방문을 열어 짐을 드려놓았다. 엉골댁으로서는 더 이상 어떻게 해볼 방법이 없었다.

"오늘 저녁부터 아주머니가 우리 중대장님 식사를 책임져주세요. 주부식은 아직 도착 되지 않아 오늘은 그냥 해주어야 하겠네요. 주부식거리가 오면 계산할 거요."

짐을 가지고 온 경찰은 양해를 구하는 것도 아니고 명령하듯 부탁하고는 나가버렸다. 엉골댁으로서는 참으로 난감했다. 지난번 당한 것도 억울한데 신임한테 또 그런 수모를 당할 것이 불을 보듯 뻔한 것이었다. 독 안에 든 쥐가 되어있으니 빠져나갈 어떤 구멍도 없었다. 전시에 여인은 하나의 노리갯감으로 젊은 남자들에게 능욕을 당해도 말없이 견디고 참아야 했다. 이 원통함을 어찌하랴? 세태를 원망할 뿐.

해가 질 무렵 신임 중대장 김동성이 산뜻한 군복으로 차려입고 연락병을 대동하고 들어왔다. 나이가 40이 가까운 사람으로 170cm가량의 보통 남자였다. 동그스름한 얼굴에 눈이 약간 실눈으로 조금 가벼운 느낌이 들었다. 눈웃음이 좀 능글맞은 인상이었다. 한마디로 말하면 속이 엉큼할 것 같으면서 눈매가 무서워 보였다.

엉골댁은 어색한 표정으로 바라보고 있었다. 중대장은 웃음 띤 얼굴로 성큼성큼 마당을 걸어 들어오면서 약간 고개를 숙여 인사를 했다.

"안녕하세요? 김동성이라고 합니다. 오늘 저녁부터 아주머니한테 신세를 저야겠습니다. 잘 좀 부탁드립니다."

아무 대답도 없이 가만히 쳐다보고만 있을 수 없어 고개를 약간 숙이며 답례했다

"어서 오십시오."

간단하게 한마디하고 더는 할 말이 없었다.

"이 방이 내가 쓰는 방인가?"

동행한 연락병을 쳐다보며 혼자 말처럼 했다. 그러면서 아주머니에게 물어보지도 않고 방문을 열고 들어갔다.

엉골댁은 보고만 있을 수가 없어 그 방 쪽으로 가면서 "방이 심란헌데 불편하지 않을까 모르겠어요." 하며 거들었다.

"좋습니다. 여기 수복한 지 얼마 되지 않아 모두 임시로 지은 집인데 얼마나 좋겠습니까? 이만하면 훌륭하지요. 고맙습니다. 이렇게 방을 주어서."

저녁을 지어 밥상을 차려 드렸다.

"아니 이렇게 따로 차렸어요? 나는 한 식구처럼 한 상에서 함께 먹었으면 하는데요. 이렇게 따로 상을 놓으려면 번거롭지 않아요? 오늘은 처음이고 하니 이렇게 차리지만 내일 아침부터는 함께 먹자고요."

중대장은 아주 친절한 어투로 한 식구처럼 밥도 함께 먹으면서 지내자고 했다.

"앙 그려요. 우리 어린애들이 있어 너무 심란허고 지저분혀서 함께 헐 수 없어요. 내일 아침도 요롷게 채릴게요. 이런 것은 지가 허는대로 허게요!"

엉골댁으로서는 외간남자와 한 상에서 밥을 먹는다는 것은 있을 수 없는 일이라고 생각되었다. 남편도 없이 혼자 사는 여편네가 알지도 모르는 남자와 한 지붕 아래서 지낸다는 것도 전쟁의 중심에서 군경이기 때문에 어쩔 수 없이 받아들인 것 아닌가?

물론 중대장이야 목숨을 걸고 전투를 하는 사람으로서 처자식과 떨어져 살아야 하는 처지가 너무 외롭고 안타까운 일이다. 그래서 중대장의 입장을 이해 못 하는 것은 아니지만 엉골댁 입장은 다르지 않은가? 전시라서 용인된 것도 한계가 있는 것이다.

　지난번 중대장에게 당한 것을 생각하면 죽고 싶은 심정인데 새로 온 중대장이 요구하면 어떻게 피할 수 있을까 하는 생각으로 밤잠을 이루지 못했다. 그런 형편인데 한 식구처럼 지내며 밥도 한 상에서 먹는다는 것은 스스로 섶나무를 지고 불로 들어가는 격이 아닌가? 도저히 밥상을 같이 할 수 없다고 결론을 내렸다.

　중대장이 이야기나 나누자고 엉골댁 방으로 찾아왔다.

　"미안합니다. 그냥 온 것이 무례한 줄 알면서도 애들이랑 친숙하게 지내고자 해서 왔으니 탓하지는 말아주세요."

　중대장은 첫인상이 능글능글하리라고 예상했는데 역시 나였다. 눈웃음이 어쩐지 야하게 느껴져 불쾌한 기분이 들었다. 그렇다고 들어오지 마르라고 할 수도 없는 일이다.

　"들어오셔요. 방이 심란혀서… 야덜아. 저쪽 뒷문 옆으로 가 조용히 있그라."

　엉골댁은 아이들까지 단속했다.

　"괜찮아요. 애들아, 거기 있어. 아저씨랑 이야기도 하고 그러게. 우리 잘 지내보자."

　하면서 주머니에서 캐러멜을 한 움큼 내놓았다.

　"이것 먹어, 응?"

중대장은 우선 아이들에게 선심을 써 먼저 사귀려고 했다.

아이들은 처음 먹어보는 캐러멜이 그동안 먹어봤던 엿으로 만든 알사탕같이 딱딱하지도 않고 부드러워 혀에 착착 감기며 달콤한 것이 지근지근 깨물어 먹고 싶었으나 아까워 입안에 굴리며 빨아먹었다.

"아주머니! 긴히 할 말이 있어 그러니 내 방으로 가실까요?"

"먼 말씀을 헐라고 그런디요? 여그서 허시지요."

"아니 여기서 해도 되지만 애들도 있고 그래서요. 얼마나 있을는지 모르지만 있는 동안 신세를 져야 하겠기에 내가 어떻게 해야 하는지 등을 의론해보게요."

중대장은 실눈을 뜨고 간절히 함께 이야기 좀 하자고 애원했다.

간절히 이야기하는데 첫날부터 그의 청을 거절하기가 어려워 중대장 방으로 갔다.

"애들아! 나 중대장님허고 이야기 좀 허고 오께 너그덜언 좀 놀다가 자. 응?"

엉골댁은 아이들을 자라고 당부하고 중대장 방으로 따라갔다. 엉골댁은 젊은 남녀가 단둘이 한방에 있자니 너무 어색하여 몸 둘 곳이 없었다. 그래서 앉지 못하고 윗목에 서 있었다.

"이리 앉아요." 하면서 아랫목 쪽으로 자리를 정하여 권했다. 아랫목으로 나란히 앉을 수 없어 윗목에 곧 뛰쳐나갈 듯 쪼그리고 앉았다.

"거기 윗목에 앉지 말고 요리 와서 앉아요."

중대장은 손목을 잡아당기려고 했다.

"괜찮아요. 여그가 편혀요." 하면서 윗목에 그대로 버티고 앉아 있었다.

"나도 처자식을 고향에 두고 나와 이렇게 돌아다니니 마음이 항상 쓰여요. 그래서 말인데 젊은 아주머니가 어린애들하고 외롭게 사는 것을 보니 남일 같지 않아 잠시일망정 아주머니를 도와주어야겠다는 생각이 들어서요. 농사일 같은 것 어려움이 있으면 말하세요. 시간 되면 우리 대원들이 도와줄 수 있어요. 우리 부대에서 보급이 나오지만 부족하고 질도 별로 좋지 않을 거요. 그래서 말인데 내가 다른 방법으로 도움을 주고 싶은데요."

중대장은 첫인상과는 사뭇 다른 아주 자상하고 인정이 많은 사람 같았다. 말씨도 부드럽고 다정하게 느껴졌다.

"그럴 것 없시오. 그전에도 보면 부대에서 나오는 양석이나 부식이 좋더라고요. 지가 솜씨넌 없어도 마음 써 혀드릴거요. 중대장님 입맛에 맞을란지 걱정이네요."

"저녁에 밥 참 맛있었어요. 반찬도 입맛에 맞고요. 그래서 말인데 그렇게 하려면 너무 고생이 많을 것 같아 말하는 것인 게요, 너무 천광 떨지 말고요. 제가 하잔 대로 해주어요."

"따른 생각 없은 게요, 염려허시지 말아요."

"예. 알았으니까 우선은 그리 알고, 그나저나 아주머니하고 부르기가 좀 어색해요. 어떻게 부르면 좋을까요?"

"편한 데로 허셔요. 우리 큰애가 동섭인디요. 동섭 엄니 허시던지요."

"아! 그렇게 불러야겠네요."

중대장은 엉골댁이 상냥하게 대해주어 아주 만족한 기분이었다. 중대장은 하얀 봉투 하나를 내밀면서 "얼마 되지 않은데 받아주셔요." 하였다.

"요곳이 멋이다요."

엉골댁은 극구 사양했다. 중대장은 엉골댁 손을 끌어 잡으며 손에 쥐여주었다. 중대장 손이 따뜻해 움찔하며 가슴속까지 그 따스함이 스며들어왔다. 돈 봉투였다.

"왜 돈을 다 준다요? 먼 다른 생각이 있는 것 아닌기요?"

엉골댁은 섬뜩한 생각이 들었다. 돈 몇 푼 주고 몸을 강요하려는 것이 아닌가 하는 생각에 봉투를 받을 수 없었다. 쥐여주는 봉투를 한사코 뿌리쳤다.

"왜 성의를 받아주지 않으려는 거요? 젊은 분이 혼자 고생하고 사는 것이 안쓰러워 드리는 것이니 그냥 받아주셔요. 그리고 말했지만 부대에서 나오는 보급품이 그것만으로는 먹을 수가 없어요. 아무래도 동섭 엄마가 애쓰는 것도 있지만 간장 된장이 들어갈 것 아닌가요? 그래서 얼마 되지 않지만 내 성의를 표한 것이니 받아주세요."

중대장은 강한 손힘으로 엉골댁 손을 꽉 잡고 억지로 쥐여주었다. 엉골댁으로서는 더 이상 거절할 수가 없었다. 받으면서도 마음은 찜찜하고 큰 빚을 진 압박감을 느꼈다. 첫날밤은 아무 일 없이 넘어갔으나 처음 인사가 예사롭지 아니하여 그것을 기화로 그의 요구를 피할 수 없었다. 밥을 한 상에서 먹으며 낯은 익어가고 말씨가 임의로워져 스스럼이 없어졌다. 그러다 보니 젊은 남녀가 가까워짐으로써 일어나는 것은 불을 보듯 뻔한 일이었다. 낮엔 사람들의 눈치와 생활방식이 달라 완전한 남남이지만 밤이면 부부와 다름없었다. 엉골댁은 여자로서 마음뿐만 아니라 몸가짐도 조신하고 삼가야 하지만 한 인간으로서 육체적으로 일어나는 욕정을 억누른다는 것이 보통 힘든 것이 아니었다. 거기다 건장한 신체에 힘이 넘치는 남성이 반강제적으로 요구하는데 아무리 절개 굳은 여자라도 지켜낼 수 있는 분위기가 아니었다.

이런 엄혹한 사실을 한 여인의 정숙하지 못한 부정한 짓이라고 탓할 수는 없다. 유독 지난 중대장보다 남성으로서 상징적인 신체조건이 남달라 한번 상대한 사람은 빠져들지 않을 수 없었다.

그들은 부부처럼 3일이 멀다 하고 서로를 탐닉하여 황홀경으로 빠져들었다. 그런 생활이 중대가 주둔하는 2개월 동안 계속되었다. 젊은 남녀가 만나서 몸을 섞는다면 일어나는 일이 필연으로 있게 마련이다. 성싱한 수박같이 물이 철철 흐르는 젊은 남녀의 만남은 그 결과는 물어보나 마나다. 피할 수 없는 임신이 뒤따르기 마련이었다. 그러나 중 대장이야 떠나버리면 그것으로 끝이었다. 하지만 엉골댁으로서는 천형을 받은 듯 사람들의 입줄에 오르내리는 것은 불문가지다. 사람으로서 해서는 안 될 불륜을 저지른 여인으로 지탄받아 마을에서 살 수가 없는 처지다.

엉골댁으로서는 중대장과 어떻게라도 해결방법을 모색해야 했다.

그날 밤 잠자리에서 사실을 털어놓고 호소했다.

"중대장님. …어쩌면 좋다요."

엉골댁은 사실을 말하려고 했으나 입이 쉽게 열리지 않았다.

"무슨 일인데 그래? 먼 엉뚱한 것을 바라는 거요?"

중대장은 그동안 친절했던 어투는 온데간데없이 퉁명스럽고 짜증 섞인 말투였다.

"고것이 아니고요. 일이 생겼어요."

"일이라니? 먼 일이 생겼다고 그렇게 심각하게 말을 해."

"달 보기가 없어요. 날짜가 열흘이나 지났어요!"

"달 보기가 먼데? 도통 먼 소리를 하는지 모르겠구먼."

중대장은 신경질적으로 물었다. 큰 것을 요구하는 것으로 받아들이고 있었다.

"아, 그것 말이라우. 태가 들어선 것 말이라우. 이것이 소문나면 나는 쫓겨나요. 그러니 어쩌면 좋다요?"

"에이? 임신? 그런 것은 여자가 알아서 해야지. 나보고 어떻게 하란 말이요. 나는 모르는 일이니까 알아서 해요."

중대장은 손톱만큼도 책임의식 없이 엉골댁 혼자 알아서 처리하라며 냉정히 말도 못 붙이게 했다. 엉골댁으로서는 너무 억울했다. 좋아할 때는 살이라도 베어줄 듯 감언이설로 꾀이더니 일이 터지니까 강 건너 먼 곳의 남의 동네 이야기인 듯 모르쇠 하려고 했다. 너무도 무심하여 억장이 무너져 내렸지만 여린 아녀자로서 어떻게 할 도리가 없었다. 이것이 전쟁의 소용돌이에 휩싸인 여인의 운명이다. 하기야 목숨이 경각에 달려 있는 전쟁 판국에 한 여인이 농락당하는 것쯤은 예사로운 일로 치부되었다. 범하는 자들의 입장에서는 어떠한 죄의식도 없었다.

엉골댁으로서는 어떻게 해야 할지 엄두가 나지 않았다. 이런 사실이 마을 사람들 입 줄에 오르고 나면 그대로 살 수가 없다. 생각할수록 원통하기도 하지만 앞으로 살아갈 길이 막막했다. 밤잠을 설치며 생각해

봐도 방법이 없었다. 죽어버리고 싶은 생각이 들풀처럼 솟아나 가슴이 미어지는 것 같았다. 하지만 눈망울이 초롱초롱한 어린 자식들을 생각하면 도저히 그럴 수는 없었다. 이러지도 저러지도 못하여 시름에 빠져 허우적이고 있었다. 그나마 아직 신체적 변화가 없어 임신 사실이 들통나지는 않았지만 영원히 묻혀갈 리는 없었다. 최선의 방법은 지우는 것이다. 어떤 방법을 써서라도 중절하면 감쪽같이 숨겨질 것이다. 병원에 가서 처리하면 되련만 전쟁 통에 병원이 어디 있으며 설령 병원이 있다고 해도 돈이 없어 갈 수 없었다. 그래서 민가에서 속설로 돌던 독한 풀뿌리 등을 캐다가 먹으려고 했다.

산자락이나 밭 언덕에 자라는 쓴 너삼 뿌리를 캐다가 즙을 내 마셔봤다. 너무너무 써서 속이 뒤집어지는 것 같았다. 쓴맛 말고는 뱃속에 들어가 탈을 일으키지는 않았다. 오히려 쓴맛으로 입맛이 살아나 밥이 당겼다. 그리고 태아에 대해서는 아무 징조도 없었다. 마음은 자꾸 초조해졌다. 마을에 임신 사실이 알려지기라도 한다면 사람들 질시의 눈총을 받으면서 살아갈 자신이 없었다. 그녀 자신이 스스로 저지른 일은 아니지만 그 진위를 따지기 전에 남 말하기 좋아한 사람들은 여자가 조신하지 못하여 벌어진 일이라고 질타할 것이 불을 보듯 뻔한 일이었다. 그러니 어떻게 해서라도 낙태해야 했다. 혼자 생각으로 배를 칭칭 동여매 보기도 하고 주먹으로 때려 봐도 태아는 괴로워서 그런지 모르지만 그동안 아무 징조가 없었는데 태동이 시작되면서 날이 갈수록 활발하게 움직였다.

한편으로 생각하면 아무리 원치 않는 생명이지만, 그래도 한 인간으로 태어나려고 태동하는데 억지로 중절을 한다는 것은 사람으로서 할 일이 아니라고 생각되었다. 하지만 남편이 없는 여자가 애를 낳는다는 것은 사회가 용납해주지 않는 시대였다. 더구나 탓이라도 할 수 있는 중대장이 있을 때는 어떻게 되겠지 하는 막연한 기대가 있었지만 막상 부대가 떠나버리고 나니 믿었던 기둥이 무너져버린 것처럼 허전했다.

다음 부대가 거의 한 달가량 들어오지 않았다. 마음으로는 홀가분했다. 다른 부대가 들어오면 자신이 인계되는 악순환이 이어질 터인데 당분간이나마 부대가 없으니 마음의 부담이 없었다. 하지만 엉골댁 운명이 전쟁 동안은 편안하게 살 운명이 아니었다. 젊은 여인이 혼자 산다는 것이 얼마나 힘드는 것인지 겪어보지 아니한 사람은 상상도 못 할 일이다.

전투경찰이 마을에 주둔하지 않는다는 사실을 깊은 산속에 숨어 사는 빨치산이 모를 리 없었다. 경찰부대가 떠나고 1주일 뒤부터 3~4일 간격으로 밤이면 반란군이 들어와 식량 등을 빼앗아 갔다.

그것으로 물품이나 빼앗아 가는 것을 누가 저항하고 듣지 않겠는가. 불가항력이었다. 그런데 엉골댁이 전투경찰과 불륜관계가 있었다는 것을 어떻게 알았는지 40대로 보이는 사람과 30대 초반으로 보이는 건장한 빨치산이 들어와 그 사실을 이야기하면서 협박하는 것이었다.

그들은 강제로 중대장이 쓰던 윗방으로 끌고 가서 실오라기 하니 걸치지 않은 나체로 벗겨놓고 덤벼들었다. 3명의 빨치산이 두 사람은 옆에서 구경하고 나이 많은 빨치산이 먼저 올라왔다. 그녀는 손발 하나 반항도 못 하고 당해야만 했다. 그래도 처음 올라온 나이 많은 사람은 경험이 많은 듯 지나치게 난폭하지 않고 사로사로 달래듯 즐겼다. 엉골댁이야 겁에 질려있는 터라서 심한 통증만 느낄 뿐이었다.

두 남자까지는 참을 수 있었지만 마지막 제일 젊은 30대 초반의 빨치산은 너무도 우악스러웠다. 더구나 그것이 너무 커 견딜 수 없었다. 비명을 질러도 소용없었다. 끝내는 아래가 파열되어 선혈이 낭자했다. 그 젊은 놈은 그것을 즐기는 것 같았다. 파열되어 아프기도 하지만 너무 깊어 아랫배가 땅기고 통증이 왔다. 엉골댁은 완전히 녹초가 되어 세 놈이 다 끝났는데도 일어날 기력조차 없어 뭉그적이고 있었다. 그놈들은 크게 만족해하면서 지들끼리 시시덕거리며 마지막 젊은 놈의 아래가 피범벅이 된 것을 자랑하며 닦지도 않고 있었다.

그놈들은 "잘 있어. 또 오면 잘 받아주어. 우리가 잘해줄게, 응?" 하고는 바람같이 어둠을 헤치고 산속으로 들어가 버렸다. 엉골댁은 너무도 원통했다. 전쟁 통에 젊은 여자가 혼자 산다는 것이 얼마나 두려운 일인가를 뼈저리게 통감해야 했다. 어린 자식들은 놀라 이불을 뒤집어쓰고 울고 있었다. 아이들은 어머니 비명에 죽는 줄 알았다. 지혈이 되지 않아 닦아도 닦아도 질질 다리를 타고 선혈이 흘러내렸다. 화장지가 없는 시절 닦아낼 만한 것이 없어 이불솜을 뜯어 아래를 틀어막아 겨우 지혈시켰다.

그날 밤은 아이들하고 부둥켜안고 울면서 밤을 새웠다. 그래도 먹어야 산다는 생각에, 더구나 어린 것들을 굶길 수 없어 밥을 지어 먹었다. 아침을 먹고 나서 대변이 보고 싶은 듯하더니 아랫배가 심하게 아파왔다. 변소로 달려가 쪼그리고 앉아 변을 보려는데 아랫배가 찢어지는 통증이 오더니 변이 아닌 핏덩이가 쏟아진 것이다. 태아가 떨어진 것이다.

그렇게 지우려고 온갖 독초를 먹어봐도 끄떡없던 태아가 얼마나 고통을 느꼈으면 저리 쉽게 낙태가 되었을까 생각하니 잘 됐다 싶으면서도, 너무 억울하여 울분이 하늘을 찌를 듯 터져 나왔지만 불덩이를 삼키듯 뜨겁게 참아야 했다.

엉골댁은 그들이 언제 와서 그 수모를 당할지 모르는데 그대로 있을 수 없었다. 집이고 세간살이고 미련 없이 버리고 그날로 애들을 데리고 어디론가 떠나버렸다. 다행히 전투경찰이나 빨치산에게 농락당한 사실이 사람들에게 알려지지 않았으나 갑자기 야반도주한 것을 놓고 별별 말이 많았다. 엉골댁은 얼마나 크게 한이 맺혔는지 한번 떠난 뒤로 찾아오는 것은 고사하고 어떻게 사는지 아니면 죽었는지 살았는지 그녀 소식을 아는 사람이 아무도 없었다.

7

운명의 전환

　회문산에 공비의 잔당이 3명 정도 있었다. 그들을 소탕하려고 새로운 전투경찰 부대가 마을에 주둔하고 있었다. 마을 빈 집터에 간이 막사를 짓고 거기서 생활하면서 낮엔 토벌을 나가고 밤에는 마을을 지키며 순찰을 하여 공비들이 들어오지 못하게 했다. 마을 사람들은 전투경찰을 믿고 생활을 자유롭게 할 수 있었다. 하지만 그 전투경찰이 임무를 수행하는데 지금까지와는 달랐다.

　그 부대는 천막 속에서 기거하며 마을 사람들에게 의지했던 식사도 스스로 해결했다. 또한 10세 이상의 아이들로 소년단을 조직하여 밤이면 보초를 서게 했다. 산안마을에 16명의 또래가 있었는데 2개 조로 나누어 하룻밤 걸러 보초를 새웠다. 보초 당번일 때는 밤을 새워야 했다. 막사 주변은 물론 마을 순찰까지 했다. 마을 순찰할 때는 무장한 전투경찰 한 명과 소년단 2명이 한 조가 되어 순찰했다.

마을이 완전히 복구되지 않아 빈 집터가 많고 사는 사람도 많지 않아 고샅이나 집터엔 풀이 질로 자라 밤에는 길 찾기도 더듬거려야 했다. 그래서 평소에 마을 사람들은 가급적 밤에는 출입하지 않았다. 만약 순찰할 때 공비라도 만나면 죽을 수 있는 위험한 상태였다.

경찰과 순찰하면서 소년단원이 5m 정도 앞서 나갔다. 경찰은 뒤에 따라오는데 소년단원은 총알받이에 지나지 않았다. 차라리 경찰과 함께하지 않으면 설령 공비를 만나더라도 어린 소년단원을 해치지는 않을 것이다. 하지만 경찰 앞에 가면서 총질이 일어난다면 총알받이가 되는 것은 불을 보듯 뻔한 일이었다. 순찰을 한 바퀴 돌고 나면 등에서 식은땀이 흘러내렸다. 하룻밤 넘기는 것이 저승 문을 왔다 갔다 하는 기분이었다.

그렇게 순찰하는 것으로 끝나는 것이 아니었다. 경찰은 소년단원 중 보초나 순찰이 끝난 아이들을 품어 안고 잠자리에 들었다. 여러 사람이 한 방에서 자면서 공개적으로 어린애들을 성폭행했다. 항문이 찢어져 피를 흘리며 통증을 못 참고 울어도 사정 봐주지 않고 오히려 희열을 느끼는 것 같았다. 짐승만도 못했다. 제일 어린 열네 살 먹은 김연수는 항문이 파열되어 피를 흘리는데 약도 없어 그대로 지내다가 성병까지 전염되어 피고름이 흘러 죽는다고까지 했으나, 부모가 알아도 어떤 조치도 하지 못하고 당하기만 했다. 그래도 용케 느릅나무 뿌리를 찧어 발라 상처가 나았으나 항문 괄약근이 파열되어 변이 조절되지 않아 기저귀를 차고 살아야 했다. 커가면서 정상으로 돌아왔으나 그런 수모를 당하여 억울하지만 어찌하랴? 참아야 하는 것이 전장의 한가운데서 사는 힘없고 불쌍한 사람들의 숙명이었다.

전시에 인권을 말한다는 것은 너무도 사치스런 말이다. 총칼을 들고 아무리 완력을 휘둘러 피해당해도 어디 대고 호소하거나 하소연을 할 곳이 없었다. 부대 책임자에게 말한들 그런 원한을 들어주기는커녕 그런 말을 한다고 구타당하지 않으면 다행이었다. 그래서 사람들은 죽인다고 해도 끽소리 한마디 못 하고 견뎌내야 했다.

3년여 동안 춥고 배고파 살아남은 것이 다행이라고 생각되었다. 그렇게 죽지 못해 살다가 공비들이 거의 소탕되고 평온해졌다고 고향으로 들어와 살고 있는데 공비는 공비대로 점령군은 점령군대로 민간인에 대한 태도는 무법천지였다. 피란지에서는 빌어먹더라도 마음은 편했는데 다시 전쟁의 소용돌이에서 조마조마한 긴장을 보듬고 살아야 하는 하루하루가 죽음의 문턱에 누워있는 것 같았다.

그런 위험천만한 환경에서 세운의 운명이 바뀌는 반전의 기회가 왔다.

외가에서 외숙이 오셨다. 피란살이를 거두고 불탄 잿더미지만 고향으로 돌아왔는데 누님네가 어떻게 살고 있는가 보러 외숙이 오신 것이다.

세운은 어머니와 단둘이 먹고사는 것은 큰 어려움은 없었다. 그것을 본 외숙은 마음 놓인 듯 흐뭇한 마음으로 하룻밤을 자고 가기로 했다.

"세운아! 너 외숙 따라가그라. 여그 있다가는 먼 일이 일어날지 모른게 외숙네 집에 가서 있다가 날이 풀리면 오그라."

어머니는 간절하게 말했다.

"가자. 이 얘기 들어본 게 저녁면 보초습선 무섭담선?"

외숙도 같이 가자고 했다.

"어매는 어쩌고? 혼자 있을라고?"

"그려. 나는 혼자 있어도 된 게 걱정 말고 외숙 따라가."

세운은 함정의 구렁에서 구출을 받는 기분이었다. 그날 저녁 보초를 서는 날이었는데 당장 나가지 않아도 되니 얼마나 좋은지 몰랐다. 옷을 차려입고 외숙을 따라나섰다.

앞산 마루에 올라 앉아 쉬면서 마을을 바라보았다. 드문드문 움막이 묘처럼 웅크리고 앉아 있으면서 깊은 잠에 빠진 듯 고요 속에 묻혀있었다. 늦여름부터 전투경찰부대가 들어와 처음에는 든든하여 좋다고 생각했는데, 소년들에게 밤마다 야경 보초를 서게 하면서 두려움에 떨며 하루하루가 지옥이었다. 그 굴레를 벗게 되었으니 이만한 자유가 또 어디 있는가?

세운의 처지가 하루아침에 이렇게 변하게 될 줄이야 어이 알았겠는가? 하룻밤 보초를 서고 나면 그 이튿날은 아무것도 못 했다. 그런데 외가에 와서부터는 너무 할 일이 없어 무료해서 무기력에 빠져들었다. 겨울이라서 해가 짧다고 하지만 하는 일 없이 하루를 지내려면 심심해서 죽을 맛이었다. 1주일여를 그렇게 무료하게 지내다가 한 생각이 떠올랐다. 피란 막 나와서 외가에서 함께 살 때처럼 아침에 소죽을 끓여주고 학교엘 가기로 했다. 세운은 이미 졸업했기에 학교 갈 명분이 없지만 너무 할 일이 없으니 학교에 가서 놀다 올 요량으로 간 것이다.

막상 학교엘 가도 재학생들은 교실에서 공부하는데 세운 혼자 놀 수도 없었다. 점심을 굶어가며 학교 주변에서 빈둥빈둥 시간을 보냈다. 학생들이 하교할 때 돌아왔다.

학교 운동장이며 교실 주변을 어정거리며 돌고 있는데 김용옥 선생이 운동장을 무심히 걷고 있었다. 세운은 망설이며 주저주저하다가 김용옥 선생 앞으로 갔다.

"너, 정세운 아니냐?"

김용옥 선생님이 깜짝 반가워하면서 맞아주었다.

"예! 선생님. 안녕하셨어요?"

세운은 허리를 깊이 숙여 인사를 했다.

"응. 그래. 너도 잘 지냈고? 그런데 어찌 왔냐? 학교에 볼일이 있는 거여?"

"아니요. 볼일이 있어서 온 거 아니고요. 심심혀서 한번 와봤어요."

"지금 멋 허냐? 너 원래 피란 왔다가 고향으로 간다고 혔잖혀?"

"예. 졸업허고 곧 고향으로 돌아갔어요. 그런디 겨울 동안 외가에서 지내려고 왔어요. 너무 심심혀서 학교가 어쩐가 허고 와봤어요."

"잘 왔다. 가자. 교무실로 가자." 하면서 교무실로 데리고 갔다.

교무실은 장작 난로가 따뜻하여 손이 시렸는데 이내 녹았다. 교무실 분위기는 1년 전과 별반 달라진 것이 없어 보였다. 대부분 선생님은 수업에 들어가 자리에 없고 교감선생님과 5학년 담임이었던 남선곡 선생님과 처음 보는 젊은 선생님이 자리에 앉아 있었다.

"교감선생님 안녕하셨어요? 정세운입니다."

먼저 교감선생님께 인사를 올렸다.

"오오, 정세운? 졸업했지?"

교감선생님도 반갑게 맞아주었다. 교감선생님이 세운을 잘 모를 것 같았는데 반갑게 맞아주어 고마웠다.

"올봄에 졸업했어요. 피란 나와 광동국민학교에 다니다 학교가 수해로 무너져 본교로 통합되어 늦게 편입하여 졸업했어요. 지금은 완전히 고향으로 돌아갔어요."

김용옥 선생님이 세운에 대한 신상을 자세히 말씀해주었다.

"진학은 못 했구나."

교감선생님이 물었다.

"예. 집안 형편이 어려워 할 수 없었어요."

"너 공부 잘했잖아? 지금은 멋 허냐?"

김용옥 선생님이 물었다.

"엄니 도와서 일혀요."

"지금도 집안 형편이 어려우냐? 모두들 중학교 간다고 공부들 허는디… 웬만허면 중학교 시험이나 한번 봐바라."

"집안 형편도 어렵고, 또 공부도 안혔넌디… 요."

"곧 고향으로 갈 거냐?"

"아니요. 시안에는 외갓집에서 소죽도 쑤어줌선 있다 갈라고요. 인자 시작혀도 되까요?"

"장담헐 수는 없지만 너 공부 잘했은게 지금부터라도 열심히 하면 가능할 거야. 다른 일 없으면 한번 해봐."

김용옥 선생님은 세운을 무척 생각하면서 중학교 시험이라도 보라고 했다.

"한번 혀 보까요? 그런디 아무것도 없어요. 책도 그러고, 노트 한 권도 없넌디요 또 공부헌다고 허지만 어디 헐 자리가 없어요."

"그려? 시간이 되면 학교로 나와라. 6학년 반에서 해봐. 교감선생님, 그래도 되지요?"

"정 선생님한테 물어봐야지. 학교에서야 누가 머라 허겄어요. 6학년 선생님이 된다면 괜찮을 것 같아요!"

교감선생님이 아주 긍정적으로 말했다.

"나 따라와 봐. 생각한 짐에 6학년 교실로 가보자." 하면서 6학년 교실로 안내했다.

6학년 담임은 정윤호 선생님으로 세운이 졸업할 때는 3학년 담임이어서 잘 모르는 선생님이었다. 김용옥 선생님이 세운의 신상에 대하여 자세히 말해주고 공부를 할 수 있도록 부탁했다.

"선생님 안녕하셔요? 올해 졸업헌 정세운입니다." 하고 인사를 올렸다. 학생들은 1년 후배라서 거의 아는 편이었다. 세운이 들어가 인사를 하고 함께 공부한다는 말에 애들은 귀를 쫑긋 세우고 열중하여 실내는 종이 부스러기 소리도 없이 조용했다.

"졸업했다면서? 인자 중학교를 갈라고? 그러면 함께혀보자."

정 선생님은 시원스럽게 승낙해주었다.

"그러면 지금부터 여기서 공부해라. 열심히 해서 꼭 중학교 합격해야 한다." 하면서 김용옥 선생님이 등을 다독여주고 나갔다.

"주목! 이 학생은 올봄에 졸업한 여러분의 선밴데 대부분 알지? 중학교 가려고 공부한다고 찾아왔어. 우리 함께 허자. 서로 친하게 지내면서 공부 잘혀보자. 이름이 정 머라고?"

"정세운이요."

반장인 황석구가 일어나 말했다.

"여러분 다 잘 알지?"

반원들이 일제히 "예!" 하고 대답했다.

"인사하겠어? 어디 인사혀봐."

선생님이 인사를 시켰다.

세운은 인사를 하라고 해서 당황했다. 무슨 말을 할까 싶어 입이 열리지 않을 것 같았다. 앞으로 나가 한참 동안 서서 천장을 보며 눈을 돌려봐도 말문이 열리지 않았다. 그래도 안 할 수도 없었다.

"정세운이요. 앞으로 잘 지내게."

짧게 인사말을 하고 허리를 깊게 숙여 인사를 했다. 학생들은 손뼉을 치며 환영해주었다. 맨 뒷자리에 책걸상을 챙겨 자리를 마련해 주었다. 다시는 학교 교실에 앉을 기회가 없을 줄 알았는데 임시로나마 책상에 앉아 공부한다고 생각하니 현실이 아닌 꿈같은 새로운 기분이었다. 여름 동안 일을 하면서 어찌나 힘들고 어려웠는지 어떻게 하면 이런 힘든 일을 안 할 수 있을까 고민했는데, 어렴풋이나마 길이 보이는 것 같았다.

외가에서 학교까지는 십 리가 넘었다. 그래서 일찍 일어나 소죽을 끓여주고 학교에 가야 했다. 그래도 힘들지 않았다. 고향에 있었으면 하루 걸러 보초를 서야 하고 순찰하면서 느끼는 무서움은 말로 다 표현할 수 없었다. 그것은 육체적 고통이었으나 젊은 전투경찰 품에 안겨 성폭행을 당하는 것은 누구에게 말도 못 하고 인격적 능멸을 당하는 것은 견딜 수 없는 고통과 수치였다. 더 절망인 것은 독 안에 든 생쥐가 되어 옮도 뛰도 못 하고 당해야 했던 것이다.

그냥 당하고 살아야 하는 절망 그것이었는데, 외숙이 오셔 피난하듯 따라온 것만으로도 만족했는데, 교실에 앉아 공부하다니 상상도 못 하는 꿈속에 있는 것이다.

학교 공부는 참으로 재미있었다. 정식으로 학교 다닐 때는 일 년에 두석 달 다녔으니 공부는 하는 둥 마는 둥 하여 재미 붙일 시간도 없었다. 아무리 개 바위 지나듯 허술하게 공부했다고 하지만 이미 한 번 공부해놔서 이해가 잘 되었다. 중학 입학시험 예상문제를 거의 날마다 시험 보는데, 점수가 좋게 나와 의욕이 불탔다.

그해 겨울은 유난히 눈이 많이 내렸다. 정강이까지 빠지는 데도 눈길을 헤치면서 빠지지 않고 학교엘 다녔다. 겨울방학이라 학교는 모두 쉬었지만 6학년 담임인 정윤호 선생님은 겨울방학 동안 중학교 진학반을 지도해 주었다. 6학년 31명 중 중학교에 진학하려는 학생은 7명에 불과했다. 애초에 교실에서는 땔감이 없어 난로를 피우지 못했다. 그래서 교실에서는 너무 추워 도무지 공부할 수 없어 숙직실에서 했다. 숙직실도 불 땔 나무가 없어 점심 먹고 한 시간 운동을 겸해서 학교 뒷산으로 올라가 솔방울이나 죽은 나무 끌텅 등 땔감을 주어다 숙직실 방에 불을 땠다.

겨울방학이 끝나고 2월 초순 중학교 입학 시절이었다.

"정세운! 교무실로 좀 오거라."

선생님이 교무실로 불렀다. 무슨 일인가 하고 의아하게 생각하며 선생님을 따라갔다.

"너, 남원 가봤나?"

"예! 4학년 때 남원에 사시는 누님 집에 가봤어요."

"그래? 그럼 잘 됐다. 내일 학교에 오지 말고 남원 ○중학교에 가서 원서를 접수하고 와야겠다. 할 수 있겠지?

세운은 얼떨떨했다. 한 번 가보기는 했지만 혼자 그렇게 먼 곳까지는 나가보지 않아 자신 있게 대답하지 못했다. 머뭇머뭇하고 있는데, "너 혼자 아니고 반장 황석구하고 같이 가는 거다. 네가 더 큰게 석구를 데리고 갔다 와. 너 순창중학교 간다고 했지? 그러면 순창중학교 원서도 가지고 가서 접수해야겠다. 순창중학교는 너랑 4명인게 잘 처리하고 와"

"예, 알았십니다."

대답하고 교무실을 나왔다. 하교할 때 다시 교무실로 불러 내일 가지고 갈 원서를 주었다. 세운은 황석구와 아침에 학교 앞에서 만나 가기로 했다.

대강에서 남원까지는 5십 리가 넘었다. 버스도 없었다. 2십 리가 넘는 금지까지 걸어가 기차를 타야 했다. 처음 가본 길이 아니라서 길이 눈에 익어 어렵지 않았다. 대강에서 금지까지 계곡으로 섬진강이 흘렀다. 섬진강 남쪽은 전라남도로 외길이었다. 두 시간쯤 걸어 금지역에서 남원행 기차를 탔다.

기차를 두 번째 탔는데 지난번에는 어두워 밖을 보지 못했는데 참 신기했다. 기차가 가는 것이 아니라 땅이 뒤로 물러나고 있었다. 멀리 보이는 산들은 그 자리에서 빙빙 돌고 있었다. 눈을 씻고 봐도 창밖의 논배

미나 밭 언덕이 뒷걸음치고 있었다. 거의 흔들림도 없이 기차는 가만히 서 있는데 땅이 물러나고 있었다.

기차가 정거장에서 멈추면 어느새 아주머니들이 창을 두드리며 삶은 계란이나 쑥을 넣어 만든 달떡을 사라고 목메게 외쳐댔다. 누구 하나 문을 열고 선뜻 사는 사람도 없는데 기차에 매달리다시피 하며 호소했다. 완행열차여서 작은 간이역에도 빠지지 않고 멈추어 섰다. 남원역에 도착하기까지는 한 시간이 넘어 걸렸다.

남원역을 나오니 앞 광장이 학교 운동장만큼 넓었다. 도시 기분이 확 밀려와 촌놈 기를 확 꺾어버렸다. 촌에는 묘 같은 초가집뿐인데 2층 집이 길 양쪽으로 병풍을 세워놓은 것 같아 도시는 이런 것이구나 하고 이색적인 풍경에 눈이 휘둥그레졌다.

가로는 일직선으로 곧게 뻗어있어 어느 협곡 같은 느낌이 들었다. 역전 광장에 나오니 우선 방향감각을 잃어버려 아찔한 생각이 들었다. 물론 ○○중학교가 어디 있는지 알지 못하니 가슴이 덜컹 내려앉았다.

"석구 너 ○○중학교 어디 있넌지 알아?"

"나 몰라. 너도 몰라? 큰일이네."

석구도 당황한 기색이 역력했다.

"알았어. 사람들한테 물어보자."

세운은 역 앞에 있는 상점으로 들어가 물었다.

"머 살라고?"

주인아저씨는 물건 사려고 오는 손님으로 알고 친절하게 맞아주었다.

"아니오. 말 좀 물어보려고요. ○○중학교를 가려고 허는디 어디로 가야 허는가요?"

주인아저씨는 얼굴색이 변하며 귀찮다는 생각인지 쳐다보고 한참 동안 있다가 "○○중학교? 요 길로 쭉 가다가 왼쪽으로 가면 있어."

너무 성의 없이 가르쳐 주어 아쉬웠지만 다시 더 물어볼 용기가 나지 않았다.

"감사혀요."

인사를 하고 나와서 가르쳐준 길로 들어서 한참을 걷다 보니 삼거리가 있어 가게 주인이 알려준 데로 왼쪽 길로 돌아 걸어갔다.

멀리 학교가 보였다. "푸-" 하고 안도의 한숨을 쉬었다.

"저그가 학교인가벼. 그렇지?"

"그려. 맞아 저그가 ○○중학교 같어."

석구도 안도하는 낯빛으로 세운을 쳐다보며 말했다. 빠른 걸음으로 찾아가니 ○○중학교가 맞았다. 그런데 그때 마침 점심시간이라서 서무실에 담당자가 없었다. 옆에 있는 직원이 오후 1시 넘어서 오라고 했다. 그러고 생각하니 왈칵 배가 고파왔다. 어디서 밥을 먹어야 하는데 돈도 돈이지만 어디로 갈 줄을 몰랐다. 정문을 나오니 바로 앞에 풀빵 집이 있었다.

"너 돈 있어?"

석구에게 물었다.

"응, 아빠가 300환 주어 아까 기찻값 주고 250환 남았어."

세운도 200환 남았다.

"야, 우리 어디 가서 밥을 먹기도 그렇고 헝게 저 풀빵으로 점심 때

울까?"

"그러자."

석구도 흔쾌히 풀빵으로 점심을 먹자고 했다.

빵집으로 들어가 물어보니 풀빵 하나에 5환이었다.

"너, 얼매나 묵을래? 나는 여섯 개 묵으면 될 것 같혀."

"안 많으까? 허기는 배고푼게 그렇게 허자."

그들은 풀빵 열두 개를 60환 주고 사서 점심으로 먹었다. 물을 마시며 먹으니 점심으로 충분했다.

점심시간이 끝나 곧바로 원서 3건을 접수 완료했다. 남원 시내로 나왔다.

"나는 순창으로 가야 허는디 너넌 그냥 집으로 가야허잖혀?"

석구에게 말했다.

"그려. 너넌 순창으로 간다고? 인자 늦을 것 같헌디."

"그래도 가야 혀. 오널이 마감이디아. 어떻게 가는 방법이 있겄제. 그러면 너는 역으로 가. 잘 갈 수 있자?"

세운은 석구에게 잘 가라고 당부하고 헤어졌다.

"응, 길 안게 갈 수 있어. 너도 잘 갔다 와."

석구는 대답을 하고 역으로 갔다.

세운은 막막했지만 순창으로 가는 방향은 알 것 같았다. 지난번 누님 집에 왔다 가면서 길이 눈에 익어있었다. 남원읍 중앙 네거리에서 서쪽으로 나가는 길이 있었다. 그래서 우선 중심지로 나왔다. 눈에 익었다. 서쪽으로 나와 철도 길로 굴다리가 있었는데 그 굴다리 옆에 주막이 있어 그때 쉬어갔던 생각이 떠올랐다. 서쪽 길로 곧게 걸어오니 예상대로 철도 굴다리가 있고 주막도 있었다. 주막 앞에 평상이 있어 거기 앉아 다리쉼을 했다. 앉아 있으면서 생각하니 막막하기만 했다. 버스가 있는 줄도 알 수 없고 그렇다고 70리나 되는 길을 걸어갈 수도 없어 걱정이었다.

하늘이 도와준 것인가? 시내에서 빨간 짐차가 짐을 가득 싣고 나오고 있었다. 저것이다 싶어 일어나 길 가운데에 서서 손을 번쩍 들었다.

"짐차가 '찌이익' 소리를 내며 브레이크를 밟아 멈추었다.

"머야? 다치면 어쩔라고 길 가운데 서 있어?"

운전기사는 짜증스런 어투로 말했다. 세운은 인사를 꾸벅하면서 "죄송헙니다. 지가 순창을 가야 허는디, 이 차 순창으로 가면 좀 탈 수 없을까요?"

다시 인사를 하면서 간절한 표정을 지었다.

"어디 가는디?"

퉁명스럽게 물었다.

"예. 오널 순창까지 꼭 가야 허는디요. 그려서…"

세운은 반가우면서도 태워주지 않으면 어쩌나 하는 걱정에 눈물이 핑 돌았다. 운전기사가 세운의 눈물을 보고는 뒤 짐칸에 실은 짐 위로 올라가 타라고 했다. 앞 운전석에는 조수와 둘이 타고 있었다. 대한통운 짐차가 비료를 싣고 가는 중이었다. 운이 퍽 좋은 것이다. 짐이 높지 않아 한가운데에 엎어져서 비료 포대를 보듬고 탔다. 운전기사는 비료 포대를 잘 잡고 있으라고 당부했다. 원래 짐 위에는 사람이 탈 수 없지만 어린 세운의 사정을 딱하게 여기고 태워준 것이다. 얼마나 고마운 일인가? 속으로 백번 인사를 했다.

해동이 되었다고는 하지만 차가 달려 뺨을 스치는 세찬 바람이 차가웠다. 하지만 찬 바람은 아무 문제가 되지 않았다. 이렇게 순창을 가게 되는 것이 얼마니 다행한 일인가. 어쩌면 평생 잊혀지지 않을 것 같았다.

자갈길이라서 차는 심하게 덜컹거렸다. 구불구불한 비안재를 넘어 순창 땅에 들어섰다. 차는 요동치고 바람이 세차도 시간 내 도착할 수 있어 조마조마했던 마음이 푹 가라앉으며 아무 뜻도 없는 콧노래가 절로 나왔다.

책여산을 끼고 돌아 한 시간 조금 넘어 순창에 도착하니 마음이 포근해지며 넉넉한 시간에 여유로웠다. 순창읍으로 들어가기 전에 순창중학교가 있어 운전기사에게 부탁하여 중학교 정문에서 내렸다.

"아저씨. 고맙습니다. 차비 얼마나 드릴까요?"

세운은 너무너무 고마워 허리를 깊게 숙여 인사를 하며 차비를 주려고 했다. 실상 가지고 있는 돈이라야 단돈 100환이어서 차비로 부족할런지 모르지만 어떻게라도 고마움을 표하고자 했다.

"괜찮아. 그냥 가거라." 하면서 차는 휭 가버렸다. 마음속으로 고마움을 되뇌며 순창중학교로 들어갔다. 원서는 쉽게 접수했다. 학교를 나와 어머니가 계시는 산안으로 갈까 하다가 지금도 소년단이 보초를 설 것 같아 덕동 외가로 갔다.

원서를 접수하고 20여 리를 걸어가는데 해가 뉘엿뉘엿 지고 있었다.

걸어가면 생각나는 것이 자신이 지금 할 짓을 했는가 싶었다. 집안 형편을 생각하면 중학교에 갈 처지가 아니다. 또한 어머니와 상의도 않고 그냥 한 번 시험이나 봐야겠다는 생각으로 저질러버린 것이다. 원서는 접수했지만 시험을 보지 말까 하는 생각이 가을 아침 물안개처럼 피어올라 흐릿한 생각으로 머릿속을 꽉 채우고 있었다.

저질러 보는 거야! 합격이 되면 어머니에게 말씀드리고 갈지 말지를 그때 가서 결정해야겠다고 마음먹었다.

2월 23일이 시험 날이었다. 아무리 생각해도 시험 보는 것까지 어머니에게 알리지 않는 것은 도리가 아닌 것 같았다. 산안으로 갔다. 전투경찰 부대는 떠나 소년단도 해체되었다.

"어매! 나 중학교 시험 볼라고 허는디 니얼이 시험 날인디, 어매 어쩧게 생각혀?"

"니가 중핵교 간다고? 어쩧게 간다냐?"

"시험이나 한번 볼라고."

"시험만 보면 멋헌다냐? 시험 보고 되면 가얄 것 아니냐? 중핵교는 돈이 많이 든다는디, 우리 형편에 어쩔끄나!"

어머니는 긴 한숨을 쉬었다.

"나도 알어. 근디 외가에 있음선 헐 일도 없어 학교를 갔드만 중학교 시험공부를 헌담선 한번 시험이나 봐보라고 혀서 공부혔어. 꼭 중학교를 갈라고 마음 묵은 것은 아닌 게 안가도 괜찮혀. 어매넌 너무 걱정허지마. 내가 알어서 헐 텐게."

"니얼이 시험이라고? 그러면 여그서 어쩧게 갈래?"

"어매가 밥 좀 일찍 혀주어. 걸어서 가야제."

"순창 읍내가 어디라고 걸어간다냐? 그럴라고 허먼 순창 읍내 이모네 집에 가서 자고 그러제 그랬냐? 일찍 밥을 헐 수 있지만 니가 걸어가서 시간을 댈랑가 모르겠다."

"어매년 걱정 마란께. 내가 알아서 가께."

그렇게 말은 했어도 마음속으로는 걱정이었다. '40리 길을 아무리 빨리 걸어도 3시간이 넘을 것인디?' 하고 생각하니 아찔했다. 그러나 어쩌랴? 한번 일이 이렇게 된 것. 지각하지 않기 위해서는 뛰는 수밖에 없다. 그렇게 다짐하고 잠을 청하는데 아침에 갈 생각, 시험을 잘 봐야 하는 걱정으로 잠이 쉽게 들지 않았다.

"세운아! 어서 일어나그라. 일찍 가야 헌담선?"

어머니가 잠을 깨운 소리에 눈을 떴을 때는 아직 깜깜한 밤이었다. 잠이 들지 않았는데 언제 잠이 들었는지 깜박할 사이 깨인 것 같았다. 시계가 없어 몇 시인 줄은 모르지만, 어머니는 이미 밥을 다 지어놓고 깨운 것이다.

서둘러 밥을 먹고 순창으로 출발했다. 아직 날이 새지 않아 문밖을 나오니 길이 터덕거렸다. 산 고개를 두 개나 넘어야 하는데 무서운 생각이 들었다. 인기척 하나 없는 새벽 산길은 금방 길옆 숲속에서 산짐승이라도 튀어나올 것 같았다. 더구나 얼마 전까지 빨치산이 밤이면 준동을 하는데 그들을 만나면 어떻게 할 것인가에 오금이 저려 주저앉고만 싶었다. 하지만 거기서 주저앉을 수 없었다. 두 주먹을 불끈 쥐고 두려움을 몰아내기 위하여 큰 소리로 노래를 불러 인기척을 내면서 걸어가니 조금은 무서운 생각이 가셨다.

거의 뛰다시피 하여 9시 전에 학교에 도착하여 차질 없이 시험을 치를 수 있었다. 3학급 180명을 뽑는데 400명 가까이 응모를 했다. 수험생이 운동장으로 가득했다. 피란 통에 공부를 제대로 하지 못했고 더구나 졸업하고 1년을 책 한번 들지 않았다가 시험공부라고 겨우 두 달 정도밖에 못 해 자신이 없었다. 그런데 다행히도 시험은 예상보다 쉬운 편이었다. 공부하는 데서 많이 나와 수월하게 답을 쓴 것 같았다. 대강 국민학교에서 4명이 시험을 봤는데 다들 어렵다고 했다. 세운이 제일 잘 본성 싶었다.

이튿날 신체검사를 하는데 시력이 아주 안 좋았다. 왼쪽이 0.8, 오른쪽이 0.3으로 짝눈이었다. 거기에 더하여 난시까지 있었다. 처음 신체검사를 했던 터라 그동안 눈이 어떤 생태인지 몰랐다. 특히 눈이 좋지 않다는 것은 그동안 칠판 글씨가 잘 안 보이면 그러려니 하고 생각해왔다. 시력검사가 있는 줄도 몰랐다. 그러나 돈이 있으면 안경이라도 맞추어 쓰지만 안경 같은 것은 아예 생각지도 않았다.

합격자 발표는 3월 5일이었다. 발표하는 날 학교에 가서 합격 여부를 확인해야 하는가? 합격도 장담할 수 없고 설령 합격이 되더라도 형편이 어려워 학교 다닐 수 있을 것인가도 확실하지 않아 반신반의하면서 확인하러 가기가 망설여졌다.

"세운아!"

"응?"

"너 시험 본 것 어쩠냐?"

"아직 발표 안 혔어."

"언제 허간디?"

"모래 허는디, 가볼까 말까 그려."

"왜?"

"아니 자신도 없고, 또 합격된다고 혀도 입학얼 헐 수 있을까 모르잖여."

"그것이 먼 말이다냐? 시험얼 봤으먼 되았년가 알아는 봐야헐 것 아니냐? 모래 일찍 밥 혀주께 가서 보고 와."

어머니가 더 관심이 많은 것 같았다.

"어매가 어쩧게 등록금이랑 월사금을 챙길 수 있었어?"

"금매 말이다. 너 하나 있넌 것얼 중핵교도 못 보낸다는 것이 너무 마음 아프다. 그렇께 가서 알아나 봐. 누가 아냐. 사람 일은 모르는 것이다. 어느 마음씨 좋은 사람이 도와줄란지…."

"그럼사 얼마나 좋겄어! 허지만 그런 생각언 허덜 말아야 혀. 괜히 헛바람만 일은께. 허기는 나도 궁금하기는 혀. 가던지 못 가던지 알아나 보고 싶어."

"그러먼 니얼 나가봐. 순창 이모네 집으로 가서 자고 알아봐."

"그러까? 어매가 자꼬 그려싼게 알아보고 싶네."

이튿날, 순창 이모네 집으로 가서 자고 아침에 순창중학교로 갔다.

10시가 조금 넘어 발표가 되었다. 합격자의 수험번호와 이름을 적은 두루마리 종이를 학교 서쪽에 있는 강단 벽에 펴 붙였다. 128번 정세운으로 적인 것이 금방 나타났다. 눈을 씻고 찬찬히 봤다. 분명 그 이름이었다. '아! 붙었구나!' 속으로 안도하면서 크게 숨을 내쉬었다. 합격해서 좋기도 하면서 그 무엇이 가슴으로 밀고 올라오며 솜뭉치로 숨 구멍을 꽉 막은 것 같았다. '어떻게 해야 헐까? 입학헐 수 있을까?'

다른 학생들은 자기 이름이 나오면 환호를 지르며 좋아하기도 했다. 두루마리를 펼칠수록 이름이 나오지 않는 학생은 초조한 낯빛으로 두루마리를 쳐다보고 있다가 얼굴빛이 붉으락푸르락하며 울상을 지었다.

세운의 수험번호가 128번인데 수험번호순이 아니고 8번째로 일찍 나왔다. 저것이 무엇을 의미하는지 알지 못하고 우선 먼저 나온 것에 다른 생각할 여념이 없었다. 옆에서 어느 사람이 석차 순이라고 했다. 그는 다시 순서를 세어봤다. 분명 8번째였다. '그러면 8등을 한 것이야?' 세운으로서는 아무리 생각해도 믿기지 않았다. 시험 보고 나서 괜찮게 썼다고 생각했으나 합격 여부를 조마조마했는데 8등이라니! 의심이 들기도 했지만 분명한 것은 수험번호 128번과 그의 이름 정세운이 틀림없었다. 하지만 아무리 생각해도 믿기지 않아 확실한지를 확인해야겠다는 생각에 서무과로 가봤다.

날씨가 풀려 봄기운이 느껴지지만 아직 바람 끝은 시려 코끝이 얼얼했는데 서무실로 들어가니 난로를 피워 훈훈한 기운이 얼굴로 확 풍겨왔다. 서무실에 들어가 누구에게 물어봐야 하는지 머뭇거리고 있었다. 학생 같은 젊은 여자가 닦아오며 "어찌 왔어요. 누구 찾아요?" 하고 물었다.

"예. 시험 발표를 좀 알아볼라고요."

어색한 말투로 어물거리며 말했다.

"이리 와." 하며 선생님 앞으로 데리고 갔다.

"왜? 멀 알아볼라고?"

세운을 뚫어지게 쳐다보며 물었다.

"예. 합격자 발표에 지 이름이 붙었는디 합격이 확실헌가 알아볼라고요."

그는 주눅이 들어 말이 떨렸다.

"이름이 뭐지? 수험번호는?"

"정세운이고요. 수험번호는 128번이어요."

선생님은 합격자명부를 펼쳐 그 이름을 찾았다.

"어, 합격했구먼. 성적도 아주 좋구나!"

선생님은 환하게 웃으면서 칭찬 섞인 격려의 말도 해주었다.

세운은 "고맙습니다." 인사를 하고 서무실을 나왔다. 그때까지 강단 앞 합격자 발표장에 많은 학생이 합격을 확인하며 희비가 엇갈리는 장면이 조금은 우스꽝스럽게 보였다. 그는 웃어야 하는가? 울어야 하는가? 성적이 좋은 편으로 합격했으면서도 마음 한구석이 쓸쓸하게 느껴온 것은 그만의 고민이고 불행이었다.

대강국민학교에서 4명이 시험을 봤는데 세운과 배종남 2명은 되고, 2명은 떨어졌다. 서로 어색한 분위기였으나 이것이 현실이고 보면 이제 막 한 단계 올라가는 어린 가슴에 환희가 넘치는가 하면 실망과 좌절이 큰 상처로 남게 되었다. 우선 표면적으로 세운은 당당했고, 처음 느껴보는 성취감이었다. 하면 되는구나 하는 자신감이 생겼다.

합격 두루마리 맨 끝에 공지사항으로 합격생은 3월 10일까지 학교에 오라고 공시가 되어있었다. 기쁘면서도 기분이 심란하여 마음 둘 곳이 없었다.

터벅터벅 3시간을 걸어 해가 기울고 있을 때 산안 집에 도착했다. 어머니는 수만밭에 나가 밭일을 하고 있었다. 아직 봄이라고 하기엔 이른데 무슨 일을 하는지 집에 안 계셔 집 앞 밭으로 뒤 텃밭으로 찾아봐도 계시지 않아 수만 밭으로 갔다.

"어매! 나 왔어. 아직 추운디 멋혀?"

"응. 왔냐? 어찧게 되았냐?"

어머니는 하던 일손을 놓고 일어서며 반갑게 맞아주었다.

"되았어?"

세운은 고개를 끄떡였다.

"그리어? 애썼다. 그런디 입학금은 얼매나 된다냐?"

어머니는 합격하여 좋다고 하면서도 세운이 걱정한 것처럼 입학금부터 물었다.

"아직 몰라. 학교로 나오랑게 그때 가보먼 알 것제."

"가자. 집으로 가서 저녁도 혀야제." 하면서 호미를 챙겨 나섰다.

저녁을 먹고 호롱불을 켜놓고 화롯불을 쬐며 마주 앉았다.

"돈이 얼매나 들란지 모르겄다."

"어매! 내가 어찧게 중핵교를 갈 수 있을까?"

"금매 말이다. 너그 아부지만 있으면 어찧게라도 너를 중핵교에 보냈을 것인디. 이 애미 혼자 어찧게 혀야 할지 엄두가 나지 않는다. 허지만 아무리 어려워도 중핵교 보낼라고 생각허고 있다. 어찧게 마련혀보자."

"어매. 나 중핵교에 가고 싶지만, 우리 형편이 어려운게 그만 둘것이어. 형편도 안 되는디 억지로 어쩧게 간디아. 나 그만두께."

세운으로서는 간절히 공부를 하고 싶었지만 집안 형편이 안 되는데 억지로 갈 수는 없지 않은가? 입학금은 어떻게 마련한다고 하지만 산안에서 40리나 되는 학교까지 통학할 수는 없다. 그렇다고 하숙은 더욱 생각도 못 할 일이었다. 학비도 학비지만 숙식하는 것이 더 큰 문제였다. 그러나 어머니는 어떻게 해서라도 학교를 보내야겠다고 마음먹었다. 우선 돈 마련할 것을 챙겨봤다. 지난해 종이 만드는 닥을 400근 정도 거두어 두었다. 100근이 한 짝인데 한 짝에 1,000환 정도 받을 수 있었다. 400근이면 4,000환은 받을 수 있다. 또한 곶감을 80접 정도 깎았다. 팔지 않고 가지고 있는데 팔면 한 접에 50환은 받을 수 있어 곶감으로 4,000환은 마련할 수 있었다. 콩이랑 팥 농사지은 것을 먹을 것 남겨놓고 팔면 1,000환 정도는 받을 수 있었다. 전부 합치면 9,000환은 되었다.

입학금이랑 교복도 마련해야 하고 무엇보다 방 얻는 것이 제일 큰 문제였다.

3월 10일 학교엘 가서 안내를 받았다. 입학금이 4,000환이었다. 교과서 대금이 1,000환 합계 5,000환이 학교에 낼 돈이었다. 3월 20일까지 납부하라는 통지서를 받았다. 학교에 납입해야 할 돈을 마련할 수 있어 일단 마음이 놓였다.

집에 와서 어머니에게 납부해야 할 돈에 대하여 설명을 해드렸다.

"어매. 생각해본께 우선 학교에 내야 할 돈은 될 것 같은디 여그서 날마동 댕길 수 없어 읍내다 방을 얻어야 헐 것 같언디 그 돈이 모지랄 것 같혀. 어쩧게 혀야 헌디아? 그냥 말아불까?"

답답한 마음에 학교 가는 것을 그만두고 싶은 심정이었다.

"헌디꺼정 혀보자. 니가 어렵게 공부혀서 합격혔넌디… 그만두기는 너무 아깝지 않냐? 이 에미가 어쩧게 힘써봐야 겄다."

어머니는 세운을 위로하며 학교에 가자고 했다.

"감사 좋지만, 형편도 안 되는디 억지로 혔다가 도중에 그만두면 더 서운헐 것 같혀서 허는 말이여."

"그려. 니 맘 알았은게 모지러면 어디서 빚이라도 내서 혀보자."

어머니는 곧바로 지소紙所(수공업으로 한지를 뜨는 공장)하는 기호 아저씨에게 연락하여 닥을 판다고 알려 400근을 4,400환에 팔았다. 원래는 100근 한 짝에 1,000환 하는데, 세운이 중학교 입학금 낸다고 하니 한 짝에 100환씩 높게 쳐주었다.

곶감은 순창 장날 장으로 내갔는데 초겨울 성수기보다 값이 떨어져 접당 50환 하던 것이 40환으로, 80접을 팔아 3,200환을 받았다. 콩 서 말에 300환 팥 말 가웃에 200환으로 총 8,100환을 챙겼다.

곧바로 금융조합(농협의 전신 은행)에 납부해야 할 입학금 4,000환을 납부하고 교복이며 학습도구를 마련했다. 그런데 먹고 자면서 학교에 다녀야 할 방을 마련하지 못했다. 셋방을 얻는데 1년 세로 1,500환은 주어야 얻을 수 있었다. 참으로 막막했다. 어머니는 어머니대로 고심하지만 세운의 생각에 도저히 어려울 것 같아 포기해야겠다는 생각이 들었다.

산안 집에서 다니려면 거의 40리 길을 날마다 걸어야 했다. 하루 이틀이지 날마다 80리(약 31km)를 걸어서 다닐 수가 없었다. 설령 버스가 있다 하더라도 차비를 감당할 수 없어 불가피하게 걸어 다녀야 하는데 불가능한 일이다.

중학교를 나오면 무엇을 하는가? 형편도 되지 않는데 억지로 다닌다는 것이 너무 사치인 것 같았다. 50이 넘은 어머니 혼자 일하는 것도 세운으로서는 마음이 아픈데 중학교에 간다는 것이 너무 무리였다. 형편도 되지 않아 어머니는 물심양면으로 고통을 겪어야 했다. 아무리 어린 세운이지만 어머니에게 더 많은 고생을 시킬 수가 없다고 생각했다. 국민학교도 제대로 다니지 못한 사람이 많은데 중학교에 가다니? 구림면 내에서 중고등학교 다니는 사람이 채 10명도 되지 않았다. 물론 구림면 전체가 전쟁의 피해를 입어 집들은 다 소실되었고 농사도 제대로 짓지 못하여 입에 풀칠하기도 어려운 판에 중학교에 간다는 것은 웬만한 사람은 엄두도 내지 못한 것이 현실이었다.

세운은 어머니와 단둘이라서 단출하여 식량이 많이 들지 않아 먹을 양식 걱정은 안 했으나 농사를 어머니 혼자 짓는다는 것은 너무 무리였다. 그가 함께 농사를 지으면 어머니도 훨씬 수월하고 소출도 더 많이 얻을 수 있을 텐데 세운이 학교에 다니게 되면 학비도 학비지만 생활이 더 어려워질 것은 물어보나 마나였다. 그래서 형편을 이야기하고 납부했던 입학금 등을 찾아올 수 없을까를 고민했다. 하지만 궁하면 통한다는 말이 있듯 간절히 방법을 찾으면 길이 있기 마련이다.

말은 안 해도 어머니가 세운보다 더 고심하고 있었다.

피란 나가서 살면서 아직 산안으로 돌아오지 않은 어머니 친구 상리

댁이 어린 아들 하나와 딸을 데리고 읍내서 셋방을 얻어 살고 있었다. 어머니가 그 집을 찾아가 한방에서 함께 살자고 사정하니 받아주었다. 한방에서 사는 것으로 불편해도 우선 거처가 마련되어 안도의 한숨을 쉬었다.

방이 너무 허술하고 작아 다섯 사람이 함께 살기에는 좁았으나 어머니는 산안에서 살면서 한 달에 두세 번 오기 때문에 그런대로 지낼 수 있었다. 행랑방이라서 부엌이 아주 비좁아 세운은 냄비를 마당에 걸어 놓고 밥을 지었다. 그렇게라도 학교 다닐 수 있는 것이 그에게는 얼마나 복되고 영광스런 일인가? 아무리 생각해도 꿈만 같았다. 그가 중학교에 다니다니? 기적이라고 해도 과언이 아니었다. 그러나 마냥 좋아할 일만은 아닌 것이 우선 코앞에 떨어진 급한 불은 껐지만 앞으로가 문제였다.

전쟁의 상흔이 그대로 남아있어 농사를 제대로 짓지 못하여 하루하루 먹고사는 식량도 모자란 형편인데, 분기별로 학비를 어머니 혼자 어떻게 감당할 것인지 눈앞이 캄캄했다.

그 시절 경제적 거래 관계는 대체로 쌀로 이루어졌다. 화폐단위보다 쌀 10말 즉 80kg 한 가마니가 기준 거래단위였다. 1학년 때는 한 달에 학교에 납부해야 할 수업료 및 기타 학급비 등이 1,300환 정도였다. 쌀 한 가마에 6~7백 환으로 두 가마 정도가 필요했다. 그의 형편에 감당이 어려웠다. 그뿐만 아니라 학습 도구비나 양식은 따로 들어가야 했다. 땔감으로 나무가 필요했는데 땔나무는 어머니가 한 달에 두세 번씩 장작을 가늘게 쪼개 망태에 지고 가져왔다. 환갑을 바라보는 여인의 몸으로 40리 길을 나무 장작을 큰 망태에 담아지고 다녔다. 그뿐만 아니라 세운이 먹을 기본적인 반찬을 가지고 오는데 어깨에 피멍이 들고 나중에는 굳은살로 옹이가 생겨 고통을 호소했다.

세운은 다른 생각할 겨를이 없었다. 어머니가 그렇게 고생하는데 그가 할 일은 공부밖에 없었다. 그런데 그에게 행운의 길이 열렸다. 월중고사를 보는데 성적이 좋은 사람에게 수업료를 면제해주었다. 매월 받을 수는 없지만 두세 달 만에 한 번씩은 받았다. 공부 잘한다고 칭찬은 부수적이고 수업료를 받는 것이 그에게 큰 용기가 되고 자신감이 강해졌다.

토요일엔 걸어서 집에 가 어머니 일을 도와주고 반찬과 나무를 지고 왔다. 순창 주변 산엔 나무가 하나도 없고 어쩌다 풀이 듬성듬성 있을 뿐이었다. 그래서 나무를 해올 수 없어 깊은 산속 산안에서 가져와 취사를 했다. 돈만 있으면 장날 나무 시장이 서 구입해서 때면 되는데 나무 살 돈이 없어 40리나 되는 산안에서 주말에 가져오거나 어머니가 나올 때 가지고 왔다.

그렁저렁 1년을 생각보다 어렵지 않게 학교엘 다닐 수 있었다. 남과 불편하게 한방을 쓰면서도 공부가 되어 성적이 좋았다. 국민학교 때는 피란살이에서 수업을 절반도 받지 못하여 졸업할 때는 상 하나 받지 못했다. 중학교에 가서는 결석 없이 공부하여 성적이 좋았다. 각 반에 우등상을 3명에게 주는데 그는 빠지지 않았다.

2학년이 되었는데 더 좋은 길이 열렸다. 사촌 이모네가 허드레로 쓰는 행랑채에 방이 있다며 와서 살라고 했다. 바로 방과 부엌 옆에 돼지우리가 있고 그 옆에 측간이 있어 냄새가 고약했으나 어머니 친구네와 한방에서 사는 것보다 비교할 수 없이 좋았다.

돼지우리나 측간에서 나는 냄새는 문제가 되지 않았다. 맘대로 옷을 갈아입을 수 있고 앉아 있으나 누워있어도 누구 눈치 볼 일 없이 자유로워 그렇게 좋을 수가 없었다. 공부하는 데도 아무 걸림이 없어 밤늦게까지, 아니면 새벽에 일어나 공부를 해도 누구의 눈치 볼 일이 없어 좋았다.

2학년에도 성적이 좋았다.

2학년 1반이었다. 담임이 수학 선생님으로 학생들 사이에서는 살쾡이 선생으로 무서워했다. 이제 막 학기가 시작되어 반 학생들의 이름도 다 알지 못할 텐데 수업이 끝나고 종례시간에 세운을 교무실로 오라고 했다. 세운은 가슴이 덜컹했다. 생각해 봐도 잘못한 것이 없는데 무슨 야단을 치려나 하고 가슴이 두근거렸다.

벌벌 떨면서 조심스럽게 교무실 문을 열고 들어섰다. 담임선생님 책상이 남쪽 창가에 있었다. 발뒤꿈치를 들고 소리 나지 않게 사뿐사뿐 걸어 선생님 책상 앞으로 갔다.

"응, 왔나?" 하면서 웃는 낯으로 맞아주었다.

"예." 하고 굳은 자세로 서 있었다.

"이 옆으로 앉아." 하면서 목재의자를 내주었다.

"너의 집 어렵지?"

느닷없이 묻는 말에 쉽게 말이 나오지 않았다. 한참을 머뭇거리고 있는데.

"집이 어디지?" 하며 다시 물었다.

"아주 멀어요. 구림면 안정리 산안이어요."

"전쟁 때 어떻게 살았어? 피난살이 했지?"

선생님은 세운의 신상을 꼬치꼬치 캐물었다.

"예. 집이 비행기 폭격으로 불타부러 지금도 집이 없어요."

"아버지는 농사지으시고?"

"아버지, 돌아가셔 안 계셔요."

"그러면 어머니랑 사냐?"

"예, 아버지는 전쟁 때 돌아가시고 엄니랑 둘이 살아요. 저는 읍내서 자취허고 엄니는 산안에서 농사를 지어요. 엄니가 나무를 지고 오시고 반찬도 혀 와 지가 자취허고 있어요."

"니 어린 것이 어떻게 자취를 할 수 있어? 하숙을 하지그려."

"하숙은 못 혀요. 지가 밥 혀먹을 수 있어요."

"응. 애쓴다. 그래서 이번에 너를 장학생으로 선발해서 장학금을 지급하려고 한다."

세운은 장학금 준다는 말에 어안이 벙벙하여 무어라 말을 못 하고 선생님을 멍하니 바라보고 있었다. 고맙다는 인사도 못 하고 있었다.

"그리 알고 공부 열심히 해야 한다."

선생님이 부를 때는 무슨 잘못이 있어 야단을 칠 줄 알았는데 장학금을 준다니, 이것이 꿈인가 싶었다.

"내일 장학증서를 수여할 거야. 가도 된다."

선생님이 너무도 친절했다. 꼭 아버지 같은 생각이 들었다. 무어라고 인사를 해야 할지 몰라 엉거주춤 서 있다가 "고맙습니다." 하고 교무실을 나왔다.

2학년부터는 한문 과목이 있었다. 또한 국어시간에도 한자가 많이 나와 어려움이 많았다. 이모네가 신문을 보는데 한자가 많아 거의 읽을 수가 없었다.

전쟁 이전 국민학교 입학 전에 아버지로부터 한문 공부를 했었다. 아마 5세 때부터 한 것 같다. 먼저 아버지가 손수 붓으로 쓴 추구推句를 배웠다.

'천고일월명天高日月明이요 지후초목생地厚草木生을 춘래이화백春來梨花白이요 하지수엽청夏至樹葉靑얼로 시작해서 금윤현유향琴潤絃猶響이요 노한화상존爐寒火尚存이며 니도방출입泥途妨出入이고 종일가관문終日可關門이로다' 맨 끝 구절이었다.

한문 공부는 입으로 외우는 것이었다. 글자 한 자 한 자를 아는 것이 아니고 그냥 입으로만 외웠기 때문에 얼마 가지 않아 잊어버리게 되었다. 그다음으로 사자소학四字小學을 배웠다. '부생아신父生我身하시고, 모국오신母鞠吾身하셨다로 시작해서 차차소자嗟嗟小子 경수차서敬受此書하여라'로 끝이었다. 방학 때 배우고 학교에 다니면서는 한문을 공부하지 않아 대부분 잊어버렸다. 그런데 전쟁 시절엔 아버지가 돌아가셔 가르쳐줄 사람도 없을 뿐만 아니라 피란살이에 한자를 배울 엄두도 내지 못했다.

서당이 마을마다 있는 편이어서 국민학교는 다니지 못해도 서당을 다니며 한문 공부하는 사람이 많았다. 서당은 수업료를 여름엔 보리로, 겨울엔 벼로 서당 선생에게 바치는데 세운은 농사를 짓지 않아 보리나 벼가 없어 서당은 생각도 못 했다.

그런데 중학교에 오니 한자를 알아야 했다. 그래서 천자문을 구하여 한자를 익혀나갔다. 한 달쯤 짬짬이 공부하고 나니 한자가 눈에 들어오기 시작했다. 신문을 더듬더듬 아는 글자가 나오면 호기심에 더 열심히 공부했다. 그런데 신문 읽는 것보다 국어시간이 더욱 재미있었다. 낱말풀이가 술술 잘 되었다. 교과서에 한자 말이 많은데 청맹과니가 눈을 뜬 듯 글자의 뜻이 보이기 시작했다.

그 한자 천자문을 어느 정도 익히고 나면서 학업성적이 높아지고 공부에 흥미가 붙어 더 열심히 공부할 수 있었다. 어쩌면 천자문 공부로 세운이 우등생 되는데 큰 방편이 되었다고 해도 과언이 아니었다.

2학년이 끝나고 새 학기가 시작될 때 교사들의 인사이동으로 교장선생님이 새로 부임했다. 한오수 교장선생님이었다. 전주 쪽 학교에서 순창중고교 교장으로 부임했다.

시골 학교라서 아무래도 도시 학교와는 수준차가 있어 성적을 향상시키는 한 방법으로 우월반을 편성하여 경쟁하도록 했다. 중학교 3학년이 3반인데 한 반에 60명씩 배정되었다. 1반을 가장 우수 반으로, 3학년 전체를 성적순으로 나열하여 1등에서 60등까지를 1반, 61등부터 120등까지는 2반 나머지는 3반으로 우열반 편성을 했다. 세운은 물론 1반에 편성되어 어느 반보다 치열한 경쟁이 붙었다. 그래서 성적이 좋은 학생은 전주나 광주고등학교에 가게 되었다.

세운은 안타깝게도 성적은 좋은 편이었으나 고등학교 진학이 어려워 중학교를 끝으로 학업을 마치려 했다. 그의 형편에 중학교 졸업하는 것만도 선택받은 행운아였다. 그것은 순전히 어머니의 노력과 희생의 열매였다. 허리 굽은 할머니가 다 된 어머니 고생 결과로 세운은 열심히 공부할 수 있었다.

중학교에 들어가려고 할 때 그 어려운 여건으로 졸업이 거의 가망 없을 것으로 생각했는데 중학교를 졸업하게 되었다. 졸업장을 받으면서 큰 교훈을 얻었다. 의지가 있으면 어려운 일도 해낼 수 있다는 것을. 그런데 고등학교 진학이 눈앞에 다가와 다시 한번 다짐을 할 것인가, 아니면 포기할 것인가를 결정해야 하는 그의 일생에 크나큰 숙제를 안았다.

국민학교 졸업하고 3년을 쉬었다 들어와 봐서 동창들보다 세 살이나 많은 19세였다. 청소년기를 지나 청년기에 들어서 신체도 많이 성장하고 힘도 붙어 육체적으로 무슨 일을 해도 가능할 것 같았다. 반대로 어머니는 50대 중반으로 노쇠하여 일하는 것이 안쓰러웠다. 그런 어머니에게 희생을 더 강요해서 고등학교에 간다는 것은 청년으로 성장한 자식으로서 할 짓이 아닌 것 같았다. 또한 전화가 어느 정도 치유되기는 했지만, 전답이 다 복구되지 못하고 특히 어려운 것은 집이 없다는 것이었다.

마을 사람들은 대부분 새로 집을 지어 안락하게 살아가는데, 어머니 혼자는 어찌할 도리가 없어 불탄 집터에서 의지할 곳 하나 없이 노천에서 밥을 끓여 먹고 잠은 마을의 이집 저집을 다니며 동냥 잠을 자야 했다. 그런 형편에 세운이 고등학교에 간다는 것은 어머니에게 지나친 희생을 강요하게 되어 진학하는 것이 너무 무리 같았다.

"어매. 나 인자 중학교 졸업혔은게 집에서 농사지으면 어매도 좀 수월 허겄제? 그동안 어매가 너무 고생 많이 혔어."

"볼쎄 중핵교를 다 댕겼구나! 그동안 애썼다."

어머니는 감회의 한숨을 쉬었다.

"아니어. 어매가 얼매나 고생혔넌디. 고등학교를 가고 싶은디 어매 고 생을 더는 바랄 수 없어 인자 어매 옆에서 도와가면서 살아야겄어."

"그럼사 나는 좋겄다만 니가 중핵교만 댕기고 만다면 너무 아쉽다. 첨 중핵교 갈라고 헐 때만 혀도 엄두가 나지 않았넌디 요롷게 졸업을 혔다. 기왕에 시작한 것 쬐끔 더 고상허면 될 것 아니냐? 고등핵교도 가보자."

어머니는 고생한 김에 고등학교까지 마치자고 했다.

"나도 가고 싶기는 혀. 그런디 어매가 너무 고생허고 또 고등학교는 수업료도 비싸고 그려서 우리 형편에 어려울 것 같혀."

"시험이나 봐바라! 중핵교 때 맹기 시험이나 한번 본다고 안 혔냐? 가 던지 못 가던지 나중 일인게, 시험 보고 합격허면 또 무신 방법이 있을란 지 아냐? 니가 그려도 공부를 잘혔넌디 중핵교만 나오면 너무 아까울 것 같혀."

어머니는 시험이라도 보라고 간곡히 권했다.

"그러면 그러까? 허지만 어매가 너무 고상을 혔넌디 또 더 허라고 허 기가 도리가 아닌 것 같혀. 그까짓 공부허면 멋이라도 써묵어야 허는디, 빽이 없으면 어디 소사 하나도 헐 수가 없어. 그런게 농사나 지어 묵고 살라먼 중학교 정도만 나와도 충분헐 것이어."

"그렇기는 허다만 공부 잘헌 너를 내가 힘이 없어 공부를 못 시킨다고 생각헝게 내 맴이 좋지 않혀서 그런다."

"그러면. 어매가 그렇게 혔쌓게 시험은 봐볼께."

세운은 시험을 보기로 마음먹고 다시 책을 들었다.

순창농림고등학교는 시골에 있어 타지에서 오는 학생은 거의 없었다. 농과 임과 두 개 반을 뽑는데 대부분 순창중학교 졸업생이었다. 대체로 가정형편이 좋고 성적이 좋은 학생은 전주나 광주로 갔다. 그래서 순창 농림고등학교에는 중하위 그룹 학생들이 왔다. 그중에서 세운이 제일 좋은 성적이었다.

시험을 본 결과 수석 합격했다. 정말로 세운에게 행운이 찾아온 것인가? 합격은 예상했지만 수석까지 하리라고는 생각 못 했다. 처음부터 고등학교에 가지 않는다고 생각하고 시험공부를 하지 않아서 좋은 성적을 기대하지 않았다.

"엄니! 저 합격혔어요. 좋은 성적 나왔어요."

어머니에게 자랑스럽게 말했다.

그동안 세운은 어린양 하느라고 어머니를 '어매'라고 부르고 존댓말도 쓰지 않았다. 그런데 고등학교에 가게 되고 더구나 나이가 20세가 다 되어 성인이 되었는데 어린애처럼 응석부리로 어머니를 대하는 것은 부끄러운 일이라고 생각되어 다 큰 청년답게 어머니를 대하는 언행을 공대하기로 마음먹었다.

"엄니! 저 어린 애기맹기 어매, 어매 함선 응석부리로 혔넌디 인자부터는 존대하여 말허께요."

세운은 진지한 표정으로 깍듯이 존댓말로 올리고 큰절을 드렸다.

어머니는 세운의 느닷없는 언행에 약간 당황하시며 눈물을 글썽였다.

"아이고 세운아! 니가 인자 어른이 다 되었고나! 너럴 보기만 혀도 내 마음이 든든허다. 그러고 중핵교 댕기느라고 애썼다. 니 어린 것이 밥을 혀묵어가면서 핵교 댕기면서 얼매나 고생혔냐? 니가 그렇게 고상험서도 공부럴 열심히 혀서 합격허고 본께 내가 더 좋다. 기왕 되얐은게 중핵교 맹기 댕기기로 허자!"

어머니는 무척 좋아하시며 어떤 어려움이 있어도 학교를 보내려는 의지가 있었다. 세운도 성적이 잘 나오고 보니 욕심이 생겼다. 더구나 1학년 입학금 및 수업료를 전액 면제받은 장학생이 된 것이다. 자취하는데 나무가 문제여서 그렇지 다른 것은 3년 동안 자취해 와서 밥해 먹는 것은 걱정이 없었다. 하지만 어머니가 60이 가까운 나이에 혼자 농사지으며 자신의 뒷바라지를 해야 하는 것이 다 큰 자식으로서 너무 면목이 없었다. 하지만 어머니께서 고생을 자처하시면서 자식을 공부시킨다는 자부심으로 위로를 삼은 것이다.

세운보다 가정형편을 비롯하여 모든 여건이 좋은 사람도 자식 교육을 국민학교도 제대로 보내지 못했는데, 고령의 몸으로 농사짓기도 어려운 여건에서 아들을 고등학교까지 보내는 것은 보통의 각오가 아니면 어려운 일이었다. 그렇게 고생하는 것에 대하여 근동에까지 늙은 할머니가 아들 공부를 위하여 나뭇짐을 지고 다닌다고 소문이 나 있어 산안 덕동댁으로 알려져 있었다.

고등학교를 등록하는데 호적등본을 제출해야 했다.

중학교 때는 전쟁 때에 소실되어 호적이 복원되지 않아 제출하지 못했다. 그동안 호적이 복구되어 구립면사무소에서 호적등본을 발급받아 보니 이름이 세운이 아니고 성운으로 되어있었다.

전쟁 전에는 분명히 세운戚雲으로 등재되어 있었고 어디서나 세운으로 불렀다. 그런데 호적을 새로 복구하면서 자신도 모르게 성운成雲으로 개명이 되어있었다. 면 호적담당 직원에게 물어보니 성운이 맞다며 오히려 질책했다. 도리가 없었다. 처음 출생신고를 아버지께서 하면서 세운으로 했을 터인데, 아버지가 계시지 않으니 증인이나 증거가 없어 항변할 수가 없었다. 물론 모든 아는 사람은 더구나 중학교까지는 세운으로 통했던 것이다. 그것만 가지고는 이름을 돌리는 것은 증거가 되지 못했다. 어머니도 이상하다고 했지만 별도리가 없었다.

어머니께서는 세운이나 성운이나 그게 그것이라고 생각하고 별수 있냐며 그냥 성운으로 쓰자고 했다. 그래서 정세운이 졸지에 정성운으로 인생이 바뀐 것이다. 좋고 나쁨을 떠나서 본인 의사와는 상관없이 운명이 바꾸는 경우가 더러 있는 일이다.

바람직한 일인지는 논외로 하고 원하든 원치 않든 이름이 두개가 되었다. 마을이나 국민학교 동창, 심지어 중학교 동창들은 세운으로 불렀다. 성인이 되고 사회활동을 하면서 차츰 성운이라는 이름으로 통일이 되어 굳어졌다.

성운이 50대가 넘은 어느 날 구립면 소재지 연산마을에 사는 윤정호라는 친구의 아들 혼사에 참석했는데 식사 자리에 전쟁 후 호적을 복원하는 담당자가 합석하게 되었다. 80이 넘은 노인인데 잘 아는 사람이었다. 수십 년을 면에서 호적 사무를 담당하면서 근무하다 정년한 사람이다.

그 자리에서 자기 실수를 고백했다. 참으로 어처구니가 없는 일이 일어난 것이다. 자기도 세운으로 알고 있었는데 한자로 세歲 자와 성成 자를 비슷하게 생긴 자형字形을 잘못 구분하여 성자로 썼다는 것이다. 40년이 지난 이야기였다. 그때 성운의 심정이 어떠했겠는가? 원망도 항의도 아무 소용 없는 일, '허허' 웃을 수밖에 없었다. 한 사람의 무식이 어떤 한 사람의 운명을 완전히 바꿔버린 희극 중의 희극의 주인공이 되었던 것이다.

그래서 고등학교부터 개명된 성운으로 평생을 살아가게 되었다.

성운은 어머니 고생하는 것을 생각하면 공부를 소홀히 할 수가 없었다. 열심히 하는 바람에 성적은 항상 상위에 들어있었다. 더구나 청년이 되어 체력도 받쳐주니 무슨 일을 하든지 무서움이 없었다.

토요일에 집에 가서 일요일까지 열심히 어머니를 도와 농사일을 했다. 산에 반란군도 없어져 세상은 평온하여 전쟁의 피해 흔적을 하나씩 복구해가며 생활도 안정되어갔다. 더욱이 마을 사람들은 새로 성주를 하여 전쟁 이전 상태로 돌아가는데 성운네는 성주를 할 수 없어 전쟁의 피해가 그대로 남아있었다.

집 없이 10년 넘게 살아왔다. 살다 보면 뭐니뭐니해도 집 없는 설움이 제일 컸다. 잠자리가 일정하지 못하고 남의 집으로 전전하며 눈치를 봐야 하는 서러움을 경험하지 않는 사람이 어찌 알랴? 더욱 명절이 돌아오면 어디로 가서 명절을 쇠야 할 것인가 망막하여 발붙일 곳이 없었다.

설이나 추석 명절을 잘 지내지는 못하지만 단출하게나마 쇠야 해서 성운 자취방으로 어머니가 나와 음식을 장만하여 차례를 지냈다. 살림형편이나 학교생활에 남과 비교할 수 없을 만큼 어려움이 커 남 앞에 나서기가 무서웠다. 남들이 그렇게 생각하지 않는다 하더라도 스스로 느끼는 자격지심으로 주눅이 들어 당당하지 못했다. 하지만 어느 면으로는 고등학교에 다닌다는 자부심과 학업성적이 좋은 편이어서 조금씩 자신감이 생겼다.

자신에 대하여는 떳떳했으나 어머니가 직접 길쌈을 하여 베를 짜면서도 한 푼이나 돈을 받으려고 시장에 내다 팔고 어머니는 누더기를 입고 있어, 친구들 앞에서 어머니라고 당당하게 말하지 못하고 부끄럽게 생각한 것이 언제까지 후회스러웠다.

어머니 자신은 누더기를 입고도 조금도 부끄러워하거나 탓하지 않았다. 성운의 어머니에 대한 일그러진 생각을 조금도 서운하게 생각하지 않고 성운의 심정을 이해해주었다.

8

전쟁의 치유

국민학교 졸업하고 피난살이에서 돌아와 농사일할 때는 어려서 그랬 겠지만, 죽기만큼이나 농사가 싫고 감당이 어려웠다. 하지만 고등학교를 졸업하고는 어엿한 청년이 되었으니 그렇게 힘들고 감당하기 어렵지는 않았다.

그동안 어머니가 고생한 것을 생각하면 취직한다고 돌아다니는 것은 어머니 고생을 연장시키는 것이었다. 따라서 처음부터 성운이 책임지고 농사를 지어야겠다고 마음먹고 덤벼들었다.

제일 먼저 해야 할 일이 집을 마련하는 것이었다. 전쟁 통에 집이 불 타고 10여 년을 집 없이 집시가 되어 여기저기 전전하며 살아왔는데 학 교를 졸업했으니 살 집을 지어야겠다고 마음먹고 이른 봄 3월에 성주를 시작했다.

전쟁이 끝나고 대대적인 산판山阪이 일어나 그 좋던 나무를 거의 다 벌채하여 산은 민둥산으로 나무가 없었다. 집을 지으려 해도 목재가 없었다. 여기저기 수소문하여 집 지을 재목을 갖고 있는 사람을 찾았다. 그 재목이 아주 좋지 않았다. 기둥감이라고 곧은 것이 별로 없고 서까래 또한 구불구불하고 가늘었다. 하지만 그런 재목이 있는 것도 다행이었다. 그것을 사다 성주를 시작했다. 불탄 집터를 닦고 목재를 다듬기 시작했다. 목수를 불러 기둥을 깎고 들보를 다듬어 상량上樑을 올리고 서까래를 걸어 지붕에 이엉을 하니 어엿한 집이 세워졌다.

아침 일찍부터 시작하여 해가 저물 때가지 일을 해도 지치지 않았다. 젊음이 뒷받침되었지만 무엇보다 내 집을 갖는다는 자부심에 지칠 겨를이 없었다. 입에서 콧노래가 절로 나왔다.

한 달이 다 되어 13평쯤 되는 작은 초가집이지만 이제 집이 있다는 생각에 세상을 다 얻는 기분이었다. 처마를 가지런하게 잘라놓으니 고대광실 기와집에 손색없는 좋은 집이라고 생각되었다. '이만하면 내 집을 가질 수 있는 것을' 집 없이 떠돌아다닌 것을 생각하며 눈물이 핑 돌았다.

새벽부터 비가 내렸다. 지붕을 이어놔서 안에서 일을 할 수 있어 걱정되지 않았다. 처마에서 물방울이 떨어지는데 장관이었다. 낙수가 일렬로 쏟아져 물 장막을 두른 듯했다. 이 얼마나 마음 흐뭇한 광경인가? 비가 쏟아지면 의지할 곳이 없어 거적을 둘러쓰고 밥을 짓기도 했다. 그런데 처마 안쪽은 억수가 내려도 보송보송하여 앉아 밖의 빗줄기를 바라보는 감화를 말로 표현할 수 없었다. 무의식적으로 눈물이 뺨으로 흘러내렸다. 집이란 것이 사람이 살아가는 데 필수 재산인데 집 없이 살아온 세월이 10년이 넘었다. 남의 허름한 골방을 월세로 전전하다가 고향에 들어와서는 그마저도 없어 난장에서 생활해야 했다.

아직 벽을 만들지 못하여 듬성듬성 기둥이 받치고 있어 생활은 할 수 없다. 벽을 바르고 구들을 놓아 방문을 달아야 생활할 수 있는 것이다. 그래도 우선 임시로 의지 안에서 밥을 하고 허름한 거적을 깔고라도 앉아서 밥을 먹을 수 있어 그것만 해도 내 집이라고 생각하니 세상에 부러울 것이 없었다.

두 달 만에 집짓기가 끝났다. 벽에 산자로 싸리나무를 엮어 흙으로 발라 바람벽을 만들고 벽지를 발라 꾸며놓으니 아직 덜 가신 흙 내음이 향기로웠다. 구들을 놓아 방을 만들고 방바닥에 들기름 먹인 한지 장판을 깔끔하게 깔아 따끈하게 불을 때니 굽은 허리가 절로 펴지며 고급 호텔방이 이보다 더 좋으랴 싶었다. 남의 집이 부러울 것 없었다. '이만하면 한 것을.' 하는 탄복이 절로 나왔다.

농사에 전념하고 농사로 평생을 살아가겠다고 각심하고 시작했지만 역시 힘들고 어려운 것은 피할 수 없었다. 더구나 소농으로는 겨우 먹고 사는 것밖에 할 수 없으니 희망의 길이 보이지 않았다. 그러나 젊은 패기 하나로 열심히 농사일하다 보면 길이 열리리라는 기대가 있었다.

다른 생각 하지 말고 오직 농사만 생각해야겠다고 다짐했다. 먼동이 터 어둠이 열리기 시작하면 일어나 소죽을 끓이는 것으로 하루를 시작했다.

아직 농사일이 몸에 배지 않아 힘은 들었지만 마음의 각오로 이겨내고 있었다. 보리밭에 웃거름 주고 김매고 북주고 봄씨앗 파종에 말 그대로 눈코 뜰 새 없었다.

못자리하고 논에 썰어 넣을 바닥 풀로 갓 피어난 떡갈잎이나 연한 참나무 순을 베어와 작두로 썰어 놓은 밑거름으로 썼다.

4월의 긴긴 해가 오히려 짧았다.

이 바쁜 철에 나라에 변고가 일어났다. 1961년 5월 16일 새벽 군사 쿠데타가 일어난 것이다. 박정희 소장이 군대를 동원하여 윤보선 대통령과 장면 국무총리를 몰아내고 정권을 탈취한 것이다. 나라가 혼란스러웠지만 산간 오지 산안마을은 아무 영향이 없었다.

군사 쿠데타를 기화로 화폐개혁을 실시했다.

인플레이션이 너무 심하여 화폐개혁을 단행한 것이다. 환을 원으로 바꾸고 10대 1로 화폐단위를 조정했다. 쌀 한 가마에 8만 환 9만 환 하던 것을 팔구천 원 정도로 조정되었다.

나라가 어지러워도 우리 생활에는 직접 영향이 미치는 것을 느끼지는 못했다. 농사를 4개월 정도 했는데 너무 힘들어 이렇게 평생을 살아야 하는가 하는 회의를 갖기 시작했다.

이때 편지 한 통이 왔다.

조사연 친구가 보낸 편지였다. 조사연은 고등학교 동창으로 공부를 아주 잘했다. 성운과 둘이서 앞서거니 뒤서거니 경쟁하는 친구였다. 성운과 가정형편도 비슷했다. 엄격히 말하면 성운보다는 나았다. 성운은 피난살이 중이어서 집도 없어 남의 집을 전전하는데 사연은 전쟁 피해

없이 정상적으로 살아가고 있었기 때문이다. 농토가 적고 형제가 많은 탓에 가난에 쪼들려 점심 도시락도 제대로 싸 오지 못했다. 가정형편이 그렇게 어려워 역시 대학을 갈 수 있는 형편이 아니었는데 그에게 반전의 행운이 찾아온 것이다.

외숙이 전주에서 병원을 개원하고 있어 후원해주기로 했던 것이다. 단 조건이 서울대학교에 들어가면 학비 일체와 생활비까지 지원해주는 것으로 약속했다.

순창농고에서는 서울에 있는 학교엔 거의 들어간 사람이 없었다. 그 시절 서울대에 간다는 것은 거의 기적에 가까웠다. 그런데 조사연은 서울사대 물리학과에 합격했다.

외숙이 대주는 학비로 당당히 서울대를 다니게 되었다.

서울 사정을 잘 아는 사연이 편지를 보내온 것이다. 가정형편이 어려운 것을 알아 서로 위로하며 마음을 터놓고 지내온 친구여서 성운이 시골에서 묵은 것이 안타까워 안내한 것이었다.

편지 내용은 서울의 좋은 학교만 들어가면 가정교사를 하면서 독학으로 얼마든지 공부를 할 수 있다며 서울로 올라오라는 것이었다.

성운은 솔깃했으나 애초에 대학 갈 준비를 하지 않아 새로 공부한다는 것이 너무 늦은 것 같아 선뜻 나서기가 어려웠다. 그래서 어렵다는 답장을 보냈다. 얼마 되지 않아 다시 편지가 왔다.

새로 공부해도 충분히 서울 쪽 대학에 합격할 수 있다며 포기하지 말고 공부해보라는 독려편지였다. 그 편지를 받고 성운은 솔깃한 생각이 들었다. 그래서 다시 책을 꺼냈다. 하루 일이 끝나는 대로 시간을 내 공부를 시작했다. 그런데 변수가 생겼다.

5·16 군사 쿠데타로 대입 제도가 크게 변한 것이다. 그 전해까지는 지원 학교에 직접 지원하여 시험을 봐 합격하면 그것으로 입학이 되었는데 새 정부가 들어서면서 예비고사를 봐 일정한 점수를 얻어 합격해야 대학을 지원할 수 있었다.

순창농고에서는 10여 명이 예비고사를 봤는데 성운을 포함해서 3명이 합격했다. 점수가 썩 좋은 편은 아니지만 우선 합격했다는 것이 큰 보람이고 자부심이었다.

성운은 서울대학교 사범대학 생물학과에 원서를 썼다. 입학원서에 예비고사 합격증 사본을 첨부하도록 되어있었다. 복사기가 없는 시절이라서 합격증을 밑에 놓고 위에서 본을 떠 사본을 만들었다. 학교에서 써준 원서를 들고 처음으로 서울로 올라간 것이다.

대도시라고는 전주도 가보지 못했는데 서울에 간다고 생각하니 잘 갈 수 있을까 하는 의구심에 두렵기도 하여 가슴을 조이며 임실역에서 야간 완행열차를 탔다.

처음으로 가는 먼 길인데 밤이라서 밖을 볼 수 없어 너무 지루했다. 더구나 좌석이 없어 통로에 서 있는데 졸려 어디에 기대고라도 해서 눈을 붙였으면 좋으련만 통로에 많은 사람이 서 있고 통행하는 사람이 많아 편히 서 있기도 어려웠다. 더욱이 홍익회 요원들이 끌차에 각종 음료나 먹을 것을 싣고 다니며 판매하기 때문에 한참도 제자리에 서 있을 수 없었다. 그러니 잠을 한숨도 자지 못했다.

서울역에 도착했을 때는 새벽 4시쯤으로 깜깜해서 어디가 어딘지 먼저 동서남북을 분간할 수 없었다. 서울역에서 나와 앞 도로에 서 있는데 막막한 사막에 홀로 있는 느낌이었다.

한 번도 보지 못한 광경이 가로등이었다. 촌에는 거의 가로 등이 없는데 도로 양편에 일정한 간격으로 꽃등을 들고 서 있는 것이 장관이었다. 하지만 방향을 잃어버렸으니 어디로 가야 하는지 머릿속이 먹통이었다.

이종 동생이 시민회관 옆에 있는 EMI학원에서 기거하고 있어 그곳으로 찾아오라고 했다. 그래서 머릿속에 지도를 그려 익혔다. 찾아갈 것으로 생각했는데 서울역에 내리고 보니 막막하기만 했다. 또한 대중교통으로 전철과 미니버스와 시발택시가 있었다. 이른 새벽 시간이라서 전차는 없고 봉고차 같은 미니버스가 다니는데 방향을 몰라 날이 새기를 기다리고 있었다. 낯설고 이색적인 것은 미니버스 안내자들의 말이었다. 차가 정류장에 멈추면 남자 조수가 노선 경유지 등을 알리는데 도저히 알아들을 수가 없었다. 분명히 우리말인데 얼버무리며 너무 빨리 외쳐대니 알아들을 수가 없었다.

"종로가요." 하는 말이 "종~ 이요." 또 "미아리가요." 하는 말을 무슨 말인지 알 수 없었다. 아무리 귀를 기울여도 못 알아들었다. 그중에 '종'이라는 말이 어렴풋이 종로로 간다는 말로 들렸다. 시민회관이 세종로에 있다는 것을 지도에서 익혀놔서 종로로 가는 차를 타면 세종로로 지나갈 것 같아 무조건 탔다. 안내에게 물어보면 되겠지만 촌놈이라는 정체가 들어날까 봐 물어보지를 못했다. 더구나 어찌나 빨리빨리 서두는 바람에 물어볼 새가 없었다. 생각보다 멀리 온 것 같은데 종로5가라는 말소리가 들렸다. 익혔던 지도를 생각하니 분명히 지나버린 것 같았다. 차에서 내리는데 어둠이 가시지 않아 방향을 알 수 없는 것은 마찬가지였다. 누구에게 물어보고 싶은데 이른 새벽이라서 길거리에 다니는 사람이 없어 물어보지도 못했다.

무작정 시민회관이 있으리라는 머릿속 상상의 지도에 이엠아이 학원을 지나쳐 버린 것 같아 오던 길로 되돌아간다고 간 것이 반대 방향이었다. 한참을 걷다 보니 3층 건물에 길게 느려져 있는 현수막에 '제일은행 청량리 지점'이라는 문구를 보고 너무 지나쳐 버린 것 같았다. 놀라서 오던 길로 되돌아섰다. 한참을 걸어오는데 먼동이 트고 고층 건물이 보이기 시작했다. 사거리를 만나 머릿속 지도로 생각해서 남쪽으로 방향을 돌아야 맞을 것 같았다. 남쪽으로 돌아간다고 했는데 방향을 잘못 택하여 엉뚱한 을지로 쪽으로 빠진 것이다.

그래서 얼마를 헤매었는지 무조건 걷다 보니 남산 밑까지 와버렸다. 이미 날은 환하게 밝아졌다. 출근하는 사람, 학교 등교하는 학생 등으로 길을 꽉 메우고 물결처럼 일렁이고 있었다. 시골에서는 보지 못했던 인파였다. 다시 되돌아 종로 방향으로 한참을 걸었다. 누구에게라도 길을 물어야 했는데 못난 촌뜨기가 창피해서 묻지 못했다.

1950년대는 전쟁의 소용돌이를 겪으면서 사회질서가 혼란에 빠져있었다. 낯선 사람들에게 행패를 부리고 금품을 갈취하는 등, 못된 짓이 대낮에도 장소를 가리지 않고 자행되어 타지에 나가는 것이 무척 두려운 일이었다.

시골 오지 농촌에까지 모르는 사람에게는 나이에 상관없이 행패를 부렸다. 특히 서울 같은 도시에 가면 촌에서 온 사람은 그들의 밥이었다. 그러니 꾀죄죄한 촌놈이 그들에게 잡히면 피할 수 없이 봉변당하고 가지고 있는 금품을 다 빼앗길 것이었다. 그러니 자신 신분을 드러나지 않기 위해서 함부로 길을 묻지 못했던 것이다.

전날 밤 기차 속에서 음료수 하나도 마시지 못했는데 아침까지 아무것도 먹지 않았으니 허기져 발걸음이 무쇠 덩어리 같아 걸을 수가 없었다. 어디 앉아 쉴 곳도 보이지 않았다. 도시의 매정함을 뼈저리게 느꼈다. 하여튼 어디가 어딘지도 모른 채 방랑자가 되어 서울 도심을 쓸고 다녔다.

어느 뒷골목 한적한 곳으로 들어섰는데 청소미화원이 거리 청소를 하고 있었다. 기회다 싶어 어눌한 어투로 물었다.

"죄송헙니다. 시민회관이 어디에 있어요?"

미화원은 성운을 물끗물끗 쳐다보더니 "저기요." 하면서 턱을 쳐들어 가르쳐주었다. 멀지 않은 길 건너에 높은 위용을 뽐내며 우뚝 서 있는 건물 외벽에 큰 글씨로 시민회관이라고 쓰여 있었다.

얼마나 반가웠는지 왈칵 눈물이 쏟아지려고 했다. 성운은 "고맙습니다."하고 뛰어가듯 빠른 걸음으로 시민회관을 찾아갔다. 그 옆에 이엠아이 학원이 있었다. 눈에 번쩍 띄는 그 간판, 거기를 찾느라고 새벽 4시부터 서울 중심을 다 돌아다녔던 것이다. 그 간판을 보고 눈물이 핑 돌았다. 시골에서만 살아서 도시의 구조를 전혀 알지 못하는 촌뜨기가 헛바퀴만 빙빙 도는 것은 당연했다. 하지만 결국은 처음 서울이라는 대도시에서 그렇게나마 찾았다는 것만으로도 안도의 한숨을 쉴 수 있었다.

　아직 이른 시간이라서 학원 문이 열려 있지 않아 출입문을 두드렸다. 반응이 없었다. 잘못 찾아왔는가 싶어 가슴이 두근거리며 불안한 생각에 정신이 멍해진 것 같았다. 다른 방법이 없었다. 문을 세게 두드리며 불렀다. 이종 동생은 혼자 생활하고 있어 아침 늦잠을 자고 있었던 것이었다. 한참 동안 그대로 문을 두드리며 불러 댔다. 그가 문을 두드리는 소리를 듣고 잠에서 깨어 눈을 비비며 문을 빼꼼히 열면서 "누가 이렇게 시끄럽게 문을 두드려?" 하면서 나왔다.

　"나야. 성운이."

　"으응? 성운이 형? 일찍 왔네. 어서 들어와." 하면서 반가이 맞아주었었다. 사막에서 길을 잃은 방랑자가 오아시스를 만나는 것보다 더 기뻤다. 어쩌면 사람이 살아가는데 일가친척처럼 반갑고 큰 도움이 된다는 것을 새삼 깨달았다.

　서울에서 여러 해 살아서 서울 지리 등을 잘 아는 이종 동생을 만난 것은 고립무원에서 천군만마를 얻는 것 같았다. 애초에 만나기로 서로 약속하고 찾아왔지만, 객지에서 만나고 보니 더욱 반갑고 마음이 놓였다. 모든 일정이 다 풀린 듯 마음이 홀가분했다.

　그 동생과 아침 식사를 간단히 마치고 서울대학교를 찾아갔다. 서울대학교 문리대에서 원서접수를 하는데 이종 동생이 앞장서서 안내해주어 성운은 서울 대도시의 생경함을 다 잊고 아무 걱정 없이 따라다녔다.

　택시를 잡아타고 서울대학교 문리대로 갔다.

　정문에 들어서니 긴 줄이 서 있었다. '저게 무어지?' 하는 의아한 생각이 들었다. 원서 접수하는 사람들이 차례를 기다리며 줄 서 있는 것으로 알았다. 줄 서 있는 사람에게 물었다. 합격증 사본을 만들기 위하여 차례를 기다리는 중이라고 했다.

성운은 예비고사 합격증을 밑에 받쳐놓은 후 그 위에 얇은 종이를 놓고 손으로 본을 떠 붙였던 것이다. 그런데 합격증을 사진으로 찍어 부친다고 했다. 손으로 본을 떠서 만든 사본은 안 된다고 했다. 하는 수 없이 줄을 서서 기다려 합격증 사진을 찍었다. 사진을 인화하는데 오후 2시경에 나온다고 했다. 시간은 충분했다. 이제는 길 잃을 염려도 없으니 넉넉한 여유가 마음을 풀어지게 했다.

이종 동생과 서울대를 나와 종로 3가 어느 중국음식점으로 들어가 자장면으로 점심을 먹었다. 오후 2시에 합격증 사본이 나온다고 했기에 시간이 있어 탑골공원으로 들어갔다. 2월의 한나절 따스한 햇볕을 보듬고 낮잠에 취해있는 공원은 한가로워 마음은 느긋했다. 밤새 기차에서 뜬눈으로 올라와 이른 새벽부터 길을 찾느라고 헤매서 그런지 나른하게 피로가 밀려왔다. 이종 동생과 함께 느긋한 마음으로 섬돌에 앉아 별말 없이 쉬고 있었다.

나이 지긋한 어른들 5~6명이 모여앉아 이야기꽃으로 흥미진진한 분위기였다. 성운과 이종 동생은 그 어른들과 좀 떨어진 장소에 앉아 둘만의 시간을 가지려 했다. 그런데 그 어른들의 말소리로 싸운 듯 큰소리가 오가는 바람에 그들도 그 이야기 속으로 빨려들어 가고 말았다.

4·19 혁명에 관한 이야기를 하고 있었는데 토론이라기보다 말싸움에 가까웠다. 주제가 따로 있지는 않은 것 같았다. 이승만 대통령에 대한 호

불호가 주제인 것 같았다. 물론 4·19 혁명으로 이승만이 쫓겨 하와이로 망명했는데 그에 대한 찬반의 열띤 이야기였다. 참견할 것도 아니어서 관심이 없어 들리는 소리로 받아들이고 관심을 껐다.

2시가 가까워 택시를 타고 서울대로 달려갔다. 합격증 인화 사진을 들고 접수처 앞으로 가서 줄을 섰다. 장사진을 치고 있는 줄 맨 끝에 서서 순서를 기다렸다. 한 시간여를 기다려 차례가 되었다.

접수를 사무실 남쪽 창문을 통해서 하고 있었다. 접수할 원서를 담당자에게 밀어 넣었다. 그럴 리는 없겠지만 괜히 가슴이 두근거렸다.

담당 직원이 서류를 뒤적이는 표정이 좀 달라보였다. 무엇이 잘 못 되었나 싶어 속으로 가슴이 두근거렸다. 긴장되어 서 있는데 담당 직원이 성운 이름을 부르면서 입학원서를 내밀면서 말했다.

"정성운 학생이지요?"

"예. 정성운입니다."

"서류가 미비하여 접수할 수 없으니 준비하여 오시오." 하면서 미비점을 손으로 짚어 주었다. 원서에 붙이는 사진을 출신학교 직인으로 간인을 찍어야 하는데 누락된 것이었다. 너무도 황당하여 정신이 명해졌다. 눈앞이 캄캄해지면서 휘청하고 쓰러질 것 같았다. 할 말을 잃어버리고 명하니 서 있다가 사정 이야기를 하면서 통사정했다. 멀리 전라도에서 왔는데 지금 당장 어떻게 할 수 없으니 임시로 가 접수 처리해주면 내려가서 보완하여 제출하겠다고 간청했다.

담당 직원도 성운의 딱한 처지를 생각하고 안으로 들어가 책임자에게 문의를 한 결과 되지 않는다며 원서를 반려해주었다. 원서 마감일인데 서울 시내 학교면 가능하지만, 전북 순창까지 와서 간인을 받아온다는 것은 불가능했다. 너무도 허탈하고 억울했다. 아무리 생각해도 답이 없었다. 이종 동생과 생각해낸 것이 학교 직인을 새기는 것밖에 방법이 없었다. 그래서 도장 새기는 집으로 가서 기왕에 원서에 찍혀있는 직인을 그대로 새겨달라고 부탁했다. 도장 새기는 사람이 안 된다고 거절했다. 관공서의 직인을 허락 없이 새기는 것은 인장 위조로서 처벌받는다며 새겨줄 수 없다니 참으로 난감했다.

이것으로 시험도 보지 못하게 되었다. 너무도 억울하여 온몸에서 힘이 쭉 빠지면서 허탈하여 쓰러질 것 같았다. 넋을 잃고 멍하니 서 있었다. 그때 이종 동생이 딱한 사정을 봐달라고 간절하게 호소했다. 도장장이가 난처한 표정을 지으면서 짬짬하다가 사정이 너무 안타깝게 여겨 도장을 새겨주마고 했다. 얼마나 고마운 일인가? 하지만 그 대가를 쫀쫀하게 불렀다. 3천 원을 요구한 것이다. 삼천 원이면 쌀로 환산화면 쌀 2가마가 넘었다. 그러나 너무 비싸다고 할 수도 없었다. 부르는 대로 줄 수밖에 도리가 없었다. 순전히 손으로 새겨야 하므로 시간이 많이 걸렸다. 두세 시간 걸린다고 했다. 그렇게라도 맡기는 수밖에 없었다.

그 자리에서 기다리기도 어색해서 잘 새기라고 부탁하고 나왔다. 서울 구경이라도 했으면 하지만 시간이 없어 어정어정 길거리를 배회하며 시간을 베어 먹었다. 2시간이 지나서 도장집으로 갔다. 직인을 똑같이 새겨두었다. 얼마나 반가운지 모른다. 거의 마감 시간이 임박해 있었다. 시발택시가 다니는데 빈 차가 눈에 띄지 않았다. 마음은 급한데 택시가 없으니 발만 동동 구르고 있었다. 그렇게 초조하게 택시를 기다리는데 택시마다 사람이 타고 있었다. 너무 급박한 것 같아 뛰어가기라도 해야 할 것 같았다. 그러나 5㎞가 넘는 거리라서 걸어가기에는 너무 늦었다.

때마침 전차가 왔다. 미아리 행이었다. 느린 전차지만 그것이라도 타야만 했다. 그런데 참으로 너무 느리고 자주 쉬는 바람에 마음은 타들어 갔다. 거의 30분이 걸려 내린 곳은 성균관 옆이었다. 거기서 서울대까지 얼마 되지 않는다지만 시간은 고속으로 흘러가고 있었다. 뛰다시피 하여 학교에 도착해보니 학교는 조용했다. 접수 순서를 기다리는 줄이 장사진을 쳤는데 그 사람들이 하나도 없었다. 접수 사무실로 가보는데 문이 잠겨있고 인기척도 없었다. 누구에게 물어볼 사람도 없었다. 정문으로 나와 수위아저씨에게 물어보니 다 끝나 마감했다고 했다.

이럴 수가 있는가?

그 허탈함으로 산이 무너지는 절망에 빠져들었다. 시험 볼 기회조차 놓쳐버리다니 땅에 털썩 주저앉아 통곡이라도 해야 할 것 같았다. 이제 아무 소용없는 일, 아무리 억울하고 황당한 일이지만 도리가 없었다. 마음을 고쳐먹어야 했다. 촌놈 형편에 무슨 대학에 가는가! 송충이는 솔잎을 먹어야 하는데 주제도 모르고 억지로 서대다가 그런 창피를 당하다니 수치심을 감출 수 없었다. 잠시나마 대학에 간다고 한껏 가슴이 부풀고 희망의 꿈을 꾸었는데 바람 빠진 풍선이 되고 말았다. 그 창피함을 어찌 감당할고? 부끄럽고 창피해서 집으로 내려오기도 싫었다. 그러나 어쩌랴? 집에서는 아무 내용도 모르고 기대에 차 있는 어머니가 계시지 않는가? 한 조각 웃음거리로 생각하고 어머니를 위하여 솔잎 먹는 송충이로 살아야 했다. 이럴 때일수록 정신을 똑바로 차려 냉철하게 생각해야 한다.

곧바로 서울역으로 나와 전라선 야간열차에 몸을 실었다. 헛웃음이 나왔다. 어린 애들 장난도 이렇게 하진 않을 것인데, 생각할수록 창피해서 얼굴을 들지 못할 것 같았다. 모든 것을 잊고 원점으로 돌아가야겠다고 마음을 굳혀 먹었다. 그러나 그 생각은 잠시고 하루 동안 서울에서 일어났던 일이 뇌리를 흔들었다.

야간열차가 좌석이 있어 앉아 편안해서 잠이라도 자려고 했는데 잠이 오지 않았다. 그렇게 잠이 오지 않았는데 새벽녘에 설핏 잠이 들었다. 눈을 떠보니 임실역에 도착한 것이었다. 동녘 하늘에서는 붉은 태양이 솟아올라, 온 세상을 광명으로 가득 채우고 있었다. 환상적이고 환희로웠다.

밤새 기차 속에서 의기소침하여 몸에서 기운이 빠져나가 꼼지락하는 것도 싫었다. 해맑은 해가 솟아오르고 있었다. 태양을 보며 힘을 내야겠다고 생각했다. 저 태양처럼 새로운 희망을 찾아보자고 다짐했다.

집에 오니 어머니께서 반가이 맞아주면서 애 많이 썼다고 위로해주었다. 어머니 또한 형편은 어려워도 아들이 대학교 간다는 자부심에 한껏 부풀어 있었다. 그런데 물거품이 되어버린 사실을 곧바로 이야기하기에는 어머니 마음이 너무 상할 것 같아 차마 말을 못 했다. 어머니도 내가 피곤해 보여서 그런지 아무 말도 물어보지 않았다.

가타부타 아무 말도 없이 자리를 깔고 누웠다. 삼 일간의 누적된 피로와 부족한 잠이 폭포수처럼 쏟아졌다. 거의 이틀을 자고 나니 피로는 풀렸는데 그동안 쌓아 올린 모든 것을 다 잃어버린 듯 가슴속은 큰 바람구

멍이 뚫린 것 같아 너무 허전했다.

의욕을 잃고 넋이 나간 사람처럼 보여 참고 있던 어머니가 물어왔다.

"너, 서울 가서 먼 일 있었냐? 갔다 왔으면 야그를 혀야제. 고로코롬 암말도 안 허냐?"

성운은 어머니에 때한 예의가 아닌 줄 알면서도 무어라 변명할 말이 없었다. 성운이 아무 말도 하지 않으니 답답한 어머니가 심각한 표정으로 물어왔다. 입을 닫고 있으면 더 의심하고 걱정할 것 같아 입을 열었다.

"예, 먼 일이 있었어요."

"먼 일인디 그려? 안 좋은 일이냐?"

"좀 안 좋은 일이 있었어요."

어머니 걱정이 크실 것 같아 가급적 별일 아닌 척하려고 표정을 담담하게 지었다

"자상히 야그 좀 혀라! 니가 왜 고렇코롬 기운이 없는가 험선 니 눈치만 보고 있었는디. 먼 일이 있기는 있었구나?"

"괜찮혀요. 대학교 가는 것 그만 둘라고요."

"아니 왜? 시험이 안 됐냐? 그러면 헐 수 없제. 공부 더 혀서 밍년에 다시 보면 되지. 너무 상심허지마. 남자가 한번 잘못되었다고 고롷게 실망허면 쓴간디. 살다 보면 고롷고롬 맘대로 안 되는 일도 있어야. 그렇게 사람 사는 것이 어렵다고 헌단. 밍년에 더 혀봐. 나는 니가 대학교 간다고 혀서 속으로 얼매나 좋았는지 모른다. 아무리 어려워도 너 하나는 갈칠라고 했다. 너그 아부지가 살아있으면 어찧게 혀서라도 공부 시켰을

것인디 그 무서운 난리 땜시 우리가 요롷게 어렵게 되아부렀다. 내 혼자 헌더고 혔지만 나도 인자 나이 묵고 여자로 더는 허기가 어렵구나! 그런디 니가 혼차 공부를 혀서라도 댕길 수 있다고 허글래 춤이라도 벌래벌래 추고 싶었다. 인자라도 정신 채리고 더혀봐."

어머니는 구구절절 그동안 마음먹었던 심정을 털어놓으며 다시 공부를 하라고 했다.

"엄니 말씀은 잘 알겄어요. 허지만 인자 엄니 나이가 몇이어요? 여태까지 뒷바라지 헌다고 고상을 얼매나 혔어요? 엄니가 순창 읍내까지 장작 짐을 져 날라 내가 고등학교를 나왔지 않아요? 이 동네 우리보다 더 잘 살아도 고등학교 나온 사람 누가 있어요? 저 인자 엄니 더 고상 시키고 싶지 않아요. 그렇께 우리 맴이나 편허게 살게요."

어머니와 진지한 이야기를 나누고 속에 있던 생각을 숨김없이 다 털어놓고 나니 마음의 큰 짐을 부려버린 듯 홀가분했다. 괜한 헛바람이 들어 자신의 처지도 모르고 대학에 간다고 했던 것이 어리석었다고 생각되었다. 그렇게 마음을 정리하고 나니 새로운 의욕이 생겼다. 논 두 마지기를 팔아 대학교 가는 데 쓰려고 했던 것을 어떻게 할까? 농사철이 다 되어 논을 새로 사려고 해도 논이 나지 않아 겨울에나 사야겠다고 마음 먹었다. 그리고 다짐했다. 그도 인제 성인이 되었다. 그동안 어머니에게 모든 것을 맡기고 어머니 고생을 눈 뻔히 뜨고도 도와주지 못한 것이 자식으로서 자괴감이 들었다. 그동안 못 해드렸던 일을 어머니의 손과 발이 되어 할 수 있는 한 편히 모셔야겠다고 다짐했다.

9

대한민국 국군이 되다

막 농사에 맞을 부쳐 밤낮없이 일하려는데 청천벽력이 떨어진 것이다. 군 입영 영장이 나온 것이다. 오전에 산에 가서 물걸이(생나무) 한 짐을 해와 숨을 고르고 있는데 면 직원 윤병원 서기가 왔다. 면서기가 우리 집에 올 이유가 없는데 불쑥 찾아와 의아하게 생각했다.

"어떻게 오셨어요.?"

"자네가 정성운인가?"

"영장이 나와서 가지고 왔네. 한 3년 고상허겄구만!"

그는 담담한 표정으로 입영 영장을 내밀면서 수령부에 도장을 찍으라고 했다. 성운은 방으로 들어가서 도장을 가지고 나왔다. 수령장에 도장을 찍고 영장을 받아 들었다.

입영 날짜는 4월 23일이었다. 앞이 캄캄했다. 농사일이나 열심히 하겠다고 각오를 굳히면서 일을 시작했는데 입대라니?

철도 들지 않은 어린 나이에 포탄이 터지고 비행기 폭격을 받으며 사람이 죽어가는 것을 직접 눈으로 봐온 터라서 그때 받은 트라우마가 전쟁의 전자戰字만 들어도 경기가 날 지경인데, 물론 휴전이라서 직접 전투는 하지 않는다지만 전장의 중심으로 들어간다고 생각하니 가슴이 뛰기 시작했다. 그러나 어떤 방법도 없었다. 어려움이 있어도 참고 이겨내야 하는 것이 대한민국의 젊은 남자의 숙명 아닌가? 피할 수 없는 일인데, 그러면 어머니는 어찌해야 하는가? 그동안 고생한 어머니를 조금이나마 편케 하겠다고 다짐하면서 농사를 시작했는데 어머니를 더욱 힘들고 고생시켜드리게 되었다. 참으로 안타깝고 난감했다. 또한 대학교 간다고 준비했던 돈을 어떻게 처리할까? 논으로 사두었으면 남에게 뭇갈림으로 주면 되지만 논을 살 수 없어 현금으로 집에 두기에는 어머니가 관리하는데 힘들고 위험하기도 했다. 은행 예금은 생각도 못 한 시절이었다. 며칠을 고민하다가 번득 생각이 떠올랐다.

"엄니! 그 돈 어찧게 혔으면 좋겄어요?"

"금매 말이다. 논이라도 샀으면 쫄 것인디, 집에다 두면 무섭고…"

"지가 생각혀봤넌디 소럴 사 놓까 혀요."

"소럴 사서 어찧게 헐라고? 나가 키울 수도 없넌디."

"배내기 소로 주려고요."

"응. 참 고것이 괜찮겄다. 시방 소 끔은 어찧게 헌다냐?"

"저도 몰라라우. 장에 가보면 알겄지라우. 이번 장에 가서 알아볼라고요."

"그려라. 글고 키울 사람을 알아바야제."

"엄니도 좀 알아봐요. 나도 알아볼텡게. 지난번에 얼핏 들었넌디. 송아치가 한 2만 원 정도 간다고 허드라고요. 그러면 한 다섯 마리는 살 것 같혀요."

"니 마리는 사겄어?"

"엄니가 한 마리 키울 수 있을까? 그러면 시 마리만 배내기 주면 되겄어요."

배내기 소로 사주어 이태 정도 키우면 새끼를 낳을 것이다. 새끼는 키운 사람에게 주고, 어미 소는 주인이 가져오는 제도였다. 잘만 하면 소 값이 오르면 큰 이득을 볼 수 있었다.

"그려보자. 송아진게 고까짓 것 한 마리는 키울 수 있을 것 같혀."

"내가 꼽아본께 저 우컷테 상열이네가 일손은 있어도 소가 없어 말허먼 키울 것 같혀요. 또 아랫커테 종우네가 소를 키우고 싶다넌 말얼 들은 것 같혀요. 한 마리만 알아보면 되겄어요."

"그런다. 저 웃 동네 대숲물에도 우리 일가가 있넌디 말허면 키울 것 같다. 내가 알아보께."

어머니도 소로 사놓은 것이 좋다고 하면서 대숲물 인기 형님을 알아보마고 했다. 성운은 소 키울 생각이 있는지 사람들을 찾아가 물어봤더니 좋다고 했다.

4월 11일장에 상열, 종우 그리고 대숲물 인기 형님을 데리고 순창장엘 나갔다. 소전에 들어서니 넓은 소전 장마당에 큰소, 중소, 송아지가 꽉 차 있었다. 중개인들이 팔뚝에 중개인 완장을 차고 분주히 돌아다니며 입에 침이 마르도록 거간을 부치고 있었다.

거간꾼 한 사람이 많은 섭렵을 하고 있었다.

"아저씨? 송아치럴 여러 마리 살라고 허는디 있어요?"

"아, 있제. 몇 마리나 살라고?"

거간꾼은 반가운 표정으로 말했다.

"송아지 금은 어떻게 혀요?"

"나름이어. 좋은 놈언 3만 원까지도 가. 보통언 2만 원에서 2만5천 원 정도 왔다 갔다 허니께 소럴 보야 혀. 이리와 바. 저쪽에 두 마리를 갖고 온 사람이 있어 내가 잡아났어. 그것언 2만 3천 원이먼 될 것 같혀. 쥔언 2만 5천 원 내놓라고 허는디 그 안에 흥정이 될 것 같혀."

거간꾼은 자세히 설명해주었다.

"꼭 얼매 받을 거요?"

거간꾼은 송아지 임자에게 강하게 말했다.

"아까 야그 혔잖어요. 그 금은 받아야제라우."

"고롷게는 어려워. 내가 딱 짤라서 말헌디 2만3천 원에 넘겨. 두 마리 다 산디아. 도로 집으로 갖고 갈라간디?"

거간꾼은 야무지게 몰아붙였다.

"5백 원만 더 쓰라고 혀요."

"어쩌? 5백 원 더 써야겄네."

거간꾼은 성운에게 5백 원 더 써 2만3천5백 원에 하자고 했다. 처음 이런 것을 사는 터여서 어떻게 하는 것이 좋은지를 모르겠기에 그렇게 사기로 했다.

송아지 두 마리에 4만7천 원에 사서 종우하고 상열에게 먼저 몰고 가라했다. 두 사람은 좋아라고 고삐를 받아들고 소전을 빠져나갔다.

두 마리를 더 사야 했다. 다시 거간꾼에게 부탁해서 두 마리를 더 샀다. 어머니가 키울 송아지는 2만5천 원, 대숲골 일가 인기 형님은 조금 작은 편이어서 2만2천 원에 거간이 되었다. 구전口錢으로 한 마리에 5백 원씩 2천 원을 주었다. 송아지 네 마리와 구전을 합쳐 9만6천 원이 들었다. 돈이 2만 원 정도 남았다. 40리 길을 송아지를 몰고 왔다. 차가 없는 농촌에서 살아온 송아지가 길에서 차를 만나면 놀라 홀홀 뒤는 바람에 애를 먹었다. 아직 코를 뚫지 않아 목에 맨 고삐라서 고집을 부리고 뛰며 나대면 감당이 어려웠다. 집에 도착할 때는 어둑발이 들기 시작했다. 그래도 캄캄하기 전에 올 수 있어 다행이었다.

집을 지을 때 행랑을 짓지 않아 소 키울 외양간이 없어 임시로나마 의지를 만들어야 하겠기에 뒷골 산에 가서 외양간 지을 나무를 베어다 간이로 외양간을 지었다. 며칠 동안 어미 소를 떨어져 온 터여서 '음매~ 음매' 울어대며 몸살을 했다. 아직 젖을 먹던 버릇이라서 소죽을 잘 먹지 않았다. 연한 꼴을 베어다 쌀겨를 진하게 풀어 죽처럼 먹음직스럽게 끓여주었더니 조금씩 먹기 시작했다. 이틀이 지나자 배가 고팠는지 우적우적 먹기 시작했다. 소죽을 먹지 않고 야위어 병이라도 걸리면 어쩌나 하고 걱정했는데 기우였다. 날이 갈수록 정상적으로 소죽을 먹으며 적응을 잘해나갔다.

조석으로 소죽을 끓이려면 땔나무가 많이 있어야 한다. 어머니가 산에 가서 나무를 해오는 것이 너무 힘드는 일이라서 날마다 삭정이를 한 짐씩 해와 나무 간에 쌓아 쟁여두었다.

　입대 날이 금방 돌아왔다. 마을 어른들을 찾아다니며 군인 간다는 것을 알리고 혼자 계시는 어머니를 부탁하고 다녔다. 마을 사람들의 위로와 격려가 용기를 북돋아 주었다. 혼자 계실 어머니가 못내 마음 걸렸지만, 신체 건강한 대한민국 남아로서 군대는 피할 수 없는 필수의무였다. 물론 가사 형편이나 독자로서 면제 받은 경우도 있지만 그런 제도가 어떻게 운영되는지도 알지 못하여 순순히 국가의 명령을 따르기로 마음먹었다.

　정말로 발걸음이 무거워 천근이었다. 어머니가 동구 밖까지 따라와 못내 아쉬운 표정으로 손을 흔들며 어서 가라 하면서도 돌아서지를 못하고 서 있었다. 성운도 한참 동안 그 자리에 서서 어머니 어서 들어가라고 손짓하며 돌아서려는데 눈물이 앞을 가려 터덕거리며 산모퉁이를 돌아서니 어머니가 보이지 않았다. 그 자리에 서서 마을 쪽을 바라보다가 망배望拜를 올리고 휭하니 출발하며 돌아보지 않았다

　입영 전날 군청에 가서 등록하고 이튿날 이른 아침 6시경 순창군에서 내주는 트럭에 몸을 싣고 남원으로 떠났다. 순창군계를 넘어 남원군으로 들어서니 '이제 진짜 고향을 떠나 군인이 되는구나.' 하는 허탈한 심정에 그 무엇을 다 잃어버리고 의지할 곳 없는 무한의 벌판에 내동댕이쳐진 심정이었다.

　트럭 네 대에 나누어 타고 떠나는데 마을을 지날 때마다 사람들이 나

와 손을 흔들어 환송해주었다. 그때마다 눈물이 맺혔지만 같은 연배들과 동류의식이 들면서 마음이 한결 가벼워졌다.

남원 용성국민학교가 집결지였다. 임실, 장수, 남원, 순창, 4개 군에서 나온 입영자들로 넓은 운동장이 꽉 메워졌다. 입영 수속은 각 군청 병사계장이 군인 호송에게 인원을 넘겨 인계인수하는 절차였다. 그동안 군인을 가까이서 본 적이 없어 잘 몰랐는데 호송병을 보니 두려움이 들었다. 먼저 옷차림 하나하나까지 군인정신에 투철해 보였다. 절도 있는 동작이 자로 잰 듯 정확한 것에 놀라웠다.

호송이 인원을 인수하면 인원파악을 하는데 그 방법이 생경스러웠다.

앉아 번로를 시키는 것이었다. 횡대로 10명씩 정렬시켜 앞에서부터 앉아번호를 시키면 맨 앞줄이 앉으며 "하나!" 하면 그 뒷줄이 "둘!" 하고 연속으로 이어나가 가로줄 수를 헤아려 총인원을 파악하는 것이다.

마지막 줄은 10명이 되지 않으면 각자 번호를 하여 곧바로 인원파악이 되었다. 인수한 입영대상자를 따로 집합시켜 군기를 집어넣었다. 모든 개별행동을 금하고 개별 용무가 있는 사람은 허가받아 행동해야 했다. 거기서부터 군대 맛이 쌈박 들었다.

오후 4시경, 그날 집결한 입영대상자가 군 호송의 지휘하에 들어가 그의 통솔에 따라 남원역으로 가서 논산행 기차에 올랐다. 역 구내에 승강장에서도 인원파악으로 앉아번호를 했다. 이상이 없었다.

600여 명의 인원이 일사불란하게 움직여 기차에 승차했다. 완전히 군인이 되는구나 하는 생각에 두려움이 들기도 했다. 점심도 먹지 못한 채 앉아번호를 수시를 실시하고 간단한 제식훈련을 쉴 새 없이 시키는 바람에 배가 고파 힘이 빠졌다.

기차에 승차하고 점심인지 저녁인지 주먹밥이 지급되었다.

처음으로 먹는 군대 밥이었다. 그런데 배가 고픈데도 밥이 잘 넘어가지 않았다. 주먹밥에 소금을 넣어 간을 맞추었지만, 밥알이 모래알이어서 입안에서 뱅뱅 돌았다. 더구나 반찬으로 오이장아찌를 주는데 냄새가 영 역겨워 구역질이 나서 코를 두를 수 없었다. 못 먹겠다고 할 수도 없었다. 그렇다고 어디에 버릴 곳도 없어 억지로 먹어야 했다. 배가 고파서 그런지 억지로 다 먹고 물을 마시고 나니 배가 든든했다.

철도 변에 있는 마을을 지날 때도 사람들이 나와 손을 흔들며 환송을 해주었다. 물론 10여 년 전 전쟁이 한창일 때 입대하면 격려의 환송을 하는 유풍이 남아있어 그때처럼 대대적인 행사는 아니었지만 마을 사람들이 흔들어주는 손결에 기쁘기보다는 험지로 끌려간다는 어두운 생각이 마음을 우울케 했다.

논산 연무역에 도착했을 때는 저물어 깜깜한 밤중이었다. 연무역에 내려 다시 앉아 번호로 인원파악을 하고 이상이 없어 걸어서 논산 훈련소 수용연대로 들어갔다.

연병장 가로등 밝은 불빛 아래 집결하여 앉아번호로 인원파악을 하고 중대본부에서 간단한 주의사항과 준수사항을 하달했다.

5월 초순으로 봄이 만발하여 춥지는 않았으나 낯설고 주변의 분위기가 생경스러워 그런지 으스스했다. 더구나 처음 보는 내무반은 중심에 통로가 있고 양쪽으로 마루가 설치되어있는데 나무판자였다. 말은 씻으라고 하는데 밖의 두레박 샘에서 물을 길어 씻어야 했다. 너무 어설퍼 씻을 용기가 나지 않았다.

　침구로 담요 한 장씩을 주면서 덮고 자라는데 참으로 어설펐다. 마룻바닥에 깔지 않고 맨바닥에 누워야 하는데 냉기가 올라와 참기가 어려웠다. 한 자락을 까니 한기가 조금 덜 올라왔다. 하지만 덮는 담요가 홑겹이어서 얇아 몸을 딱 웅크리고 잠을 청했다. 잠이 잘 올 것 같지 않았는데 하루 내내 시달려 피곤했는지 쉽게 잠에 빠져들어 갔다.

　아침 6시에 기상나팔소리에 떨어지지 않은 눈까풀을 억지로 비비며 눈을 떴다. 집에 있을 때 같으면 도저히 일어나지 못했을 것이다. 하지만 거기는 군대였다. 억지로 뭉그적대고 있는데 주번하사인지 완장을 찬 병장이 호각을 불어대며 내무반 통로를 설치고 다니면서 빨리 일어나라고 호통을 쳐댔다. 놀라서 후다닥 옷을 입고 신발을 질질 끌면서 연병장으로 나갔다.

　밤새 웅크리고 자서 그런지 몸이 뻐근하고 떨렸다. 앉아번호로 인원 파악을 하고는 국민체조를 하고 나니 몸이 조금 풀렸다. 점호를 마친 뒤 막사 주변을 청소하고 세수하는 데 우물이 얼음물같이 차가워 손을 물에 담그기가 거북스러웠다. 고양이 세수하듯 시늉으로 물을 찍어 발라 세수를 마쳤다.

　사역병을 차출하여 취사장에 가서 식통에 밥과 국과 반찬을 타와 배식을 했다. 식판 하나에다 밥과 국, 반찬까지 담아 내무반에서 아침 식사를 했다. 처음 먹어본 군대 밥 입에 썩 맞지 않았지만 배고플 것을 생각해서 배식된 한 그릇을 다 먹었다. 반찬으로 버터가 나왔는데 노린내가 나서 먹기 싫었지만 호기심에 국에 풀어 먹었다. 그런대로 먹을 만했다. 하지만 그다음이 문제였다. 그릇을 씻는데 그 버터가 찬물에 닿으니 엉겨 붙어 닦아지지 않았다. 수세미도 없어 모래로 문질러 겨우 닦았다.

군대라는 것이 이런 것이구나 하는 생각에 앞으로 닥칠 고생길이 훤했다. 겨우 하룻밤 군대생활했는데 집 생각이 간절했다. 벌써 이렇게 참기 힘든데 어떻게 3년을 보낼 것인가 하는 생각에 가슴이 먹먹했다.

9시부터 일과가 신체검사로 시작되었다. 먼저 IQ 테스트 시험이 있었다. 입대하기 전부터 IQ 점수가 좋으면 특과로 배치된다는 말을 들었던 터라 시험을 열심히 치렀다. 순간적인 판단을 요하는 문제로 어렵지 않았다. 도형 맞추기, 그림에서 숨은그림찾기 등 간단한 것 같지만 틀리기 쉬운 문제였다. 생각한 만큼 고득점을 받았다. 그 시험이 끝나고 종합신체검사에 들어갔다.

병무청에서 실시하는 신체검사에서는 갑종판정을 받았다.

수용연대 신체검사는 정밀하게 실시하는데 전체적으로 좋았지만 시력이 좋지 않았다. 어려서부터 애초에 시력이 아주 좋지 않았다. 더구나 부동시不同視로 짝눈인 데다, 난시까지 있어 원칙적으로는 군인으로서는 부적합한 눈이었다.

같이 입대한 동료들은 거의 다 3일 만에 수용연대 신체검사 등 기초적인 과정이 끝나 훈련소로 입소했는데 신체에 문제가 있는 사람은 정밀검사를 받아야 했다. 성운은 시력으로 특수검사를 받았다. 동공에 약물처리를 하여 동공의 작용검사로 빛 조절이 되지 않아 밝은 곳엘 나가지 못했다. 할 일 없이 내무반이나 그늘에 있어야 했다. 시력이 좋지 않게 나오는 것이 거짓으로 시력이 좋지 않은 척하는 것으로 생각하는 것 같았다. 3일 동안 정밀검사가 끝나 결국은 3일이나 늦게 훈련소로 입소하게 되었다.

성운은 혹여 불합격으로 귀가 조치되는 것으로 은근히 기대했다.

들리는 소문으로는 그 정도면 그 내막을 알아 돈을 좀 쓰면 불합격된다는 말이 있었다. 하지만 성운은 돈 쓰는 방법을 알지 못할 뿐만 아니라 쓰고 싶어도 돈이 없었다. 더러 신체검사에 떨어져 귀가하는 사람을 보면서 야릇한 비애감이 들었다. 돈 없고 빽 없는 사람은 어딜 가나 대접을 받지 못하는 것이 서글펐다. 너무도 한스럽고 자신의 초라 함에 기가 꺾여 절망감에 빠졌다. 거기서 끝난 것이 아니었다. 분류계에서는 주특기를 부여하는데 운이 좋다든가 소문대로 돈을 쓰면 의무병이나 행정병, 보급병 같은 좋은 병과를 받는다는 소문이 돌았다. 위의 그런 병과는 군대의 꿀 보직이었다. IQ 점수가 좋으면 좋은 병과를 받을 수 있다는 말에 기대했으나 성운에게는 그런 행운이 그림의 떡이었다. 운이 없다고 하는 말이 맞는 말이다. 분류과에서 병과를 분류한 사람이 순창 출신으로 많은 순창사람이 의무병과를 받았다.

성운이 분류담당자 앞에 앉는데 서류를 보고 무어라고 속삭이듯 했다. 무슨 말인지 알아듣지를 못했다.

무슨 말인지 잘못 들어 "예?" 하고 물으니 "일어서!" 하고 명령을 했다.

성운은 깜짝 놀라 "예!" 하면서 벌떡 일어나 섰다. "앉아!" 해서 놀란 가슴을 쓸어내리며 조심스럽게 앉았다. 옆 사람이 알아들을까 봐 속삭여목 안에 소리로 하는 말이라서 알아듣지를 못했다. 세 번째야 돈을 요구하는 것을 알았다. 하지만 가지고 있는 돈이 없어 묵묵부답하고 있는데, 알았다고 하면서 인사 기록카드에 병과 도장을 쾅 찍었다. 통신병과였다. 군대의 내막을 알지 못하니 어떤 병과가 좋은지 알지 못했다. 옆 사람들 말로는 통신병과도 통신학교 졸업을 하면 좋은 부대로 갈 수 있다는 말에 위안 삼으며 크게 실망하지는 않았다.

수용연대에서 정밀 신체검사를 받고 이상이 없는 것으로 판명되어 훈련소로 정식 입소가 되었다. 눈이 나쁘면 큰 결격사유가 되지만 우리 사회는 그렇게 정상적인 판단으로 결정되지 않는 경우가 허다했다. 그런 부조리가 힘없고 빽 없는 약자에게는 아무 거리낌 없이 자행되는 것이 현실이었다. 그것을 인내하고 이겨내는 것이 살아가는 방편이어야 했다. 참으로 마음이 어설프고 심란했다. 너무 낯선 환경이어서 그런지 밤 공기는 으스스하여 몸이 떨렸다. 아무리 떨려도 마음 포근하게 녹일 곳이 없어 군대가 이런 곳이구나 하는 군인의 참맛을 느끼기 시작했다. 이런 어려움을 이겨내는 것이 사나이로서 할 일이다. 아무리 어려움이 있어도 어머니를 생각해서 참고 견디어야 한다.

어머니 혼자 아들을 군대에 보내고 얼마나 노심초사하며 걱정하실까? 어머니를 생각하면 할수록 가슴이 미어졌지만, 자신이 겪는 어려움을 이겨내는 것이 어머니를 위하는 길이라고 생각하며 굳은 신념으로 이를 악물고 다짐하고 다짐했다.

갈수록 마음은 심란하고 정이 들지 않았다. 내무반의 침상이 나무 마루어서 온기라고 는 느낄 수 없는 데다 입고 간 사복을 벗고 나누어주는 군복을 입어야 하는데 헌 옷으로 세탁도 제대로 되지 않아 소매 끝이나 목에 때가 묻어있어 갈아입고 싶지 않았으나 지금 있는 자리는 신병훈련소다. 자유가 극도로 제약을 받는 특수 집단이어서 명령에 따르지 않을 수 없었다. 따라서 아무리 싫어도 옷을 군복으로 갈아입어야 했다.

푸른색이 희끗희끗 바라고 팔꿈치가 헤져 여러 번 기워 입은 태가 볼썽사나웠다. 심하게 말하면 거지 옷 그대로였다. 그런 후진 군복으로 갈아입고 집에서 입고 온 옷은 쌓아 집으로 보냈다. 그 보낸 옷 속에 부모님께 잘 있다고 안부편지를 써넣으라고 했다.

군인에 간 자식의 사복이 보내오면 부모들 특히 어머니들이 대성통곡하는 것을 봤다. 옷을 받은 어머니는 어느 어머니보다 더 가슴 아파할 것이다. 그것을 생각하면 상처에 소금을 뿌리는 것 같았다. 그래서 편지를 너무 구구절절 쓰지 않고 간단히 잘 있다고만 써넣었다.

군복으로 갈아입고 사복을 집에 보내고 나니 돌아갈 수 없는 먼먼 이국에 와있는 기분이었다.

훈련은 제식훈련으로 시작했다. 어렵지는 않았다. 수백 명의 장병이 일사불란하게 절도 있는 동작으로 행하는 훈련은 흥미도 있었다. 다만 건조한 봄철이라서 허허벌판 그 넓은 연병장에 바람이 불어 흙먼지가 안개처럼 일어나 숨이 막혔다. 피할 수 없어 그 먼지를 뒤집어쓰고 훈련받아야 했다. 1주일간 제식훈련과 질서유지 훈련을 마치고 그다음에는 사격훈련이었었다.

단계별로 총기 다루는 법을 배우고, 조준법, 방아쇠 격발하는 법, 앉아 쏴, 무릎 쏴, 엎드려 쏴, 서서 쏴의 자세와 마음의 평온을 찾는 법 등을 훈련했다. 군의 사명은 전투하는 것인데 전투의 기본은 총을 잘 쏘는 것이다. 군인이 총을 못 쏜다면 군인이라고 할 수 없다. 따라서 사격을 가장 중요한 임무로 강도 높은 훈련을 실시했다. PRI 단계 훈련에서 무릎이나 팔꿈치가 벗겨져 피가 흘렀다. 그렇게 강도 높은 기초 사격훈련이 끝나고 실제로 사격하는 단계에 들어갔다.

처음 25야드 거리의 탄착彈着에 3발을 쏘는데 명중점이 연필 뒤꼭지로 찍어 그 안에 들어가는 삼각형을 이루어져야 합격 되었다.

"엎드려 쏴. 일어서. 엎드려 쏴. 일어서!"를 무한 반복하여 지쳐 쓰러질 지경이었다. 일차 영점 조정사격에서 불합격 받은 훈련병들에게 내리는 기합 방법이었다. 다음날 불합격자들만 다시 영점 테스트 사격을 하는데 불합격자가 훨씬 많았다. 성운 역시 불합격했다. 그는 근시에다 난시며 부동시로 짝눈이어서 탄착점이 희미하게 보일 뿐만 아니라 초점이 여러 개로 보여 불합격은 예정된 일이었다.

3일 동안 영점 조준 사격을 하고 그래도 불합격자가 나와 하는 수 없이 그것으로 끝나고 다음 과정 훈련이 이어졌다. 300야드, 500야드 사격을 하는데 그 또한 성운은 불합격을 피할 수 없었다.

사격이 저조한 훈련병을 중대장이 불러 면담하고 안경을 맞추라고 했다. 훈련병은 밖으로 나갈 수 없어 영외거주하는 중대장이 시력을 적어 가지고 논산에서 안경을 맞춰 왔다. 그 안경을 껴도 정확한 시력 측정에 의하여 맞춘 안경이 아니어서 조금 밝아진 것 같았으나 사격에는 별 도움이 되지 않았다. 그렇게 사격을 못 하여 고문관 취급을 받았다.

군인이 사격을 못 한다는 것은 군인으로 자격 미달이다. 그래서 원만한 사람들은 군 면제를 받았는데 그런 조건임에도 성운은 그렇게 입대하게 되었다.

돈 없고 뒷배 없는 설움을 혼자 삭여야 하는 처지가 참으로 불쌍했다. 가련하다는 생각에 외롭고 서러움이 밀려왔다. 그 수모를 다 견디어내야 하는 못난이였다. 그런데 사격훈련이 다 끝나고 나서야 안경이랍시고 부대에서 나왔다. 수용연대에서 시력이 좋지 않은 것으로 판명되어 안경을 맞춰주었는데 너무 늦어 사격할 때 쓰지 못한 것이 못내 아쉬웠다. 하지만 그렇게 맞혀준 안경도 시력에 도움이 되지 않았다. 그 안경을 쓰면 초점이 제대로 멎지 않아 오히려 장애가 되었다.

M1 소총이 끝나고 마지막에 칼빈총 사격이 있었는데, 사격에 주눅이 들어서인지 사선에만 올라가면 오금이 저렸다.

너무 긴장한 탓이었다.

칼빈총 사격을 하고 있는데 배가 꿈틀하면서 아파왔다. 배가 틀어 올라 과녁에 집중할 수 없었다. 실탄이 표적으로 가지 않고 바로 사선 앞에 떨어지거나 어디로 날아갔는지 알 수 없었다. 그 와중에 사격이 끝나지도 않았는데 설사가 터진 것이다. 그 난감함을 어찌해야 하는가?

억지로 실탄을 다 쏘고 일어서니 분변이 뭉텅하게 팬티에 싸이면서 가랑이로 흘러내리고 있었다. 바짓가랑이는 군화를 신어 묶여 있어 밖으로 흘러내리지 않았지만 온몸에 변으로 먹칠이 되어있었다. 허리춤을 단단히 잡고 어기적거리며 야전 변소로 가서 팬티를 벗어 똥통에 처넣어버리고, 야전 샘이 있어 염치 불고하고 바지를 내려 몸을 씻고 바지는 빨아 젖은 것을 그대로 입었다. 정말로 창피했다. 그 뒤로 성운은 훈련소에서 가장 무능하고 어리석어 모질이로 취급되었다.

그래도 사격 말고는 다른 과정은 잘 소화한 편이었다. 그렇게 해서 6주간의 기초군사 훈련을 마치게 되었다. 시원섭섭했다. 훈련소라는 곳이 순전히 초짜를 어엿한 군인으로 길러내는 데는 그만큼 강도 높은 훈련만이 이루어낼 수 있는 것이었다.

그런 혹독한 훈련이 군인을 만들어내는 데는 피할 수 없는 일이지만, 개인적으로는 참기 어려운 극한의 시간이었다. 그렇게 어려운 과정을 겪은 군인들은 아무리 힘든 험지의 부대로 배치받아도 훈련소의 고난을 잊지 못한다고 했다. 오죽하면 훈련소 쪽으로는 앞을 두르지 않는다고 했다. 그러나 그 훈련이 결국은 한국 남자로 태어나 살아가는데 역경을 이겨내고 인내력을 기르는 과정이 된 곳이라고 할 수 있다. 그래서 남자는 군대를 다녀와야 진정한 사나이가 된다고 했다.

훈련소를 졸업하고 그 정문을 나오는 기분은 황새가 되는 기분이었다. 자유를 얻는다는 것이 얼마나 기쁜 일인지 자유의 참가치를 깨닫게 되었다. 물론 군대를 완전히 제대하는 것이 아니고, 정식 부대 배치를 받으러 나온 것인데, 어쩌면 더 혹독한 군대생활이 기다리고 있을 터인데도 우선은 훈련소의 생활에서 풀려난다는 점에서 자유를 느낀 것이다. 다만 진정한 군인으로서 첫걸음을 떼는 단계일 뿐인데 느낌은 완전한 자유의 몸이 되는 느낌이었다.

배출대는 훈련소처럼 숨넘어가는 조급함이 없어 좋았다. 특별히 하는 일이 없으니 무료하기까지 했다. 언제 차출될지 몰라 항상 대기 상태에 있어야 했다. 수시로 집합시켜 차출된 병사를 기성부대로 보내는 것이 배출대의 일이다. 그러니 아무 일도 시키지 않고 대기하는 기다림의 시간이었다.

성운은 배출대에서도 번번이 호명되지 않고 뒤로 밀렸다. 동기생은 차출되어 가는데, 그는 매번 부르지 않아 멍하니 쳐다보고 있어야 했다. 그렇게 5일간 배출대에 남아 차출을 기다리고 있었다. 듣기 좋은 말로 쉬 팔리지 않는 것은 좋은 곳으로 간다는 말에 솔깃하기도 했다. 하지만 성운은 잔생이도 운이 없는 사람이었다. 동기생들은 다 떠나가고 혼자 남았는데 뒤에 들어오는 훈련병들이 새로운 동기가 되었다.

드디어 차출 명을 받았다. 오후 5시가 넘은 시간이었다. 어디로 가는지 알지 못한다. 50여 명이 함께 연무대역으로 가서 군용열차에 몸을 실었다. 석양이었다. 6월의 하늘은 찌뿌둥하여 금방 비가 내릴 것 같았다. 더위가 심하지는 않아도 구름 낀 날씨가 흐미지근하여 맥이 탁 풀렸다. 어디로 가는지, 그냥 어디론가 끌려가는 패잔병 같은 심정이었다.

온 천지가 어둠에 묻히면서 더욱 암울했는데, 마을을 지나거나 도시를 지날 때 아련한 불빛이 다가갈 수 없는 역외자가 되어 마음이 숙연해지면서 고향 마을 앞 당산나무가 떠오르며 향수를 불러일으켰다. 아늑한 구들방에서 초저녁의 한가함을 이야기하고 있을 고향 집이 눈에 밟히며 간절하게 그리웠다. 무한의 이국 들녘 같아 생경스러우면서도 새로운 개척지로 떠나는 기분이었다. 걱정 반 기대 반으로 마음은 미지의 곳에 대한 설렘으로 허공에 둥둥 떠 있는 기분이었다.

설핏 잠이 들었는가 했는데 눈을 떠보니 휘황찬란한 불빛이 눈을 파고들었다. 서울역이었다. 서울역에서 두어 시간 머물다 어디론가 다시 출발했다. 분명히 북쪽으로 가는 것이었다. 전방으로 가늠되었다. 한 시간쯤 달려서 내리는 곳은 어디일까? 어디인지 짐작도 안 되는 어느 작은 역에 내렸다. 가로등이 듬성듬성 무심히 서서 섬광으로 어둠을 쓸어내며 아침을 부르고 있었다. 일면식도 없는 객지의 쓸쓸함이 외로움을 더하고 있었다.

역 광장에서 인원파악을 마치고 어디론가 새벽어둠을 가르며 걸어갔다.

부대에 들어섰을 때는 이미 날이 새 기상시간이 되어 아침 점호를 받고 있었다.

알고 보니 경기도 의정부였다. ○○보충대였다.

그곳 생활도 훈련소 배출대처럼 하는 일 없이 어디로 팔려갈 군인들의 대기소였다. 날씨가 부대에 막 들어가면서부터 비를 퍼붓기 시작했다. 할 일이 딱히 없지만, 비가 오는 바람에 내무반에서 지루한 기다림의 시간을 샘하고 있어야 했다.

군대에서 성운의 운명은 느림의 시간이었다. 여기 보충대에서도 묵힘의 시간이었다. 함께 올라온 동기들은 첫날부터 팔려가기 시작하는데 성운은 또 밀리기 시작했다. 훈련소 동기는 거의 헤어지고 대부분 그보다 후배들이 들어와 함께했다. 그런 생활로 4일이 넘어서야 호출받았다.

새벽부터 억수로 쏟아지는 장대비가 그칠 줄을 몰랐다. 그 빗속에 명을 받은 것이다. 군용 트럭 짐칸을 천막으로 덮어 비 가리개를 하고 20명이 탔다. 비가 쏟아져 어둑하고 음산한 날씨에 천막을 쳐놓으니 그 안은 깜깜하여 옆 사람 얼굴도 분간하기 어려웠다. 역시 어디로 가는지 알수 없었다. 짐작으로는 북쪽을 향하고 있는 것 같았다. 빗속을 2시간쯤 달려 가파른 고갯길을 트럭이 헉헉거리며 기어오르고 있었다.

초행이라서 어디인지 알 수 없는 미지의 땅으로, 분명 최전방으로 가는 것이 짐작되었다. 상당히 높은 산 정상에 오르니 "어서 오십시오" 하는 안내 간판에 강원도 철원군이라는 표시가 보였다. '철원으로 가는구나!' 하는 절망감이 가슴을 묵직하게 짓눌러왔다. 더구나 군인 검문소가 있는데 그 옆에 대문보다 더 큰 간판에 그려놓은 해골이 위압적으로 내려다보고 있어 그 재를 넘나드는 이들에게 공포감을 자아내며 기를 꺾기에 손색이 없었다.

헌병이 차를 세우고 간단히 검문한 뒤 통과시켰다. 좁은 골짜기로 비를 함초롬히 맞은 차가 미끄러워 기어가듯 조심조심 내려갔다. 밖이 보이지 않아 답답하여 작은 틈새로 내다보니 7월의 짙푸른 수목이 산옥山獄으로 들어가는 음습한 길이었다. 앞으로 군대생활이 고생길이라는 암시라도 하는 것처럼 세찬 빗줄기가 예고해주는 것 같았다.

고갯길을 다 내려와도 평지는 없고 좁은 골짜기로 이어졌다.

길 가운데에 검문소가 있는데 완전군장을 한 군인이 보초를 서고 있었다. 보초병의 전투복장과 착검한 M1 소총을 보면서 한국전쟁이 오버랩 되었다. 전쟁 한복판으로 들어오는 기분이었다. ○○사단 보충대 정문이었다. 일행이 보충대에 인계되어 또 대기의 시간을 보내야 했다. 사단의 각 부대로 다시 팔려가는 대기소였다.

전쟁이 아닌 평시인데 최전방은 전쟁 분위기가 물씬하여 공포스러웠다.

비 오는 날인데도 보충대 뒷산 너머에서 지축을 흔드는 폭발음이 간헐적으로 울려와 전방에 대한 두려움이 공포감으로 밀려왔다. 보충대 뒷산 넘어 철원 들판에 포 사격장이 있어 각종 포의 연습사격을 한다고 했다. 아무리 연습사격이라지만 한국전쟁의 중심에서 생사를 넘나들던 공포의 대포 소리에 그 트라우마가 실제 전투가 일어난 것 같은 두려움이 들었다. 거기에 더하여 멀리 북한군이 점령하고 있는 오성산에서 향수를 불러일으킬 각종 유행가를 고성능 스피커로 내보내 장병들의 사기를 저하시키고 있었다.

아직 전쟁이 끝나지 않았다는 것을 실감 나게 했다. 그런 긴장된 마음으로 보충대 생활을 하는데 3일 만에 105mm 곡사포 대대로 배치받았다. 성운은 대대본부로 떨어졌다. 대대본부는 과 단위 편제인데 수송부 서무계 조수로 발령을 받아 막 신상명세서를 작성하고 있었다. 그때 한 하사가 와서 성운을 배치받으려고 했는데, 수송부로 보내졌다며 중대장과 이야기가 되었다며 성운을 빼앗아 가듯 군수과로 데려왔다.

성운은 영문도 모르고 그 하사를 따라온 것이다. 그를 데려간 하사는 장기복무자로 상당히 입김이 센 하사관이었다. 수송부 선임은 특무상사인데도 그냥 빼앗긴 것이다. 군수과에서 소모품이 아닌 비품을 관리하는 담당자로 일이 너무 많아 조수가 필요하여 성운을 데려온 것이다. 실상

수송부보다는 군수과가 훨씬 좋은 자리였다. 선임하사는 내무반장으로 일과가 끝나면 내무반장의 휘하에 들어간다고 해도 과언이 아니었다. 그 덕분에 성운은 신병이지만 내무반장의 조수가 되고 보니 모처럼 힘 있는 사람의 후광을 받는 영광이 있었다. 일과가 시작되면 사무실에서 물품관리 사무를 그 하사에게 배우면서 하루 종일 업무를 수행했다. 부대에서 최하급자인데 참 좋은 보직이었다.

군수과 요원이 10명이었는데, 성운이 신참으로 본부에서 사역병을 차출하면 그가 전담했다. 사역병은 제초작업이나 비 온 뒤 도로보수작업 등의 일을 했다. 다시 새로운 반전이 있었다. 매일 병참부에 가서 장병들이 먹는 식료품을 수령해오는 보급병이 제대하게 되었다. 그 보급병 업무를 성운이 맡게 되어 선임이 제대하기 전 한 달 정도 조수로 따라다니며 일을 배웠다. 물론 보급관으로 중위가 있어 보급관의 지휘를 받아 일했다.

군대에서 이렇게 좋은 자리도 있구나 싶었다. 사역병 차출에 신참으로 그가 맡아왔는데 보급병은 병참부로 출장가야 하기 때문에 열외였다. 더욱 영내에는 높은 사람이 많아 어깨를 펴지 못하고 고개를 수그리고 다녔는데 거의 날마다 출장을 나가게 되어 자유인이 되었다. 보급품을 수령하여 자대에 오면 예하 중대로 분배해 주어야 한다. 그 일이 끝나면 일과시간이 지나는 것이 보통이었다. 저녁 식사까지 밖에서 끝내고 부대에 들어오면 점호시간이 넘어 취침시간이었다. 그렇게 날마다 출장을 다니는 바람에 상급자의 눈치를 보며 톱니바퀴처럼 꽉 짜진 틀 속에서 숨통이 막힌 듯 답답한 생활을 벗어날 수 있었다.

군대생활에서 일과 이후의 내무반 생활의 어려움은 점호였다. 점호 준비는 관물정돈과 개인 병기 수입과 정신적 긴장 상태를 점검받는 것인데, 그 시간에 조금만 잘못하면 기합이 기다리고 있었다. 그 저녁 점호만 받지 않아도 군대생활 할만하다고 할 지경이었다. 그런 점호를 받지 않으니 얼마나 마음의 짐이 가벼운가? 그뿐만 아니라 식당에 보급품을 대주기에 취사병들이 보급병에게는 특식을 준비해 두었다가 식사 때 챙겨 주었다.

　보급병 선임이 제대하고 성운이 단독으로 보급수령을 3개월 정도 맡아왔다. 이때 그에게 큰 위기가 닥쳐왔다. 이 짧은 기간에 변화무쌍한 반전이 또다시 일어나다니 운명이 참으로 야속하다고 생각되었다.

　사단에서 인사검열을 실시했는데 문제가 지적된 것이다. 원래 군인은 주특기를 부여받는데 전문적인 군사교육을 받거나 어느 보직에서 일정 기간 복무하여 어느 정도 자격이 갖추어지면 주특기를 부여하였다. 훈련소를 나와 곧바로 부대에 배치된 병사는 주특기가 없어 최말단 전투병으로 배치가 되어야 했다. 훈련소에서 기초훈련을 받고 나온 성운을 포함한 병사 3명이 ○○포병부대로 왔는데 원칙은 일선 포 중대로 배치되어야 했다. 그래서 대대본부 근무하는 것은 잘못되었다고 지적받아 포병 중대로 밀려나게 되었다.

　중대는 대대본부와는 근무조건과 병사들 간의 분위기가 하늘과 땅이었다. 진짜 군대 맛이 나는 것이었다. 눈만 뜨면 집합으로 날이 새고 집합으로 해가 졌다. 105mm포 한 문에 9명으로 구성되는 분대로 편성되었다. 분대장을 중심으로 서열이 정해졌다. 성운은 1분대에 배속되었는데, 1분대에서 제일 하급자였다. 따라서 온갖 잡일은 모두 성운의 몫이었다. 가장 힘든 일은 식사시간이었다. 배식할 때 선착순으로 줄을 서 배식을 받는데 그 자신보다 분대장 식사를 받아 분대장 앞에 가져다주는 것이 성운의 책임이었다. 그러고 나서 다시 줄을 서 자기 식사를 배식받아 식사해야 했다.

거기까지는 그대로 할만했다. 그다음 식사가 끝나면 식기를 씻어야 하는데 분대 서열 5번까지 식사가 끝나면 식기를 성운 앞에 쟁여놓고 씻으라 했다. 찬물에 식기를 씻으려면 손 시린 것은 차치하고라도 기름기 있는 식기는 씻어지지 않았다. 그러다 보면 늦을 수밖에 없었다. 그런데 그릇을 씻기도 전에 호각이 울려 퍼지며 종주먹을 댔다. 주번하사의 집합명령이었다. 거기에 선착순으로 집합시켜 늦은 사람에게는 기합이 주어졌다. 기합은 100m 정도의 거리에 선착순 달리기를 시킨 것이다. 거기서 늦으면 또 돌아야 하는, 그런 기합을 서너 번 받고 나면 지쳐버렸다. 그래서 식사시간이 두려웠다. 하루 세 번을 당하고 나면 의욕이 상실되고 자괴감이 들었다. 그래도 참고 견디어내야 했다. 그 시절 적응 덜 된 신참들이 참지 못하고 탈영하는 병사가 허다했다. 성운은 아무리 괴롭고 힘들어도 견디어내야 한다고 독한 마음을 먹었다. 고향에 혼자 고생하시는 어머니를 생각하면 어떤 어려움이 있어도 견디어내야 한다는 각오로 자신을 채찍질하며 이를 악물고 참아냈다.

포 관리는 분대원이 함께 포상에 들어가 청소하고 포신을 닦는 것으로 어렵지 않은 일이었다. 일과시간에는 고정된 일이 없이 제초작업 등

막사 주변 관리와 취사에 쓸 땔나무를 해오는 것이었다. 실상 일과시간 엔 중대원이 함께하는 일이라서 그렇게 힘 드는 것은 아니었다.

분기별로 야외 훈련이 1주일 정도 실시되었다. 그 훈련 역시 사항이 전개될 때 시간을 다투는 일에 조금 힘들다고 할 수 있지만 영내생활에 서 집합, 집합, 하는 소리에 스트레스를 받는 것보다는 자유의 몸이 되어 좋았다. 캠핑 나온 듯 야전에 텐트를 치고 분대원 아니면 조원 2~3명이 함께하는 텐트 생활은 젊음의 낭만이 있었다. 그렇게 군 생활이 몸에 익 히면서 적응되어나갔다.

1962년 부대 이동이 있었다. 원래 금화군이 있었으나, 6·25 전쟁으로 금화군 대부분이 북한으로 넘어가면서 군으로 규모가 작아 철원군으로 통합이 되었다. ○○포대가 금화면 석동리에 주둔하고 있었는데 철원군 갈말면으로 이동했다. 금화면에서는 막사가 흙벽돌로 지었고 지붕은 산 에서 억새를 베어다 이엉으로 이는 초가집이었는데 이동해간 막사는 시 멘트 블록으로 함석지붕이었다. 난방 또한 무연탄을 사용하여 나무하러 가지 않아도 되었다. 한결 고급화되었다고 할 수 있었다.

군대생활은 좋은 보직을 받으면 수월하다고 하지만 역시 군대는 군대 다. 아무리 피곤하고 고되어도 아침 6시면 기상을 해야 한다. 그런데 군 대에서도 운이 좋으면 편한 자리가 있다. 그런 자리에 보직을 받는 것은 뒷배가 있거나 그쪽 방면에 특출한 기술이나 능력이 있으면 선택을 받 았다.

다시 한번 반전이 일어났다.

1960년대 군인의 학력 수준은 평균이 초등학교 수준이었다. 더구나 한글을 깨우치지 못한 병사가 많았다. 그래서 포 사령부에서 문맹자를 위한 한글학교를 개설하여 한글을 깨우쳐주었다. 거기 교사는 고등학교 이상 학력자가 선발되었다.

겨울눈이 펄펄 날리는 날 취사반에서 취사하는데, 땔나무가 필요하여 산으로 나무를 하러 가는 사역병에 차출되었다. 나무를 취사반에 부려 놓고 내무반으로 오는데 교육계가 불러 사무실로 들어갔다.

"너 어디 갔다 오는 거냐? 내내 찾았는데."

"먼 일이 있었어요?"

성운은 무슨 일인가 궁금하여 물었다.

"좋은 기회가 있었는데 니가 없어 다른 사람으로 대체되었어. 대대 작전과 주임상사가 너를 찾아보내라고 해서 아무리 찾아도 있어야지."

"무슨 일인데요?"

"포 사령부 한글학교 교사가 제대한다며 너를 추천한 거야."

"그래요? 그러면 어떻게 했어요?"

한글학교 교사로 파견 나가면 말 그대로 특과 중에 특과였던 것이다.

"저기 황세현 일병을 대신 보냈어."

"황 병사는 사역 나가지 않았든가요?"

"그래. 오늘 취사병으로 일하다가 차출이 된 거이야."

대대 작전과 주병술 주임상사는 성운 고향과 아주 가까운 임실군 덕치면 출신이었다. 성운이 대대 군수과에 근무할 때 고향 사람이라고 많이 아껴준 주임상사였다. 물론 대대 내에 고졸자가 몇 명 있지만 제대가 얼마 남지 않은 고참이라서 일병인 성운을 차출했던 것이다.

너무너무 아쉬웠지만 이미 사또는 떠나버린 것이다. 차출된 황세연 일병은 한글학교에 가서 간단한 필기시험과 구술시험을 봤는데 떨어져버렸다. 그런 사실을 알고 나니 더욱 울화가 치밀었다. 나무하러 갔던 것이 발등을 찧게 후회되었지만, 그가 임으로 하는 일이 아니어서 누구를 탓하랴?

운이 없는 것이다. 너무 아쉬워 생각하면 생각할수록 속이 상했다. 하지만 주어진 대로 행하는 것이 군인의 사명이다. 어려움을 이겨내는 것이 그가 할 일이라고 다짐하면서 마음을 다독였다.

여름날 비가 자주 내리는 바람에 막사 주변 잡초가 무성하게 자라 거의 1주일마다 제초작업을 했다. 찌는 듯이 폭염이 쏟아지는 오후 무척 나른하여 낮잠이라도 한숨 푹 잤으면 좋으련만 군대에서 마음 놓고 낮잠을 자는 것은 사치고 호사였다. 오후 2시쯤에는 볕에 서 있으면 금방 데일 것같이 뜨거운 햇살이 폭포수처럼 쏟아졌다. 그 뙤약볕을 뒤집어쓰고 풀을 베는데 숨이 막혔다. 그렇게 더워도 쓰러질 때까지 작업을 계속하고 있었다.

그때 서무계에서 일병이 성운을 서무계로 오라고 했다. 얼마나 반가운 소리인가? 무슨 잘못한 것은 없으니 우선 그늘로 들어가 숨을 쉴 수 있어 좋았다. 무엇 때문에 부르느냐고 묻지도 않았다.

사무실로 들어가니 주임상사가 뚫어지게 성운을 응시하고 있었다. 그 주임상사를 보는 순간 무슨 큰 잘못을 한 듯이 바짝 주눅이 들었다. 거수경례하면서 "일병 정성운 부름을 받고 왔습니다. 이에 신고합니다." 하고 깍듯이 신고했다.

주임상사는 어디론가 전화를 걸었다.

"여보세요. 이인행 병장 있습니까?"

주임상사는 수화기를 귀에 대고 있었다. 무슨 말인지는 알 수 없지만 상대방 전화음이 들렸다.

"정 병사. 전화 받아봐!" 하면서 수화기를 넘겨주었다.

"예."

성운은 공손히 수화기를 받아 귀에 갖다 대고, "예. 전화 바꿨습니다. 정성운입니다."

조심스럽게 떨리는 소리로 전화를 받았다.

"정 병사? 나 작전과 이 병장이야. 나 알지?"

이인행 병장은 전남 목포 사람으로 고대 재학 중 입대하여 제대가 두 달쯤 남은 사람이었다. 그동안 성운을 음으로 양으로 많이 도와준 사람이었다.

"정 병사. 웅변해보았는가?"

친형 같은 부드러운 어감으로 말했다.

"웅변이요? 왜요?"

성운은 너무 뜻밖이어서 약간 어리둥절했다.

"어, 어. 군단에서 예하부대 장병들의 웅변대회가 있는데 우리 대대에서도 출전하라고 해서 정 병사를 출전시키려고 그려. 할 수 있겠지?"

한참 동안 대답을 못 하고 넛하니 있었다.

"한번 혀 봐."

사정하는 어투였다.

"쫌 생각해보고 말씀드릴게요."

성운은 즉답이 어려워 생각할 시간이 필요했다.

"그러면 오후 4시경에 전화 다시 허게 그때까지 결정혀. 알았지? 내일까지 포 사령부로 보고혀야 허니께."

"예. 생각혀보겠습니다."

성운은 큰 짐을 진듯한 무게감을 느꼈다. 사실 웅변이라고는 연습 한번도 해본 경험이 없는데 선뜻 하겠다고 말하기가 어려웠다.

"대대 작전과에서 무슨 전화야?"

중대 선임상사가 물었다.

"저보로 웅변혀보라고 허는디요. 경험이 없어 생각혀본다고 혔어요."

"응? 그려? 한번 해봐라."

선임상사가 해보라고 권했다.

아무리 생각해도 안 될 것 같은데, 그렇다고 날 생각해서 부탁하는 것을 못 한다고 하는 것도 도리가 아니었다. 최종적으로 마음을 먹었다. 그까지껏 하면 하겠지 하는 용기가 났다.

오후 늦게 이인행 병장의 전화가 걸려와 하겠다고 했다.

"그래, 잘혔어. 그러면 군인 사기 진작에 대한 내용으로 원고를 써서 모래까지 작전과로 가져와 봐. 할 수 있겠제? 내가 중대장님께 전화혀서 시간을 내주라고 허게."

"예. 알았어요." 대답하고 무슨 내용으로 쓸까 하는 생각에 잠이 오지 않았다.

중대장실에서 호출이 왔다.

"일병 정성운 중대장님의 부름을 받고 왔습니다."

부동자세로 거수경례를 하며 신고했다.

"으 응, 정 병사! 작전과에서 웅변하라고 했다면서. 잘할 수 있어?"

중대장은 미소를 띠면서 물었다.

"예. 한번 혀보라고 혀서 대답했습니다."

"그러면 오늘부터 다른 일 하지 말고 웅변 원고도 쓰고 연습도 해야지? 잘해봐라!"

중대장의 당부 말씀이었다.

"예. 잘 허도록 열심히 노력허겄습니다."

성운은 사무실에서 갱지를 얻어 웅변 원고를 썼다. 무슨 말을 쓸까, 실마리가 생각나지 않았다. 종일 실랑이하면서 갱지 다섯 장 정도의 원고를 작성했다.

이튿날 대대본부 작전과로 가서 이 병장에게 원고를 제출했다.

"왔구나. 원고는?"

반갑게 맞아주면서 원고를 찾았다. 봉투에 넣은 채 원고를 제출했다. 이 병장이 원고를 받아 과장실로 들어가더니 성운을 불렀다. 문을 열고 들어가면서 어디서나 마찬가지로 바른 자세로 거수경례를 올리며 신고했다.

"정 일병? 웅변해봤지? 한번 잘해보자. 원고 내용은 어떻게 썼지?"

"예. 주요 내용은 군인의 사기진작을 할 수 있는 내용으로 했습니다."

"내가 한번 읽어볼 테니까 여기 두고 나가봐."

이 병장과 성운은 과장실을 나와 사무실로 갔다.

두 시간쯤 지나서 과장이 다시 불렀다.

"읽어봤는데 아주 만족하지는 않지만 그런대로 괜찮겠다. 내가 몇 군데 수정했는데 네가 보고 더 좋은 말이 있는지 생각해 봐라. 나가서 이 병장하고 상의해봐."

이 병장도 읽어본 뒤 조용한 곳에 가서 원고를 외워 연습하라고 했다. 영내는 혼자 조용히 있을 곳이 없어 부대 뒷산으로 올라가 원고를 외웠다.

20여 일 시간 여유가 있어 날마다 원고를 외우며 연습한 결과 할 수 있겠다는 자신감이 들었다. 그런데 변고가 일어났다. 전군 갑호비상이 발령되어 모든 행사가 취소되어 웅변대회도 취소되었다.

1963년 쿠바 사태로 전군이 무기한 비상이 걸렸다. 소련의 쿠바에 미사일을 반입하려는 계획이 탄로 나 미국이 공격하려는 바람에 온 세계가 발칵 뒤집어진 사건이었다. 그렇게 되면 3차 세계대전이 발발하고 핵전쟁으로 지구가 멸망할지도 모르는 일촉즉발 순간에 처하게 된 것이었다.

그런 위급한 사항으로 웅변대회를 할 수 없게 된 것이다. 기분이 묘했다. 기왕에 웅변하겠다고 결심하고 열심히 대비해왔는데 대회가 취소되고 보니 아쉬움이 남았다. 하지만 잘 되었다는 생각이 들기도 했다. 그런 대회에 나가서 우세나 산다면 얼마나 창피한 일인가? 그렇게 생각하니 다행인 것 같았다. 한 달여를 웅변 준비한다고 중대에서 열외로 혼자 편하게 지냈는데 중대로 돌아가 일상으로 돌아가면 눈코 뜰 새 없이 쫓기고 살아야 한다. 마음이 무거웠다. 하지만 피할 수 있는 것이 아니었다. 마음의 각오를 단단히 하고 본래의 포병으로 돌아갔다. 마음이 무겁고 심란했지만 얼마 지나지 않아 기회가 다시 찾아온 것이다.

대대에는 정훈 사무가 많지 않아 담당하는 부서가 없이 작전과 교육 업무 담당이 겸임했다. 그 담당자가 제대하는데 후임이 없어 정성운에게 담당하라고 했다.

애초에 대대본부 군수과에서 근무하다 주특기가 포수인데 군수과에 근무한다고 사단 감사에 지적받아 포 중대로 나갔던 것이다. 그런데 주특기가 바뀌지 않았는데 대대본부에서 근무하는 것은 문제가 되었다. 그래서 편법으로 파견처리를 하고 작전과에서 근무하게 되었다.

주 업무는 정훈으로 방송을 담당하는 것이었다. 앰프로 라디오 방송을 중개해주는 일이었다. 전기가 없어 자가발전기로 운영하고 있었다. 소형 발전기를 디젤로 돌리는데 발전기가 낡아 제대로 기능을 못 했다. 발전기가 고장이라서 방송을 제대로 하지 못했다. 방송을 잘해야 떳떳하고 보람도 있지만, 방송을 제대로 못 하니 다시 중대로 돌아가야 한다는 생각에 마음은 얼음장같이 차갑고 조마조마 불안했다.

중대에 가면 쫓기는 생활을 해야 했다. 중대장이나 중대원들에게 볼 낯도 없어 이방인 취급을 받을 것 같아 괴로웠다. 그러나 다행히 작전과 장이나 과원들이 성운이 취급하는 정훈 사무는 서류를 갖추어놓고 주로 교육업무나 작전과의 여러 사무를 보조해주라고 해서 몸을 아끼지 않고 열심히 일했다. 작전과장이 좋아라고 했다. 가끔 알파중대장 박 대위가 대대에 오면 방송을 제대로 하지 않으니 원대 복귀해야 한다며 대대장에게 말해야겠다고 했다. 그러나 중대장도 복귀하라고 적극적으로 추진하지는 않았다. 그렇게 불안정한 보직에서 일하고 있어 언제 원대 복귀할지 몰라 외줄을 타는 듯 가슴을 조이며 일을 했다. 비공식적인 파견근무여서 몸은 편할지 몰라도 마음은 항상 쫓기는 듯 좌불안석이었다.

주인이 아닌 주변인으로 사는 것이 자신을 비굴하게 만든다는 것을 알면서도 원대 복귀해서 중대생활 하는 것보다는 수월하여 그런 불안정한 생활을 이어가려고 숨을 죽이고 있었다. 파견근무가 자대에 있는 것보다 자유롭고 편하기 때문이었다.

군대생활에서 아침저녁 점호만 받지 않는 것만 해도 특과 중의 특과였다. 그는 파견자로서 대대본부에서 열외로 불침번이나 보초도 서지 않았으며 점호도 당연히 면제였다. 대대본부에는 그가 이용하는 내무반도 없어 잠을 작전과 사무실에서 책상에 침구를 깔고 취침했다.

처음에는 불안했지만 시간이 지나면서 적응이 되고 대대 내에서 그가 파견자라는 것이 알려져 불안정했던 보직이지만 정훈담당이라는 보직으로 인정받으면서 어느 정도 자존감을 갖게 되었다.

그런 생활이 1년이 넘으면서 계급도 상병으로 진급되어 그의 자리가 잡히게 되었다. 특별한 돌변사항이 없는 한 그 자리에서 제대할 것 같았다.

1964년 새해가 되면서 한해의 각종 계획수립에 매일 밤늦은 시간까지 야근하고 있었다. 거기다 새로 부임한 부대대장이 야간보초를 획기적으로 변형시켜 병사들을 괴롭혔다.

성운은 그동안 파견자로서 보초를 서지 않았다. 그런데 부대대장의 야간보초 명령은 출장자와 특수임무 수행자를 제외하고는 모든 병사를 2개 조로 나누어 교대로 하루씩 밤샘 보초를 서도록 명령했다. 파견자인 성운도 영내에 근무하기 때문에 예외를 인정받지 못하고 보초를 서야 했다. 참으로 죽을 맛이었다. 보초 서는 밤은 한숨도 자지 못하고 낮에는 낮대로 업무를 처리해야 했다. 야간보초는 내무반 안에서 서는 불침번과 탄약고 밑 포상砲床과 물품창고 등 밖에서 서는 보초가 있다.

철원지방 겨울 평균기온이 영하 20도인데 아주 추운 날은 영하 30도까지 내려갔다. 말로만 들어왔던 시베리아 같은 한대지방에서 소변을 보면 즉시 얼어버린다고 했는데 철원지방도 그 말이 사실이었다. 야외에서 소변을 보면 거의 흐르지 않고 얼어버렸다. 그런 혹한 속에서 밤에 보초를 서고 있으면 온몸이 다 얼음덩이가 되는 것 같았다. 방한복, 방한모에 장갑을 끼었어도 한기가 가슴속까지 파고들었다. 젊은 패기로 견디어낸다지만 참으로 참기 힘든 일이었다.

한 달여를 그런 생활에서 견디어냈다는 것이 신기할 따름이었다. 그것이 군대생활이다. 무슨 재주로 이런 고난을 피할 수 있겠는가.

1월 20일 저녁밥을 훔쳐 먹듯 빨리 먹고 걸어가면서 담배 한 대 피우고 야근에 들어갔는데 그때 시간이 밤 7시가 다 되었을 때였다. 조용한 밤공기를 가르며 전화벨이 울려 수화기를 들으니 인사과에서 온 전화였다.

"여보세요? 작전과 정성운입니다."

"정 상병. 축하해. 기쁜 소식이 내려왔어."

인사과 소희열 병장의 전화 첫마디가 축하한다는 말이었다. 무슨 뜻인지 몰라 어리둥절했다.

"무신 일인디 그래요?"

제대특명이 내려왔어. 내일 출발해야 하니 준비해야겠네."

제대라는 말에 깜짝 놀랄 수밖에 없었다.

"아니 제가 제대요? 고것이 사실이요? 나 아직 8개월 정도 남았넌디, 제대특명이라고요?"

성운은 믿기지 않아 놀려주려고 하는 거짓말이라고 생각했다.

"의가사제대依家事除隊여. 오늘 늦게 전화로 왔어, 내일 10시에 사단으로 출발하니까 준비해."

의가사제대는 가정형편이 어렵고 독자로서 가사가 어려운 사람에게 최소 6개월을 마치면 제대시켜주는 제도였다. 그런데 25개월씩이나 되어 생각도 하지 않고 있었다. 또 그가 독자로 나이 많으신 어머니 혼자 계셔서 행여나 하고 기대하면서도 그것은 고향에서 신고해야 가능한데 어머니가 할 수 있는 일이 아니었다. 형편에 거의 기대를 내려놓았던 것이다. 그런데 제대라니 믿기지 않았다.

제대 출발이란 것이 크게 준비할 것도 없어 관물만 반납하면 되었다. 그가 쓰는 물건이 별로 없어 군복을 제대복으로 갈아입으면 되었다. 그런데 수중에 현금이 한 푼도 없어 막막했다. 고향까지 가려면 노자가 있어야 하는데 무일푼이었다.

며칠 전 작전과에서 같이 근무하는 권용우 상병에게 집에서 용돈을 보내왔다. 그 돈을 형편대로 빌려달라고 부탁했다. 형제처럼 한 이불 덮고 생활해온 처지여서 두말없이 3백 원을 빌려주었다. 얼마나 고마웠는지 말로 다 표현할 수 없었다. 사단 사령부까지는 군용차가 실어가고 사단에서 서울 용산까지 수송해주는데 식사는 각자 해결해야 했다.

○○대대에 신병으로 전입해 온 지 6개월 된 이병 김윤여가 성운처럼 의가사제대를 하게 되었다. 그는 군 생활이 일천하여 아직 어린애 같았다. 성운과 동행하는데 김 이병도 가진 돈이 없었다. 사단사령부에서는 그다음 날 출발함으로 하룻밤을 민간에서 숙박하고 밥도 사먹어야 했다. 두 사람이 점심, 저녁을 먹고 나니 빌린 돈 300원 중 200원을 쓰고 100원이 남았는데 그것으로는 숙박할 수 없었다. 큰일이었다. 별생각을 다 해봐도 방법이 없었다. 어둠이 들기 시작했다

"어이, 김 이병? 어쩌면 좋까? 먼 방법 없제?"

"글시요…"

그도 걱정은 되는지 풀이 죽은 어투로 말했다. 그 순간 번득 한 생각이 떠올랐다. 사단사령부로 가는 것이다.

어둑발이 들기 시작하여 마음이 급했다. 발걸음을 재촉하여 사단 사령부로 들어갔다. 위병소에서 검문하는데 제대병이라고 사정을 이야기했다. 제대복까지 입었으니 신분이야 확실했다. 영내 주번사령에게 전화하여 들여보내라는 승낙을 받고 사령부로 들어갔다.

주번사령을 찾아가 자초지종을 자세히 말하니 통신 중대 내무반으로 들어가라고 했다. 얼마나 고마운지 인사를 연거푸 드렸다.

아침에 일어나 밥까지 얻어먹고 사단 예하부대에서 온 제대자들과 함께 GMC를 타고 서울 용산까지 왔다. 같이 온 김윤여 병사는 경북 영천

사람으로 경부선을, 성운은 호남선 야간군용열차를 타야 했다. 점심을 돈이 없어 풀빵 50원어치를 사서 나누어 먹는 것으로 때웠다. 시장면도 되지 않았다. 아무리 어제 대대에서 나오면서 처음 알게 된 이등병이지만 서울 용산까지 함께 지내온 사람인데 그냥 보낼 수 없어 풀빵으로 점심을 함께 때웠던 것이다.

"이제 서로 헤어져야 허겄다. 돈이 하나도 없넌디 그대로 갈 수 있겄냐?"

"예. 그냥 가는기라요. 정 상병님 고마웠어요."

서로 인사를 나누고 손을 흔들며 헤어졌다.

야간열차라서 시간이 많이 남았다. 우두커니 있자니 역 앞 노점상들이 주전부리 음식을 팔고 있는데 돈이 없으니 군침만 흘리며 보고 있어야 했다. 거기다 저녁밥은 어떻게 하고 내일 아침도 걱정이었다.

주머니에는 단돈 50원이 있었다. 그 돈으로는 밥 한 그릇 먹을 수도 없었다. 역 대합실에서 풀이 죽은 채 시간을 기다리고 있으려니 너무 지루했다. 한편 내일 오후에나 향토사단에 입소해야 하는데 그동안 돈 없이 어떻게 할 것인가 생각하니 막막하기만 했다. 그렇게 실의에 빠져있다가 사촌 이모네가 생각났다.

성운이 중고등학교를 그 이모네 집 행랑방에서 자취하며 다녔다. 순창읍에서 이발소를 하다가 실패하고 서울로 올라와 살고 있는 이모가 생각났다. 휴가 나왔다가 귀대하면서 그 이모네 집을 찾아갔던 기억이 떠올라 찾아가야겠다고 생각했다.

주소는 모르지만 찾아갈 수는 있을 것 같았다. 돈암동에서 미아리고

개로 올라가는 산비탈 오두막집에 살고 있었다. 가는 길은 전차를 타고 돈암동 종점에서 내려 걸어가면 되었다. 돈암동까지 전차비가 20원이었다.

잔뜩 기대를 안고 용산역 앞에서 전차를 타고 한 시간여를 딸랑거리며 달려가 종점에서 내렸다. 가슴이 뿌듯했다. 단 이틀이지만 돈 없어 쩔쩔매다가 이모네 집에 가면 무슨 돈이라도 융통이 될 것 같아 마음이 넉넉해졌다.

큰 기대를 품고 땀을 흘리며 달리다시피한 걸음으로 이모네 집 앞에 섰다. 한숨을 길게 쉬고 여유 있게 초인종을 눌렀다. 한참 만에 "누구여?" 하며 노파 한 분이 나왔다.

성운은 이모인 줄 알고 "이모님 저요, 저 성운이요." 하며 반가운 소리로 말했다.

"누구요?" 하면서 출입문을 여는 노인네는 처음 보는 사람이었다.

"뉘시요? 어디서 왔어요?"

성운을 올려 쳐다보면서 생면부지 청년을 의심스런 눈빛으로 말했다.

"할머니, 여그 문평호라고 살지 않능기요?"

이종 동생을 대면서 물었다.

"누구? 문 누구라고?"

그 노파는 처음 듣는 사람이라고 했다.

억장이 무너지는 실망이었다. 이럴 수가! 너무 황당했다.

"할머니 여기로 이사 온 지 얼마나 되었어요?"

"오래되었어. 1년이 다 되어가는데."

"몬저 살던 사람은 어디로 갔는지 몰라요?"

"몰라." 하면서 귀찮다는 표정으로 문을 닫으면서 냉정하게 들어가 버렸다.

닭 쫓던 개 지붕 쳐다보는 격이었다. 앞이 캄캄했다. 기대를 잔뜩 품고 찾아왔는데 희망이 무너졌으니 이 일을 어찌해야 하는가? 털썩 주저앉고 싶었다. 하지만 그럴 수는 없었다. 터덕터덕 돈암동 전차 종점으로 패잔병이 되어 걸어 내려왔다.

전차를 타고 용산역으로 왔다. 전차 차비 주고 나니 성운의 수중에는 1원짜리 하나 없는 알거지였다. 아무리 생각해도 무슨 수가 보이지 않았다. 그냥 참고 견디는 수밖에 없었다.

이튿날 전주에 있는 향토사단으로 들어가 마지막 제대장을 받아야 한다. 어떻게 해서라도 내려가야 한다. 밤 10시 호남선 열차가 군용 칸이 있어 올라탔는데 마침 좌석이 있어 그나마 앉을 수 있어 지친 몸을 맡길 수 있었다. 저녁을 먹지 않아 속이 썰썰하고 허기가 몰려왔다. 변소 칸에 수도가 있어 물을 손으로 움켜 마셨다. 조금 허기가 가신 것 같았다. 그래도 시간이 갈수록 배가 고파 잠도 오지 않았다. 다른 방법이 없어 변소로 가서 물을 마셔 허기를 달랬으나 별 소용없었다.

그런 와중에서도 몸이 지쳐 언제 잠이 들었다. 잠이 깼을 때는 새벽 4시였다. 사람들이 웅성웅성했다. 이리역인데 전주로 갈 사람들은 내려서 전라선 열차로 갈아타야 했다.

제대병 5명이 함께 내렸다. 생면부지지만 제대복을 입은 사람이라서 이심전심으로 통하는 바가 있었다. 여기서 새로운 문제에 직면하게 되었다. 전라선 열차는 군인전용 칸이 없어 일반인 석을 타야 하는데 요금을 내야 했다. 돈이 한 푼도 없는 성운의 처지는 정말로 불쌍하고 가련했다. 어떻게든지 전주까지는 그날 안으로 가야 하는데 돈 한 푼 없이 방법이 없었다. 절망에 빠져 죽을 맛이었다. 그래도 혈기 왕성한 20대 초반의 청년 아닌가? 오기가 생겼다. 군대생활 2년이 넘으면서 배운 것은 어려움을 극복해내는 힘을 기른 것이었다. 무슨 방법이 있겠지 하는 기백이 솟아났다.

차에서 내리니 새벽공기가 차가워 한기조차 밀려왔다. 겨울철이라서 제대복으로는 추위를 감당하기 어려워 부대에서 외투를 지급해주었는데 제대하고 나가는 날 반납하면 되었다. 군인 외투는 두터워 묵직하지만 전날 점심도 풀빵 서너 개로 때우고 저녁을 굶어 속이 빈 데다 새벽공기가 차가워 앞섶을 아무리 여며도 벌벌 떨려 참기 어려웠다. 대합실로 들어가니 따뜻해서 좋았다. 많은 사람이 기차를 기다리고 있는데 누리팅한 군인 외투를 입고 있으니 소련 군대같이 보였다.

사람들의 경원하는 눈초리가 뒷목을 썰렁하게 했다. 성운이 사람들 옆으로 가면 모두 피하면서 무서워하는 것 같았다. 그렇다고 그대로 있을 수 없었다. 도둑질만 말고 무슨 짓이라도 해야겠다는 생각이 들었다. 그래서 양복으로 깨끗하게 차려입은 중년 신사 앞으로 가서 전후사정을 이야기하면서 동냥했다. 단돈 10원이라도 좋으니 좀 도와주라고 했으나 다들 외면하고 자리를 떠 피하는가 하면 보는 태도가 불량배로 아는 것 같은 눈빛이었다. 성운이 가면 미리 일어나 피하고 대면조차 해주지 않았다. 동냥이란 것이 이렇게 어려운 일이구나 하는 생각에 더는 구걸을 할 수 없었다. 사람들이 성운 자신을 피하는 것을 보면서 대합실에 있는 것조차 어색해서 역 앞 광장으로 나왔다. 찬 바람에 속 떨리는 성운의 사정을 일아줄 리 없었다. 한기가 확 밀려왔다. 그런데 광장 한편에 간단히 먹을 수 있는 음식을 팔고 있는 아주머니들이 줄지어 앉아 있었다.

전날 낮에 풀빵 몇 개 먹고 굶었으니 떨리고 맥까지 풀리는데 무슨 체면이 있겠는가? 그러나 음식 사 먹을 돈이 한 푼도 없으니 시장기에 한기로 허리를 펴지 못하고 오그라들었다. 더구나 어묵 끓이는 냄새가 더욱 허기를 자극했다. 그런데 아무리 먹고 싶어도 돈이 있어야 먹는 것 아닌가? 냄새라도 맞는다는 기분으로 음식 파는 그 앞을 서성거리고 있었다.

기회일까? 눈이 확 쏠리는 할머니 한 분이 있었다. 이른 새벽 추위에 떨면서 장사하는 할머니의 얼굴에 고단함이 묻어났지만 주름진 갸름한 얼굴에 친 할머니 같은 포근함이 성운의 마음을 끌어당겼다. 김이 모락모락 피어오르며 끓고 있는 팥죽을 보고 참을 수가 없었다. 무조건 할머니가 끓이는 팥죽 솥 앞에 목로에 앉았다.

"어서 오셔요. 멋얼 잡술라요?"

그 할머니는 새알심 팥죽과 팥 칼국수와 보통 국수를 팔고 있었다.

"할머니. 저 돈이 없는디요. 비누 하나 있는디 드릴께 국물이라도 조금 주면 고맙겠어요." 하면서 가지고 나온 군용 비누 하나를 내밀었다.

"제대허시는 것 같은디 돈이 그렇게 없어라우?"

"어제 낮에부터 아무것도 못 묵었어요. 하도 배가 고파 물만 마셨어요. 그렇게 쪼금만이라도 시장기 면허게 좀 주시면 고맙겠어요."

성운은 대합실에서 구걸했던 이야기를 하면서 사정을 했다.

"아이고, 그렸어라우? 얼매나 배가 고푸까? 얼마 안 되지만 그냥 잡수어요." 하면서 할머니는 새알심 팥죽을 큰 대접으로 한 그릇 떠주었다. 뜨끈뜨끈한 국물을 마시니 살 것 같았다. 죽 한 그릇을 다 먹고 나니 허리가 펴지면서 한기도 가셨다. 일어서면서 비누를 드렸더니 극구 받지 않고 다시 국물을 두 국자를 떠주었다. 말로 다 할 수 없이 고마웠다. 연거푸 허리를 깊게 숙여 고맙다는 인사를 했다. 몸에서 힘이 생기고 추위도 견딜 수 있었다. 사람이 죽으라는 법은 없구나 하는 안도감이 들었다. 하지만 또 다른 걱정이 남아있었다. 전주까지 가야 하는데 차비가 있어야 하지 않는가? 구걸도 해봤지만 10원 한 푼 못 얻어 어떻게 해야 하는 방법이 없었다. 너무도 난감해서 서성이다가 우선 추위나 피하고자 대합실로 들어갔다.

대합실로 들어가니 함께 내렸던 제대 군민들이 이야기를 나누고 있었다. 옆으로 가보니 전주까지 가는데 그들도 차비가 없는지 몰래 도둑차를 타자는 이야기였다. 귀가 번쩍 띄었다. 성운은 기차를 자주 타보지 않아 역 구조를 전혀 모르는데 그들은 개찰구로 들어가지 않고 뒷 울타리 구멍을 통해서 나갈 수 있다고 했다. '아! 길이 있구나.' 하는 생각에 마음이 조금 놓였다. 그래서 그들과 함께하려고 그들 옆에 붙어 따라다녔다.

여수행 4시 40분 기차가 곧 도착한다는 안내 방송이 나오면서 승객들이 개찰구로 나가고 있었다. 제대 군인들은 개찰구로 나가지 않고 옆길로 해서 가로등이 없는 캄캄한 샛골목으로 들어서 승강장으로 갔다. 승객들과 혼재해 있으니 누가 무임승차하는 사람이라고 생각하지 않았다. 무난히 차를 탈 수 있었다. 불법을 저지르면서도 아무 죄책감도 들지 않았다. 그들 이야기하는 말을 들어보니 학교 다닐 때 그렇게 도둑차를 많이 이용했다고 자랑스럽게 말했다. 그런데 내릴 때는 어떻게 해야 하는가? 의문이었다. 죽으나 사나 그들 꽁무니를 따라다녀야 했다.

한 시간쯤 달려서 전주역에 도착했다. 이른 새벽이라 캄캄했다. 차표를 끊지 않아 정식 개찰구로 나갈 수 없어 함께 온 제대병을 따라갔다. 개찰구가 아닌 뒤쪽으로 어둠을 헤치며 나갔다. 역 뒤편 민가 쪽에 담이 없고 가시 철선으로 울타리가 쳐져 있었다. 역 청사가 멀어져 사람이 보이지 않았다. 연탄 하치장에 연탄이 산더미로 쌓여있고 인기척이 없어 마음 놓고 갈 수 있었다. 철길을 따라 걸어 나오니 철조망 울타리도 없어 자유롭게 빠져나올 수 있었다.

그들은 각자 갈 곳이 있어 흩어져 가는데 성운은 길이 막혀버렸다. 전주 지리도 모르는데 캄캄한 새벽에 어디로 가야 하는가? 돈이 있으면 여인숙이라도 들어가겠지만, 그것도 할 수 없어 서성이고 있는데 희미한 불빛이 비치는 곳에 사람들이 들락거리고 있었다. 무작정 가서 보니 북부 버스 정류장이었다. 첫차를 타려는 사람들이 모여들기 시작했다. 대합실로 들어가니 연탄난로가 활활 타고 있어 훈훈했다. 우선 따뜻하니 미음이 놓였다. 날이 샐 동안 의자에 앉아 시간을 보내고 있었다.

이리역에서 팥죽으로 주린 배를 채웠지만 대합실에 앉아 있자니 출출했다. 더욱 식욕을 일으킨 것은 대합실 한쪽에서 따끈한 차를 끓여 팔고 있었다. 커피 향이 구수하여 한 잔 마시고 싶은 생각이 굴뚝같았으나 돈이 있어야지! 외면하고 입맛만 다시며 참고 있자니 서글픈 생각이 들었다. 돈이 이렇게 중하다는 것을 새삼 깨달았다. 이틀간의 짧은 시간의 경험이지만 평생 잊지 않겠다고 다짐하고 다짐했다.

날이 샜는데 마냥 대합실에 있을 수 없어 밖으로 나왔다. 그런데 갈 곳이 없으니 어찌해야 하는가? 예비사단에는 오후 6시까지 입소하면 되었다. 아침 일찍부터 갈 수도 없어 길거리에서 방황하고 있었다. 전주에는 인척이나 아는 사람이 없었다. 그렇게만 생각했는데 어쩌다 6촌 형님네가 생각났다.

성운이 입대하기 한 달 전에 그 형님이 돌아가셔 고향에 장사를 지냈다. 그때 그 형님네 가족들을 알게 되었다. 주소는 알 수 없지만 철도 변 복숭아밭 옆이라고 했던 생각이 떠올랐다. 갈 곳도 없으니 거리를 방황하느니 그 형님 집을 찾아보기로 했다.

철도를 따라 복숭아밭 옆이 있는 집을 찾는데 생각보다 쉽게 찾았다. 북부정류소에서 아주 가까운 언덕에 복숭아밭이 있고 그 옆에 허름한 기와집 한 채가 있었다. 그때는 전주시가 도시 형성이 되지 않고 전답이 도심에 가까이 있었다. 언덕배기 밭들은 과수원이 많았다. 틀림없이 재종 형님 집이라는 느낌이 들었다. 얼마나 반가웠던지 눈물이 핑 돌았다. 문간이 없는 판자 사립문이 낡아 비스듬히 서 있었다. 초인종이 없어 무작정 흔들며 불렀다.

한참 만에 중늙은이 여인이 나오며 "누가 이른 아침에 온 거요?" 하면서 나오고 있었다. 사립문 틈으로 보니 틀림없이 그 형수씨였다.

"형수씨! 저요. 산안 집안이요."

대문을 열고 형님 초상 때 한 번 봤지만 금방 알아볼 수 있었다. 형수씨도 이내 알아보고 깜짝 놀라며 이른 아침에 어쩐 일이냐고 놀라며 안으로 안내했다. 성운의 행색이 군인 외투에 제대복을 입었으니 제대하고 온 것을 알고 더욱 따뜻하게 맞아주었다. 내 집에 온 기분이었다.

"형수씨. 저 어젯밤부터 먹지 못해 배가 고파요. 우선 밥 한술 주어야겠어요."

체면불구 밥부터 달라고 했다.

세상이 아무리 각박하고 옆에서 사람이 죽어가도 모른 체 한다지만 역시 일가 피붙이는 달랐다. 겨우 한 번 만난 터여서 모른 체 하면 별수가 없었다. 그런데 우선 체면불구하고 당당하게 밥을 달라고 할 수 있다는 것이 일가가 아니면 어찌 생각이나 하겠는가. 꼭 내 집에 온 거나 다름없이 포근하고 마음이 안정되었다.

밥을 먹고 나니 전날부터 고생했던 일이 언제 그랬냐 싶게 일순간에 풀렸다. 밤새 기차 속에서 깊은 잠을 자지 못하여 졸음이 밀려왔다. 두말없이 아랫목 이불속으로 파고들었다. 아랫목이 따뜻했다. 세상모르고 잠에 빠져들었다.

오후 3시경 잠에서 깨었다. 향토사단으로 가야 할 시간이었다. 서둘러 나서는데 길도 모르고 얼마나 먼 거리인지 알지 못한 채 무작정 나서 짐작만 잡고 예비사단 쪽으로 걸었다. 시내버스도 없는 시절이었다. 가다가 어느 가게에 들러 향토사단 가는 길을 물었다. 주인은 친절하게 알려주었다. 거리는 6km쯤 된다고 하면서 가는 길을 소상히 알려주었다. 전주시 도심에서 멀리 떨어진 변두리여서 길이 소삽하지 않아 쉽게 찾아갈 수 있었다. 성운처럼 향토사단으로 가는 제대 군인들이 많아 그들과 함께 향토사단으로 들어갔다.

해가 지고 땅거미가 스멀스멀 넓은 사단 영내를 삼키기 시작했다. 전날까지 부대생활을 하다 나와서 그런지 낯설지 않고 오히려 포근함이 느껴졌다.

전방에서 내려오는 2일간이 악몽 같았다. 용돈이 떨어져 식사도 못하면서 정신적으로 얼마나 고통을 느꼈는지 모른다. 이리역에서 구걸 한 일, 이리역 광장에서 세숫비누 하나 주고 팥죽을 얻어먹으며 그 할머니의 따듯한 죽 말국 한 국자가 그렇게 소중할 줄이야. 평생을 잊지 못할 것 같았다. 그래서 부대로 들어가니 집에 온 것 같은 안정감과 편안함을 느꼈다.

1주일간 제대 군인들의 정신자세와 집에 가면 농사를 짓는 데 도움을 주기 위하여 새로운 농법 교육을 했다. 아주 기본적인 것이지만 어차피 집에 가면 농사를 지어야 하는 입장에서 상당히 유익한 교육이었다.

부대에서 입고 나온 외투 등 군용품은 반납한 뒤 얇은 제대복을 입고 향토사단 정문을 나섰다.

'완전 자유인이다!' 영오의 몸에서 풀려난 자유인의 발걸음은 날개를 달았다. 제대의 기쁨도 크려니와 제대비 650원을 받고 나니 어느 부자가 부럽지 않았다. 단 이틀간의 무일푼 생활에 많은 것을 깨달았다. 돈이 없으면 사람이 얼마나 추하고 고통스러운 일인지를. 앞으로 살아가야 할 좌표를 찍어준 계기가 되었다.

집에 도착하니 어머니가 생각지도 못하고 있다가 붙잡고 눈물을 흘리면서 껴안은 팔을 놓아주지 않았다. 성운도 2년간 숨을 돌이킬 수 없이 힘들었던 일들이 일순에 가시면서 대한의 남아로서 당당히 군인으로 의무를 마쳤다는 자부심이 새로운 삶을 살아가는 데 큰 힘이 될 것 같았다. 마침 음력 섣달 스무닷새로 설 대목이었다. 어머니는 성운이 있어 명절 쇠는데 신이나 많은 음식을 장만하여 푸짐한 설을 쇠고 마을 사람들의 세배를 받으며 음식을 푸짐하게 대접했다.

10

젊음의 날개를 펴고

입대 직전 배내기로 사주었던 소들이 다 크지를 못하여 아직 새끼도 낳지 않았다. 새끼를 낳았으면 새끼를 떼어주고 어미 소를 가져오는데 그냥 가져올 수 없어 그동안 키운 수고비를 주고 소를 가져와 시장에 내다 팔았다. 마침 성운의 논 옆에 서 마지기 논을 판다기에 성운이 두말 없이 샀다. 물이 좀 짧아 농사짓는데 애로가 있겠지만 그냥 샀던 것이다. 1,600평 여덟 마지기가 되었다. 그 정도 논을 가지고 있으면 마을에서 중상급 재산은 되었다. 우선 마음이 넉넉했다. 순전히 육체노동으로 해야 하는 일을 생각하면 심란하기도 했지만 20대의 팔팔한 힘이 솟아 자신감이 넘쳤다.

논을 사 보태고 농사 준비를 해가는데 호기스럽게 자신만만했던 농사가 시작부터 힘에 겨웠다. 이렇게 힘이 드는데 평생 농사를 지어먹고 살겠는가? 회의감이 들기 시작했다. 하지만 아직 제대로 시작도 전에 마음이 약해져선 안 된다고 스스로 채찍을 들었다. 군 생활에서 참기 힘든 일을 상기하면서 각오를 다짐했다.

외사촌 형님이 결혼해서 여행 다녀오다 성운네 집에 들었다. 그 형은 남원 대강면에서 면서기로 근무하고 있었다. 형 내외와 어머니와 함께 네 사람이 술상을 차려놓고 많은 이야기를 나누었다.

"형님, 면에 근무는 헐만혀요?"

"그저 그렇지, 뭐. 공무원이라는 것이 넘보기는 좋아 보이지만 고달플 때가 많아. 허지만 농사허는 것보다는 낫다고 헐 수 있제. 봉급은 보잘 것 없는 것 같아도 농사짓는 것보다는 아주 좋은 편이제. 우선 사람이 헐 일이 있어 직장에 출근을 헌다는 것이 보람이면 보람이어. 참 동생도 고등학교를 나왔응게 그런데 좀 알아보제 그려."

"글씨요. 그런디 누구 하나 아는 사람이 있어야지라우."

"그렇기는 허지만 요새는 시험이 있응게 시험얼 한 번 봐바."

"시험이 있어라우? 나는 빽이 있어야 허는 종 알았넌디 시험이 있구만. 헌디 학교 나온 지도 오래되어 다 잊어부러서 시험 보는 것도 어렵겄네요."

"물론 쉽지는 않지만 자네 학교 다닐 때 공부 잘혔잖여? 한번 준비혀 봐."

"형님은 어쩧게 혔어요?"

"우리 집안 당숙이 남원군청 내무과장인디 그 어른이 혀주었어."

"거 봐요. 그런 빽이 있어야 된다고 허드라고요. 그래서 나는 그런 것

생각도 혀보지 않혔어요. 농사나 짓고 살라고 혔어요. 그런디 아직 시작
도 안혔넌디 힘이 드네요."

"이번 4월 달에 시험이 있다고 허드라고. 경험 삼아 시험 한번 보지그
려. 군에 가면 알아 볼 수 있어. 잘 생각혀봐."

외사촌 형님이 적극 권했다. 형님이 가고 곰곰이 생각해봤다. 생각할
수록 자신이 없었다. 도시에서 좋은 학교 나온 사람이 많을 텐데 또한 3
년 넘게 책 한 권 읽어보지 않았는데 새삼스럽게 공부를 한다는 것이 터
무니없다고 생각되었다.

외사촌 형님이 간 뒤 생각하다가 가망 없다고 여겨져 마음 쓰지 않기
로 하고 일을 시작했다. 그러다 순창 장에 갈 일이 있어 장에 갔다가 고
등학교 동창 이무성을 만났다. 반가움에 다방에 가서 이야기를 나누는
데 공무원 시험공부를 하고 있다고 했다. 그와 이야기를 나누면서 포기
했던 공무원 시험이 마음을 끌어당겼다. 학교 다닐 때 이무성은 성적이
성운보다 한참 떨어졌다. 그러나 그는 군인도 가지 않고 그동안 공부를
했다고 했다. 여러 시험을 봤는데 떨어졌다고 했다. 이번에는 꼭 합격하
겠다는 각오로 준비하고 있다고 자신감을 나타냈다.

그 동창 말에 용기를 얻어 군청 내무과에 가서 시험에 관한 정보를 얻
고 응시원서를 받아왔다. 서점에 가서 이무성이 공부한다는 수험서를 사
왔다. 농사가 아직 바쁘지 않아 공부할 수 있었다. 그런데 너무 오래 멈
춘 머리가 깨어나기는 쉽지 않았다. 시험 문제집인데 너무 어려웠다. 단
기간에 공부해서 얼마나 성과가 있을 것인가 반신반의하면서도 기왕에
마음먹었으니 경험 삼아 시험 보는 것으로 마음 굳혔다.

한 달여를 공부해서 수험문제집을 거의 끝낼 수 있었다.

시험 날이 되어 전주로 올라가 시험을 봤는데 너무 어려웠다. 다른 사회과목이나 영어 등은 어느 정도 풀 수 있으나 수학 문제는 정말 어려웠다. 학교에서는 수학의 미분 적분을 개 바위 지나듯 해놔서 거의 풀지를 못했다. 그러니 합격은 이미 물 건너간 것이다. 보기 좋게 낙방하고는 공무원의 꿈을 접어버렸다.

농사나 잘해야겠다는 생각에 다른 것은 신경 쓰지 않았다.

논농사에서 처음 시작하는 논갈이가 어렵고 힘들었다. 논을 갈 수 있으면 상 일군이었다. 20대 중반의 왕성한 청년 앞에 마음으로는 무서울 것이 없었다. 그런데 생각과는 달리 논갈이는 아무나 하는 일이 아니었다. 그냥 소가 끄는 대로 따라다니면 논이 갈아지는 줄 알았다. 거기다 소 또한 길이 떨어져야 하는데 소조차 길이 떨어지지 않아 논을 제대로 갈 수가 없었다. 배내기로 준 소를 받아와 제일 큰 소를 키워 일소로 쓰려고 했는데 너무 커 길들이기가 힘들었다. 더구나 성운 자신이 논갈이를 해보지 않은 초짜여서 힘은 몇 배 드는데 논은 쌩 바닥이 많았다.

길이 떨어지지 않은 소는 멍에 자국에 옹이가 박혀야 진득하게 힘을 쓰는데 그곳이 아파 나대버리니 논이 갈아질 리가 없었다. 쟁기질하는 사람이 숙달되어 경운의 깊이가 일정하도록 쟁기 보습에 힘을 일정하게 눌러야 하지만 성운 같은 쌩둥이는 쟁기 보습이 깊었다 얕았다 하며 고르지 않으니 소가 견디기 힘이 든 것이었다. 그래서 소가 일정한 방향으로 곧게 가야만 두둑이 지어진다. 소가 아무대로나 가버리면 논이 갈리지 않는다. 하지만 서둘지 않았다. 자기 소로 자기 논을 갈기 때문에 하루 할 일을 못 한다고 걱정하지 않았다. 논이 고르게 갈아지지 않아도 괘념하지 않았다. 그렇게 초벌갈이 두벌갈이까지 마치고 나니 소도 어느 정도 길이 떨어지고 성운도 쟁기질 기술이 몸에 습득이 되었다. 물론 논이 곱게 갈아지지 않아 두럭이 고르지 못했지만, 누구에게 자랑할 것은 아니어서 마음 쓰지 않았다. 써레질을 잘해서 논을 평평하게 잘 골라 모 심는 데 지장이 없으면 되었다.

그렇게 모내기를 마치고 나니 어엿한 농부가 되어있었다. 스스로 할 수 있다는 자신감이 붙었다. 논에 물 대는 것이 어려워 애를 먹었으나 그런 애로가 농사의 어려움이었다.

아침 일찍 이장이 찾아와 이튿날 면에서 이장 회의가 있는데 곁들여 농사교육을 한다며 같이 가자고 했다. 제대할 때 향토사단에서 농사교육을 받아봤지만, 농촌에서는 농사교육을 받는다는 것을 생각해보지 않았다. 면에서 그런 교육을 하는구나 하면서 한번 들어보고 싶어 이튿날 이장을 따라 면사무소로 갔다.

이장 회의는 면 직원들이 마을에서 할 일을 간단히 지시하는 회의였다. 이장 회의는 간단하게 끝나고 곧바로 농촌지도소 직원이 소출을 많게 하는 농사법을 교육했다. 주로 당면한 벼농사에 관한 내용이었다. 그동안 농사는 관행으로 전부터 해온 대로 하면 되는 것으로 알았는데 교육을 받고 보니 대단히 유용했다.

그동안 모를 심는데 일손이 모자란다고 줄모를 심지 않고 허튼 모를 심었다. 그런데 못줄을 대고 심으면 논 전체에 고르게 심어지고 평당 포기 수가 많아 소출이 많다고 했다. 이치에 맞는 것이었다. 그런 유용한 교육을 받고서야 농사교육이 절대로 필요하다는 것을 알았다. 그리고 농촌지도소가 있는 것을 그날에야 알았다. 전통적으로 관행에 따라 농사를 해왔는데 국가에서 농촌지도소를 설립하여 농사교육뿐만 아니라 현장에 나와 직접 지도를 해준다는 것이다. 그 교육을 받고 나서 시간이 나는 대로 지도소를 찾아가 지도받았다. 지도소 직원들과 친해지면서 농촌지도소의 역할이나 지도원이 되는 방법 등의 정보를 알 수 있었다. 농촌지도소에서는 마을에 자원지도자를 지정하여 집중적으로 지도하여 마을 주민들에게 전파하도록 했다. 성운은 산안마을의 농사 자원지도자가 되어 군 지도소나 농촌지흥원에서 실시하는 교육에 참여하여 교육받았다. 그것이 계기가 되어 성운은 새로운 진로에 눈을 뜨게 되어 운명의 길이 새로 열렸다.

우리나라는 식량이 절대 부족했다. 농지가 많지 않을 뿐만 아니라 인력이 부족하고 특히 비료를 생산하지 못하여 외국에서 수입하여 사용하는데 적기에 보급되지 않아 녹두밭 웃머리같이 메마른 박토여서 소출이 많지 않았다. 그러니 보리가 익을 무렵을 춘궁기 즉 보릿고개로 절양농가絕糧農家가 속출하여 쑥이나 산나물로 연명하는 사람이 많았다. 그나마 산중엔 산나물이나마 많았지만, 산이 없는 들녘은 더욱 막막했다. 그렇다고 앉아서 굶어 죽을 수는 없어 여름내 일을 해주기로 고지를 내먹고, 가을에 농사지어 5할의 고율 이자를 주기로 약정하고 빌려 양식을 했다. 그것도 많지는 않아도 농토가 있는 사람이나 할 수 있는 방법이었다. 그렇게 국민의 삶이 기약 없는 굶주림의 삶이었다.

　국가의 제 일차적 과제는 국민의 굶주림을 면해주는 것이었다. 따라서 정부에서는 1965년부터 식량자급을 위하여 식량증산 7개년 계획을 수립하고 사업 추진 과제로 현대화된 농업기술 보급이었다. 그 일환으로 농촌지흥청을 확대개편하고 농가에 직접 농업기술을 지도할 농촌지도원을 대폭 증원하기로 했다.

　그런 정부 시책이 있다는 것을 알고 성운은 농촌지도원이 되어야겠다는 생각이 들어 공부를 시작했다. 농촌에서 농사지으며 농촌지도를 한다는 것은 대단히 보람된 일이었다.

　낙후된 농촌에 농업기술을 보급하여 농촌을 발전시키는 전도사가 되는 것이 그가 그동안 꾸어오던 꿈이 실현될 것 같았다. 그래서 성운은 농촌지도소를 이웃집 드나들듯 찾았다. 지도직에 대한 사전 지식을 얻는 보람도 있지만, 농사에 대한 새로운 지식을 얻는 것이 더 큰 소득이었다. 곁들여 그들과 원활히 접촉하며 시험정보를 많이 얻을 수 있었다. 그런데 농사철이라서 본격적으로 공부를 할 수 없었다. 시험이 언제로 정해지지 않았는데 농사에 정신없이 바쁜 몸이 책을 든다는 것은 환갑이 다 되신 어머니에 대한 도리가 아니었다.

　새로운 농법으로 농사를 해서인지는 확실하게 말할 수는 없지만, 가을에 거두어드리고 따져보니 소출이 예년에 비하여 아주 좋았다. 물론 우순풍조하여 풍년이 든 것일 수도 있었다. 원인을 어디서 찾든지 농사꾼은 농사를 지어 소출이 많으면 좋은 것이었다.

국가에서 경제개발계획에 따라 필요한 정부 기구를 확충하면서 공무원 채용시험이 있었다. 특히 식량자급을 위하여 농업기술을 보급하는데 농촌진흥청을 확대개편 하면서 농촌지도공무원을 많이 뽑았다.

지난겨울 시험 준비를 제대로 하지 못했는데 농촌지도직 채용고시가 공고되어 응시했으나 낙방하고 말았다.

그런데 곧바로 추가 채용시험계획이 발표되어 기회가 주어졌다. 지난번 공부한 것이 있고 치밀하고 열심히 공부한 덕분에 영광의 합격을 했다. 경쟁률이 높아 크게 기대하지 않았다. 그런데 시험을 보는데 아는 문제가 많이 나와 성운이 생각하기는 쉬웠다. 남들이 시험이 어렵다고 하고 경쟁률이 높아 크게 기대하지 않았는데 운 좋게 합격한 것이다. 성적도 생각보다 좋은 편이었다. 세상을 다 얻는 듯 기뻤다. 하면 된다는 각오와 자신력이 생겼다.

기초교육을 받고 5급을류 공무원으로 임명되었다. 더구나 성적이 좋은 편이어서 고향 순창군 농촌지도소 구림지소로 발령받았다. 고향이라서 집에서 출퇴근할 수 있어 더욱 좋았다.

첫 출근은 순창 읍내 있는 군 지도소였다.

신규 임용자가 9명이었다. 5명은 임시직으로 근무하다가 임용시험에 합격하여 정식 공무원이 된 것이다. 성운을 포함해서 4명은 공직을 처음 맡는 순수한 신규자였다. 공무원으로서 법령을 준수하고 공복으로서 성실하게 근무할 것을 지도소장 앞에서 오른손을 들고 선서했다. 직명은 농촌지도원보, 직급은 5급을류, 근무지는 구림지소의 임용장을 받았다. 공무원으로 제일 하위직이었다. 아무리 하위직일망정 국가공무원이 되었다는 사실이 성운에게는 무척 큰 자긍심이 들어 가슴이 뜨거워졌다. 동시에 지금까지는 말씨도 지방말로 말 나오는 대로 하고 다녔는데 정식 공무원이 되어 품위유지를 위해서도 쓰던 말을 주의하고 가급적 방언은 쓰지 않아야 했다. 말씨 하나도 공직자는 국민의 귀에 거슬리지 않는 표준어를 써야 했다. 처음에는 조금 어색한 면도 있었지만 조금 익숙해지니 오히려 표준말이 편하고 품위가 있어 보였다.

구립지소에는 3명이 근무했다.

부임하자마자 비상근무를 해야 했다. 6월 중순 연중 농사가 가장 바쁜 철이었다. 부지깽이도 독 난다는 말이 있듯 눈코 뜰 새가 없었다. 더하여 가뭄으로 모내기를 제대로 하지 못하여 공무원들에게 총동원령이 내려졌다. 물론 농촌지도 공무원은 논밭 현장 중심으로 지도해야 하기 때문에 출근과 동시에 담당 지구로 출동해 서류정리는 일과시간 이후에 해야 했다.

수리시설이 제대로 갖추어지지 않아 강물을 끌어와 논에 물을 대는데 가뭄으로 강바닥이 드러난 상태에서 모내기 진척은 지지부진할 수밖에 없었다. 농기계가 없어 인력으로 하는데 소 쟁기질이 유일했다. 소 쟁기도 모자라 사람이 괭이나 쇠스랑으로 파고 골라 모를 심었다. 상급기관에서는 진척이 오르지 않는다고 질책하고 책임추궁을 해댔다. 근무한 지채 한 달도 되지 않았는데 못 해먹겠다는 소리가 절로 나왔다. 직접 농사를 짓는 것보다 더 힘들었다. 자기 전답에서 농사일을 할 때는 힘들고 어려우면 쉴 수도 있었는데 그렇게 자기 맘대로 할 수가 없었다.

적응하기가 힘들었다. 농촌을 계몽하고 새로운 농법을 보급하여 농가

소득을 올리고 국가의 식량자급을 이루는 숭고한 일로 생각하고 첫 출근을 하면서 보람을 찾을 것으로 여겼는데 뜬구름 잡는 헛꿈이었다. 언제 농사기술을 전수할 겨를도 없이 상급기관에서 내리는 지침을 이행시키는 것이 주 임무로 실적이 나쁘면 호된 책임추궁을 받아야 했다.

농업기반이 갖추어져 있지 않는 데다가 농민들의 의식수준이 새로운 농법을 받아들이기엔 너무 완고했다. 누천년 동안 관행으로 해온 농사를 하루아침에 새로운 방법으로 바꾼다는 것은 인력이 충분치 못하고, 너무 급진적이었다. 농업기계화가 되지 않아 모든 농작업을 손으로 해야 하는 터여서 시기를 맞추어야 하는 농사의 특성상 항상 일손이 모자랐다. 그런 여건을 감안하지 않고 책상에 앉아서 연구한 것을 새로운 기술이라고 농가에 강요하다시피 하여 보급하라고 하니 그 실적이 좋을 리 없었다. 단적인 예로 콩을 심는데 모종을 키워 옮겨 심으라 하니 그 모종을 심는 수확량이 많아진다고 하더라도 일손이 배도 더 소요되는데, 농가에서 따라 하기는커녕 농촌지도원 만나는 것을 꺼렸던 것이 농촌의 실정이었다.

씨앗을 직파하면 일이 수월하여 모종이식농법을 하려는 농가가 거의 없었다. 콩뿐만 아니라 보리 또한 모를 길러 옮겨 심으라는 것도 실현 불가능했다. 그에 따라 실적이 좋지 않다고 심한 질책을 받으면서 성운은 모멸감을 느껴 일에 대한 회의감이 들었다.

겨우 2년을 억지로 참아가며 현장을 뛰었다. 처음 시작할 때는 농촌을 계몽한다는 자부심에 청운의 꿈을 꾸었는데 개꿈이었다.

인생의 출발지에서 그런 좌절감을 가지면서도 5년을 목표로 경험을 쌓겠다는 일념으로 버티고 나갔다. 처음이라서 경험 부족에서 오는 어려움과 제도가 개선될 것이라는 막연한 기대를 했지만 해가 갈수록 어려움은 더해만 갔다.

다른 공무원들은 행정작용으로 권위가 서고 지시사항이 먹혀들어 가는데, 농촌지도는 권장 사항으로 강제할 수 없으니 일을 수행하는데 사막을 걷는 기분이었다. 참으로 팍팍하고 힘이 팽겼다. 그만두고 농사나 열심히 해야겠다는 생각이 하루에도 몇 번씩 일어나 사표를 써 주머니에 넣고 다녔다. 5년을 견디어보자고 했는데 2년 조금 넘어 참기 어려워 괴로움에 빠져 허우적이고 있었다. 그러다 보니 꿈의 직업이라고 생각했던 농촌 지도사업이 허상에 지나지 않았다. 밥 벌어먹자고 시작했던 것이 아니었다. 당장 집어치우고 농사를 지으면 몸은 고되지만 마음은 편할 것이다. 물론 소득이 그에 미치지는 못하지만 사람이 살아가는 데 육체적 어려움보다 정신적 고통이 참기 힘들다.

11

결혼의 조건

　어머니가 환갑이 다가오는데 아직도 부엌을 면하지 못했으니 장성한 아들로서 어머니에 대한 도리가 아니었다. 성운의 나이 스물일곱 살로 결혼적령기를 넘기고 있었다. 대체로 스물너댓 살이 남자의 적령기인데 이미 넘어섰고 어머니가 연로하여 하루가 급한 처지였다. 하지만 짝이 있어야 결혼을 하는 것 아닌가.

　성운은 그 나이가 될 때까지 여자를 사귀어보지 못했다. 성격적으로나 대인관계에서 여자를 사귀려고 마음 써보지 않았다. 그런데 더구나 적령기가 넘은 노총각이 어떻게 여자를 사귀겠는가? 몰래 남녀가 만나 연애를 한다는 것은 금기시되었고 많은 사람의 입줄에 올라 별의별 말들이 돌면서 불륜으로 질시를 받는 시대였다. 도시의 특별한 사람 아니고는 대부분 중매를 통해서 결혼했다.

가을이 끝나고 한가해서 전쟁 시절 피란했던 외가댁에 다니러 갔다. 외가 동네 앞마을 신덕리에 이모님이 살았는데, 그 마을에 집안도 괜찮고 처자도 참하다며 소개해주었다. 잘은 모르지만 이모가 소개한 사람이기 때문에 물어볼 것 없이 추진해달라고 했다. 맞선도 보지 못하는데 처자 사진을 가지고 왔다. 농촌에서 낳고 자라 순수미가 있어 보였다. 호감이 갔다.

그 이튿날 이모네 집으로 오라 해서 갔더니, 처자 쪽 할머니 아주머니들이 와있었다. 신랑감 선을 본 것이다. 성운은 준비도 하지 못하고 엉겁결에 선을 보였다. 별말은 없었으나 그의 직업 등을 물었다. 농사짓는다고 하니 약간은 호감 가는 눈치가 아니었다.

성운은 당돌하게 그 아주머니 할머니들에게 당사자와 맞선을 보았으면 좋겠다고 제안했다. 물론 받아들이지 않을 것으로 예상은 했지만 완강히 안 된다면서 약간 불쾌감을 표하였다. 성운은 어이없었으나 표정으로 나타내지는 않았다. 그날 분위기로 봐서 성사되리라는 기대를 하지 않았다. 한 번의 해프닝으로 생각하고 잊어버렸다. 서로 기대하지 않아서 후일담도 없었다.

나중에 들리는 말로는 산중일 뿐만 아니라 농사꾼이라고 처자가 안 된다고 했다는 것이었다. 여러 해 지난 뒤 소식은 결혼해서 3년도 못 살고 이혼하게 됐다고 했다. 정말 그런 사람하고 결혼했더라면 어찌되었을까 싶어 심장이 오싹했다. 그 일은 성운 혼자 하는 일로 아쉬워할까 봐 어머니에게 말하지 않았다.

집안 일가 무동 할아버지가 계시는데 아버지와 연갑年甲이어서 아버지 돌아가신 후로 성운의 집을 음으로 양으로 많은 도와주었다. 그 할아버지께서 성운이 어릴 때부터 후견인을 자청하여 관심을 가지고 많은 지도를 해주었다. 그래서 성운 결혼을 위하여 양반 집안을 찾아 애를 쓰셨다. 순창 동계면 귀미마을에 남원 양씨 집안에 규수가 있다며 그 할아버지를 통해서 중매가 들어왔다. 그 할아버지가 소개하니 그쪽 집에서도 흔쾌하게 생각했다.

어머니와 큰 집 형수가 선을 보러 갔는데, 깊은 산중으로 가는 길이 산 고개를 3개나 넘어야 하고, 너무 멀어서 어머니는 처자 집에 가기도 전에 마음이 내키지 않았다. 처자 집을 찾아가는데 7십 리가 넘었다. 처자 집에 가보니 너무도 초라하여 가난이 마른 참나무 장작 같아 근천이 줄줄 흐르고 있었다. 어머니는 그 처자 집에 들어가면서 마음이 들지 않아 나오려는데 어찌나 붙잡는 바람에 방으로 들어가기는 했으나 마음은 이미 떠나버려 처자 얼굴도 보지 않고 나와 버렸다.

그 할아버지는 집안이 순창 토반인 남원 양씨라며 아쉬워했다. 하지만 어머니께서 단호히 안 된다고 하니 더는 서둘지 않고 혼담이 없던 것으로 작파했다.

무동 할아버지는 먼저 말했던 자리가 성사되지 않은 것에 크게 아쉬움을 느끼고 다른 양반집을 이야기해왔다. 파평 윤씨로 근동에서는 양반 집안으로 알려져 있었다. 그래서 어머니와 큰 집 형수씨가 같이 또 선을 보고 왔다. 이번에도 처자가 어머니 눈에 들지 않았다.

성운은 그때 공무원 채용시험을 보러 가는 아침이었다. 그런데 처녀 마을에 사는 아주머니가 대바구니 장사를 다니는데 아침 식사를 얻어먹으려고 성운의 집으로 왔다가 성운을 보고 혀를 차 쌓았다. 왜 그러냐고 물으니 총각이 너무 잘 생겨 욕심난다며 성운을 물끗물끗 뜯어봤다. 성운은 좀 이상한 생각이 들어 캐물었다.

"아줌니 헌 말을 들어본께 이상한 생각이 들어서요. 무신 헐말이 있는 것 같은디 어디 야그 좀 혀 보셔요."

"아니 별것은 아니고 총각이 좀 아까운 것 같혀요."

아주머니는 명쾌한 답을 하지 아니하고 말에 밑자락을 깔아 아무것도 아니라고 말을 하지 않았다. 성운이 의심을 품으면서 다그쳐 물으니 처자가 조금 기운다고 얼버무리듯 말했다.

"그려요? 잘 알았어요."

성운의 말이 끝나기가 무섭게 어머니도 생각하지 않는다고 선을 그어 말했다. 성운은 전주로 시험 보러 떠나면서 어머니에게 더 자세한 말을 해주라고 부탁했다.

3일 뒤 처녀 오빠가 선을 보러 왔다. 성운은 마음에서 지웠는데 선을 보러 온다니 조금은 부담스러웠지만 오는 손님을 문전박대할 수 없어 받아주었다. 더구나 마을의 김정곤 씨의 인척이라고 같이 왔다. 저녁을 먹으면서 술을 곁들려 형편에 맞게 대접했다. 나이가 30대 초반으로 같은 젊은이로서 이야기할 만했다. 성운은 자기에 대한 충분한 정보를 전해주었다. 그 오빠는 성운이 맘에 들기는 하지만 좀 넘친다고 생각했다.

처자 오빠는 그의 친척 김정곤 씨 집에서 자고 가면서 지난번 찾아와 아침을 먹었던 대바구니 장사 아주머니와 함께 다른 곳으로 선을 보러 간다는 말을 들었다. 성운은 그 처자에 관심이 별로 없었지만, 전날 밤 나누는 대화는 아주 긍정적이었다. 그런데 다른 신랑감을 선보러 간다는 것에 성운은 모욕감을 느꼈다. 그 뒤로 그 여자를 성운은 머릿속에서 완전히 지워버렸다. 그렇게 혼담만 오가고 성사가 되지 않아 그 해는 결혼을 단념하고 이듬해로 미루는 것으로 어머니와 이야기가 되었다.

해가 바뀌어 1965년 1월이 되었다. 음력으로 섣달 스무날께 상상도 못한 일이 일어났다. 결혼을 완전히 미루고 설맞이 준비를 하고 있는데 이번에는 무동 할아버지 대신 생각지도 못한 무동 할머니가 해가 다 넘어가는데 찾아오셨다. 성운을 어려서부터 관심 갖고 계신 할아버지의 할머니다.

저녁 소죽을 끓이고 있는데 환갑이 다 된 할머니가 수건으로 머리를 싸매고 추위에 떨면서 40리 길을 걸어오신 것이다.

"할머니! 어쩐 일로 요렇게 오셔요? 할아버지랑 인영 당숙이랑 다들 잘 계시지요?"

마당에서 맞으며 손을 잡고 극진히 인사를 드렸다.

"응. 잘 있제. 그런디 큰일 났다. 대목언 돌아오는디 날이 났어야. 바빠서 큰일 났다. 어쩐다냐? 서둘러야 겄다."

"무신 말씀을 허시는 기라우? 먼 일이 있간디 고롷게 바쁘다요? 우선 방으로 들어갑시다."

성운은 할머니를 방으로 모셨다. 어머니도 저녁을 준비하시다가 부엌에서 나와 할머니를 맞아드렸다. 차근히 앉아 말씀하시는 것이 성운의 결혼 문제였다. 지난번 그 오빠랑 저녁을 먹으면서 이야기했던 처자였다. 결혼 날짜가 음력 섣달 스무 이래라고 하면서 시간이 없어 어찌해야 하느냐고 한숨을 크게 내쉬었다. 어머니와 성운은 깜짝 놀랐다.

"예에? 결혼이요? 무신 결혼을 헌다고요? 지 올해는 넘어가고 니년이나 헐라고 마음묵고 있어요. 걱정허지 마셔요."

"아니야. 날이 났당게."

"날이 났다고? 무신, 우리넌 아무것도 모른디 어쩧게 날이 났다요?"

어머니가 놀란 표정으로 물었다.

"아니 참말로 아무것도 몰라? 하나 씨가 사성四星얼 보냄선 웃저구리 한 감 떠 넣어서 보냈어. 그 사성얼 받고 그쪽에서 혼인날을 받아 보낸 것이여. 그런디 날이 급허게 나서 준비가 될랑가 모르겄넌디. 니얼부터 어서 서둘러야 겄어."

무동 할머니는 애가 닳도록 애원했다.

"우리는 모르는 일이요. 아무리 그렇다고 우리허고 한마디 말도 없이 자작으로 결정을 헌다요? 할머니네가 알아서 허셔요."

성운은 완강하게 못 하겠다고 했다.

"그러면 어쩌라고? 사성 보내고 날받이도 받았넌디 어쩧게 깬디아? 큰일이네."

"그나저나 니일 아침 일찍 가셔서 파혼허자고 허셔요."

무동 할머니는 걱정이 되어 잠도 제대로 자지 못하고 날이 새면서 아침도 먹지 않고 돌아가셨다. 그런데 해거름에 할머니가 얼굴이 노랗게 사색이 되어 또 오셨다. 승낙하라는 것이었다.

생각 같아서는 집에 들어서지 못하게 하고 싶었지만 차마 그렇게까지 박대하지는 못했다. 저녁에 자면서 설득하고 오히려 사정하며 잘 해결하라고 신신당부했다. 그런데 그쪽에서 원체 완강히 나오며 물러서지 않을 것이라고 했다. 그렇다고 성운 자신의 일생에 대한 문제인데 자신의 잘못도 아니면서 들어줄 수 있는 문제가 아니었다. 그래서 보내면서 다시는 오지 마르라고 강하게 말씀을 드렸다.

그런데 해거름이 되자 뜬금없이 대바구니 장사가 왔다. 성운은 장사하러 온 것으로 알고 따뜻하게 맞아주었다.

"그동안 장사 잘혔어요? 집안에 별고는 없고?"

저녁밥을 먹으면서 안부를 물었다.

"실은 지난번 말 혔던 혼사 땜시 왔어요. 나 큰일 났어요. 어쩌야 헌다요? 나 좀 살려주어야 겄어요."

"무신 말이요? 그것은 없던 일로 다 끝났넌디요?"

"아니어라우. 어저께 광리 사는 할매가 왔다 갔지요?"

"거그서 못헌더고 헝께 나한테 와서 책임지라고 혀요. 어쩌면 좋다요? 나 못살겄어요. 사람 하나 살린다 허고 다시 한번 생각혀 봐요."

그 아주머니를 다그친 것은 처음 선보고 왔을 때 아침에 성운 집에 와서 "총각이 너무 이뿌네." 하면서 혀를 찼던 것이 파혼의 원인이 되었다고 다그친다고 했다. 처자네와 앞뒷집에 살면서 잘 사니까 그 집 덕을 많이 보면서 살아왔는데 혼사에 훼방을 놨다고 윽박지른다고 했다.

사실은 직접 표현은 하지 않았지만, 그 대바구니 장사 아주머니가 많은 정보를 주어 성운이 그 처자랑 결혼하지 않겠다는 마음을 먹게 되는 단초가 되었던 것이다.

　그 처자가 많이 부족하다고 했다. 초등학교도 나오지 못한 여자로 학력이야 그렇다손 치더라도 정신적으로 저능하고 신체적으로도 허약하여 농사일도 통 못한다고 그 아주머니가 알려주었던 것이다. 그래서 성운은 대바구니 장사를 고맙게 생각하고 있었다. 그런데 자기 때문에 이 혼사가 파혼되었다고 아침저녁으로 쫓아와 온갖 쌍욕을 퍼부으며 책임지라고 한다고 했다. 참으로 안타까운 일이다. 달리 어떤 해결책이 없었다. 그런 사람과 결혼한다는 것은 생각조차 싫었다.

　"아주머니. 알다시피 지가 그런 데로 장개를 가겄어요? 아주머니를 보면 안타깝지만 내 입장에서 어떻게 결혼을 헌다요. 결혼이 무신 애들 장난이 아니잖혀요? 그렇게 아주머니가 어렵지만 가서 잘 타일러 보셔요."

　성운은 간곡히 달래며 부탁했다.

　"그러기는 혀라우. 지 생각도 맞지 않는다고 생각허는디 그 집에서 하도 행패를 부려 속이 타들어가요. 우리 집 양반이 있으면 그러지 못헐 것이지만 여자 혼자라고 깔보고 허는 거요. 아자씨가 어떻게 해결혀 봐요."

　그 아주머니는 눈물바람으로 하소연했다.

　설 대목에 결혼 문제로 여러 집안이 시끄러워 설을 편히 쉬지 못했다.

　설 쇠고 이틀 후 무동 할아버지가 찾아왔다. 성운은 그 문제가 해결되겄지 하고 생각했는데 성운을 아끼며 결혼까지 책임져주신다던 할아버지가 직접 오신 것이다. 선산에 성묘하러 오신 것으로 생각하고 방으로 모셔 세배를 올리고 음식을 대접했다. 그런데 선산에 성묘 온 것이 아니고 성운 결혼 문제 때문에 오신 것이었다.

"그동안 지 일로 고상 많았겠어요. 어쩧게 해결됐는기요?"

성운은 무동 할아버지께 결혼 문제에 대하여 물었다.

"글씨다. 내가 온 것도 고 일 때문에 왔다. 아무래도 니가 직접 가야 될 것 같다."

무동 할아버지는 갑자기 심각한 표정을 지으며 말했다.

"지가 어쩧게 해결을 헌다요. 지는 아무것도 모르잖아요?"

"내가 잘못혔다. 나는 너그 아부지 생각혀서 너널 내가 책임지고 좋은 데로 결혼시키려고 헌 것이 잘 못 되었어야. 양반이라는 말만 듣고 깊이 생각허딜 않고 또 니 말을 들어봤어야 헌디 그냥 내가 결정헌 것이 아조 잘못되고 말았구나!. 내 딴에는 잘혀 본다고 혔넌디 결국은 요롷게 되고 본께 내 헐 말이 없다. 나럴 봐서 용서허고 니가 나서야 해결이 될 것 같다."

무동 할아버지는 크게 잘못한 것을 깨닫고, 성운에게 용서를 구하면서 성운이 나서 해결해줄 것을 간곡히 사정했다.

"할아버지! 원체 잘못혔어요. 물론 할아버지께서 지럴 위해 애썼다고 허지만 결혼이 일생일대 제일 큰일 아닌가요? 그런디 아무리 지가 어리고 사회 경험이 없다고 허지만 지한테 말은 허고 추진혔어야지요. 지는 아무리 할아버지께서 지를 생각혀서 혔다고 허지만 속으로 미운 생각이 들었어요. 지도 인자 성인이어요. 그려서 죽던지 말던지 나는 모르는 일이라고 생각혔어요. 이런 사정에서 지가 무신 명분으로 어쩧게 해결을 헌다요. 지는 아무 생각이 없은 게 할아버지가 알아서 혀요."

성운으로서는 아무리 자기를 위해서 했다고 하지만 이해하고 용서하고 할 처지가 아니었다.

"나도 이 일이 니가 조금도 잘못한 것이 아니란 것을 안다. 허지만 내가 어쩧게 혀볼라고 여러 아는 사람을 통혀서 힘써 봤넌디 안 되더라. 그려서 어렵겠지만 니가 가서 그 사람덜 만나서 이야기하먼 될 것 같혀야. 늙은 내가 노망얼 혔넌가 그롱코롬 되았는게 어쩔 것이냐. 니가 날 살려준다고 생각허고 니얼 나랑 함께 가자."

무동 할아버지는 그동안 그 사람들에게 참기 어렵게 시달려 피를 토하는 심정으로 성운에게 통사정했다.

"그려요. 저랑 함께 갑시다. 지가 가서 한번 부딪쳐 보지요. 머. 그들도 사람인디 내 심정을 말하면서 사정허면 되겠지요. 너무 걱정 마셔요. 지가 해결허께요."

성운은 할아버지가 너무 애절하게 사정하는데 그냥 자신의 잘못이 아니라고 모른 체 할 수는 없었다. 그 사람들과 직접 만나서 자신 있게 말해야겠다고 속 다짐을 했다.

성운은 이튿날 아침을 먹고 무동 할아버지를 모시고 할아버지 댁인 팔덕면으로 갔다. 집에서 10리를 걸어 나와 임실 덕치면 일중일에서 순창행 차를 타고 순창으로 갔다. 순창에서 버스를 내려 할아버지 댁이 있는 팔덕면까지 20리 길을 걸어갔다. 설이 지나고 우수 철인데도 아직 바람 끝이 살아있어 소매 끝으로 파고드는 한기가 을씨년스러웠다.

할아버지 댁에 가서 점심 먹고 나니 처자를 간접 소개했던 아주머니가 찾아왔다.

성운은 그 아주머니와 단둘이 마주 앉았다. 나이는 40대 중반으로 보이는 아주머니였다.

"아주머니가 중매 섰어요?"

여인이라서 인사를 하지도 않고 대뜸 물었다.

"예. 지가 혔넌디 괜찮은 게 다시 한번 생각혀 보시지그려요? 물론 아저씨가 촌에서 일만 해묵고 사는 사람은 아닌 것 같은디, 남자가 잘난 사람은 열 마누라도 거느린다는 말이 있잖혀요? 살다 보면 정이 들어 잘 살 수도 있는 게요."

아주머니는 직접 표현은 하지 않았지만, 성운하고 비교해서 좀 부족하다고 은연중 실토를 해버렸다.

"아니 그것을 말이라고 허는 거요? 열 여자를 거느린다고요? 어디 대고 그런 말을 헌다요. 괜찮다고 혀쌓게 내 요구 하나 들어줄거요?"

"무신 요군디요?"

"요새 젊은 사람치고 결혼험선 맞선도 안 보고 결혼헌 사람이 어디 있던가요? 아주머니가 서둘러 언제 날 받아서 맞선을 보게 혀주어요."

성운은 강한 어조로 부탁을 했다.

"맞선요? 그 집안에서는 성씨 지킨다고 맞선은 절대 안 된데요."

맞선 보자는 말에 아주머니는 펄쩍 뛰었다.

"그러면 못 허는 거죠."

성운은 맞선을 강하게 요구했다. 그 뒤로 이야기를 하고 그 아주머니와 타협은 끝났다. 처자가 중매선 아주머니의 친정 동네 사람으로 내막을 잘 아는 사람이었다. 아주머니와의 이야기는 아무 성과 없이 끝나면서 이튿날 처자 집안사람들을 만나 이야기하자고 했다. 성운은 흔쾌히 그렇게 하자고 약속했다.

저녁에 무동 할아버지와 같이 자면서 여러 이야기를 나누었다.

"내가 생각이 짧았다. 낮에 만난 아주머니 친정 동네 사람이라 잘 알 것으로 생각하고 성씨 하나 보고 내 혼자 결정헌 것이 너한테 요롯게 죄를 진 것이다. 자세히 알고 보니 처자가 좀 모지란다는 말이 있더라. 그런 것도 모르고 내 혼자 결정혀부렀으니 내가 헐 말이 없다."

할아버지는 심심한 사과를 했다.

"그러게요. 저도 첨에는 할아버지를 원망했어요. 아무리 어른이시지만 지 일인디 저한테는 말 한마디 없이 결정헌 것은 잘못된 것이어라우. 허지만 지를 못되게 헐라고 허지는 않았잖아요? 잘 헐라고 허더가 그리 되았은 게 할아버지 너무 걱정 마셔요. 지가 어떻게든지 해결허께요."

"그 전쟁의 어려운 처지에서 묵고살기도 어려워 다른 사람들은 엄두도 못 냈지만 너넌 고등핵교를 나오지 않았냐? 앞으로 니가 우리 집안일을 책임지고 혀야 헌다. 너를 든든히 믿고 참말로 좋은 자리 혼처를 알아본다고 혔넌디 결국은 요롯게 되고 본게 너한테 머라고 헐 말이 없다."

"잊어부리랑게요? 지가 장담은 못 허지만 집안일은 헐 때가 되면 지가 헐께요."

오랜만에 무동 할아버지와 함께 자면서 밤이 이슥하도록 많은 이야기를 나누었다.

이튿날 10시쯤 해서 처자 집안사람들이 왔다며 성운더러 오라고 연락이 왔다. 약간은 긴장되었다. 그러나 꿀릴 것 없으니 당당하게 대하겠다고 다짐을 하면서 그들이 있는 곳으로 갔다.

나무 대문이 큰 벽처럼 가로막혀 있었다. 어제 만난 아주머니 안내를 받아 대문을 열고 들어서니 농촌에는 드물게 4간 기와집 몸체가 근엄하게 자리하고 있었다. 사랑채 또한 5간 큰 집이었다. 사랑채 가운데 방으로 안내되었다. 널찍한 방에 60대로 보이는 어른 한 분이 한복으로 의관을 정제하고 근엄하게 앉아 있었다. 40대 50대로 보이는 사람들이 정장 양복을 입고 장방의 상하로 앉아 있으면서, 성운이 들어가니 그의 일거수일투족을 감시하듯 바라보고 있었다.

"인사 올리겠습니다. 정성운입니다."

어르신을 향하여 큰절을 올렸다. 그들은 고개를 다소곳이 숙여 답례를 했다. 다시 일어나 다른 사람들에게는 묵례로 머리를 수구려 인사를 드렸다. 그 일행 중 30대로 보이는 젊은 청년이 성운 앉을 자리를 안내해주었다.

"정성운이라고? 관향貫鄕이 어디신가?"

나이 많으신 어른이 점잖은 어투로 본관을 물었다.

"동래입니다."

성운은 뚜렷하게 말해주었다. 다른 사람들은 이미 알고 있는 듯 더는 묻지 않았다. 그 어르신도 이미 알고 있었겠지만 의례적으로 물은 것이다.

40~50대 남자들은 면 직원이었다. 그들은 성운을 위압적으로 누르려는 표정으로 굳어있었다.

"이목구비가 또렷한 젊은이구만. 그런디 혼사를 정혀 놓고 파혼을 헌다고 혔어? 아무리 요새 젊은이들이 버릇이 없다고 허지만 그럴 수는 없는 것 아니여?"

50대 남자가 약간 꾸짖는 말투로 나무라며 말했다. 부면장이라고 알려졌다. 성운은 한참 동안 아무 대답을 하지 않고 그들의 표정을 살펴보고 있었다.

호적계장이라는 사람이 말을 이었다.

"결혼이란 것이 일륜지 대사인데 애들 장난도 아니고 그렇게 쉽게 결혼을 못 한다고 허면 그 책임을 어떻게 지려고 그러는 거여?"

호적계장 역시 나무라는 어투였다.

"죄송허게 되었습니다. 본의 아니게 어르신들게 심려를 끼친 점 사과 드립니다. 핑계 같지만 지가 결정혔다면 어떤 책임이라도 지겠습니다. 허지만 저는 이런 일이 일어난 종을 몰랐습니다. 그 오빠란 어른이 저를 선본다고 와서 많은 야기럴 나누었어요. 그때까지 지는 긍정적으로 생각혔어요. 그런디 우리 동네 사는 일가 집에서 자고 아침에 다른 곳으로 선얼 보로 간다는 말을 듣고 '아~ 내게는 맴이 없는갑다' 허는 생각이 들어 틀렸구나 하며 잊어부리고 있었어요. 그런디 어느 날 느닷없이 결혼 날짜가 잽혔다며 시간이 없다고 다급하게 전갈이 왔어요. 혹시 어르신들 같으면 이런 사항에서 어떻게 허시겠습니까? 정말로 혼란스러웠어요. 이 점 이해해주었으면 고맙겠습니다."

성운은 당당하게 자신의 입장을 말했다. 아마 그들이 생각하기에는 깊은 산골에서 지게 목발이나 두드리는 목동초군이라는 선입견으로 어수룩한 촌놈으로 생각했던 것 같았다.

"무엇이? 이해해달라고? 젊은이가 당돌허구만. 이해 못 해주면 어쩔라고?"

호적계장은 목소리를 높여 위압적으로 말했다. 성운은 호적계장을 쳐다보며 아무 말도 안 하고 가만히 있었다.

"그러지 말고 서로 양보혀 좋은 일에 좋도록 혀보세. 마음을 도리켜 생각혀 봐."

어르신이 낮은 소리로 타이르듯 말했다.

"좋은 말씀입니다만 평생을 같이 살아야 할 사람을 맞이하는데 이런 분위기로 어떻게 마음이 합쳐지겠습니까? 아무리 생각혀도 이것은 아닌 것 같습니다. 불행의 씨를 안고 시작헌다면 무엇이 되겠습니까? 이런 일이 시작에 좀 잘못되었는데 그것을 빌미로 억지로 혀서 평생을 불행한 대로 살 수는 없는 것 아니니까요. 지금 조금 섭섭하지만 더 깊어져 상처가 되면 안 되겠지요. 여기서 웃음 웃고 끝냅시다."

성운은 결연하고 단호한 어투로 조곤조곤 말했다.

"자네는 남잔게 별문제가 없지만 여자는 이런 일이 있다고 소문이 나면 어디 다른 혼처가 있겠어? 이렇게 되았은 게 자네가 책임져야 혀. 알았는가?"

"지가 어떻게 책임을 진답니까?"

"결혼을 허는 것이여. 그러면 깨끗허게 해결되는 것 아니어?"

부면장이 거의 강압적으로 말했다.

"예에? 지보고 결혼을 허라고요? 지는 고롷게는 못 헙니다."

"못 헌다고? 사람이 보기에는 그렇게 안 생겼구만 아주 고약헌 사람이네. 한 여자를 망쳐놓고 책임을 지지 못헌다고. 아무리 젊어 세상 물정을 모른다고 허지만 그런 무례가 어디 있어?"

호적계장은 강제로 결혼을 시키려는 태도였다.

"그렇게 말씀허시면 내 조건을 들어주실랍니까?"

그들은 놀란 표정으로 서로를 돌아보며 말을 하지 못하고 있었다. 한참 동안 침묵이 흘렀다.

"조건이 무엇인가?" 나이 많은 어르신이 물었다.

"지가 사회활동은 많이 해보지는 안했지만 요새 결혼허는 사람치고 당사자가 서로 얼굴 한 번 보지 않고 혼례를 올리는 것을 지는 이해할 수가 없어요. 처음부터 맞선 보는 것은 안 된다고 혀서 마음 돌렸습니다. 지금이 조선 시대도 아니고 당사자 얼굴도 모른 채 어떻게 결혼을 할 수 있겠습니까? 그러니 서로 선보고 서로 뜻이 맞아야 평생을 함께 살 것 아닌가요? 좋은 기회를 마련혀주셔요."

"무시기? 맞선을 본다고? 어디 그런 쌍놈들 허는 짓을 혀. 아무리 시대가 변혔어도 우리는 그런 쌍놈들 짓을 허락힐 수 없어?"

어르신은 맞선의 '마' 자도 꺼내지 말라는 말투였다.

"한 여자의 일생을 망쳐놓고 맞선을 보겠다고? 못 허겄다는 핑계를 찾을라고 허는 짓인디 맞선을 봐? 그런 짓은 못 혀."

제일 젊은 사람이 신경질적으로 윽박질렀다.

"정말로 그 처자는 결혼을 못 허고 처자로 살아야 헌다고요? 세상에 어디 그런 법이 있다요. 저는 도저히 이해가 되지 않아요. 어떻게 한 자식을 잠깐 구설수가 있다고 평생을 그렇게 살아야 헌다고요? 맞선도 못본다. 기어코 결혼만 강요허는디 지는 도저히 받아들일 수 없어요. 나도 젊은 놈이 앞날이 창창헌디 억지로 할 수는 없어요. 지금 어르신들 말씀을 들어보면 그 처자가 집안에서 버림을 받을 만큼 문제가 있는갑네요. 내 자식을 그렇게 내버리듯 억지로 결혼을 시켜 그 삶을 어떻게 헐라고 허신가요? 분명 다른 문제가 있는 것은 아닌감요?"

성운은 조목조목 따져 물었다.

"젊은 사람이 상당히 당돌허구만. 결혼에서 혼서지가 오고 가면 결혼 허겄다는 약속이 아닌가? 그렇게 약속혀 놓고 인자 와서 못 헌다고 허면 여자는 어쩌란 거여? 남자허고는 다르지 않는가. 보아 허니 경우를 알만 헌 사람이 억지를 쓰면 되겄어?"

제일 어르신이 낮은 목소리로 조곤조곤 나무라며 말했다.

"물론 잘못된 점이 분명 있습니다. 허지만 변명 같지만 나는 전혀 모르는 일이었습니다. 우리 할아버지가 저럴 위해서 양반 혼사 허다고 혼자 결정헌 것입니다. 그렇다고 우리 할아버지에게 나는 모른다고 빠져 버리면 지가 여그까지 올 일이 없지요. 서로 양보허고 잘 해결혀 보자고 왔습니다. 그런디 그쪽에서 내게 직접 접촉허고 내게 보낸 무신 문서라도 있는기오? 자식 결혼 허는디 당사자에게는 아무 연락도 안헌다는 것이 그려도 괜찮은가요? 진정 결혼을 헐라고 허면 날받이라든가, 혼수 문제라든가 그런 것들을 서로 협의혀야 허는 것 아닌가요?"

"그런 면이 없지는 안 허지만 여자는 혼인문제가 남자와는 다르다는 것을 청년도 알 것이여. 그렇게 웬만허면 이 결혼 성사허도록 허지."

부면장이 나지막한 어조로 약간 사정하듯 말했다.

"세상살이가 꼭 내 맘대로 되는 것이 아니어. 한 여자의 평생 불행을 구제헌다고 생각허고 우리 한번 인연을 맺도록 허지."

총무계장 역시 처음에는 윽박지르듯 위압적으로 말을 허더니 성운의 논리에 대답이 궁색해지자 낮은 자세로 방향전환을 하는 것 같았다.

"아니 정말로 그 처자가 결혼할 수 없다는 말씀인가요? 정 그러시다면 지가 최종 결론을 말하겠습니다."

성운이 가능성을 이야기 한다고 하니 그들의 귀를 당나귀처럼 쫑긋 세웠다. 그러면서 어서 말해보라는 눈빛이었다.

"여러 어르신들 말씀을 들어본 게 한번 보지도 못했지만 너무 불쌍허게 생각됩니다. 아무리 세상이 각박하다고 허드라도 내 자식을 그렇게 대하는 것이 슬픕니다. 그래서 말씀드린디 저의 집으로 보내주셔요. 지가 결혼은 허지 않지만 한 여인 내 동생으로 여기고 우리 집에서 살게 할 께요. 손발은 성하지 않겠어요? 우리 어머니께서 연로하셔 지가 밥 혀먹는 것도 좀 어려워요. 그런 게 그런 정도 일을 거들어 주면 우리 식구로 평생 함께 살겠습니다."

성운이 정색을 하면서 결연히 말했다.

방 안 공기가 갑자기 찬물을 끼얹듯 조용히 가라앉았다. 서로 얼굴만 쳐다보며 침묵이 흘렀다.

침묵을 깨고 입을 연 사람은 부면장이었다.

"그게 무신 말인가? 아무리 그렇다고 그런 막말을 혀? 이 사람 못되 묵었구만." 하면서 화를 냈다.

"지 말에 오해를 혔다면 죄송허게 생각헙니다. 지난 처자가 하도 딱한 처지라고 혀서 허는 말이었어요. 지나치게 비화시키지 말고요. 지는 너무 불쌍헌 생각이 들어서 허는 말이었어요. 이해혀주시기 바랍니다."

성운은 그 말에 대한 오해가 있어 사과 겸 자신의 진심을 말해주었다.

"고롷게 사람얼 하시허는 말언 안 해야지. 종일 야기 허드라도 똑같은 말만 반복될 것 같아서 말 헌디 그냥 말 수는 없고 그동안 혼수를 준비허느라고 들어간 비용이 있은 게 그것을 조금이라도 보태주었으면 허는디…"

결국은 그들이 이말 저말 하는 것이 보상해달라는 것임을 알게 되었다.

"고롷게 말씀허신다면 지는 빠지겄습니다. 우리 할아버지에게 말씀허시지요, 지는 더 헐 말이 없어 일어날랍니다."

성운은 불쾌한 생각이 들어 강한 어조로 무동 할아버지에게 청구하라고 했다.

"아따 그 사람 성질 급허네. 그러지 말고 좋을 대로 생각혀 봐. 그 양반(할아버지)도 잘 혀볼라고 허는 일인디 그 양반 보고 무르라고 허면 되겄어? 젊은이가 마음 너그럽게 가져봐. 보아 허니 젊은이지만 경우도 알고 마음씨도 아량이 있겄구만. 이런 일에 감정 사납게 허면 서로 상처만 남는 것인 게 잘 덜 혀 봐."

어르신이 타이르며 진정시켰다.

"정 그러시다면 지가 다넌 못 혀도 조금이나마 협조헐 것인게요. 다음에 더 야기 허도록 허고 오널언 이것으로 끝났으면 헙니다."

250

"그럽시다. 며칠 후에 우리 젊은 사람덜이 야기 헐게요. 일어납시다."

제일 젊은 사람의 제안으로 결말은 다음으로 미루고 그대로 일어섰다. 최종적으로 젊은 사람과 이야기하여 성운이 보상을 해주기로 했다. 쌀 두 가마로 합의를 봤다.

마음이 착잡했다. 자신이 아무 잘못도 없이 책임을 져야 하다니 억울하기도 했지만, 한편으로 돈이 아까워 못한다고 하면 피할 수도 있었다. 하지만 무동 할아버지가 책임을 져야 하는 처지에 그가 모른 체 한다는 것은 그동안 집안 어른으로서 잘해보려고 했던 일인데 예가 아닌 것 같았다.

인생 새로운 길이 열리는데 남에게 아쉬움과 원성을 사는 일은 없어야 할 것으로 생각되었다. 그것을 해결하고 나니 아린 이가 빠진 듯 허리가 휘는 무거운 짐을 벗어버린 듯 홀가분하여 날아갈 것 같았다. 더욱 무동 할아버지에 대한 떳떳함으로 보람을 가지게 되었다.

그 시련을 겪고 나서는 당분간 결혼을 생각하지 않기로 했다. 어차피 농사만 지어먹고 살기에는 사회가 용납해주지 않았다. 뼈저리게 느낀 것은 결혼 상대부터 차별이 되었다. 더구나 토끼하고 발맞추며 사는 산중에서 결혼한다는 것은 정말로 어려운 여건이었다. 중매를 선다고 해도 처자들이 말도 못 꺼내게 한다고 했다. 서글픈 일이었다. 적어도 고등학교를 나오면 상당히 고학력인데 도외시 당한다는 것이 억울했다. 하지만 사회 풍조가 그렇게 흘러가는데 누구를 탓하랴? 산중을 떠나든지 아니면 직장이 있어야 결혼할 수 있다고 생각되었다. 그렇다고 아무 대책 없이 고향을 떠날 수는 없는 일이다. 여기서 선택할 수 있는 것은 취직하는 것이다. 그런데 취직할 곳이 없다. 대도시로 나가면 취직이 가능하다고 하지만 연로하신 어머니를 남겨놓고 자기 혼자만 도시로 떠난다는 것은 말이 아니었다.

봄이 시작되는 2월이었다. 당분간 여건이 갖추어질 때까지 결혼은 뒤로 미루고 농사나 열심히 해야겠다는 생각이 들었다.

공무원 최하위직이라도 정식 공무원이면 신랑감으로 환영받아 신부를 선택하는데 유리한 조건이었다. 무직으로 농사를 짓고 있던 지난해만 해도 그가 사는 곳이 깊은 산중으로서 처녀들이 시집온다는 사람이 거의 없었다. 대부분 평계가 산중이라는 조건 때문이었다. 결혼적령기가 지났는데 이러다가는 결혼을 못 하는 것 아닌가 걱정되었다. 어쩌다 중매가 들어오는데 아주 여건이 좋지 않은 자리였다.

불확실한 세상에 불안을 품고 살아야 하는 것이 사람살이라고 하지만 그런 반전이 일어날 때 살맛이 나는 것이다. 말단 농촌지도원이지만 공무원이 되면서 괜찮은 자리에서 중매가 들어왔다. 사람의 심리라는 것이 조석으로 변한다고 했다. 그 자신이 이해되지 않을 만큼 좋은 자리를 고르고 싶었다.

참으로 묘한 생각이 들었다. 이러다가 결혼 못 하는 건 아닌가 싶어 깊은 잠을 자지 못했다. 어머니를 생각하거나 자신의 나이를 생각하면 한 해가 가기 전에 결혼해야 한다는 생각이 머릿속을 점령하고 밤잠을 쫓아냈다. 그런데 기회일까? 경합일까? 결혼이 어려우려면 양립이 선다고 했다. 먼 족간 이종 누이가 일부러 찾아왔다. 집안도 마을에서 부자 소리를 들으며 후한 집안이라고 했다. 우선 산중이라고 기피하지 않는다는 말에 호감이 갔다. 그런데 같이 근무하는 동료 직원이 집안에 참한 동생이 있는데 성실하고 성격이 좋다고 자랑하면서 생각해 보라고 자주 치근거렸다. 하지만 성운 생각은 동료가 소개하는 것이 조금은 부담스러워 확답을 피해왔다. 실상은 이종 누이가 소개한 자리에 마음이 갔던 것이다.

가을 일이 바빠서 하루 집일을 한다고 연가를 냈다. 그러고는 누이가 소개한 자리에 맞선을 보러 갔었다. 어머니가 먼저 선을 보고 와서 괜찮다고 호감을 갖고 성운에게 최종 선택을 하라며 맞선을 보기로 한 것이다.

그 집 역시 성씨를 지키는 집이라서 맞선이 어렵다고 했으나 성운이 공무원이라는 신분에 맞선 보기를 원하니 허락을 한 것이다. 아직 유교적 신념이 사회를 지배하던 시대라서 여자 특히 처자가 외간 남자를 만난다는 것은 극히 제한적으로 허용되었다. 그런데 그에게 맞선을 보도록 큰 용단을 내린 것이다.

30년이 다 되도록 결혼 상대로 맞선을 본다는 것이 남자라고 하지만 긴장되어 가슴에서 맞방망이 소리가 났다. 목욕재계하고 정장을 차려입고 경건한 마음으로 처자 마을로 출발했다. 먼저 이종 누이 집으로 갔다. 이종 누이지만 처음으로 그 집에 가보니 그 누이도 처마 끝에서 가난이 작작 흐르게 살고 있었다. 초가집으로 삼간도 아닌 방 하나 부엌 하나 2칸 집이었다. 처자 만나는 시간이 오후 3시로 정해져 그 시간까지

할 일 없이 누이 집에서 무료하게 지내고 있었다. 오후 3시로 정한 것은 처자 집안이나 다방 같은 장소가 아니라 연출된 장소에서 만나도록 한 것이었다. 아주 고전적이고 미신적인 설에 의한 것이다.

맞선을 보는데 목화 따는 장소가 좋다는 속설 때문이었다. 마을 동산 언덕 넘어 사람의 왕래가 거의 없는 한적한 곳으로 그 집안의 넓은 선산에 목화 대를 거두어 덜 익은 다래가 말라 익도록 널어놓은 자리였다.

난생처음 자신의 배우자가 될지도 모르는 사람을 만난다는 사실에 긴장이 되지 않을 수 없었다. 만나서 무슨 말을 어떻게 해야 하는지 가슴만 뛸 뿐 머릿속이 칠흑이었다. 성운보다 세 살 아래인 처자이지만 완숙한 여자 앞에 스스로 쫄리고 있었다.

성운은 목화를 따고 있는 옆까지 가지 못하고 좀 떨어진 한적한 곳에 앉아 있었다. 소개했던 이종 누님이 그 집안 어른들 옆으로 가서 총각이 왔다고 전달했다. 처자와 그 작은 어머니 그리고 이종 누님이 함께 성운 옆으로 왔다.

성운은 일어서서 허리를 구부려 인사를 하면서 맞아주었다. 아무 말도 하지 않고 인사만 드렸다. 그 여인들과 마주 앉아 있으면서 침묵이 흘렀다. 서산으로 기울고 있는 햇살이지만 청잣빛 하늘에서 쏟아져 눈 뜨기가 어려울 만큼 강렬했다. 손으로나마 차양을 해야만 했다.

침묵이 흐르다가 침묵을 깨고 처자의 작은 어머니가 입을 열었다.

"이렇게 먼 데까지 오시느라 수고 많으셨습니다. 오늘 이렇게 좋은 자리를 만들어주신 누님도 애 많이 쓰셨습니다. 물론 속단은 할 수 없지만 좋은 이야기 나누시고 좋은 소식 있기를 바랍니다. 우리는 빠질 것이니 우리 질녀姪女와 좋은 인연이 되기를 기대합니다."

작은어머니는 50대 완숙한 여인으로 교직에 있어서 그런지 말솜씨가 상당히 세련되었다.

"예. 알겠습니다."

성운은 자리를 비켜주는 그들을 일어서서 배웅했다.

분위기가 어색했다. 말머리를 찾지 못하여 한참 동안 머릿속으로 생각을 굴리면서 궁리를 하고 있었다. 시간은 자꾸 지나가고 있었다. 꿀 먹은 벙어리처럼 앉아 있기만 할 수 없었다.

"제 이름은 정성운입니다. 내가 사는 데는 깊은 산골이라서 들녘에 살던 사람은 처음에 어려움이 많을 것인데 괜찮으시겠어요?"

성운은 단도직입적으로 그의 사는 곳이 산중이란 것을 힘주어 말했다. 산중을 꺼린다면 다른 조건이 맞다 하더라도 결혼할 수 없다고 다짐했기에 처자의 확실한 생각을 확인해야겠다고 생각했다.

"저는 최순임이고요. 사는 곳이 중요한 것이 아니라 서로 마음이 맞으면 무슨 문제가 되겠어요. 아직 그런 것을 깊이 생각해보지 않았어요."

낮은 어감으로 온화하게 말했다. 그런데 그 음성이 귀에 거슬렸다. 여자의 음성이 걸걸해서 거칠게 들렸다. 몇 마디 이야기를 주고받았는데 말소리를 들을수록 이것은 아니다 싶었다.

30여 분 이야기를 나누다 더 있어 봐야 할 말도 없거니와 배우자로서 받아들이고 싶지 않았다. 애초에 인연이 아닌지도 모른다. 말을 할수록 걸걸한 목소리가 거슬렸다.

맞선을 끝내고 돌아오는데 마음이 찜찜하고 무거웠다. 그 시대 풍조가 처자들이 산중을 꺼리는 현실에서 원만하면 받아들이려고 했었다. 그런데 엉뚱하게 음성이 거슬릴 줄은 전혀 뜻밖이었다. 인연이 아닌가 보다 싶지만 아쉬움도 있었다.

"어쩌? 괜찮허제?"

이종 누님이 조심스럽게 성운의 의중을 물어왔다.

"누님이 애쓰셨는데 미안하게 되었습니다. 안 맞을 것 같아요. 목소리가 남자처럼 걸걸하여 영 거북하드라고요."

"그려? 그러기도 허겄구만. 한번 생각혀보지만 동생의 맴이 중헌것인게."

누님은 조금 아쉬운 듯한 기분이었다.

"미안혀요. 누님이 애쓰신 보람도 없이 인연이 아닌 것 같아요."

어렵다는 의사를 분명히 하고 헤어져 순창행 버스를 탔다.

날씨가 가을걷이하기에 아주 좋았다. 마른 볏단을 묶은 사람, 벼를 베는 사람 등으로 들에는 백로 떼가 앉아 있는 것 같았다. 풍요의 계절 허리가 휘도록 바쁜 철이지만 곡식을 거두어들인다는 넉넉함에 힘 드는 것도 잊는 것이 농촌의 아름다운 가을 들녘 풍경이었다.

버스가 30여 분 달려 순창읍 터미널에 도착했다. 구림면으로 가는 차로 갈아타야 한다. 해가 서산에 뉘엿뉘엿 하는 해거름 막차가 승객을 태우고 있었다. 시간에 맞추어 온 것이 다행이었다. 막차라 놔서 그 차를 타지 못하면 여관 잠을 자야 한다.

좌석에 앉아 있는데 사무실에서 허물없이 이야기하며 함께 일하는 동료가 차로 올라왔다. 성운은 움찔했다. 만나지 않아야 할 사람이다. 집에서 바쁜 농사일을 하다고 연가를 받았는데 순창에서 만났으니 서로 놀랄 수밖에 없었다.

"집에서 일이 바쁘다고 하지 않았어?"

무슨 다른 핑계가 있는 것으로 알고 의아한 표정으로 물었다. 성운은 멋쩍어 무슨 말을 해야 할지 당황했다.

"선보고 온 것 아니어?"

직원은 넘겨짚어 웃으면서 말했다.

"아니여. 다른 볼일이 있어서…"

성운은 얼굴이 빨개지며 어물어물 얼버무렸다.

"알만한데 그려? 그것은 그렇고 지도소 본소에 들렀는데 공문이 있어 면사무소 사환이 있을 것 같아 차에 왔는데 잘되었구만. 정 선생이 가지고 갔다가 내일 가지고 와." 하면서 서류봉투를 내밀었다.

차는 이내 출발했다. 석양의 황금 들녘이 더욱 금빛으로 아름다웠다. 해가 진 늦은 시간인데도 사람들은 그대로 일을 하고 있었다. 산비탈 밭에서는 밭 가는 암소가 힘에 겨운 듯 헐떡이는데 쟁기꾼의 소모는 목소리가 쩌렁쩌렁 울려왔다.

구림면 소재지에 내렸을 때는 해가 완전히 서산 너머로 숨어버려 산봉우리에 남은 햇빛이 황금빛이었다. 십 리가 훨씬 넘은 길을 걸어야 했다. 뛰다시피 한 빠른 걸음으로 어둠이 내리기 전에 집에 도착했다.

어머니께서 깜짝 반기면서 선보고 온 소감을 듣고 싶어 하던 일손을 놓고 재촉했다.

"어쩔디야. 너그 이종 누님 말언 좋은 자리라고 허드만."

어머니는 큰 기대를 갖고 있었다. 안된다고 단도직입적으로 칼로 무 자르듯 말하기가 어려웠다.

"조금 이따 밥 먹고 말씀드릴께요."

어머니는 성운이 말을 뒤로 미루면서 활연하지 못한 표정을 보고 '아 니다' 싶은 짐작을 하며 더는 묻지 않았다.

밥을 먹고 어머니가 설거지를 끝내고 들어와 마주 앉았다.

"맘에 안 들어?"

어머니는 짧게 물었다.

"다른 것은 그런대로 괜찮은 것 같은데 목소리가 거슬리드라고요. 그 래서 누님한테 서로 인연이 되지 않는 것 같다고 했어요. 아마 그렇게 받 아들일 거요."

"그려? 목소리가 어쩌간디?"

어머니는 아쉬운 듯 다시 말했다.

"서로 안 되려고 그러는지 꼭 남자 목소리같이 걸걸해서 기분이 이상 하드라고요. 평생을 함께 살 사람인데 목소리가 그러면 너무 불편할 것 같아요."

"니가 그렇게 생각허면 안 혀야제. 혼사가 급허다고 그런 일을 그냥저 냥 헐 수는 없는 일이제. 니 잘 생각혀서 혀라. 니 일인게."

"일았어요. 지가 알아서 헐께요. 어머니가 고생하는 것을 보면 한시가 급해요. 저도 서둘러 보께요. 올해는 꼭 할 것인게요."

그렇게 맞선을 보고 온 뒤로는 말 이른 사람도 없었다. 가을일 때문에 바빠서 서둘지도 못했다. 가을 일 다 끝나고 나면 농촌지도소 일도 한가

해질 것이니 그때 서둘러야겠고 마음먹었다.

농촌지도소에서 매년 가을 끝자락에는 1년간 지도사업의 성과를 평가하는 경진대회가 열렸다. 각 면에서 지도하여 생산한 우수농산물을 전시하고 4H크럽과 여성들이 참여하는 생활개선 활동 결과를 경쟁적으로 출품하여 평가를 받아 우수자와 우수클럽에는 시상했다. 그 준비로 군지도소에 가서 늦도록 준비하다가 시간이 늦었다. 40리나 되는 집까지 갈 수 없어 난감했는데 동료 직원이 자기 집으로 가서 자자고 하여 따라갔다. 순창읍에서 4km쯤 된 거리라서 자전거로 달리니 30분도 걸리지 않았다. 동료 직원 집이 촌에서는 드문 고래등 같은 기와집이었다. 마당도 널찍하고 외양간에 큰 소를 두 마리나 키우고 있었다. 마당 한쪽에 큼직한 나락비눌(볏가리)이 세 더미나 쌓여있었다. 촌에서는 보기 드문 부잣집이었다. 저녁 밥상도 진수성찬이었다.

시장한 김에 밥을 배불리 먹고 차를 마시고 있었는데 동료 직원이 쭈밋쭈밋하며 무슨 말을 하려는 눈치였다.

"무슨 할 말이 있어?"

성운은 눈치를 보고 미리 말하라는 투로 물었다.

"아니, 별것은 아니고 지난번에 집에서 일한다고 연가를 냈는데, 다른 일로 외지에 다녀왔지? 혹시 결혼 문제로 다녀온 것 아니었어?"

그는 성운의 마음속을 유리알 들여다보듯 꿰뚫어 알고 있는 것 같았다.

"그래. 이종 누님이 좋은 자리가 있다고 소개가 들어왔는데 거절할 수 없어 따라가 봤지. 집에서 일한다고 거짓말한 것 미안해."

성운은 말하고 싶지 않았으나 사정을 다 알고 있는데 거짓말을 할 수 없었다.

"어쩌? 좋았어?"

동료 직원은 꼬치꼬치 캐물었다.

"아이, 그냥 와버렸어. 거기는 끝내버렸어."

"맘에 들지 않았어?"

확답을 들으려는 듯 다시 물었다.

"없던 일로 했어. 좀 천천히 하려고."

성운은 솔직하게 말했다.

"그랬어? 그러면 지난번 내가 말한 우리 집안 동생이 집에 있는데 이야기해서 한번 만나볼까?"

성운은 까맣게 잊어버렸었는데, 그는 마음속에 깊이 새겨놓은 듯 의도적으로 성운을 데리고 온 느낌이 들었다.

성운은 당황하고 난처했다. 느닷없이 제안이 들어왔는데 가부를 금방 결정하기가 쉽지 않았다. 머뭇거리고 있는데 그는 다그치듯 만나보자고 했다. 성운이 확답을 하지 않았음에도 그는 가서 말하겠다고 밖으로 나갔다. 데리러 간 사람을 못 한다고 붙잡을 수 없었다. 끌려가듯 아무 말도 못 하고 가만히 있을 수밖에 없었다.

한참 있다가 동료 직원 어머니와 할머니 그리고 50대로 보이는 아주머니 두 분이 방으로 들어왔다. 어떻게 해야 할 것인가를 몰라 멍하니 서 있었다. 처음 본 여인들에게 무조건 절을 올리는 것도 어색했다.

동료 직원이 앉으라고 했다. 머뭇거리고 있을 때 나이 많으신 할머니가 "아앙거요." 하면서 손으로 앉을 자리를 정해주었다. 성운은 어색한 동작으로 엉거주춤 조심스럽게 앉았다. 아주머니들은 성운의 일거수일투족을 뚫어져라 하고 살펴보고 있었다. 그 시선의 눈빛이 살처럼 꽂히는 것 같았다. 별말이 없이 한참 동안 침묵이 흘렀다.

동료 직원이 문을 열고 나가 조금 있다가 머리를 곱게 따 내린 처자를 데리고 들어왔다. 맞선 볼 처자였다. 가슴이 덜컹 내려앉은 것 같았다. 그녀는 출입문 쪽에 다소곳이 앉았다.

문을 들어설 때 눈이 마주쳤다. 첫인상이 참 부드러웠다. 얼굴이 도리납작하여 그가 생각했던 이상형의 얼굴이라고 느껴졌다. 자기의 얼굴이 갸름하여 배우자는 좀 넓은 사람이면 좋겠다고 생각해왔다. 우선 첫인상이 싫지 않았다. 방 안 분위기는 찬물을 끼얹은 듯 가라앉았다. 동료 직원이 성운더러 편히 앉으라고 권했다. 긴장을 풀면서 편한 자세로 고쳐 앉았다.

"어머니들은 큰방으로 가시죠." 동료 직원이 말했다. 할머니가 "글쎄, 우리는 나아가제." 하면서 일어섰다. 아주머니들이 나가고 직원도 "이야기 나누어." 하면서 나갔다.

처녀 총각 단둘이 앉아 있자니 분위기는 더욱 가라앉고 침묵이 이어졌다. 그대로 침묵을 지키고 있기에는 분위기가 너무 어색했다. 성운이 속으로 말문을 열어야 하겠다는 생각이었으나 무슨 말을 할 것인가 얼른 생각이 나지 않았다.

"정성운입니다. 오빠라고 했지요? 아주 친하게 지내면서 일하고 있습니다. 좋은 사람이라고 칭찬을 많이 들었어요. 농사일도 잘한다고 하드라고요."

성운은 그동안 동료 직원에게 들어온 이야기로 말문을 열었다.

"아니어요. 저는 아직 아무것도 못 해요. 부모님 일하는 데 따라다니며 조금 도와주고 있어요."

자세를 고쳐 앉으며 고개를 숙인 채 조심스럽게 말했다.

"우리 사는 데는 너무 산중이라 힘들어요. 여기는 평야지라 다니기가 편하지만 우리 동네는 비탈지로 빈 몸으로 다니기도 힘들어요."

"저도 들었어요. 산안을 잘 알고 있어요. 거기도 사람들 살지 않아요? 집안 고모가 안시내 살고 있어 작년에 나물 캐러 가봤어요. 거기도 아주 산중인데 공기가 맑고 조용한 것 같아 좋아보이더라고요."

처자는 산중에 대하여 별 상관없다는 명확한 말이었다. 그것만으로 점수를 많이 주고 싶었다. 그동안 살아온 이야기, 앞으로 살아가는 것에 대한 여러 이야기를 나누어 서로 어느 정도 생각이나 가치관을 알 수 있었다. 한 시간 가까이 이야기를 나누고 끝났다. 처자는 돌아가고 성운은 그 방에서 직원과 함께 잤다.

그렇게 선을 보고는 별말이 없었다. 직원은 성운이 무슨 말을 할까 내심 기다리고 있었다.

"정 선생 지난번 우리 동생과 만난 뒤 기다렸는데 아무 말이 없어 궁금해서 그런데 어쩌?"

"아직은… 어머니랑 상의해 볼라고."

"올해도 다 지나가는데 서둘러 봐."

직원은 강하게 어필했다.

"그러면 어머니께 모레쯤 가보라고 하고 싶은데 괜찮을까?"

"내가 준비하라고 할게."

어머니와 큰집 형수씨가 함께 선을 보고 왔다. 긍정적이었다.

그렇게 양가에서 합의가 이루어져 결혼을 서둘렀다. 약혼식을 형식적으로라도 해야 할 것 같아 둘이 만나 사진관에 가서 약혼 사진 찍고 식사하는 것으로 약혼을 했다.

사주단자를 보내고 곧바로 처자 집에서 혼례 일을 받아 보냈다. 혼례일은 그해 12월 2일이었다. 결혼 준비는 순조롭게 진행되었다. 신방을 꾸미고 장롱 등 혼수품을 갖추어나갔다.

'아! 나도 드디어 장가를 가는구나!' 하는 실감을 느낄 수 있었다. 성운의 나이 27세 결혼적령기가 지나고 있었다. 일찍 결혼한 친구 중엔 아들이 국민학교를 다니기도 했다. 대부분 성운 또래들은 결혼했는데 성운이 제일 늦은 편이었다. 더구나 어머니가 연로하셔서 하루가 시급했는데 결혼이 늦고 보니 어머니를 볼 낯이 없었다. 그런데 결혼을 하다니, 감격이고 환희며 늦게나마 어머니에게 효도하는구나 하는 생각이 들었다. 또한 이제야 완성된 한 인간이 되는구나 하는 자부심이 들었다.

1965년 12월 2일 새벽 4시에 일어났다. 전날 밤 가마솥에 장작불로 물을 데워 몸을 깨끗이 씻고 마음도 목화송이처럼 하얗게 씻었다. 심신을 깨끗이 씻어서 아침에는 세수만 했다.

결혼 예복으로 한복을 갈아입고 보니 의젓한 어른이 되어있었다. 어릴 적에는 한복을 입고 자랐지만, 중학교 가면서부터 교복을 입으면서 한복을 벗어 던졌다. 어른이 되어 결혼을 계기로 한복을 입고 보니 감회가 새로웠다. 두루마기는 처음 입은 것인데 발걸음 하나 옮기는데도 조신해야 했다.

조상님께 고유제告由祭를 올렸다.

"이 몸 오늘 장가가옵니다. 굽어 살펴서 영광된 길이 되게 하옵소서!"

속으로 이령수를 하며 절을 올렸다.

상객으로 집안 무동할아버지, 일촌 당숙, 사촌 형님 두 분, 재종 형님 두 분 등 여덟 사람과 함께 나섰다. 차가 많지 않은 시절 40리가 넘는 길이라서 버스로 가기로 하고 서둘러 출발했다. 버스를 타려 해도 십 리는 걸어가야 했다. 새벽 먼동이 트면서 나섰지만 혼례시간인 사시巳時에 가까스로 맞추어 신부 집에 도착했다.

마을 입구에서 신랑 대반의 안내를 받아 신부 댁 앞집 사랑방에 임시 좌정하여 혼례준비에 들어갔다. 전통혼례는 절차가 상당히 복잡했다.

서지부가 사우차 주인 출령

婿至婦家 俟于次 主人 出迎

(신랑이 신부 집에 이르러 기다리고 있으면 주인이 나가 맞아드린다)

행전안례

行奠雁禮

(기러기를 드리는 예)

서집안이종 북향궤 치안우지 주인시자수 전안상상

婿執雁以從 北向跪 置雁于地 主人侍者受 奠于床上

(신랑은 기러기를 가슴 앞에 껴안고 안내받아 가서 북쪽을 향하여 꿇어앉아 건네주면 신랑 대반이 받아 초례상에 올려놓는다.)

면 복 흥 소퇴재배

俛 伏 興 少退再拜

(허리를 구부리고 일어서 조금 뒤로 물러나 두 번 절한다.)

행교배례

行交拜禮

(신랑신부가 서로 절하는 례)

서동부서 서읍부취석 서부관세 부선재배 선답일배

壻東婦西 壻揖婦就席 壻婦盥洗 婦先再拜 壻答一拜

(신랑은 동쪽 신부는 서쪽을 향하고 신랑은 읍하고 신부는 자리로 나간다. 신부가 먼저 두 번 절하고 신랑은 답배로 한 번 절한다.)

부우선재배 서우답일배

婦又先再拜 壻又答一拜

(신부가 다시 두 번 절하고 신랑도 다시 답배로 한 번 절한다.)

행합근례

行合巹禮

(신랑신부가 술잔 나누는 예)

서읍부취좌 행근분치 서부지전 시자침주 서읍부거음

壻揖婦就座 行巹分置 壻婦之前 侍者斟酒 壻揖婦擧飮

(신랑은 읍하고 신부는 자리로 돌아간다. 술잔을 신랑신부 앞에 나누어 놓는다. 보조자가 술잔에 술을 따르면 신랑은 읍하고 신부는 가리고 술잔을 들어 마신다.)

시자우침주 서읍부제주 우침주서읍부졸음 거찬 거철

侍者又斟酒 壻揖婦除酒 又斟酒壻揖婦卒飮 擧饌 撤饌

(도움이가 다시 술을 따르면 신랑신부는 술을 다 마신다. 안주를 들어놓는다. 그리고 안주상을 물린다.)

예 필

禮 畢

(혼례를 마칩니다)

집례執禮가 홀기笏記로 불러 혼례를 끝냈다. 식이 끝나 신랑신부는 방으로 들어갔는데 병풍을 쳐 서로 보이지 않게 갈라 앉았다.

성운은 속으로 약간 불만이었다. 장가를 들었으니 이제 신부를 터놓고 보고 싶은데 병풍으로 가려 놓았으니 궁금하기만 했다. 하지만 풍습이 그러한 것을 탓한들 무슨 소용이 있는가. 신랑 대반과 젊은이 네댓 사람이 자리를 함께하여 점심을 먹으며 술을 곁들였다.

결혼식에서 신랑신부가 주인공으로 최고의 대우를 받는 자리였다.

남자 하객들은 사랑방이나 마당에 멍석을 깔아놓고 술상에 둘러앉아 흥겹게 놀고 있었다. 신랑신부가 있는 방에는 친척 부인들이 꽉 차 앉아 신랑에게서 눈을 떼지 못하고 일거수일투족을 감시하듯 바라보며 말투 하나까지 귀를 기울이고 있었다. 그런 분위기에서 자세 하나도 흐트러뜨리고 앉아 있을 수가 없었다. 조심조심 또 조심해야 했다.

잔칫집이라서 부엌에 불을 많이 때놔서 방바닥은 철철 끓었다. 방석을 깔고 앉아 있어도 엉덩이가 익어 들어가는 것 같았다. 일생일대에 가장 중요한 날 환희가 넘치는 날인데도 방안이 너무 덥고 많은 사람이 함께 있어 자세를 틀어 앉을 수도 없어 고문이었다. 기쁨과 환희도 고통이 따르는 인간 삶의 본질을 느끼게 되었다. 육체적으로 좀 어려움이 있지만 새로운 생이 열리는 축복의 자리라고 생각하니 그런 어려움을 참아내야 하는 통과의례였다.

밤에는 동상례東床禮가 행해졌다.

혼례가 끝나고 신부 집안 젊은 청년들과 술자리를 여는데 단순히 술을 마시는 것이 아니고 장난이 일어난 것이다. 술이 한 순배 돌면서 노래로 경쟁했다. 신랑에 대하여 지혜를 시험하고 노래를 시키는 등, 신랑을 난처하게 만들고 제대로 대처를 못 하면 벌이 주어지는데 신랑신부의 발을 함께 묶어 들보에 매달고 고문하듯 사지를 족쳐댔다. 방망이로 발바닥을 때리고 온몸을 강하게 주물러 큰 잘못을 자백받듯 다루어 동상례 상을 걸게 차리게 했다.

닭을 두 마리 세 마리 잡는다든가 크게는 돼지를 내는 경우도 있었다. 성운은 노래에서 그들에게 지지 않았다. 그때 부른 노래로 안다성의 〈사랑이 메아리칠 때〉를 젊은 패기로 멋지게 불러 가수왕이라는 말이 나왔다. 지혜 테스트로 한자를 내밀었다.

"적籍 자를 내밀면서, 파破 자字 풀이를 하라고 했다. 마침 적자의 파자를 알고 있어 무난히 풀었다. 참석한 사람들이 혀를 내두르면서 놀라워했다. 그 파자의 뜻은 죽竹, 내來, 이십二十, 일日로 오는 '20일 대밭 아래로 오라'는 것이라고 풀이해주었다. 어쩌면 그들을 능가하는 노래면 노래 지혜 테스트도 막힘이 없었는데도 그것과는 상관없이 아직 얼굴도 익히지 못한 신랑과 신부의 발 하나씩을 띠로 묶어 들보에 매달고 방망이로 발을 때렸다. 그래도 그것은 참을만했지만 여러 사람이 그를 눕힌 채 온몸을 지구어대는 건 참기 어려웠다.

비명을 질러도 소용없었다. 요구 사항은 돼지 한 마리를 잡으란 것이다. 보다 못한 장모님이 나서서 그만하라고 말리면서 술상을 차리겠다고 했다. 그것도 소용없이 성운의 입에서 무엇인가를 내겠다는 말을 듣고 싶은 것이다. 처음에는 그 압박을 이겨내겠다고 이를 악물었으나 다루는 강도가 강해져 고문에 가까운 물리력은 참을 수 없었다. 버티다 버티다 못 참고 씨암탉 두 마리를 내겠다고 해서 고문에서 풀려났다. 그 뒤로는 진짜 여흥으로 남녀 함께 노래며 춤까지 추는 유흥을 즐겼다.

결혼 자체가 성운으로서는 제2의 탄생이지만 그중에서 첫날밤 동상례의 고통과 즐거움이 죽을 때까지 잊을 수가 없을 것 같았다. 결혼이란 것이 한 인간으로 태어나 살아가는 평생을 관통하는 뜻깊은 행사다. 남녀를 불문하고 사람으로 태어나면 결혼은 필수 중의 필수였다. 결혼 없이 독신으로 산다는 것은 종교적인 이유가 아니고서는 진정으로 완성된 인간이 되지 못한 것이다.

동상례가 밤늦게 끝나고 신방이 차려졌다.

두 젊은 남녀가 일심동체가 되는 인생의 가장 아름다운 첫날밤이었다. 달콤한 첫날밤의 로맨스는 평생을 함께할 밀어며 사랑의 불화로였다. 뜨거운 밤이었다. 이틀 동안 잔치를 열어 젊은 남녀가 술과 유흥으로 즐겁게 보내고 3일에 신행을 했다. 신부를 데리고 집으로 오는 것이다. 신부로서는 신행은 제2의 탄생이다.

신행 일에는 신랑 성운 집에서 잔치를 했다.

그렇게 결혼은 끝나고 꿈같은 신혼이 시작되었다. 정말 좋았다. 첫째 어머니가 평생 자식을 위하여 살아왔는데 이제 어머니의 고생을 다소나마 덜어드릴 수 있어 마음의 빚을 갚는 기분이었다. 또한 성운 자신도 30이 다 되도록 독신으로 살아온 쓸쓸함과 고독을 씻어내고 꿀잠을 잘 수 있는 것이 좋았다. 이런 달콤한 삶이 영원토록 이어지도록 빌고 또 빌었다.

12

선택의 길

새로운 길이 성운 앞에 열렸다. 농사야 농지만 있으면 아무 때나 할 수 있지만 직장생활은 때와 시기가 있다. 산업이 발달하지 않은 사회에서 공무원만큼 신분이 보장되어 안정된 직업이 없었다. 물론 감시와 책임이 무거웠지만 맡은 일을 성실하게 수행한다면 그렇게 어려운 일이 아니어서 좋았다.

농촌지도사업이야 전통에 절여있는 보수적인 농민을 상대로 하는 것은 성과를 내기 무척 어려웠다. 농촌지도사업은 무에서 유를 찾아내야 하는 고달픈 일이었다. 어찌 보면 뜬구름 잡는 것 같은 목표점이 보이지 않는 헛심만 쓰는 일이었다.

그래도 여름엔 뙤약볕에서 겨울엔 손발이 얼어 터지는 한파 속에서 일을 하는 농사보다야 대우받으며 일을 할 수 있었다. 그런데 농촌지도 공무원이 되었지만 2년이 넘으면서 권태가 밀려와 다른 공무원으로 전직하고 싶은 생각이 들었다. 농촌지도 공무원이 아닌 일반 공무원으로 갈아타야겠다고 생각했다.

마음이 들떠있어 기회를 찾고 있는데 마침 총무처에서 농업학교 출신으로 뽑는 농업직 공무원 채용시험이 공고되었다. 눈에 번쩍 불꽃이 튀었다. 무슨 일을 하는 것도 모르고, 농업직이지만 농촌지도 공무원보다는 나을 것으로 생각되어 응시하기로 했다.

현직에 있으면서 다른 직을 꿈꾼다는 것이 알려지면 좋지 않을 것 같아 몰래 광주로 응시원서를 접수 시켰다. 총무처에서 시행하는 대부분의 시험은 권역별로 보는데 호남은 광주지역이었다. 전국적으로 서울, 대전, 광주, 대구, 부산 5개 지구에서 시험을 치렀다.

나중에 알아보니 농산물 검사원 모집이었다. 농산물 검사원이 무슨 일을 하는지 확실히는 모르는데 주위에서 농업직으로는 꿀 보직이라고 했다. 그동안 농산물 검사원이 하는 일로 국가에서 수매하는 보리와 벼 그리고 콩과 같은 농산물과 누에고치를 검사하는 것이었다. 수매공판장에 한 번씩 가보면 검사원의 위세가 대단했다. 면 단위에서는 면장을 위시하여 기관장들이 출하된 농산물의 검사를 잘 받으려고 검사원을 극진히 대접하면서 잘 보이려고 애를 썼다. 그렇게 대우받는 검사원이 당당하게 일을 할 수 있어, 같은 공무원인데 농촌지도원과는 비교가 되지 않았다. 농촌지도원처럼 혀 고부라지게 굽실거리며 부탁을 해도 외면 받는 일이 다반사였는데, 검사원은 그렇게 아쉽게 일을 하지 않아도 되었다.

성운이 바란 것은 자신이 할 일 잘하면 칭찬받는 그런 일이다.

농산물검사원이란 것을 알고는 매력적이어서 꼭 합격하고 싶었다. 일선 말단 공무원으로 세무직과 검사원이 상위에 속했다.

모집 인원이 전국적으로 70명이었다. 광주에 원서 접수한 성운의 수험번호가 369번이었다. 광주지구에서 70명을 뽑는다고 하더라도 5배수가 넘었다. '아이고 어렵겠다!' 하는 장탄식이 절로 나왔다. 시험일이 30여 일 남아있었다. 그동안이나마 책을 봐야 하는데 현직에 있어 낮에는 공부할 수 있는 여건이 아니었다. 더구나 모르게 시험을 보려고 누구에게도 알리지 않아 숨어서 시간을 내야 했다.

시험일이 다가왔다. 전날 광주로 가서 여관에서 자고 시험장인 광주남중학교로 택시를 잡아타고 갔다. 나주방면으로 가는데 학교 들어가는 길은 비포장 길이었다. 밤에 약간 비가 내려 학교로 들어가는 길은 질척거리는 질흙 길이었다. 바짓가랑이를 걷어 올리고 학교로 들어갔다. 시험 볼 사람들이 구름처럼 모여들었다.

현관 앞 안내판에 수험번호별 교실 배치도를 보니 수험번호 끝번이 1135번까지 있었다. 눈을 의심했다. 저렇게 많은 사람이 시험을 본다고? 믿기지 않았다. 광주지구만 해도 17배 가까이 되는데 전국적으로 환산하면 상상도 못 할 경쟁률이었다. 거기서 절망했다. 가망이 없겠다 싶어 오히려 마음이 느긋해졌다. 아무리 농촌지도원이 싫다지만 그런 직장이라도 있지 않은가? 하는 믿음이 있어 떨어져도 마음에 부담이 크지 않았다. 담담한 마음으로 시험장에 입실했다.

시험은 생각보다 쉬웠다. 마음속으로는 잘 봤다고 생각하면서도 경쟁률이 너무 높아 큰 기대는 없었다. 시험을 보고 난 뒤에도 시험 봤다는 사실에 대하여 입을 꾹 다물었다. 기대도 접었다. 아무리 싫어도 아직 현직에 있는 한 농촌지도에 최선을 다했다. 농산물검사원에 미련도 떨쳐버렸다.

한 달여 만에 시험결과가 발표되었다. 성운은 기대도 하지 않아 언제 발표하는 것도 잊고 있었다. 그런데 군 지도소에서 축하 전화가 면사무소를 통해서 걸려왔다. 일반전화가 없이 관공서 간의 행정 전화가 유일해서 모든 연락이 면사무소 행정 전화로 통화가 되었다. 성운은 깜짝 놀랐다. 그가 시험 본 것도 일체 알리지 않았는데 어떻게 성운의 합격된 것을 알았을까?

나중에 알고 보니 많은 직원이 터놓고 시험을 봤던 것이다. 순창군지도소에서 10명이 그 시험에 응시했던 것이다. 그런데 운 좋게 유일하게 성운만 합격했던 것이다. 하늘 높은 줄 모르고 펄쩍 뛰었다.

순창군 지도소에 정중히 사표를 내고 농산물 검사원 신규자 교육에 들어갔다. 수원에 있는 농림공무원 교육원에서 5주 서울 영등포에 있는 국립농산물검사소 시험소에서 검사 실무교육을 4주 받았다.

교육 중에 임용되어 전북지소 남원출장소로 발령을 받았다. 산안 집에서 가장 가까운 곳이었다. 물론 순창에도 농산물검사소가 있지만 자리가 없어 제일 가까운 남원으로 발령받는 행운을 얻었다.

충남 대전사는 이종남, 전남 보성 사는 정회문과 성운이 함께 부임했다.

출장소에서는 크게 환영해주었다. 특히 출장소장 김경섭 씨가 성운을 반겼다. 다른 사람은 타도 출신인데 성운은 고향이나 마찬가지인 순창 출신이라서 반가워했다.

김경섭 소장은 전북지소에서 원로 공무원으로 영향력이 있는 유능한 소장이었다. 성운을 소장실로 들어오라고 했다. 긴장한 마음으로 조심스럽게 소장실로 들어갔다.

"부르셨습니까?"

"그래. 어서 들어오게. 그리 앉아." 하면서 친절하게 자리를 권해주었다. 50대 초반의 인자하면서도 눈매가 예리한, 공직자로 품위가 다져진 사람이었다.

"순창이 고향이지?"

"예."

"내가 자네를 이야기해서 여기로 온 거야."

"고맙습니다."

성운은 더 강한 어조로 고마움을 표해야 했는데 처음 보는 상관 앞에서 말이 이어지지 않았다.

"이번 검사원 채용시험이 있어 주위 사람들 특히 농촌지도소 직원들께 많이들 지원하라고 권장했지. 특히 남원농촌지도소나 장수지도소 또는 임실 지도소까지 권했는데 다 떨어져 실망했어. 그런데 유일하게 순창 사람이 있어 지소에 꼭 보내 달라고 부탁했었어. 그래서 이렇게 여기로 온 것이야. 농산물 검사가 농민들과 이해다툼으로 말썽도 많지만 다른 한편으로는 일한 보람도 있어. 그러니 열심히 일을 배워 훌륭한 검사원이 되어야 하네. 알았지?" 소장은 첫날부터 신임을 주면서 열심히 하라고 당부했다.

"예. 열심히 하겠습니다." 무엇인가 할 말이 있는 것 같은데 그냥 묻는 말에 대답만 하고 나왔다.

11월부터 추곡수매가 시작되었다. 검사원이 단독으로 검사를 하려면 검사원자격증을 따서 개인별 일부인日附印이 부여되어 검사를 할 수 있었다. 일 년 정도 현장에서 수련을 쌓아야 자격시험을 볼 수 있었다. 따라서 아직 단독검사를 할 수 없어 자격증이 있는 정식 검사원 보조로 다니면서 현장 실습을 했다.

성운은 오성용 검사의 보조로 다녔다. 경험이 많은 검사원으로 알려져 현장관리를 잘했다. 공판장에서 검사가 순조롭게 이루어지고 농민들의 불만이 적어야 검사원이 신뢰를 받았다. 그것은 검사가 공정해야 하고 오판이 없어야 한다. 불합격이 적고, 등급이 잘 나와야 불만이 없고 불만이 없어야 공판장이 조용했다.

1년 피땀 흘려 지은 농산물을 정성을 다해서 정선精選 출하했는데 불합격된다든지 등급이 낮게 나오면 농민으로서는 불만이 나올 수밖에 없다. 그런 농민의 마음을 충분히 이해하고 위로해주는 말로써 이해시키는 것이 숙련된 검사원의 자세였다.

30년 가까이 검사를 해온 오성용 검사는 경력만큼이나 검사에 능수능란했다. 성운은 그 선배 검사기술을 배워나갔다. 검사의 정확성도 중요하지만, 농민들과 대화와 설득의 언술이 참으로 중요함을 터득해

나갔다.

　2개월 정도 보조 검사원으로 수련을 쌓아 그 이후로는 단독검사를 했다. 검사 일부인이 없어 선배 검사원의 일부인으로 했다. 공판의 끝 무렵에는 물량이 많지 않아 경험이 적은 성운도 단독으로 검사를 할 수 있어 자신감이 붙었다.

　그렇게 추곡 수매가 끝나면 별로 할 일이 없었다. 그래서 봄철은 검사가 거의 없는 한가한 시기였다. 한가한 사기에는 직원들에게 농업에 대한 다방면의 과제를 주어 연구하고 발표하여 교육의 효과를 기하였다.

　성운은 농촌지도소에서 잠업蠶業특기사로 누에사육이나 누에고치 품질관리에 많이 알고 있는 편이었다.

　성운이 누에치기, 뽕나무 관리 양질의 누에고치 생산에 대한 발표를 여러 번 했다. 12명의 직원 중에서 성운이 아직 젊고 사회 경험은 적지만 누에고치에 대해서는 권위가 있었다.

　봄 누에고치가 6월이면 출하되었다. 농가에서는 단기간에 누에를 쳐 고치를 판매하여 얻은 소득이 상당히 많았다. 특히 6월은 농사의 최성기로서 비료를 구입하거나 임부임이 많이 들어가는데 누에고치 판매대금은 농가에 큰 도움이 되었다. 그에 따라 농가는 양의 다과는 있을지언정 거의 모든 농가에서 누에를 쳤었다. 그렇게 키운 누에고치를 공판장에 출하하여 검사원의 검사를 받아야 했다. 전국적으로 같은 시기에 검사 공무원 90%가 누에고치 검사에 동원되었다. 성운은 검사원 자격을 취득

하지 못했는데 누에고치 검사는 검사원 일부인을 사용하지 않아 검사를 할 수 있었다.

사무실에서는 성운을 상당히 믿고 서슴없이 단독검사를 시켰다.

성운은 전직 농촌지도원으로 잠업을 담당하여 누에고치에 대한 공부를 하였기에 많이 알고 있을 것으로 여겼던 것이다. 하지만 누에사육과 검사는 별 상관이 없었다.

신규로 발령받은 3명 중 2명이 누에고치 검사에 나갔다.

성운은 남원군 산동면, 이종남은 남원군 보절면을 담당하여 누에고치 검사를 했다.

소장은 각 검사원으로부터 전화 보고를 받아 사항을 파악한다고 하지만, 검사원 개개인이 독자적으로 판단하기 때문에 많은 신경을 쓰고 있었다. 특히 처음으로 검사하는 두 사람에 대한 관심이 더욱 컸다. 검사 업무가 잘못되더라도 이미 집행된 뒤에 소장이 알게 되니 소장으로서는 책임감을 느끼지 않을 수 없었다. 전화가 보급되지 않아 호출로 우체국 전화를 이용해서 업무를 지시하고 보고를 받았다.

누에고치는 생물이라서 한시바삐 판매해야 하므로 농가에서 최성기에 일시에 출하하는 바람에 눈코 뜰 새 없이 바쁘고 정리도 제대로 하지 못했다. 날마다 그날 검사물량을 집계해야 하는데 6월 중순 연중 날이 가장 길고 밤이 짧은 하지 철이라서 잠이 부족한데 아침 8시부터 오후 9시 어둠이 내려앉을 때까지 검사하는 바람에 무척이나 힘들어 피로가 쌓였다. 하루에 200여 농가를 상대하는데 한 농가당 전표를 작성하면서 5~6 등급별로 판정을 내려야 했다. 그것을 검사가 끝나면 등급별로 집계하는데 주판으로 처리했다. 성운은 주판 실력이 왕초보로 더듬거려 매우 어려운 형편이었다. 거기에 더하여 무상한 잠이 쏟아져 집게를 제때 할 수 없었다.

검사 4일째 되던 날 이른 아침에 우체국으로 호출전화가 왔다. 소장 전화였다. 카랑카랑한 소장의 목소리에 쇳소리가 났다.

"나 소장인데 검사 잘하고 있지?"

"예에!"

성운은 간단하게 대답했다.

"보절로 나간 이종남이 어제 검사하는 것을 봤는데 엉망으로 하고 있었어. 검근檢斤을 하는데 알 속만 처리해야 할 것을 검근 용기 무게를 빼지 않고 검근통檢斤桶까지 중량처리를 했던 것이야. 그로 인한 감량減量이 얼마가 난 줄도 모르고 있었어. 자네는 그런 우를 범하지 않았지?"

소장은 위압적으로 강하게 경고했다.

"예에! 잘하고 있습니다."

성운은 전표를 계산하지 못했기에 감량이 났는지 어쩐지 전혀 내용을 모르고 있었다. 그런 잘못을 했는지조차 모르는 상태에서 거짓말이라도 잘하고 있다는 말을 하지 않을 수 없었다.

거의 일주일 동안 최성기로 많은 농가에서 출하하고 나니 출하 농가가 줄어 좀 한가해졌다. 그제야 집게를 내보니 성운도 감량이 많이 났다. 서류적으로 검사한 물량과 실물량의 차이가 200여kg이 넘었다. 큰일이었다. 이 많은 감량이 그대로 처리되면 검사원이 변상해야 한다. 법적인 감량기준은 총 중량의 2% 내외였다. 총 5천여kg 검사했으니 허용 감량은 100kg인데 거의 4%의 감량이 난 것이었다. 그러나 궁하면 통하는 법이 있다고 하는 말이 있듯, 다행인 것은 등외와 쌍견雙繭이 남아 그것으로 보충하여 변상은 하지 않았다.

농산물 검사는 책임이 따르고 판정을 잘못하면 농가나 정부 어느 한쪽에 피해를 입히게 된다. 그래서 검사하기가 무서웠다. 그뿐만 아니라 농가의 이해관계가 상충되는 일이라서 농민과 언쟁이 일어나 농산물 검사에 대한 제도나 검사여건을 잘 설득해야 했다. 잘못 대처하면 언론에 노출되어 곤욕을 치르기도 한다. 무슨 일이 수월한 것이 있는가? 삶의 팍팍함이 오뉴월 모래사막 걷는 기분이었다. 그래도 어찌하랴? 숙달되도록 부단히 노력해야 하고 적응해 나가야 한다.

해마다 누에고치 검사는 봄누에, 가을누에 두 번을 검사하는데 처음엔 무척 어려웠지만, 경험이 쌓이고 검사기술이 숙달되면서 무리 없이 잘 처리했다.

누에고치 검사가 끝나고 곧바로 하곡夏穀검사가 시작되었다. 보리검사는 벼 검사보다 엄격해야 한다. 하절기라서 수분 규격이 초과되면 변질이나 바구미 같은 해충이 발생하기 쉽다. 그래서 첫째 수분검사는 정확해야 한다. 하지만 육안으로 아니면 손에 쥐어보는 육감으로 수분 감정을 해야 했다. 물론 수분측정기가 있기는 하지만 일일이 수분측정기로 재며 검사를 한다는 것은 1,000가마가 넘는 양을 검사하는데 너무 더디어 할 수 없었다. 촉감으로 측정하다가 의심스러우면 기계로 측정하여 검사했다.

낮 기온이 35~36도로 폭염이 쏟아지는데 뙤약볕에서 검사한다는 것은 큰 고역이었다. 일요일도 없이 막일꾼처럼 검사해야 하는 고달픈 직업이었다. 1년 정도 하고 나서 다시 검사에 대한 회의감이 들었다. 자신이 참을성이 없는 것일까? 하는 자책감이 들었지만 출퇴근 시간도 없고 휴일도 거의 없다시피 하는데 현장에서 농민들이나 면 직원들과 항의와 언쟁의 과정은 사람을 무척 피곤하게 했다. 뿐만 아니라 유독 설이나 추석 같은 대명절에도 제대로 쉬지 못한 것이 대부분이었다. 농촌지도직에서 자신의 간절한 선택으로 전직하여 검사원이 되었지만 2년여하고 나서는 또 회의감이 들다니, 잘 못 온 것 같았다. 하지만 다시 다른 곳을 기웃거릴 게제가 아니었다. 참는 것이 이기는 것이다 하는 굳은 각오로 검사에 임하면서 연륜이 쌓이고 요령과 검사기술이 숙달되면서 적응해 나갔다.

2년 후 고향인 순창으로 전보가 되어 한결 근무여건이 좋아졌다. 객지에서는 박봉에 하숙비 주고 객비 좀 쓰고 나면 집에는 아주 적은 금액을 가져갔다. 그런데 고향으로 오고 보니 우선 하숙비가 들지 않아 경제적으로 큰 보탬이 되었다. 그리고 가족과 함께 생활한다는 것은 심신이 편안하고 정신적으로도 안정되어 근무에 충실할 수 있었다.

하지만 고향에 오니 또 다른 어려움이 도사리고 있었다. 생활은 안정되었지만 검사 현장의 애로는 객지보다 훨씬 힘들었다. 우선 지인들이 많아 잘 봐달라는 부탁이 예사롭지 않았다. 그런 부탁을 뿌리치면 야속하게 생각하여 난처한 때가 한두 번이 아니었다. 그래도 그런 청탁이나 부당한 요청을 단호히 막아내며 엄격하게 검사를 함으로써 오히려 일관성이 있어 결과는 신뢰가 쌓이면서 보람을 느끼기도 했다.

제일 곤욕스러운 것은 가까운 친지나 친구의 부탁을 받을 때였다. 품질이 좋으면 선심 써가며 좋은 등급을 주면서 떳떳하지만 부탁한 농산물이 대부분 품질이 떨어지거나 조악한 농산물일 때가 많아 참으로 난처했다.

한번은 친부모나 마찬가지인 어르신이 가지고 나온 벼가 건조가 부족하여 불합격 처리할 때 참으로 곤욕스러웠다. 주변에서는 '뙤놈'이라고 욕을 퍼붓기도 했다. 그 욕을 감내하여 설득해서 이해한다고 했지만 속으로는 무척 섭섭했을 것이었다. 그 일을 생각하면 오래도록 머릿속을 뒤집고 다녀 괴로웠다. 하지만 공평무사가 공무원의 기본자세라고 여기며 스스로 위안했다.

그런 결과일까? 자신의 신상에 한 단위 상승할 수 있는 기회가 찾아왔던 것이다. 농산물검사소 조직은 농림부 외청으로 중앙에 농산물 검사를 총괄하는 본소와 각 도에 지소가 있고 시군에는 출장소가 있었다. 전라북도 지소는 전주에 있으면서 각 시군을 지휘 감독했다. 지소 직원은 대부분 대학졸업자로 구성되어있었다.

성운은 고졸 학력이라서 지소 근무는 생각지도 못했다. 출퇴근 시간이 없고 휴일도 있는 둥 마는 둥 하는 최말단 시군 출장소 근무를 숙명으로 알고 살아야 했다. 그런데 전북지소 근무를 추천받은 것이다. 높은 사람이나 잘 아는 사람도 없는데 성운을 지소로 추천한 것이 그에게는 천우의 기회였다.

일선 근무 4년인데 심신이 너무 피곤하고 버티어낼 수 있을까 걱정이었는데 이런 좋은 기회가 성운에게 찾아오다니 꿈만 같았다. 직종이 농업직이었는데 행정직으로 바꾸게 되었으니 그보다 더 좋을 수가 없었다. 형식적이지만 농업직에서 행정직으로 직종변경 시험을 치르고 정식 절차에 따라 8급 행정직으로 전북지소 근무를 하게 되었다. 비로소 공무원다운 공무원이 된 것이다. 오전 9시까지 출근해서 사무실에 앉아 근무하고 오후 6시에 땡 하면 퇴근을 했다. 휴일 또한 특별한 일이 아니면 어김없이 쉴 수 있으니 얼마나 바랐던 일인가? 이렇게 좋은 직장에다 주거지가 전주라는 대도시이고 보면 인생이 크게 도약할 수 있는 계기가 된 것이다.

성운의 고향은 수백 년 동안 선조들이 살아온 터이지만 자동차는 꿈에도 생각 못 하고 마차나 심지어 자전거 하나 다닐 수 없는, 말 그대로 토끼와 발맞추고 사는 동네였다. 이런 곳을 떠날 좋은 기회이지 않은가? 하지만 또 다른 문제를 만났다.

주택문제다. 농촌에서야 전답이나 집 같은 부동산값이 형편없지만 도시는 엄청나게 높아 집을 갖는다는 것이 대단히 어려웠다. 도시에서 주거문제가 가장 어려웠던 것이다. 작은 집이라도 있으면 살 것 같았다. 이리저리 재산을 정리해보니 전주 변두리에 작은 집을 구입할 수 있었다. 온 가족이 함께 전주에 둥지를 틀고 나서니, 이만하면 살 수 있다는 자신감이 생겼다. 아이들은 어려서 아직 교육비 걱정은 없어 박봉이지만 매달 나오는 봉급으로 어머니 모시고 다섯 식구가 살아가는 데 큰 어려움은 없었다. 30이 넘도록 처음으로 느끼는 행복이었고 자신감이었다. 이렇게 좋은 여건에서 근무하게 되어 바랄 것이 없을 줄 알았는데 사람의 욕심은 끝이 없다.

승진이 늦어진 것이다. 공직사회에서 승진이야말로 성취감의 제 일순위인데 입사 동기나 여건이 비슷한 사람보다 승진이 늦어지는 것은 자신의 실망감보다 주위 사람들의 얕보는 눈치에 모멸감을 느끼게 되었다. 물론 승진이란 것이 능력과 자질에 좌우된 것이 원칙이지만 사람 사는 세상에 원칙대로 이루어진다면 무슨 불만이 있겠는가? 뒷배경이나 편파적 판단에 좌우되는 경우가 많은 것이 현실이었다.

성운은 사돈네 팔촌 하나 아는 사람 없고 학연이나 지연을 통한 부탁할 사람이 없었다. 농산물 검사원은 95%가 농업직으로 농업학교를 나와 검사원이 되는 것이었다. 하지만 순창농림학교가 농업직 공무원이 되는 여건인데도 어느 선배 한 사람도 검사원이 없었다. 성운이 처음이라고 해도 과언이 아니었다. 그렇게 학연의 줄도 없었다. 그렇게 뒷배경이 없으니 당연히 뒤로 밀리는 것이라고 생각되었다. 주관적인 생각일 수 있겠으나 뒤로 밀리는 것은 다른 이유에서 찾을 수가 없었다.

빠른 사람은 5~6년이면 7급 승진이 가능했지만 성운은 11년이 넘어 걸렸다. 그래도 한 단계 올라간다는 성취감으로 대단히 영광스러웠다. 하지만 늦어도 너무 늦은 승진인데 그것도 승진이라고 자리를 옮겨야만 했다. 농산물검사소 조직은 95%가 농업직이고 행정직은 5%에 불과해서 그 알량한 승진이라고 타 도시로 이동해야 했다.

성운은 충남 대전이라는 먼 객지로 승진 발령을 받았다.

전주에 막 뿌리 내리고 안정된 생활을 해나가고 있는데 온 가족이 함께 이동한다는 것은 매우 어려운 일이었다. 승진을 그렇게 바랐으나 객지로 나가야 해서 승진의 기쁨보다 객지 생활의 고생이 더 걱정이었다.

대전에서 하숙하는데 박봉에 하숙비 지불하고 나면 집에 보낼 돈이 얼마 되지 않아 살림하기가 어려웠다. 임시방편으로 70이 넘은 어머니와 7세 딸을 데리고 세 사람이 작은 방을 얻어 자취를 시작했다. 어머니와 함께 있으면서 숙식이 안정되니 직장에 근무도 안정되었다. 그러나 사람이 살아가는 데는 항상 어려움이 따라다녔다. 월세가 아주 싼 방을 구했는데 생활이 여간 불편한 것이 아니었다. 겨울 혹한기가 돌아오면서 연탄으로 난방을 하는데 추워 견디기가 어려웠다.

문간에 임시로 세멘블록으로 지은 방이라서 벽은 얼음장이었다. 연탄을 많이 땐다고 하더라도 방바닥만 조금 따뜻할 뿐 방안에 웃풍이 세어 귀가 시리고 뺨이 아리어 입김이 안개처럼 나오는 방에서 생활하는 것은 고역 중의 고역이었다. 성운은 출근하면 사무실에 난로가 있어 추위를 모르고 지내는데 어머니와 딸애는 집에 있으면서 떨고 있어야 했다. 도시 한 가운데 아는 사람 하나 없는 혈혈단신으로 할 일도 없이 하루 종일 떨면서 웅숭그리고 지내야 하는 고통을 참아낼 수가 없었다.

성운 자신의 숙식에 편의를 보자고 어머니와 딸애가 추위에 고생하는 것을 보고만 있을 수 없었다. 하는 수 없이 두 달 살고 어머니와 딸을 전주 집으로 보냈다. 그리고 하숙을 했다. 전주 집에서는 아내가 모든 살림을 책임지고 꾸려나갔다. 성운이 하숙비 주고 나서면 집에는 생활이 태부족이었다.

아내는 고등학생들 하숙을 시작했다. 집에 방이 3개 있었는데 식구들은 방 하나를 쓰고 2개 방에 4명의 하숙생을 두었다. 아내가 무척 고생하면서도 부족한 생활비를 벌충할 수 있어 몸이 으스러지는 고단함도 기쁜 마음으로 이겨냈다.

당시 여러 여건상 전북지소로 돌아오는 것은 예측 불가능했다. 전주로 온다는 것은 부지하세월不知何歲月이었다. 전주 고향 사람들이 근무하고 있으니 그 사람들을 밀어내고 온다는 것은 생각도 할 수 없었다. 그렇게 기약 없이 가족과 떨어져 사는 것은 금전적으로는 물론 작은 생활 하나하나가 말로 다 할 수 없는 고통이었다.

그렇게 기약 없이 어려움을 온 가족이 겪으며 살 수는 없었다.

전주 집을 팔고 대전에 집을 장만하여 이사해야겠다는 생각에 대전에서 집을 알아봤다. 그런데 전주 집값과 대전 집값은 너무 큰 차이가 나서 턱도 없이 모자랐다. 전주 집을 팔아 대전에서 집을 사려는데 반값도 되지 않았다. 자신이 정신적으로 안정되어야 직장생활도 원활할 것 같은데 집을 구하는 데 이런 어려움이 있어 큰 고민이었다. 그렇다고 한번 마음먹은 것을 그냥 작파할 수 없어 시간 나는 대로 집값이 싼 변두리를 중심으로 알아봤다. 그 큰 대전시를 집이 싼 곳이 있으면 찾아가보는데 성운의 형편과는 맞지 않았다. 그렇게 한 달여를 찾아다니다 행운의 여신을 만난 것이다. 드디어 형편에 맞는 집을 찾았다. 뜻이 있는 곳에 길이 있었다. 등잔 밑이 어둡다는 말처럼 직장과 아주 가까운 대전시 중심지인 대흥동에 있는 것을 모르고 대전시를 거의 다 더뒀던 것이다. 집은 좋지 않았으나 세놓을 방이 4개가 있어 전세를 안고 집을 구입할 수 있었다. 천운을 받은 기분이었다.

전주 집을 팔고 모을 수 있는 자금을 합산해보니 500만 원쯤 되었다. 대전에서 구입할 집은 700만 원이었다. 200만 원이 부족한 것이다. 그런데 방 네 개 중 그의 가족이 방2개를 쓰고, 2개는 전세로 놓아 방 하나당 100만 원씩 200만 원을 받아 집 사는 데 모자란 금액을 채울 수 있었다. 그 집을 인수하고 나니 정신적으로 안정되고 든든한 믿음으로 부자가 된 느낌이었다. 사실상 대전 시내 한 중심에 집을 갖고 있다는 것만으로도 불혹의 나이가 되도록 살아오면서 처음으로 느끼는 넉넉함이었다.

서둘러 이사를 하고 나니 그렇게 좋을 수가 없었다.

생활이 안정되고 보니 다른 생각이 들었다. 교통도 좋고 대도시여서 대전에 뿌리를 내리고 싶은 생각이 들었다. 또한 집값이 많이 올라 더욱 애착심이 들었다. 수도를 대전으로 옮긴다는 박정희 대통령의 구상이 알려지면서 대전의 부동산값이 하루가 다르게 치솟아 광풍을 일으켰다. 덩달아 성운의 집이 거의 곱절로 올랐다고 했다. 하지만 객지 생활은 녹녹치 않았다. 특히 어머니가 아는 사람 하나 없으니 너무 외로워 하루하루 생활을 적응하는 데 어려움이 많았다.

먼저 언어가 낯설었다. 충청도 말과 전라도 말이 거의 같다고 생각했는데 상당히 이질적이었다. 그래서 충청도 사람이 아니란 것이 드러나 알게 모르게 거리감이 생겼다. 또한 생각이나 생활 풍습이 많이 달라 불편한 점이 많았다.

그래서 객지의 삶이 어려워 대전에 뿌리를 내리기에는 정이 들지 않았다. 따라서 기회가 되면 전주로 돌아가야겠다는 생각을 한시도 내려놓지 않았다.

그런 간절한 마음이 영험하게 작용했는지 생각보다 빨리 기회가 왔다.

대전으로 전출간 지 딱 1년 되었는데 전주에 자리가 생긴 것이다. 그 자리로 올만 한 다른 사람이 없어 힘들이지 않고 전주로 오게 되었다. 참으로 운이 좋았던 것이다.

주택 또한 전에는 한옥 3칸으로 작은 집이었는데 1년 동안 대전에 갔다 온 덕에 집이 커졌다. 그 시절에는 거의 단독 주택이면서 한옥이 대부분이었다. 과장을 하면 고래 등 같은 기와집으로 처음 살아 본 큰 집이었다. 어머니께서 어찌나 좋아하시던지, 그동안 고생만 하시다가 이렇게 좋은 집에 살게 되었다고 춤이라도 추고 싶다고 했다. 처음으로 어머니 마음을 흐뭇하게 해드리는 효도를 했다고 생각했다.

아이들이 중학교에 가게 되어 교육비가 상당히 필요했으나 그의 봉급으로 살림을 꾸려나갈 수 있어 행복감에 살맛 나는 한때였다.

별 탈 없이 8년을 잘 살아왔다. 그런데 40대 중반까지 7급 공무원으로 만년 주사보서 창피한 생각이 들었다. 딴에는 최선을 다해 일해 오면서 장관 표창도 받았으나 승진은 되지 않았다. 원체 정원이 적은 데다 조직의 변화가 없어 자리가 나지 않으니 승진을 할 수 없었다. 간절하게 승진을 기다리다 늦게나마 6급 승진이 되었다.

얼마나 바랐던가. 그래서 뛸 듯이 기쁘면서도 또 객지로 떠나야 하는 아쉬움이 똬리를 틀고 앉아 마음을 짓눌렀다. 이번에는 광주로 발령이 난 것이다. 지난 7급 승진으로 대전에 갈 때는 아이들이 초등학교 저학년이어서 전학이 쉽고 적응도 빨라 가능했다. 그러나 이번에는 애들이 고등학교 중학교에 다녀 전학이 어려워 가족이 함께 이사할 수 없었다.

할 수 없이 성운 혼자 광주로 가야 했다. 하숙하려면 너무 부담이 커서 변두리 옥탑방을 얻어 자취로 시작했다. 자취는 자신이 있었다. 중·고등학교 다닐 때 생활이 어려워 하숙은 못 하고 6년 동안 자취를 했었다. 물론 그때는 어머니가 나무를 망태로 져와 겨우 밥을 해 먹어야 했기에 장작개비가 금쪽이었다. 하지만 지금은 나무를 때지 않고 전기밥솥과 냉장고가 있어 걱정이 없었다. 직장의 보직도 계장이어서 실무에 시달리지 않아도 되었다. 따라서 시간상으로 여유가 있었다.

전주 집에서는 아내가 어머니를 모시고 아이들 교육도 책임지고 잘해나갔다. 하숙하고 가내부업으로 뜨개질을 하여 생활에 큰 보탬을 했다. 그래서 성운이 광주라는 먼 객지에 있으면서도 집안일을 잊어버리고 직무에 충실할 수 있었다. 아내의 불평 없이 가정을 꾸려주어 얼마나 고마운지 평생 잊지 않고 사랑으로 보답하겠노라고 다짐하고 다짐했다.

이루어져야 할 일은 성운의 직장에서의 승진 문제였다. 공무원으로서 꽃이라고 할 수 있는 5급 사무관으로 승진하는 것이다. 국가공무원으로서 사무관이 되어야 옛날로 치면 임금이 주는 임명장을 받아 벼슬했다고 했듯이 지금 세상에는 대통령이 주는 임명장이야말로 진정한 공무원이라고 할 수 있다. 그래서 공무원이면 누구나 사무관 이상으로 승진되기를 원했다.

사무관이 되는 길은 고등고시라는 시험을 통해서 임용되고, 다른 길은 6급에서 일정한 경력이 되면 승진시험이라는 관문을 통해서 되는 것이다.

성운은 6급으로 승진하면서부터 5급 승진시험 준비를 했다. 승진시험 기회가 주어지기는 하대명년이었다. 거의 기회가 주어질 여건이 아니었다. 전국적으로 농검에 행정직 6급 공무원이 22명으로 1년에 1회 시험을 보는데 잘해야 한 사람이 추천되었다.

산술적으로 계산해서 1년에 추천받은 사람이 시험에 합격하여 승진해 나간다고 하더라도 20년이 넘는다. 그런데 한 번 시험에 추천받은 사람이 합격되는 것은 거의 5~6년에 한 사람 있을 동 말 동하여 개구리 수염 날 때를 기다리는 것이 더 빠를 것이었다. 하지만 성운은 최선을 다해 준비했다. 두드리면 열린다는 격언을 믿고 10년 목표를 삼은 것이었다.

광주에서 홀로 자취하면서 공부한다는 것은 어려운 일이었다 하지만 언젠가는 기회가 올 것으로 생각하고 책을 놓지 않았다. 전주로 올라올 가망이 보이지 않았는데 예상치 않게 전주로 오게 되었다. 생활이 안정됨으로써 시험 공부에 최선을 다해왔다. 성운의 예상은 맞았다. 6급 22명 중 시험을 포기한 사람이 많아 그의 차례가 생각보다 빨리 온 것이었다.

6급 달고 8년, 단순히 비교한다면 빠른 것이다. 하지만 그때 나이 54세, 최고령이었다. 농림부 승진 예정 인원이 8명으로 그 5배수 40명을 추천하여 경쟁시험을 치르는 것이었다. 추천된 사람들은 대부분 40대 초반으로 젊은 사람들이었다.

그동안 시험에서 경제학이 가장 어려운 과목으로 알려졌다. 대학에서 경제학을 전공한 사람들은 그래도 공부를 할 수 있지만, 성운처럼 고등학교 출신은 학교에서 겨우 수요 공급에 대한 겉핥기식으로 경제학 용어 몇 개 정도 아는 수준이었다. 그래서 먼저 경제학 원론을 공부했다.

처음 시작할 때는 경제학이 어떤 학문인지 개념조차 몰랐다. 책을 펴는데 하루에 단 3장도 읽지 못했다. 용어를 모르니 진도가 나가질 못했다.

'한계'라는 경제용어가 자주 나오는데 국어사전을 찾아봐도 그 개념과 뜻을 이해할 수 없었다. 그 개념을 아는 데 3년이 걸렸다.

먼저 시험에 합격한 사람들의 말에 의하면 경제원론 책을 50번 이상 읽었다는 말을 듣고 기가 질렸다. 이 어려운 공부를 해야 하는가 싶었다. 그러나 다짐하는 것은 기회가 주어지면 포기하지 않아야 한다는 신념으로 책을 놓지 않았다

무슨 일이든 의지가 문제이지 못할 것이 없다고 생각했다. 그렇게 어렵다고 생각했던 경제학이 4~5년 공부하고 나니 눈에 들어오고, 귀에 들리기 시작했다. 그동안 선배들이 떨어진 결과를 보면 1차에 떨어졌다. 1차는 경쟁이 아니고 과락 없이 평균 60전 이상이면 합격이었다. 원만하면 합격할 수 있다고 생각하고 1차 시험을 조금 수월할 것으로 생각했다가 떨어진 것이다.

성운은 2년으로 계획을 세웠다. 첫해는 1차를 집중적으로 공부했다. 1차 시험은 2회에 유효해서 두 번째는 1차 시험은 면제받아 다음번에는

2차만 집중적으로 할 수 있어 그것이 적중된 것이다. 두 번 시험을 봐서 합격한 것이다.

중앙관서에 있는 사람들은 중앙에서 정보를 얻는 데 유리하고 학원 등 공부할 여건이 지방과는 비교가 되지 않게 좋았다.

성운은 전주라는 지방에서 학원 한번 다니지 아니하고 혼자 공부를 했다. 농림본부에 근무한 사람들은 나이도 젊을 뿐만 아니라 애초에 공무원이 되는 과정에서 행정고시 시험을 보다 포기하고 7급으로 공무원을 시작한 사람이 대부분이었다. 정규 4년제 대학을 나와 공부를 많이 했던 사람과 경쟁한다는 것은 시작부터 밀리는 조건이었다. 나이도 30대나 40대 초반의 젊음이 왕성한 사람과 50대 중반의 중늙은이가 맞붙어 경쟁하는 것은 누가 봐도 게임이 되지 않았다. 그래서 성운이 추천받은 것은 그들이 생각하기엔 경쟁 대상이 아니고 들러리로 참석하는 정도로 도외시했다.

시험 후일담으로 중앙의 젊은이들도 시험이 어렵다고 했는데 성운은 그렇게 어렵게 생각되지 않았다. 오히려 생각보다 쉬웠다. 그가 착각한 것인가.

시험을 보고 나서는 잘 봤다는 생각에 느긋한 마음으로 그동안 시험공부 하느라고 고생했다며 직원들이나 친구들과 어울려 즐겼다. 그런데 시간이 지날수록 불안이 싹트기 시작했다. 농림본부 젊은 사람들이 시험이 무척 어렵다는 말이 전해오면서 헛짚은 것은 아닌가 싶어 불안한 생각을 떨쳐버릴 수가 없었다. 시험 보고 나서 홀가분했던 생각은 사라지고 불안한 생각은 날로 더해갔다.

시험 발표가 거의 한 달쯤 걸렸는데 참으로 기다리기 힘든 시간이었다. 밤이면 시험에 떨어져 실의에 빠진 꿈을 꾸고는 며칠 동안 의기소침해서 의욕이 떨어지며 입맛조차 없어 먹지 못하고 실의에 빠져들기도 했다.

오늘이나 내일이나 발표가 있으려나 날마다 초조하게 기다리고 있었다. 12월 초에 본 시험결과가 해가 바뀌어 새해 1월이 되어도 발표가 되지 많아 애를 태우고 있었다. 혹시 떨어져 연락이 오지 않는가 하는 생각에 속을 태우고 있었다.

1월 10일 아침 새벽잠이 깨어 변소를 다녀온 뒤 다시 잠이 들었다. 면동이 터 문살이 밝아지고 있을 때 깊은 꿈속으로 빠져들어 갔다.

미신적이라고 할 수 있지만 정확한 예언의 꿈을 꾸었다.

고등학교 시절이었다. 도시락도 쌓지 못하고 학교에 다녔는데 6교시 수업을 마치고 자취방으로 돌아올 때였다. 허기져 맥이 빠져 발목에 무쇠덩이를 달고 있는 듯 발걸음 무거웠다. 시내에 들어오면 음식점 등에서 풍기는 음식 냄새가 유독 허기를 자극했다.

큰 거리로 가지 않고 질러가기 위하여 골목으로 들어섰는데 그 골목 길에 엿집이 있었다. 창 너머로 보이는 엿 만드는 광경을 침을 흘리며 바라보고 있었다. 엿을 손으로 주물러 엿 덩이를 만들어 진열하고 있었다. 엿 덩어리가 야외에서 변을 보면 변 덩이가 팽이처럼 생겼는데 그 끝부분에 도장이 찍혀있었다.

여러 개 같은 엿 덩이를 진열해놓았는데 배가 고파 그냥 보고만 지날 수가 없어 살며시 엿 한 덩이를 훔쳤다. 가만히 보니 끝부분에 합습 자가 찍혀있었다. 그 합자는 농산물 검사할 때 합격품에 찍어주는 자판字板이었다. 글자 형태는 검사 자판과 꼭 같지만 크기가 아주 작았다. 따끈하면서 말랑말랑하여 베먹기가 아주 좋았다. 그 합자가 찍힌 부분을 덥석 물어 베먹었다. 그러면서 눈이 번쩍 뜨였다.

꿈이었다.

너무도 괴이했다. 보통 똥 꿈은 아주 길몽이라고 알려져 있었다. 한편 엿은 시험합격을 기원하는 상징물로 학교 입시 때 엿을 선물하고 먹기도 하는 풍습이 있었다. 거기다 합자가 찍힌 엿 덩어리를 움켜잡고 베먹는 것이 예사로운 일이 아닌 것 같았다. 그 순간을 놓칠 수 없어 꿈 내용을 정확하게 기록해두었다.

길몽을 발설하면 허사가 된다는 속설에 가슴이 두근거리는 대도 입을 열지 않았다. 옆에서 자고 있던 아내에게도 좋은 꿈을 꾸었다는 말을 할 뿐 내용은 말하지 않았다.

입이 근질근질하여 시원스럽게 말을 하고 싶었으나 꾹 참았다. 출근 하였는데 직원들에게 그 말을 하고 싶었지만 끝내 참았다. 10시가 조금 넘어서 농검 본소 인사계에서 전화가 걸려왔다. 직원이 본소라고 전화를 받는데 예감에 내 시험발표결과일 것으로 짐작되었다. 숨을 죽이고 귀를 기울이는데 가슴에서는 물방아고 소리가 쿵닥쿵닥 울렸다. 그 짧은 2분여 통화시간이 얼마나 길게 느꼈는지 피가 다 마르는 것 같았다.

전화를 받던 김 주임이 내게로 달려오며 "계장님, 합격이랍니다. 축하합니다."하며 함박웃음으로 축하해주었다. 사무실에서는 일제히 "와!" 하는 함성이 터져 나왔다. 꿈만 같았다. 성운이 찾아가 인사를 올리기 전에 지소장이 나와 축하와 격려를 해주었다. 다른 과 직원들도 축하해주었다. 생에 가장 흥분되고 행복한 순간이었다.

중앙에서도 깜짝 놀란 것이다. 이름도 없는 전주라는 지방의 중소도시에서 나이도 아주 많은 사람이 합격하리라고는 생각하지 않았는데 이변이 일어난 것이다.

성운 인생의 마지막 소원이 성취된 것이다. 공무원이 최소한 5급은 되어야 공무원으로 인정받는다. 합격자 발표 후 10일 후 교육 발령을 받았다. 중앙공무원 교육원 5급 이상 고위공무원을 교육하는 기관이었다.

입소하여 교육생 신분이지만 그동안 받은 교육과는 차원이 달랐다. 교육생을 대하는 언행이 급이 달랐고 교수진이나 교육의 질에 있어 차원이 높았다. 진정한 공무원이 되었구나 하는 자부심이 들었다. 여담이지만 교육을 받을 때 교수들의 첫 격려하는 말이 "여러분들은 신분 상승이 된 것입니다. 돌아가신 뒤 자손들이 지방紙榜을 쓸 때 학생이란 말 대신 사무관 또는 서기관 등으로 관직을 쓸 수 있다."고 하면서 사회적으로 재벌 총수 같은 사람도 학생으로 지방을 쓴다면서 자부심을 가지라고 축하와 격려를 해주었다. 환갑이 얼마 남지 않은 나이까지 살아오면서 가장 보람을 느끼는 순간이었다.

옛날 임금이 주는 임명장 즉 교지敎旨와 같은 대통령의 직인이 찍힌 임명장을 받을 때, 그동안 공직에서 참기 어려운 시련과 고난이 일순에 깨끗이 씻겨나가는 쾌거를 맛보았다. 그 임명장을 가지고 고향에 가서 조상님들께 고유告由의 인사를 올렸다.

공직사회에서 특히 지방에서는 직원들이 대하는 언행이 다르고 기관의 의사 결정에 중추적 역할을 함으로써 존재가치가 비교할 수 없을 만큼 높아졌다. 살맛 나는 위치가 된 것이다. 신분과 직분이 높아진 만큼 모든 언행이 신중해야 하고 무게가 있어야 했다.

또다시 객지로 나가야 했다. 승진이라는 영광과 개인 생활의 고난을 맞바꿔야 했다. 다시 집을 떠나 객지에서 외로운 생활을 해야 했다. 농검 충북지소 서무과장으로 보임을 받아 나아갔다. 나이 먹어 객지에서 가족과 떨어져 생활해야 하는 외로움이 있었지만, 평직원일 때와는 달랐다. 우선 간부공무원으로서 직원들의 대우가 달랐다. 그리고 평직원 때보다는 시간이 많았다. 실무는 직원들이 하고 성운은 실무자들의 업무처리를 지도 검토하여 결정하는 자리라서 시간적 여유가 있었다. 물론 공직자는 근무시간에는 열심히 공무에 임해야 하지만 실무가 아니어서 남은 시간에 어느 정도 개인적인 공부를 할 수 있었다. 성운은 업무에 지장이 없는 틈을 이용해서 독서했다. 더욱 사무실과 맞대있는 서점이 있어 틈나는 대로 서점에서 책을 빌려 읽었다. 특히 문학 작품이나 관련 서적을 읽었다.

처음에 문학을 하려고 마음먹을 때는 소설을 하려고 했는데 너무 어려워 시와 수필의 이론을 공부하고 습작했다. 그래도 혼자 하는 문학 수업은 방향을 잡기조차 어려웠다. 시를 써놓고 읽어보면서 이것이 시인가 아니면 무슨 넋두리인가 구분을 할 수 없으니 누구에게 물어볼 사람도 없고 어디서 교육받을 기회도 없어 막막했다. 그래도 그냥 재미로 써보았다. 남에게 보여주지 않으니 잘했든 못했든 개의치 않고 꾸준히 습작해나갔다. 그동안 생각날 때마다 삶을 기록해왔다. 1950년대 중고등학교 다닐 때부터 일기를 썼고 특히 군생활할 때 썼던 일기가 지금 읽어보면 생광스럽게 여겨졌다.

문학수업을 하면서부터는 본격적으로 일기를 빠지지 않고 써왔다. 일기를 쓰면서 알게 모르게 문장력이 길러진 것 같았다.

충북 청주에서 2년여를 근무하면서 객지에서 홀로 생활하는 것이 외롭고 어려움이 많았지만, 시간이 많은 터라서 책을 읽을 수 있고 문학으로 시를 꾸준히 습작할 수 있어 좋았다. 그러면서 문학의 맛을 알아가기 시작했다. 아는 사람 하나 없는 삭막한 도시에서 눈 내리는 뒷골목을 사박사박 걸으면서 사는 것이 무엇인가 하는 깊은 사색에 잠겨 시간 가는 줄도 모르고 헤맸던 기억이 생생하다.

13

통곡의 시간

성운의 생에 가장 아쉬운 점은 어머니를 모시고 다니면서 생활은 했지만, 어머니가 그에게 베풀었던 사랑과 정성에 보답했어야 했는데 그리 못한 것이 돌아가시고 난 뒤에야 아쉽고 안타깝게 생각되었다.

10여 년을 전북지소에서 근무하고 있는데 장기근속자라고 충남지소로 전보발령이 났다. 이미 사무관 승진시험에 합격하였기에 전주를 떠나야 한다는 예상은 했지만, 정식으로 승진 임명을 받지도 않은 채 장기근속자라고 전보를 시킨 것이다. 그런 생각은 일도 하지 않았다. 그런데 덜컹 대전으로 전출을 시킨 것이다. 이제는 가족과 함께 이사한다는 것은 꿈도 꾸지 못했다. 그래서 고속버스로 대전까지 출퇴근했다. 사무관에 임명되면 또다시 이동해야 하기에 출퇴근을 한 것이다. 몸은 고되었지만 가정생활은 안정되었다.

사람이 살아가는 데 변화무쌍한 것이 현실이다. 그래서 자연현상뿐만 아니라 인간사 모든 현상이 무상하다고 했다. 한마디로 말해서 유상한 것은 없다.

어머니가 여름 감기로 고생을 하고 계셨다. 아내의 지극정성 간호도 보람 없이 폐렴으로 돌아선 것이다. 기침과 호흡곤란으로 밤잠을 제대로 주무시지 못하니 몸이 극도로 쇠약해졌다. 어머니 연세가 84세로 극고령이어서 회복이 어려울 것으로 여겨졌다. 그렇다고 바라만 보고 있을 수 없어 대학병원에 입원했다.

진단결과 심장이 부어 기능이 떨어지고 부정맥으로 위험한 상태였다. 호흡이 어려워 산소호흡기에 의존하여 연명하고 있었다. 산소호흡기를 떼고는 잠깐 동안 변소 가는 것도 어려웠다. 변소까지 산소통을 운반할 수도 없었다. 산소 줄을 코에 꽂고 있으면 정상인 것처럼 편안했다. 참 답답한 노릇이었다.

성운은 고속버스로 당분간 광주로 출퇴근했다. 아내 혼자 이 어려움을 감내해야 하는데 자식으로서 할 일을 못 하니 어머니도 어머니지만 아내가 너무 안쓰러워 밤이라도 어머니 보살피는 것을 함께 해야 했다.

2주일이 넘었는데도 별 차도가 없었다. 담당 의사가 불러서 어머니 병세를 설명했다. 심장이 붓고 폐에 물이 차 있어 호흡이 어려운데 의사로서도 방법이 없다고 했다. 난감한 표정을 지으면서 시험 삼아 충격요법을 써보자고 했다.

충격요법은 주사로 심장에 자극을 주어 부정맥을 정상으로 돌리는 방법이라고 했다. 그런데 위험부담이 있다며 보호자인 성운이 승낙을 해야 한다고 했다. 위험하다는 말에 선뜻 대답하기가 어려웠다. 머뭇거리고 있었다.

"물론 위험하여 권하기가 조심스럽지만 지금으로서는 방법이 없어요."

담당의사는 적극적으로 종용했다.

"위험부담이 얼마나 커요?"

성운으로서는 할 수도, 안 할 수도 없는 양날의 칼을 쥐고 있는 처지였다.

"이대로 있으면 기적이 일어나지 않는 한 좋아질 기미가 보이지 않아요."

의사는 상당히 완강하게 말했다. 어차피 완치되지 않는다면 돌아가신다는 말인데 특단의 조치라도 해야 할 것 같았다. 그 주사요법을 써보자고 승낙했다. 말은 그렇게 하고서도 어머니가 이러다가 진짜로 돌아가신 것 아닌가 하는 의구심에 잠을 이룰 수가 없었다.

광주로 출근하는데 집에서 나서면 거의 3시간이 넘어서야 광주 사무실에 도착할 수 있었다. 그래서 아침 여섯 시에 집에서 나서면 차가 제대로 연결이 되어야 9시에 사무실에 들어갈 수 있었다. 하루 종일 일을 하는데 일손이 잡히지 않았다. 어머니가 조금이라도 차도가 있기만을 간절히 마음속으로 빌었다.

오후 6시에 퇴근하면 전주에는 밤 9시가 넘어서 도착한다. 차에서 내려 택시를 잡아타고 대학병원으로 갔다. 응급실로 찾아갔는데 어머니가 계시지 않았다.

담당의사에게 물어보니 위급하여 집으로 퇴원했다고 했다. '아! 결국 그렇게 되었구나!' 하는 생각에 다리에 힘이 쭉 빠져 비틀거리며 주저앉을 뻔했다. 정신을 차리고 병원을 나와 택시를 잡아타고 집에 들어가니 아직 운명은 하지 않았으나 임종에 따른 제반 치상治喪 준비를 해두고 있었다. 그래도 자신이 임종을 보게 되었구나 하는 생각에 잠시나마 한숨을 쉴 수 있었다.

인사불성인 상태지만 아직 운명은 하지 않았다는 증거로 맥박은 뛰고 있었다. 부정맥이 심했는데 맥이 고르게 뛰었다. 이상한 생각이 들었다. 부정맥이 정상으로 뛰고 있으니 정신만 돌아오면 괜찮아질 것 같은 막연하나마 희망의 기미가 느껴졌다. 그런데 기적이 일어난 것이다.

새벽녘이 되면서 의식이 돌아온 것이다. 또렷하지는 않지만 말을 알아듣고 말씀도 한마디씩 했다. 날이 새면서 희미하게나마 정신이 돌아와 말을 알아듣고 말씀도 하셨다. 그렇게 의식은 물론 말도 어눌하지만 날로 좋아졌다. 병원도 가지 않고 집에서 안정을 취하면서 아내의 알뜰한 간호가 보약이 되어 2주쯤 지나면서는 거동은 할 수 없어도 미음 죽을 먹으면서 죽음의 터널을 빠져나온 것 같았다. 하지만 정신이 오락가락하여 치매가 아닌가 싶어 다른 걱정이 생겼다.

처음 정신이 돌아올 때는 부정맥이 없어졌는데 조금 상태가 좋아지는가 싶었는데 부정맥이 다시 일어나 새로운 고통에 호흡곤란이 도졌다. 맥이 30여 초 동안 끊어지면 호흡도 멈추고 눈도 뜨지 못한 채 죽은 사람처럼 쓰러지다시피 했다. 그러다 다시 숨을 크게 들여 마셔 살아났다. 그런 상태여서 잠시도 자리를 비울 수 없었다. 아내가 지키면서 성운이 못다 한 어머니 모심을 해냈다.

　3년을 아내 혼자 어머니를 보살피다가 성운이 왔으니 먼저 아내가 큰 힘을 얻은 것이다. 대학병원에서 퇴원하고는 돌아가실 것으로 생각하고 다시 입원하지 않았다. 약을 타다 먹으면서 지냈으나 별 차도 없이 누워만 계시며 연명하고 있었다.

　그러다 보니 살이 너무 빠져 눈으로 보기가 민망할 정도였다. 호흡하고 죽이나마 곡기를 취하면서 생명이 유지되었지만, 거동은 고사하고 방 안에서도 움직이지 못하니 대소변도 받아내야 했다. 도저히 회생이 거의 불가능해 보였다. 자식으로서 생각해서는 안 할 말이지만 오늘만 내일만 하는 상태에서 차라리 돌아가시면 좋겠다고 생각했다.

　누워계시지만 그 생활이 3년으로 연세는 보태져 87세였다. 몸이 그렇게 쇠약하고 정신도 오락가락하여 회생하리라고는 꿈에도 생각지 못했다. 그래서 사람의 생명을 그리 가볍게 여기면 안 된다는 것을 깨닫게 되었다. 나중에 뉘우친 바지만 아무리 고령이라도 생명이 고귀한 것이니 포기하지 말아야 함을 알게 되었다.

　기적이 일어난 것이다. 병원에 입원하는 것도 아니고 무슨 수술을 한 것도 아니었다. 의외인 곳에 길이 있었다. 지인의 소개로 정신신경과 병원으로 가서 상담을 해보라고 했다. 처음에는 너무 턱도 없는 병원을 추천해주어 실없는 말이라고 무시해버렸다. 그런데 여러 방법을 다 해봤으나 소용이 없어 발칙한 불효의 생각이지만 솔직히 어서 돌아가셨으면 하는 생각이었다. 그러다 생각난 것이 병은 자랑하라는 속담이 생각났다.

병을 자랑해서 여러 사람의 충언을 들어보라는 말이다.

무시해버렸던 지인의 권유가 생각나서 허실 삼아 정신과병원의 문을 두드렸다. 정신과에서는 상담으로 병세를 진단했다. 환자를 직접 보지 않고도 보호자가 설명하는 병세만으로도 약을 처방해주었다. 의사 역시 장담하지 못하고 마지막 가는 길에 고통이라도 덜어준다는 심정으로 처방해준다고 솔직하게 말했다. 성운도 의사의 반신반의한 말을 듣고 그 약으로 나을 것이라는 기대보다 그냥 한번 써보겠다는 심정이었다. 병원에서 2주일분을 직접 조제해 주어 복용했다.

아, 기적이야!

정말로 기적이 일어난 것이었다. 1주일간 약을 복용하니 분명히 차도가 있었다. 이럴 수가? 오늘만 내일만 하며 돌아가실 날을 셈하고 있었는데 회생을 하시다니! 완전히 뼈만 남았을 때는 엉덩이뼈가 뾰족이 드러나 살갗을 뚫고 나올 것 같아 아무리 푹신한 방석을 깔고 앉아도 아파서 참을 수가 없었다. 앉아 있을 수가 없으니 누워 생활하여 등허리에 등창이 나서 살이 썩어들어간다고 할 지경이었다.

그런 어머니의 병세가 그 정신과병원 약 1개월을 먹고 거의 완치가 된 것이다. 이런 것을 기적이라고 한다. 미음죽도 잘 넘어가지 않았는데 한 달 뒤에는 밥을 먹기 시작했다. 87세의 고령으로 몸에 살점이라고는 없는 말 그대로 피골이 상접한 몸이 회복되다니 눈으로 직접 봐왔는데도 믿기지 않았다. 처음에는 아기 걸음마 배우듯 문고리 잡고 일어서고 걷기를 배우는데 지팡이에 의지하다가 얼마 지나서는 지팡이를 던져버리고 걸었다. 그런 현상을 보고 두 세상 살았다고 할 것이다. 말 그대로 기적이었다.

완전히 병이 나아 정상적인 생활을 할 수 있었다. 그렇게 처음 병이 났을 때는 돌아가실 것으로 생각했는데 8년을 더 사셔 92세에 돌아가셨다. 장수하셨다.

성운이 광주에서 전주로 돌아와 어머니 병환이 완치되어 생활은 안정되어 큰 근심 없이 살아갈 수 있었다. 아들딸 5남매를 두어 건강하게 자라며 학교도 대학까지 마칠 수 있었다. 좀 아쉬운 것은 아들 하나 두어 기대했는데 아쉬움이 있다. 그러나 큰 부담 없이 자라서 건강한 것이 무엇보다 보람 있고 마음 든든했다.

1995년 6월 15일 퇴근해서 집에 와보니 어머니가 마루에서 내려가다 쓰러져 인사불성이 되어 누워계셨다. 의식이 없는 상태여서 병원에 가지 않았다. 그렇게 의식의 끈을 놓은 3일 된 저녁에 운명하신 것이다. 마침 퇴근해서 인사를 하고 가족이 다 모여 있는데 어머니가 변색하시더니 운명을 하신 것이다.

하늘이 무너지고 땅이 가라앉은 비통의 순간이었다. 어머니 연세 92세 장수하신 편이었다. 다만 어머니의 생애는 고난으로 이어진 불행한 삶이었다.

일제 식민지배하에서 가슴 한번 펴지 못하는 고행으로 젊음을 보냈다. 해방을 맞아 자유를 누리며 안정을 찾아가는 시기에 한국전쟁의 발발로 가족이 희생되고 가산이 풍비박산된 채 고향에서 쫓겨나 피난살이 10여 년 타향객지 낯선 거리를 헤매면서도 하나 남은 아들 성운을 당신

입에 들어가는 밥알 하나도 아껴서 교육시켰다. 연약한 여자의 몸으로 감당하기 어려운 일을 해내셨던 것이다.

성운이 객지 대전에 근무하고 있을 때 돌아가셔 운명의 순간 임종은 했지만, 거동을 못 하고 누워계실 때 얼마나 외로워했을까를 생각하면 가슴이 미어지는 것 같았다. 그래도 삼일장으로 깐에는 성대하게 장례를 치르고 고향 산안에 장묘를 모시는데 흔치 않은 꽃상여를 태워드린 것이 그나마 마지막 떠나는 길에 꽃가루를 뿌려주어 다소 위안이 되었다.

어머니 돌아가시기 전에는 3년 상을 모시겠다고 다짐했는데 그리 못한 것이 아쉬움으로 남아있다. 물론 시대의 변화와 생활이 도시화 되면서 많은 사람이 1년 탈상조차 어렵다고 49일제가 일상화되어 가고 있는 실정이다. 더하여 3일 탈상 심지어는 장례 당일 탈상을 해버리는 사람도 점차 늘어나고 있는 추세다. 하지만 성운은 어머니를 생각하면 돌아가신 것도 불효 막급한 일인데 곧바로 탈상으로 어머니를 떠나보낸다는 것은 자식으로서 도리가 아니고 불효 막급하다고 생각되어 마음에서 용납되지 않았다. 그래서 1년 상을 치르기로 하고 간단하게나마 영호靈戶를 꾸미며 삭망제朔望祭를 올려 모셨다.

음력 초하루와 보름에는 간단하게나마 주과를 차리고 메를 올려 제를 드렸다. 마지막 어머니를 보내드리기 위하여 간단하게나마 제수를 올리고 제사를 모시는 것이 그나마 마음의 응어리를 조금은 풀어주었다.

특히 청주에서 근무할 때, 아무리 시간이 없어도 밤늦게라도 내려와 이튿날 아침 제사를 올리고 청주까지 출근했었다. 이 일이 어머님에 대한 자식으로서 마지막 최소한의 할 노릇이었으니 마음의 빚이 가벼워지는 것 같았다. 그런데 하늘이 감응했는지 어머님이 기다렸는지 운 좋게 생각지도 않았는데 전주로 발령받아 돌아오게 되었다. 따라서 마음 놓고 어머니 삭망제를 올릴 수 있어 더 정성껏 올렸다.

돌아가시기 전에는 3년 상喪으로 모시려 했으나 그리 못하여 죄스러웠지만 그 대신 1년 탈상이지만 정성을 다 들여 성의껏 준비해서 성황리에 마치는 것으로 위안 삼았다.

일가친척과 지인들, 직원들까지 많은 사람이 문상해주어 고마웠다. 그렇게 어머니를 보내고 애통했지만 시간이 지나 그런 생각도 얇아지면서 서서히 잊어가고 있었다. 어머니 가신 지 10년 되던 해 이장을 했다. 아버지와 50년이 넘는 세월 만에 합장으로 한자리에 모시면서 비석과 상석을 놔드리고 나니 어느 정도 자식 노릇 했다는 안도의 숨을 쉴 수 있었다

아버지 어머니 두 분은 1905년 을사 생 동갑으로, 1920년 집 나이 16세에 혼인해서 층층시하에서 고생만 하시고 일제의 억압에 시달리며 춥고 배고픈 생활에 숨 쉴 틈도 없이, 다리 한 번 쭉 뻗고 잠자리를 하지 못하고 살아왔었다.

1945년 해방이 되어 정신적으로 평온을 찾아가고 있을 때, 1950년 한국전쟁이 발발하여 거족이 풍비박산되면서 아버지도 전쟁 통에 비명횡사하셨다. 전쟁의 소용돌이 속에서 비행기 폭격으로 가족을 잃었다. 아버지는 공산주의가 어쩌고 민주주의가 무엇인지도 모르는, 다시 말하면 사상이니 이념이니 하는 그런 것이 무엇인지도 모르고 오직 먹고살기 위하여 순전히 농사에 전념하고 살아왔던 분이시다.

나라에서 시키는 대로 복종하며 살아왔는데 전장의 한 중심에 처해져 어디로 피할 수도 없었다. 그런데 우리 국군이 민가 마을에 무차별 폭격과 포사격을 퍼부어 그 피해를 고스란히 뒤집어쓴 것이었다. 너무도 억울하지만 어디 대고 하소연 한마디 할 수 없었다. 어머니는 피를 토하는 쓰라린 상처를 보듬어 안고 오직 하나 남은 어린 성운을 키우고 교육시키는 데 혼신의 힘을 다 기울였다. 그 세월이 성운이 장성해서 집을 짓고 살림을 일으킬 때까지 어머니의 인생은 온갖 고생을 겪으며 죽음을 각오하고 오직 자식 성운을 위한 희생으로 살아왔다.

성운은 학교를 졸업하고 그 누구의 도움도 받을 수 없어 농사나 지어먹고 어머니하고 조용히 사려고 마음먹었다. 하지만 농사만으로는 살 수 없을 것 같아 공무원을 택했던 것이다. 처음 시작할 때는 제일 말단 공무원으로 어려움이 많아 그만두려고 한 적이 한두 번이 아니었다. 그래도 농사짓는 것보다는 수월하여 참으며 버티어낸 것이 40년이라는 거의 평생을 공직에 몸을 받쳤던 것이다. 끝나면서 생각하니 보람 있었던 일도 많았다.

농사로 평생을 살았더라면 토끼하고 발맞추는 오지 중의 오지인 산안이라는 하늘만 뻔한 첩첩산중을 벗어나지 못했을 것이었다.

공직이라는 직업을 가졌기에 잘했든 못했든 전주라는 대도시에 자리를 잡고 노년에 먹고살 만큼 경제적 기반을 이루었다는 것이 업적이라면 업적이다. 처음에 전주로 나올 때 오두막집만 있어도 살 것 같아 어려움을 무릅쓰고 전주로 나왔다. 유독 어머니나 성운이 집을 갖고자 하는 것은 전쟁을 겪으면서 불타 없어진 집을 복구하는데 10년이 넘어 집 없는 설움을 뼈가 으스러지는 고통으로 살아왔었다. 남의 허름한 헛간 방 아니면 남에게 얹어 사는 처지가 천추의 한이었다. 집 없이 여기저기 쫓겨 다니는 꿈을 꾸면서 오매불망 집 갖는 것이 제일 큰 소원이었다. 그런데 오두막이지만 대도시에 내 집이 있다는 것이 얼마나 자랑스러운 일인가? 고개를 번듯이 들고 걸음걸이도 당당했다. 그렇게 어려운 살림에도 안네의 피가 나도록 아끼고 먹을 것도 줄이면서 저축하여 집을 조금씩 키워나갔다. 어머니가 집에 대한 집착이 커서 어느 정도 그 소원을 풀어준 것이 자식으로서 보람도 있었다.

아들 하나 딸 넷을 키우면서 어려움이 어찌 없었으랴? 오직 아내의 알뜰한 가사운영과 절약으로 대학교육까지 마치고 결혼시키고 나니 심신의 부담이 한결 가벼워져 마음의 여유가 있었는데, 어느덧 노년기에 들어서 버렸다.

60이 넘으면서 공직에서 정년퇴직했다.

정년퇴직한 초창기에 아무 일 하지 않고 놀고 있을 때는 참 좋았다. 아침 출근을 위하여 일찍 서둘지 않아도 되었다. 느긋이 늦잠을 자는 것이 꿀맛이었다. 특히 아침에 쫓기는 생활이 40년 가까이 이어지면서 언제쯤 이런 생활에서 벗어날 수 있을까 기다렸는데 그런 생활이 현실이 되었다. 그러나 그 생각이 오래가지 못했다. 서너 달이 지나면서 할 일 없는 것이 얼마나 고역인지를 깨달았다. 집 있겠다, 연금 받아 삶에는 큰 어려움이 없지만, 할 일 없이 산다는 것은 너무 무료해서 하루가 3년 같았다.

돈을 떠나서 무엇인가를 해야 할 것 같은데 나이 많은 사람이 취업한다는 것은 자리도 없으려니와 늘그막에 남의 지시를 받으며 일하고 싶지는 않았다. 그래서 농토가 있어 놀아가면서 시간 보낸다는 기분으로 농사를 시작했다. 농사도 옛날처럼 모든 일을 몸으로 하는 시대가 아니고 기계화가 되어 고된 일은 트랙터 등 기계로 처리하니 농사일도 할 만했다.

쌀농사를 지어 우리 먹고 자식들 식량을 대주고 밭농사로 채소 등을 가꾸어 자식들의 먹거리를 대주는 기쁨이 농사의 고단함을 다 씻어주었다. 늙어서도 애비 노릇을 한다는 자부심에 젊어지는 기분이 들었다. 그러나 한편으로는 많지도 않은 농사에 매달리는 것이 좋아 보이지 않았다.

정신적인 활동 면에서 그 무엇인가를 해야겠다는 생각이 들었다. 학창시절에 가슴에 품어두었던 문학의 꿈이 기지개를 켜며 마음을 흔들어 깨웠다. 글을 써보고 싶은 생각이었다. 무작정 글을 쓴다는 것이 쉬운 일은 아니었다. 그동안 현직에 있으면서 시간 있으면 시를 써보기는 했지만, 문학의 본질적이며 기초적인 것조차 알지 못하는 터여서 본격적으로 그에 대한 기본부터 공부하고 싶었다.

JB대학교 평생교육원에서 성인을 대상으로 다양한 교육과정이 개설되어 있었다. 알아보니 문예창작과가 개설되어 있었다. 학기가 시작되어 곧바로 등록하여 문학의 기초와 이론 등을 체계적으로 공부를 시작했다. 2년을 수료하면서 열심히 공부하고 습작해나갔다.

졸업하면서 월간 《문예사조》 잡지에 출품하여 신인상을 받으면서 정식 문인 즉 시인으로 등단되었다. 정말로 기뻤다. 그동안 가슴속 깊이 간직하고 있었던 꿈을 실현하게 된 것이다. 그런데 다 늙어서나마 시인이 되었다는 것은 스스로 자랑할 만하다고 생각되었다. 새로운 영역인 문학의 문을 열고 들어가 자신의 새로운 삶의 방향을 찾을 수 있었다는 것이 얼마나 다행한 일인지 모른다. 여생을 보람 있게 살 수 있을 것으로 자신감이 생겼다.

여름날 이른 아침에 논밭에 나아가 이슬 머금은 곡식이 싱싱하게 무럭무럭 자라는 것을 보면 생명이 약동하는 힘이 솟아올랐다. 들판을 쓰다듬는 산들바람에 파도처럼 일렁이는 푸른 벼 잎들의 손짓에 시심이 구름처럼 피어올랐다. 그곳이 극락이고 천당이었다. 거기가 때 묻지 않는 원초의 근원이었다. 선계가 다르랴? 아침을 이슬처럼 맑은 정신으로 맞고 나면 자신이 신선이 되는 기분이다.

14

종점에서

1969년 순창 농검으로 전보되었다. 어쩌면 성운의 생활이 정상으로 안정되었다. 하지만 성운의 출생지 구림면 산안은 자전거 하나도 들어갈 수 없는 첩첩산중 오지마을이었다. 또한 순창읍까지는 16km로 출퇴근을 할 수 없었다. 차는커녕 자전거도 탈 수 없으니 출퇴근은 엄두를 내지 못한다. 중고등학교 다닐 때 월요일에 나오려면 새벽 5시에 나서 걸어야 9시가 다 되어 순창에 도착했다. 그것도 뛰다시피 해야 가능했다. 날마다 출퇴근을 할 수 없는 일이었다.

처음에는 셋방을 얻어 내외는 순창에서 살았고 어머니 혼자 고향 집에서 살았다. 어차피 성운이 공직생활을 계속하는 한 고향 집에서 살기는 어려울 것 같아 고향을 나와야 하겠기에 순창읍에 집을 구입했다. 생전 처음으로 초가집을 벗어나 4간 목조 한옥 부자들이나 사는 기와집에서 살게 되었다. 전쟁으로 집을 잃고 10년 넘게 집 없이 남의 셋방을 전전하다가 초가집이나마 고향에 집을 지었을 때는 세상을 다 얻는 기분으로 뜨거운 감격의 눈물을 흘렸다. 그런데 산간 오지가 아닌 어엿한 순창읍 한복판에 기와집을 갖는 기쁨을 어이 말로 다 표하랴? 감격스러웠다. 성운 나이 30대 초, 누구에게도 꿀리지 않는 든든한 가장이 되어 자부심이 충만했다. 무엇보다 70이 다 되어가는 어머님을 농사일에서 떠난 어엿한 도시민으로 노년을 편하게 모실 수 있어, 적지만 어머님께 효도할 수 있다는 것이 자식으로서 보람이라면 보람이었다.

그렇게 순창으로 나오면서 산안 집을 팔았다. 자신의 태胎 자리고 성장한 고향을 떠나면서 아쉬움도 있었지만, 후손들이라도 그 험악한 산중에서 벗어나야 한다고 생각돼 결단을 내렸다. 그런데 2년 후 다시 전주로 전보가 되어 전주로 올라오는데 진짜로 고향을 잊어야 할 때다 싶었다.

1970년대 산업발전으로 도시가 급속도로 개발되면서 도시의 땅값은 자고 나면 천정부지로 치솟았다. 반대로 농촌의 땅값은 오르기는커녕 많은 사람이 도시로 나가면서 토지를 파는 바람에 토지 등을 사려는 사람이 없으니 자연적으로 가격이 폭락할 수밖에 없었다.

도시에 나와 보니 조상님들에게 원망하는 소리가 절로 나왔다. 이런 도시 근처에 자리 잡고 살았으면 후손들이 얼마나 유복하게 살 수 있을까 하는 생각이었다. 결론적으로 자신이라도 최소한 도시 근처에 터전을 마련하고 대대로 자손들이 살 수 있도록 해야겠다는 생각으로 호적까지 전주로 옮겨왔다.

그런데 세상은 가만히 있지 않았다. 자동차는 고사하고 자전거 하나

다니지 못한 고향 산안에 번듯한 찻길이 뚫리고 버스가 하루에 너댓 번을 다니며 전기 수도 전화까지 들어오니 생활여건이 도시와 다르지 않았다. 마당까지 승용차가 들어갈 수 있으니 시골 오지라고 얕볼 수가 없었다. 2000년대가 되면서 모든 문화시설까지 도시에 손색없이 갖추어져 생활에 불편이 없었다.

고향에 돌아와 살아도 될 것 같았다.

2001년에 공직에서 정년퇴직하게 되어 답답한 도시에서 할 일 없이 산다는 것은 불행일 것 같았다. 공직에 재직 중일 때는 시간적으로 여유가 없어 개인적 취미생활이 어려웠다. 그러나 정년으로 자유인이 된 것이다.

여행도 다니고 취미생활도 마음대로 할 수 있어, 오히려 말년을 어떻게 사느냐가 행복의 척도가 될 것임에 이의가 없었다. 그래서 성운의 태자리가 대안으로 생각되었다.

마침 성운이 손수 지어 살다가 고향을 떠나면서 팔았던 집이 매물로 나와 두말없이 사드렸다. 애초에 초가집인 것을 새마을 사업 시기에 지붕은 슬레이트로 개조했고, 부엌도 입식으로 개조하여 어느 정도 집 내부가 개조되어있었다.

아무래도 고가여서 새로 리모델링하고 지붕도 강판으로 덮어 사람이 살기에 손색이 없도록 수리했다. 하지만 완전히 이사할 수는 없었다. 텃밭 농사하러 주말에 와서 일하고 쉬며 시간이 되면 묵기도 하면서 여가를 즐기는 생활을 했다.

물 좋고 산 좋아 도시에서는 상상도 못 할 만큼 청정한 곳이다. 하루나 이틀 산안 집에서 자고 오면 좋은 물에서 깨끗이 목욕하고 나오는 기분이었다. 매연으로 찌든 도시에 있다가 고향엘 가면 어머니 품속에 안긴 듯 포근하다.

청청한 산 숲들이 포근히 감싸주는 그 아늑함을 어디서 느끼랴? 앞 냇가에서 깨복쟁이들이 물장구치며 다슬기 잡고 때죽을 따다 바위에서 찧어 바위 밑에 풀면 피라미, 꺽지, 뱀장어를 잡던 유년 시절의 추억이 주마등처럼 떠오른다. 세속을 떠난 듯 마음이 여유로워 걸림이 없다.

더욱 미음을 끄는 것은 마을 사람들이다. 어릴 적 함께 자랐던 사람들 대부분 백발노인이 되었어도 마음은 어릴 때 그대로 정을 주고 마음을 주었다.

하지만 아쉬움도 크다. 해가 지나면서 많은 친구가 저세상으로 떠났다. 한참 때는 마을에 60여 호가 살았는데 지금은 그 절반에 가까운 35호정도다. 빈집이 해마다 늘어나고 인구가 100여 명이 넘었는데 젊은이는 나가고 새로 들어온 사람이 없으니 인구가 자꾸 줄어 50여 명으로 줄어 이대로 가다가는 마을이 없어질 것 같다. 젊은 사람은 나가고 노인들은 죽어가고 새로 들어온 사람이 없으니 마을의 소멸은 예정된 수순으로 진행되고 있다.

고샅이 너무 쓸쓸하여 밤이면 유령의 도시 같다. 무서워서 살 수가 없을 것 같다. 아직은 그래도 마을 회관에서 점심을 공동 취사하여 마을 사람들이 한 상에서 밥을 먹는 정겨운 자리가 마련되어있다. 거기 고향에 가면 성운도 초대받아 함께 먹는 점심은 밥맛도 밥맛이려니와 포근히 맞아주며 나누어주는 정이 더욱 그 마음을 끌리게 한다.

죽으면 거기 산안에 묻힐 요량으로 신후지지身後之地를 잡아놓고 나니 죽음에 대한 슬픔과 공포보다는 사후에 안장될 자리가 있다는 것으로 안도하는 마음이 든다.

공직에서 정년퇴직하고는 남는 것이 시간이다. 농사철이면 농사일을 해야 하지만 시간의 제약을 받으면서까지 할 일이 많은 것은 아니었다. 중국이나 동남아 등 외국 여행도 해봤지만, 나이가 90이 다 된 나이에는 여행도 흥미가 없어졌다. 그래서 자신이 살아온 궤적을 찾아 시간 되는 대로 다녔다. 지인도 만나고 친구도 만나는데 많은 사람이 저세상으로 떠나 만나볼 사람도 별로 없다.

성운의 생에 가장 어려웠던 한국전쟁의 피난 시절에 살았던 곳에 대한 기억이 생생할 뿐만 아니라 한이 서려 가보고 싶었다.

남원시 대강면 덕동마을 외가가 있는 마을이다.

외조부모님은 물론 외숙부님들이 살아계실 때는 명절엔 빠지지 않고 찾아가 인사를 올렸는데 그 어른들이 돌아가시고 또한 성운이 나이가 많아지면서 도시 생활에서 자주 외가를 찾아가는 것은 쉽지 않은 일이었다.

30년이 넘었다. 언제 갈 수 있으려나 하는 생각에 마지막으로 생각하고 외가를 가보고 싶었다.

아마 거기도 또래들이 많이 세상을 떠났으리라 생각되었다.

만나보고 싶은 사람들 중에 대강국민학교 동창들이었다. 피난 시절에 학교를 거기서 다니고 고향으로 돌아온 후로는 학교는 성운 생각에서 지워져 있었다. 그런데 아마 생이 얼마 남지 않았다는 생각에 그 동창들이 생각난 것이다. 특히 장오채는 성운의 기억에 생생하게 남아있었다. 장오채가 주동이 되어 성운을 피난민이라고 놀려대며 다른 애들까지 성운과 함께하지 못하게 하며 왕따를 시켰던 주동자였다.

성운이 나이도 두 살이나 더 먹고 신체도 더 커 단둘이 만나면 상대가 되지 않았지만 10명이 넘는 덕동마을 학생들이 모두 장오채 말에 절대 복종하면서 성운을 상대해주지 않았다. 친 외사촌 동생인 양기선이 한집에 살면서도 성운을 멀리했다. 참 견디기 힘들었다. 그래도 참고 견디어 내는 수밖에 어떤 도리가 없었다.

성운이 만일 장오채를 손봐줄 수도 있지만, 성운보다 더 큰 그 형들이 둘이나 있어 잘 못 건드렸다가는 그 형들한테 몹쓸 짓을 당할 터였다. 그래서 가슴이 터질 듯 부아가 났지만 참는 것이 상책이었다.

국민학교를 졸업하고 성장해가면서 성운은 중학교, 고등학교에 다니는데 장오채는 중학교도 가지 못하여 곧바로 농사꾼이 되었다. 성운이 중·고등학교 시절에 외가엘 가면 장오채는 성운을 피해 다녔다. 그때부터 정신적으로 그를 능가하는 승리자가 되었다. 성장해서 어른이 되어서도 장오채는 성운을 가까이하지 못하고 피했다.

그런 그가 살아있으려나? 호호백발이 될 때까지 어릴 때 있었던 일로 무슨 원한이 그리 커 녹아나지 않고 가슴에 쌓여있겠는가? 살아있다면 그 어린 시절 추억을 나누어보는 것도 의미가 있을 것 같아 꼭 한번 만나보고 싶었다.

가을걷이가 끝나고 초겨울 서릿발이 시려 코끝이 붉어지는 12월 초에 외가댁이 있는 덕동마을을 찾아갔다.

세상이 많이 변했는데 거기라고 변하지 않았겠는가? 우선 가는 길이 순창읍에서 20여 리나 되는데 논둑길 아니면 산비탈이고 산 고개를 넘어야만 했었다. 그런데 천지가 개벽된 듯 2차선 도로가 번듯하게 뚫려 차로 가면 20분도 걸리지 않았다. 특히 섬진강을 건너는데 강심이 깊고 강폭이 넓어 배로 건너다녔다. 줄 배였다. 강 양안에 큰 말뚝을 박아 줄을 매 놓고 그 줄을 잡아당겨 배를 건너다녔다. 대강면 하부 사람들은 일상으로 순창을 다니는 터라서 뱃삯을 탈 때마다 주고받을 수 없어 1년 단위로 지불했다. 가을 추수가 끝나면 벼로 일정한 양을 주었다. 여름 큰 홍수가 날 때는 배를 띄우지 못하여 나들이하지 못했다. 그때에 비하면 지금은 천지가 개벽된 것이다. 섬진강에 큰 다리를 놓아 아무리 큰 홍수가 나더라도 길이 막히는 일은 없다.

승용차를 직접 운전하여 대강면 덕동마을 외가댁을 찾아갔다.

우리나라의 농촌문제가 심각한 상태에 이르렀다. 덕동마을이 산업화시대 이전에는 거의 90여 호가 넘었는데 마을이 절반도 못 되게 인구가 줄었다. 빈집이 30호가 넘는다고 했다. 그나마 살고 있는 사람들의 연령이 대부분 60세 이상이고 청장년은 열 손가락 미만이었다. 출산할 수 있는 젊은이가 없으니 아기 울음소리 멎은 지 오래되었고 꼬부랑 노인들이 고샅을 아장거리고 다녔다. 젊은이가 돌아올 만한 요인이 없으니 일이십 년 후에는 마을이 소멸될 것이라고 했다.

거기에 더하여 살아있는 사람들 중에도 남자는 아주 드물고 대부분 할머니들이었다. 그러니 마을에 활기라고는 찾아볼 수가 없었다.

성운이 함께 다녔던 학생이 20여 명이었는데, 살고 있는 사람은 3명에 불과했다. 도시 등으로 나간 사람이 많지만 7~80 고령의 사람들이며 세상을 떠난 사람이 절반이 넘었다. 그나마 장오채가 아직 살아있어 미운 정 고운 정을 나눌 수 있어 마음의 허전함이 조금은 채워졌다. 덕동에 살아있는 세 사람은 85세 장오채, 84세 김용대 그리고 학교 다닐 때 제일 어렸던 양수용이 82세였다.

성운은 그들을 초대해서 점심을 함께했다.

남원 금지로 나가는 20여 리 협곡이 있다. 대강면의 고리봉과 전남 곡성 개울산이 마주보고 협곡을 이루었다. 산맥이 양쪽에서 쫓아오듯 달려와 좁은 협곡을 이루는 사이로 섬진강이 흐른다. 그 계곡에 메기탕, 참게탕, 쏘가리탕을 전문으로 하는 음식점 다섯 집이 있었다. 성운이 차를 가지고 그 협곡의 초입에 있는 메기탕 집으로 네 사람이 들어갔다. 행정구역상 대강면 독사리인데 상호를 마을의 이름을 따서 독사리 메기탕 집이라고 간판을 걸었다.

그 협곡의 산자락은 원시림 같은 나무가 울창하게 우거져 음산한 기분이 들었다. 피난 시절엔 민둥산이었다. 사막 같은 산등성이에 듬성듬성 작은 소나무가 있을 뿐이었는데 그 삭막했던 산이 나무가 울창하게 우거져 있어 이국의 어느 밀림 같은 느낌이었다. 길 또한 왜정 때 남원 금지에서 광주까지 철도를 부설하다가 중단된 노선을 임시로 사용했는데, 노면이 돌자갈로 고르지 못하여 겨우 짐차가 덜컹거리며 다녔을 뿐이었는데, 2차선으로 확 포장하여 고속도로 같은 길이 뚫려 시원스러웠다.

그 길가 독사리 메기탕 집에서 메기탕으로 점심에 술을 곁들였다.

함께한 세 사람은 성운보다 서너 살 덜 먹었으나 80 중반의 노인들이라서 나이를 따질 것 없이 성운보다 더 늙은 극 노인들이었다. 성운은 도시에서 공직생활을 해 와서 그들보다는 편하게 살아온 터여서 덜 늙은 것 같았다.

"어이, 장오채! 지금은 어떻게 사는가?"

성운이 먼저 장오채에게 술을 따르면서 물었다.

허리까지 굽은 그는 말 그대로 파파노인이었다. 그는 성운이 젊었을 때 외가에 한 번씩 가도 거의 만나지 않아 그의 삶을 잘 알지 못했다.

"어쩧게 살겄소? 할멈도 가불고 자식들은 딸 셋, 아들 둘혀서 다섯을 두었넌디 막내아들을 시방도 못 이워 그놈허고 둘이 살고 있어라우. 형님은 잘되았담선요? 촌에서 농사 쬐게 붙혀 묵고산 게 사는 것도 겨우 목숨 부지허고 살지라우."

장오채는 성운보다 두 살 아래로 70여 년이 지난 지금 성운을 보고 형님이라고 깍듯이 존대했다. 피란 나와 학교 다닐 때 성운을 왕따시킨 주동자가 그때의 호기는 어디 가고 거동도 불편한 불쌍한 노인으로 죽지 못해 사는 것 같았다.

그 학창시절 이야기가 나오니 무척이나 불편한 기색으로 말을 잘하지 못했다. 성운은 차가 있어 음료수로 대신하고 그들에게만 술을 권하면서 70년이 넘는 시간 동안 살아온 이야기로 회포를 푸는 좋은 자리였다.

그 어린 시절과는 비교할 수 없지만, 그때의 정성운은 피난 나온 가련하고 불쌍한 못난이였는데, 인생 말년 인생사 전반이 역전된 사항에서 성운은 개선장군이 된 기분이었다.

처음에는 어색한 자리였으나 술이 순배를 거듭하면서 분위기가 무루 익어 화기애애한 자리로 변했다. 흥이 돋아 노래가 시작되고 그 시절 유행했던 진중가요(전우의 시체를 넘고 넘어…)를 합창하면서 흥이 최고로 고조된 자리에서 끝났다.

하루 쉬면서 대강국민학교 동창생을 수소문해서 만나보려고 했다. 동창이 30명이었는데 대강면에 거주하고 있는 사람은 5명이 채 되지 않는다고 했다. 젊어서 객지로 나간 사람이 많고 그동안 동창들이 저세상으로 떠난 것으로 알려졌다. 살아있는 사람도 요양원에 있거나 거동이 불편하여 만나볼 수 없다고 했다. 그들을 만나보려고 했는데 섭섭했지만 아쉽게도 만나는 것을 접을 수밖에 없었다. 어린 시절 고난을 이겨내며 살았던 제이고향 같은 추억이 서린 곳인데 다시 오지 못하리라는 안타까운 생각을 아쉬움으로 묻어두고 떠나와야 했다.

섬진강 변 넓은 모래사장에서 공놀이하고 씨름으로 힘을 겨루며 강물에 들어가 물장구치고 물싸움하던 환영이 강물에 떠오른 추억을 남겨놓고 승용차 핸들을 잡아야 했다.

거의 구십 평생을 살아온 성운의 발길을 뒤돌아보면 참으로 파란만장했다.

6·25 한국전쟁은 5천 년 역사 중에 한 피를 이어받은 민족끼리 가장

처절하게 싸웠다. 서로 죽여 희생된 사람이 수백만이 넘었으니 이런 비극이 어디에 또 있으랴? 가산이 다 파괴되고 삶의 터전에서 강제로 쫓겨나 방황했던 시간이 얼마였던가? 10년 넘게 떠돌다가 겨우 제자리를 찾아가게 되었다.

성운의 10대는 일생을 통하여 가장 엄혹한 고난의 시대였다. 오직 어머니의 희생이 없으면 그 시절을 이겨내지 못하고 이 세상 사람이 아니었을 것이다.

종점에 와서 생각해보니 그 어린 시절에 평생 있을 모든 고난을 다 치러버려 오늘의 행복한 삶이 있지 않았나 생각되었다.

공직에서 은퇴하고 30년, 이렇게 오래 살리라고 꿈에도 생각지 못했다. 더구나 사랑하는 아내와 지금까지 해로하며 살고 있다는 것이 큰 복이다. 남의 도움 없이 거동할 수 있어 내외가 즐기면서 산다는 것은 흔한 일이 아니다. 욕심부리지 않고 순리에 따라 주어진 여건에 적응하면서 살아온 것이 이런 결과인 것 같았다.

성운은 유년 시절 부모님은 물론 주변 사람들로부터 사랑과 칭송을 받으며 살아온 고향 순창 산안마을을 한시도 마음에서 내려놓은 적이 없었다. 사실은 태胎 자리 산안에서 실제 사는 날은 얼마 되지 않았다. 한국전쟁이 일어나기 전 12년과 고등학교 졸업하고 전쟁의 피해를 복구하고 농사를 지으면서 살았던 7년 등 20여 년이 전부다. 70년을 떠돌아다니며 살았던 것이다.

이제 살면 얼마를 더 살 것인가.

도시의 삶은 항상 쫓기는 삶이다. 더구나 아파트는 닭장과 다름없다.

20층이나 되는 높은 집이지만 성운이 사는 공간은 32평 좁은 닭장이다. 풀 한 포기 나무 한 그루 키워보지 못하는 삭막함으로 메마른 시간의 포승줄에 묶여 꼼짝달싹도 못 하며 살아가고 있다. 단절의 벽 안에서 고독의 무게에 눌려 사는 것이 도시의 삶이다.

사회생활을 하던 시기에 애환을 함께했던 사람들은 대부분 떠나고 살아있어도 교류한다는 것은 극히 어려운 일이다. 그러니 남는 것은 고독과 외로움뿐이다. 그나마 꼬부랑 할머니지만 아내가 있어 몇 마디 말이라도 나누는 것이 큰 행복이다.

"여보! 우리 너무 외로워 어디 살겠는가? 참말로 막막허네!"

성운은 아내에게 답답함을 토로했다.

"그러면 어쩔 것이요? 늙은 사람들이 참고 사는 수밖에요."

아내는 그냥저냥 참고 살자며 대수롭지 않은 것으로 받아들였다.

"별도리가 없기는 허제! 그래도 늘그막에 이렇게 무미건조하게 살아야 하는가 싶어 하루하루가 지겨워. 자식들은 저들 사느라고 잘해야 명절 때나 찾아오는 것이 고작이지. 그래서 말인데 다른 모색을 해볼까 하는데?"

성운은 외로움에서 탈출하고 싶어 아내에게 진지하게 타협을 했다.

"무신 방법이 있었어요? 젊어서 같으면 무엇이라도 혀본다고 하지만 내 몸뚱어리 하나 이기지 못하는데 무엇을 허겄어요? 이대로 앉아서 죽는 날이나 기다리는 수밖에 없어요. 그냥 우리 둘이 도론도론 험선 삽시다."

아내는 복지관에 다니면서 친구들을 만나 외로움을 모르고 살아간다. 성운은 할 일 없이 집에서 취미생활을 한다고 하지만 판박이로 날마다 반복되는 생활에 하루해가 한 달이나 되는 듯 지루하게 살고 있다.

"우리 산안으로 가서 살까?"

성운은 도시에서 하루해를 넘기느라고 고통 속에 사느니 고향 산안에 가서 자연을 벗 삼아 살고 싶은 생각이 들었다.

"그런 데 가봐야 더 막막해서 못 살 것 같아. 사람들은 농사한다고 한시도 쉬지 아니허는디 우리가 가서 할 일도 없이 어떻게 산다는 말이요. 나는 가고 싶지 않아요."

아내는 일언지하로 반대했다.

"아, 꼭 사람들하고 어울려야만 하는가? 철 따라 산에도 가고 물가에 다슬기나 새우도 잡으면서 맑은 공기 마시며 살면 정신적으로도 안정이 될 것 같아서 하는 말이제."

"그렇기는 하지만 어디 한 번이나 나가려고 하면 교통도 원활하지 않아 더 답답할 것 같혀요. 특히나 몸이라도 아프면 병원도 없어 도시로 나와야 하지 않아요? 시방 여그 생활이 권태스러워 허는 말이지만 촌으로 내려가면 모든 것이 훨씬 불편헐 것 같혀요."

아내가 극구 반대하여 함께 고향으로 가기는 어려울 것 같았다.

시간을 두고 설득했으나 가고 싶으면 혼자라도 가라고 했다.

여러 날을 두고 생각해봤다. 혼자 내려가 쫓기지 않는 여유 속에서 하고 싶은 일을 하면서 살고 싶었다. 산천을 주유하면서 자연에 묻혀 청노루가 되어야겠다는 생각이 간절했다. 글도 쓰고 서예도 하면서 자연인이 되어 노후를 꾸밈없는 삶을 살고 싶었다. 고향엔 산막 같지만 작은 집이 있어 마음만 먹으면 곧바로 내려갈 수 있었다.

성운은 아내와 자식들이 혼자 내려가면 고생만 한다고 말렸으나 고향으로 내려간다고 마음을 굳혀 먹었다. 생활용품은 이미 다 갖추어있어 새로 준비할 필요는 없다. 그의 개인적인 생활용품과 그동안 읽었던 책들을 싣고 내려왔다.

일장일단이 있다. 극 늙은이가 가족과 떨어져 혼자 산다는 것이 생활의 불편뿐만 아니라 또 다른 고독이 먼저 찾아와 있었다. 하지만 은둔자가 되어 마음에 걸림이 없이 자유인으로 사는 것이 그가 꿈꾸어왔던 세상이 실현된 것이다. 산중이라서 도시보다 많이 추웠지만 적응을 잘하여 겨울을 무난하게 넘겼다.

봄기운이 완연했다. 산곡에 드문드문 잔설의 흔적이 마른버짐처럼 남아있지만, 햇볕의 온기가 양지 녘 언덕배기에 내려앉아 잠든 뭇 생명을 깨워주고 있었다. 봄의 전령 매화가 피어났다. 매화향이 산곡을 따라 마을에까지 흩뿌려지니 선계가 바로 여기로구나!

햇살은 날이 다르게 대지를 품어 안아 잠든 생명들이 깨어나는 소리가 봄의 서곡으로 울려 퍼진다. 개울가 피어난 버들강아지는 귀여운 솜털로 메마른 가지들을 포근히 감싸주고 있다. 봄이 무르익을수록 생명들이 연둣빛 희망을 품어 안고 약동하고 있다.

그의 인생은 종점에 이르렀지만 산하에 새로 피어난 새 생명처럼 그의 가슴에도 희망이 탐진 두릅 순으로 피어나고 있다.

사람이 살아가는 모든 일에는 양면성이 있다.

고향에 내려와 혼자 살고 있으니 고독과 고단함이 있지만, 시간의 채찍 없는 자유와 자연에 동화되어 그들과 이야기하는 즐거움은 선계에 와있는 듯 시간이 없는 세상에 살고 있다.
시심이 물안개처럼 피어올랐다.

꿈이었다

진달래 피고
강남 제비 날아오던 날
버들피리 꺾어 봄노래 불렀지

노두다리 홀딱홀딱 뛰어
앞 시내 건너 푸른 들판
숨이 차도록 달렸다

시곗바늘 과속으로 다다른
가을 언덕은 황금빛
봄여름 순간이었네

꿈 깨이니 흰 눈이 펄펄
산신령 하얀 수염 휘날리며
뒤돌아보니 하룻밤 꿈이었구나!

종점에서

박종식 지음

발행처	도서출판 **청어**
발행인	이영철
영업	이동호
홍보	천성래
기획	육재섭
편집	이설빈
디자인	이수빈 | 구유림
인쇄	정우인쇄

등록　1999년 5월 3일
　　　(제321-3210002510019990000063호)

1판 1쇄 발행　2025년 12월 10일

주소　　　서울특별시 서초구 남부순환로 364길 8-15 동일빌딩 2층
대표전화　02-586-0477
팩시밀리　0303-0942-0478
홈페이지　www.chungeobook.com
E-mail　　ppi20@hanmail.net

ISBN　　979-11-6855-411-5(03810)